달콤한 복수
주식회사

달콤한 복수 주식회사

요나스 요나손 장편소설 임호경 옮김

이 책은 실로 꿰매어 제본하는 정통적인 사철 방식으로 만들어졌습니다.
사철 방식으로 제본된 책은 오랫동안 보관해도 손상되지 않습니다.

애국심은 악인의 미덕이다.
— 오스카 와일드

오스카에게 전해 줘.
그가 너무 많이 생각하지 않는 게 좋겠다고.
— 클라라 숙모[*]

프롤로그

옛날 옛적, 오스트리아-헝가리 제국 시절에 그림을 꽤 잘 그리는 화가가 있었다. 이름은 아돌프였는데, 결국에는 다른 이유들로 세계적으로 알려지게 되었다.

젊은 아돌프는 진정한 예술은 현실을 있는 그대로, 눈에 보이는 대로 묘사해야 한다는 의견이었다. 조금은 사진 같은, 하지만 흑백이 아닌 컬러 사진 같아야 했다. 그는 그와는 아무 관계도 없는 한 프랑스인의 말을 인용하여 〈아름다움은 진실이다〉라고 말하곤 했다.

훨씬 후에, 그리 젊지 않은 나이가 된 아돌프는 〈올바른 세계관〉이라는 미명하에 책과 예술, 심지어는 사람들을 불태웠다. 결국 세상이 지금껏 보지 못했던 커다란 전쟁이 일어났다. 아돌프는 패배했고 세상에서 사라졌다.

하지만 그의 세계관은 여전히 숨어서 움직이고 있다.

제1부

1

그는 아돌프가 누구인지 전혀 몰랐고, 오스트리아-헝가리 제국에 대해서도 들어 본 적이 없었다. 또 굳이 알아야 할 필요도 없었다. 그는 케냐 사바나의 외딴 마을에 사는 치유사였다. 그는 철분이 풍부하여 붉은빛이 도는 흙에 발자취를 거의 남기지 못한 탓에 지금은 이름이 잊혔다.

그에겐 병 고치는 기술이 있었지만, 그의 명성은 그가 사는 골짜기로 흘러 들어오는 바깥세상의 소식만큼이나 드물게 골짜기 밖으로 흘러 나갔다. 그는 겸허한 삶을 살았다. 또 너무 일찍 죽었다. 훌륭한 의술에도 불구하고 가장 필요한 때에 자신을 치유하지 못했다. 몇 안 되는 단골 환자들이 그의 죽음을 애도했다.

그의 장남은 가업을 잇기에는 너무 젊다고 할 수 있었다. 하지만 이 일은 원래 그런 거였고, 대대손손 그래 왔으므로 이번에도 그래야 했다.

스무 살밖에 되지 않은 후계자에게는 아버지만큼의 명성도 없었다. 그는 아버지의 능력을 물려받았지만 아버지의 착한

11

성품은 전혀 물려받지 못했다. 작은 것들에 감사하며 사는 삶은 그를 만족시키지 못했다.

이 젊은이가 환자들을 받기 위해 대기실까지 하나 갖춘 새 오두막을 지었을 때, 그의 변신은 시작되었다. 이 변신은 그가 슈카[1]를 흰 가운으로 바꿔 입음으로써 진일보했고, 자신의 이름과 칭호까지 바꿈으로써 완성되었다. 더 이상 아무도 기억하지 못하는 치유사의 아들은 마사이족의 가장 위대한 전사요, 지도자요, 예언가였던 전설적 인물의 이름을 따서 스스로를 닥터 올레 음바티안이라 칭했다. 이미 죽은 지 오래인 〈원조(元祖)〉 올레 음바티안은 저세상에서 전혀 항의하지 않았다.

아버지의 진료 요금표도 뜯어내어 쓰레기통에 던져 버렸다. 아들은 위대한 전사에게 걸맞은 새 요금표를 책정했다. 만일 진료비로 찻잎 한 봉지 혹은 말린 고기 한 조각을 들고 찾아왔다면 의사를 볼 기대는 접는 게 좋았다. 요즘 세상에는 간단한 진료를 받기 위해서도 닭 한 마리는 기본인 것이다. 좀 더 복잡한 진료에는 염소 한 마리가 필요했다. 정말로 심각한 경우라면 의사는 소 한 마리를 요구했다. 다시 말해서 병이 너무 심각하지 않을 경우에 말이다. 죽을 사람은 무료로 죽어야 했다.

세월이 흘렀다. 인근 마을의 치유사들은 옛날부터 사용해오던 이름과 진정한 마사이는 흰옷을 입지 않는다는 원칙을 고수한 탓에 경쟁에서 밀려 병원 문을 닫아야 했다. 닥터 올레 음바티안은 환자 명부가 늘어 감에 따라 명성 또한 높아졌다. 염소와 소를 위한 그의 방목장은 계속 확장되어야만 했다. 그

---

[1] 마사이족의 전통 의상. 붉고 검은 색상이며, 큰 천을 몸에 둘둘 마는 형태이다. 이하 모든 주는 옮긴이의 주이다.

는 탕약들을 테스트해 볼 수 있는 고객층이 매우 넓었으므로 사람들 가운데서 그의 의술이 신통하다는 말이 나오기 시작했다.

남의 이름을 훔쳐 쓴 의사의 첫 번째 아들이 태어났을 때, 그는 이미 부유해져 있었다. 위험한 첫해를 잘 견디고 살아남은 아이는 전통에 따라 아버지의 일터에서 훈련을 받았다. 올레 2세는 아버지가 죽을 때까지 그 곁에서 오랜 시간을 보냈다. 그날이 오자 그는 아버지의 훔친 이름은 간직했지만 〈닥터〉라는 칭호를 버리고 흰 가운도 불태워 버렸는데, 멀리서 찾아온 환자들이 〈닥터〉들은 치유사들과는 달리 사악한 마법과 연결되었을지도 모른다고 증언했기 때문이었다. 어떤 치유사가 마법사라고 소문이 나면 커리어뿐 아니라 수명까지 단축될 수 있었다.

그리하여 닥터 올레 음바티안의 대를 이은 것은 대(大) 올레 음바티안이었다. 그의 장남도 자라나 부친과 조부의 일을 이어받았으니, 이이가 소(小) 올레 음바티안이었다.

이 이야기는 바로 이 사람으로부터 시작된다.

2

소 올레 음바티안은 부친과 조부로부터 이름과 부와 명성과 재능을 물려받았다. 세상의 다른 쪽에서 사람들은 이런 것을 〈금수저를 물고 태어났다〉고 표현한다.

그는 아버지로부터 세심한 교육을 받았으며, 또래의 친구들과 함께 전사(戰士) 훈련도 통과해야 했다. 따라서 그는 치유사일뿐 아니라 존경받는 마사이 전사이기도 했다. 식물 뿌리와 약초들의 치유력에 대해 올레만큼 아는 사람은 아무도 없었지만, 창과 투척용 곤봉과 칼을 다루는 데 있어서도 그와 필적할 수 있는 사람은 드물었다.

그의 전문 의학 분야는 한 가정이 원하는 것 이상의 아이를 갖지 않게 해주는 것이었다. 불행한 여인들이 서쪽으로는 미고리, 동쪽으로는 마지모토로부터 며칠을 걸어 그에게 몰려왔다. 이들을 맞기 위해 올레는 자녀가 다섯 이상이고, 그중에서 아들이 적어도 두 명인 여자만 받는다는 원칙을 세웠다. 치유사는 절대로 자신의 비방을 밝히지 않았지만, 여자가 배란을 할 때마다 마셔야 하는 희뿌연 액체의 주성분이 쓴 참외라는 것은 어렵잖게 짐작할 수 있었다. 극도로 예민한 미뢰의 소유자에게는 인도 목화의 뿌리 맛도 희미하게 느껴졌다.

소 올레 음바티안은 〈잘 여행한〉 올레밀리 추장을 포함한 그 어떤 사람보다도 부유했다. 그는 그 많은 소 외에도 오두막이 세 채였고, 아내도 두 명이나 되었다. 이와는 거꾸로 추장은 오두막이 두 채요, 아내가 셋이었다. 추장이 이런 시스템을 어떻게 운영해 나가는지 올레로서는 도무지 알 수 없었다.

치유사는 추장을 전혀 좋아하지 않았다. 그들은 나이가 같았고, 자신들이 나중에 마을에서 어떤 역할을 맡게 될지 어려서부터 잘 알고 있었다.

〈우리 아빠가 너네 아빠를 다스리고 있어〉 하고 어린 올레밀리는 올레를 약 올리곤 했다.

그 말이 틀리지는 않았지만, 올레 주니어는 부아가 치밀어 올랐다. 그는 반박하는 대신 들고 있던 곤봉으로 미래 추장의 얼굴을 힘껏 후려쳤다. 덕분에 올레 음바티안 시니어는 온 동네가 떠나갈 듯이 아들을 혼내는 수밖에 없었지만, 아이의 귓속에다는 〈아주 잘했어〉라고 속삭여 주었다.

당시에 골짜기를 다스리던 이는 〈미남〉 카케냐였다. 그는 자신의 별명이 단지 정확할 뿐만 아니라, 자신의 유일한 장점을 가리키고 있다는 사실을 잘 알고 있었기에 속이 편치가 않았다. 더구나 언젠가 자신을 계승하게 될 아들이 자신의 잘생긴 외모뿐 아니라, 온갖 결점까지 이어받을 조짐을 보였기에 더욱 그랬다. 설상가상으로 치유사의 아들 녀석에게 얻어맞아 앞니가 두 개나 빠져 버린 탓에 마음이 더욱 무거웠다.

미남 카케냐는 어떤 결정을 내려야 할 때면 한없이 미적거리는 사람이었다. 심지어는 결정을 아내들에게 맡기는 때도 있었는데, 불행한 사실은 그들의 수가 홀수가 아니라는 점이었다. 어떤 사안에 대해 의견이 갈릴 때마다 캐스팅보트를 쥐고 중간에 선 그는 어찌할 바를 몰랐다.

하지만 삶의 황혼 녘에 이른 카케냐는 온 가족의 협조하에 자부심을 느낄 만한 뭔가를 이룰 수 있었다. 장남으로 하여금 여행을 하게 하리라. 지금까지의 그 누구보다도 먼 곳까지 가게 하리라. 녀석은 위대한 여행자가 될 거고, 바깥세상에서 견문을 넓혀 마을로 돌아오리라. 여행을 통해 얻은 지혜는 녀석이 내 자리를 이어받았을 때 큰 도움이 되리라. 올레밀리는 제 아비만큼은 미남이 못 되겠지만, 그래도 단호하고도 진취적인 추장이 되리라…….

적어도 계획은 그랬다.

일이 항상 의도한 대로 흘러가는 것은 아니다. 올레밀리의 첫 번째이자 마지막이 된 긴 여행의 목적지는 아버지의 명에 따라 로이양알라니였다. 이곳을 선택한 이유는 거기가 합리적으로 볼 때 갈 수 있는 가장 먼 곳일 뿐만 아니라, 북쪽 사람들이 호수 물을 여과할 수 있는 새로운 방법을 찾아냈다는 소문이 떠돌았기 때문이었다. 마사이 사람들은 오랫동안 뜨거운 모래와 비타민 C가 풍부한 약초 그리고 연근을 섞은 것으로 물을 여과해 왔다. 그런데 듣자 하니 로이양알라니 사람들이 더욱 간단하고도 효과적인 방법을 찾아낸 모양이었다.

「아들아, 그곳으로 가거라!」 미남 카케냐가 말했다. 「여행을 하면서 보고 듣는 새로운 것들을 통해 지식을 쌓아야 하느니라. 그런 다음 집으로 돌아와 내 자리를 이어받을 준비를 하거

라. 내게 시간이 그리 많이 남지 않은 듯하구나.」

「하지만 아버님…….」 올레밀리가 입을 열었다.

그가 한 말은 이걸로 끝이었다. 그가 적절한 표현을 찾아내는 경우는 거의 없었다. 사실 생각이 떠오르는 일도 거의 없었지만.

그의 여행은 영원만큼이나 길게 느껴졌다. 아니면 한 일주일 걸렸던가? 어쨌든 목적지에 이른 그는 로이양알라니 사람들이 여러 가지 면에서 앞서 있는 것을 발견했다. 물 정화 기술은 그중 하나였다. 그들은 〈전기〉라는 것도 설치해 놨고, 시장은 펜이나 분필이 아닌 기계를 사용하여 글씨를 썼다.

올레밀리는 오로지 집에 돌아가고 싶은 마음뿐이었지만 아버지의 말씀이 귓가에 맴돌았다. 하여 그는 신문물을 하나하나 아주 조심스럽게 검토했는데, 적어도 이런 점은 부친의 유산이라 할 수 있었다. 불행히도 그는 전기를 지나치게 심도 있게 시험해 보다가 그만 감전되어 까무러치고 말았다.

의식을 회복한 그는 몇 분 동안 휴식한 뒤 이번에는 타자기에 달려들었다. 하지만 거기서도 올레밀리는 너무도 서투르게 군 나머지 왼손의 검지가 D 키와 R 키 사이에 끼어 버렸고, 혼비백산하여 손을 휙 빼다가 그만 손가락을 부러뜨리고 말았다.

이제는 더 이상 참을 수 없었다. 올레밀리는 조수들에게 당장 짐을 싸라고 명하고는 다시 그 험한 여행길에 올랐다. 아버지 카케냐에게 어떻게 보고할지는 이미 알고 있었다. 아버님, 벽에 달린 어떤 구멍에 손톱 하나 집어넣었다고 전기란 놈이 나를 꽉 물더라고요. 그뿐인지 아세요? 그 타자기라는 놈은 완전히 사람 잡아요!

미남 카케냐의 예언이 적중하는 경우는 별로 없었다. 하지만 자기에게 살날이 얼마 남지 않았다는 느낌은 정확한 것이었음이 밝혀졌다. 겁이 많고 이빨은 몇 개 없는 그의 아들이 추장 자리를 물려받았다.

이렇게 새로이 즉위한 올레밀리 추장은 아버지의 장례식이 끝난 바로 그날 세 개의 칙령을 선포했다.

첫째, 〈전기〉라고 불리는 놈은 올레밀리가 다스리는 골짜기에는 절대로 영원히 설치하지 말아야 한다.

둘째, 글자를 쓰기 위한 기계는 절대로 들여와서는 안 된다.

셋째, 마을에 최신 물 정화 시스템을 도입한다.

이리하여 마사이마라에서 유일하게 전기와 타자기와 컴퓨터가 없는 골짜기를 올레밀리가 40년 동안 다스려 왔다. 다시 말해서 지구상에 존재하는 60억 휴대폰 사용자 중에서 단 한 명의 사용자도 살지 않는 골짜기가 된 것이다.

그는 스스로를 〈잘 여행한〉 올레밀리라고 칭했다. 그는 과거의 아버지만큼이나 인기 없는 추장이었다. 그에게는 더 폼 안 나는 칭호가 몇 개 있었는데, 그중에서도 소 올레 음바티안이 가장 좋아하는 것은 〈이빨 없는 추장〉이었다.

인기가 전혀 없는 추장과 실력 있다고 인정받는 치유사는 나이가 같았을지는 모르지만, 이것이 둘의 생각까지 같다는 것을 의미하지는 않았다. 하지만 그들은 마을에서 가장 중요한 두 사람이었으므로 젊었을 때처럼 입씨름을 벌여 피차에 좋을 게 없었다. 올레 음바티안은 가장 극렬한 신기술 반대자가 마을의 우두머리라는 사실을 받아들였다. 또 〈잘 여행한〉 올레밀리는 치유사가 둘 중에서 자기 이빨이 더 많다고 말하면 못 들은 척하고 지나갔다.

올레 음바티안에게 추장은 끊임없는 골칫거리이긴 했지만 그래도 견디지 못할 정도는 아니었다. 그의 삶의 진정한 슬픔은 다른 데에 있었다. 사실 그는 첫 번째 아내에게서 아이 넷을, 두 번째 아내에게서도 넷을 보았는데, 이 여덟 아이 모두가 딸이고 아들은 없었다. 네 번째 딸이 태어난 후, 그는 다음 아기가 사내 아이일 수 있도록 약초와 뿌리들을 시험해 보기 시작했다. 하지만 이것은 그의 능력을 벗어난 의학적 도전이라는 게 드러났다. 약을 쓴 후에도 딸들이 계속 나오더니만 결국에는 그마저 끊겼다. 올레 음바티안의 탕약에 쓴 참외나 인도 목화가 눈곱만큼도 들어가지 않았지만 두 아내는 출산을 멈춘 것이다.

치유사가 5대째 이어진 후, 다음번 치유사는 〈음바티안〉이 아닌 사람이 될 거였다. 마사이의 세계에 여자 치유사는 존재하지 않았다. 이름만 보면 알 수 있지 않은가?[2]

오랫동안 올레는 〈이빨 없는 추장〉이 아이를 낳는 일에 있어서 자기보다 나을 게 없다는 사실에서 위안을 얻었다. 올레는 딸이 여덟이었지만, 올레밀리 역시 딸이 줄줄이 여섯이었던 것이다.

2 〈치유사 *medicinmän*〉는 이름 자체가 〈남성 *män*〉이다.

그런데 문제는 이 추장에게 아내가 하나 더 있다는 사실이었다. 이 젊은 아내는 너무 늙어 버리기 전에 남편 추장에게 후계자가 될 수 있는 아들을 낳아 주었다. 마을에 큰 잔치가 벌어졌다! 추장은 자랑스럽게 잔치는 밤새도록 계속될 거라고 선언했다. 그리고 사람들은 그렇게 했다. 모두가 새벽까지 파티를 벌였는데, 치유사만은 예외였다. 그는 두통을 핑계로 집에 일찍 들어갔다.

그것은 벌써 여러 해 전의 일이었다. 올레가 자신에게 남았다고 생각했던 것보다 훨씬 긴 세월이 흘렀다. 하지만 그는 아직 신을 만날 준비가 되어 있지 않았다. 그에게는 아직 주어야 할 게 너무 많았다. 그는 자신이 얼마나 늙었는지 정확히 알지 못했지만 예전만큼 활과 화살을 잘 다루지 못하고, 창이나 곤봉이나 칼로 목표물을 정확히 맞히지 못한다고 느꼈다. 아니, 생각해 보니 곤봉 실력만큼은 아직도 쓸 만한 것 같았다. 어쨌든 이 분야에서는 마을의 현 챔피언 아니던가?

민첩성에 있어서도 큰 문제가 없었다. 그는 여전히 자신 있게 움직였다. 예전처럼 기꺼이 움직이지는 않았지만 말이다. 그는 점점 게을러지고 있었다. 치통도 앓았다. 하지만 치료법이 있었다. 시력은 젊은 시절보다 훨씬 흐릿해졌지만, 그게 문제가 되지는 않았다. 올레는 이미 볼만한 가치가 있는 것을 다 봤고, 가야 할 필요가 있는 곳은 어디든 찾아갈 수 있었다.

전체적으로 볼 때, 삶의 한 단계가 지나가고 다른 단계가 왔다는 조짐들이 있었다. 올레 음바티안은 가끔 마음이 울적해지곤 했다. 얻지 못한 아들에 대한 슬픔이 너무 깊어질 때면,

그는 해바라기 기름에 고추나물과 장미 뿌리 섞은 것을 자신에게 처방했고, 대부분의 경우 도움이 되었다.

아니면 사바나를 좀 더 걷곤 했다. 그는 새벽 일찍 집을 나서서는 약장을 채울 신선한 뿌리와 약초를 찾아 헤맸다. 주로 태양이 너무 뜨거워지기 전에 작업하려고 아직 사방이 어둑한 시간에 일을 시작했다. 은밀히 사냥 중인 사자들에게서 바스락거리는 소리라도 들릴까 귀를 곤두세우고서.

어쩌면 그의 보폭이 예전보다 줄었는지 모른다. 올레는 전에 나뉴키까지 간 적도 있었다. 또 한 번은 한걸음에 킬리만자로까지 달려가 산 위로 올라간 적도 있었다. 하지만 지금은 인근 마을조차도 아주 멀게 느껴졌다. 이 소 올레 음바티안이 미래의 그리 멀지 않은 어느 날, 스톡홀름과 유럽과 세계를 떠들썩하게 할 조짐은 전혀 없었다. 사바나의 치유력을 추출하는 방법에 대해서는 너무나도 많은 것을 알고 있는 마사이는 스웨덴의 수도나 그곳이 속한 대륙에 대해서는 아무것도 몰랐다. 그리고 이 세상에 대해서도, 그것이 키리냐가에 사는 가장 높은 신, 엔카이에 의해 창조되었다는 사실 외에는 아는 것이 없었다. 올레 음바티안은 기독교인을 자처했지만 그래도 성서가 바꿀 수 없는 진실이 몇 개 있었다. 세계 창조의 이야기가 그중 하나였다.

「뭐, 할 수 없지!」

그는 종종 어깨를 으쓱하며 이렇게 말하곤 했다. 다시 말해서 아직 조금 더 분투해야 한다는 얘기였다. 어쨌거나 유쾌한 기분으로 말이다.

3

　마사이 땅에서 북쪽으로 1만 킬로미터 떨어진, 스웨덴의 수도 스톡홀름의 어느 변두리 동네에서 라세는 평생 지켜 온 사업장의 열쇠를 새 인수자에게 넘겨주었다. 이제는 은퇴해야 할 때였다.

　열쇠를 넘긴 핫도그 노점상에게는 별문제가 없었다. 사람은 태어나고, 열심히 일하고, 은퇴하고, 죽고, 땅에 묻힌다. 그게 인생인 것이다.

　하지만 그의 단골 중 한 사람에게는 큰 — 아니, 최악의 — 문제였다. 생각해 보라. 라세가 노점을 어느 아랍 놈에게 넘긴 것이다! 베스테르비크 겨자 소스가 뭔지도 모르고, 소시지 밑에 으깬 감자를 깔아야 한다는 것도 모르고, 메뉴에 케밥을 추가하는 무식한 자에게 말이다!

　이런 변화는 누구의 마음에든 흔적을 남기기 마련이다. 이 일이 일어났을 때, 빅토르는 불과 열다섯 살이었다. 전기 자전거를 끌고서 핫도그 노점 주변을 어정거리는 일은 더 이상 전과 같지 않았다.

그의 친구들은 광장 건너편에 새로 오픈한 피자 가게를 그들의 새 집합소로 삼았지만, 물론 거기 주인도 어떤 아랍 놈이었다.

이 아랍 놈들은 뭔가 이상했다. 그리고 이란 놈들도. 또 이라크 놈들, 유고슬라비아 놈들도. 이들 중 베스테르비크 겨자 소스가 뭔지 아는 놈은 하나도 없었다. 그들은 이상하게 옷을 입고 다녔다. 말도 이상하게 했다. 제대로 된 스웨덴어를 배우는 게 그리도 힘들단 말인가?

이게 그의 첫 번째 문제였다. 두 번째 문제는 그가 보는 것을 친구 녀석들은 보지 못한다는 사실이었다. 녀석들이 집합소를 핫도그 가게에서 피자 가게로 바꾼 것은 핫도그가 케밥으로 바뀌었기 때문이 아니라 실내가 훨씬 따뜻하기 때문이었다. 빅토르가 지금 스웨덴이 변해 가고 있다고 설명하려 하면 그들은 그를 비웃었다. 유고슬라비아인이나 이라크인이 여기저기 끼어 있으면 사는 게 더 재미있지 않느냐고 하면서.

그런 생각을 하는 사람은 빅토르뿐이었다. 친구들이 디스코텍에 몰려갈 때, 그는 어린 시절부터 지내 온 자기 방에 혼자 앉아 있었다. 주말에 친구들이 축구를 할 때면 미술관에 가곤 했다. 거기서 그는 구스타브 3세가 이탈리아에서 들여온 프랑스 로코코나 신고전주의 같은 진짜배기 스웨덴 예술에서 위안을 얻었다. 하지만 무엇보다도 스웨덴 낭만주의를 좋아했다. 안데르스 소른의 「한여름의 춤」보다 더 아름다운 게 없었고, 구스타프 세데르스트룀이 묘사한 칼 12세의 장례 행렬보다 더 장엄한 것은 없었다.

케밥과는 정반대였다.

그의 고등학교 생활은 악몽 그 자체였다. 같은 반의 남자애들은 역대 스웨덴 왕을 8세기부터 순서대로 외우는 그를 이상한 녀석으로 여겼다. 그는 그대로 친구들이 따분하게 느껴졌다. 그리고 계집애들은…… 걔들도 뭔가가 이상했다. 어떤 애들은 머리를 스카프로 감싸고 다녔다. 그런 애들은 전혀 상관하고 싶지 않았다. 하지만 진짜 스웨덴 계집애들도…… 걔들과는 말을 하기가 어려웠다. 또 도대체 걔들과 무슨 말을 한단 말인가? 가까이 다가오지 않았으면 하는 애들에게 어떻게 다가갈 수 있단 말인가?

군 복무는 그에게 안도감을 안겨 주었다. 질서와 규율 속에 국가에 봉사하며 보낸 열두 달이었다. 하지만 스웨덴군에서도 외국인을 피할 수 없었다. 또 여자도 피할 수 없었다.

갓 성인이 된 빅토르는 정계에서 커리어를 쌓는 것을 고려해 봤다. 그는 자신과 같은 진실을 추구하는 잡지인 『폴크트리부넨』[3]을 구독했다. 또 자신과 생각이 통할 것 같은 사람들의 모임에 한두 차례 참석하기도 했는데, 거기서도 그렇게 편하지가 않았다. 그들은 폭력을 통해 변화를 가져오길 원했는데, 이는 싸울 준비가 되어 있어야 함을 의미했고, 싸우면 다칠 수 있었다. 빅토르는 아버지의 지갑에서 3백 크로나가 사라졌을 때부터 고통이란 게 무엇인지 알고 있었다. 빅토르가 그걸 훔쳤다는 아무런 증거가 없었지만, 아버지는 열다섯 살 소년을 제대로 패주었다. 그 이후로 아들은 문제 자체에 대해서는 따지려 들지 않게 되었다.

---

3 네오나치즘 성향의 단체인 〈스웨덴 저항 운동〉에서 펴내는 잡지.

빅토르가 가입을 고려하는 정당에는 간부들과 중간 간부들이 있었다. 그는 맨 밑바닥이었다. 거기서는 복종과 협력이 요구되었다. 남자들뿐 아니라 여자들에게도 마찬가지였다. 어떻게 여자들과 일할 수 있단 말인가? 또 어떻게 여자들에게 복종할 수 있단 말인가?

그가 내린 결론은 이랬다. 저항 운동을 한다는 이 친구들이 혁명을 이루지 못하는 한, 아니면 자신이 — 도중에 얻어맞거나 투옥되는 일 없이 — 직접 해결하지 못하는 한 스웨덴은 망해 버렸다. 지금 스웨덴은 전체적으로 기울어 가고 있지만, 〈사려 깊음〉을 보여 주어야 하는 당에서와는 달리 그가 이 나라에서 성공하는 것은 아직도 가능했다. 사려 따위는 당의 리더나 그의 보좌관이나 그의 마누라나 그의 고양이에게나 어울리는 거였다. 스웨덴을 기생충들에게서 보호하기 위해 필요한 것은 확고한 의지이지 사려가 아니었다.

혼자인 스무 살 청년은 아무에게도 빚진 게 없었다. 그는 싸워서 정상까지 올라간다는 계획을 세웠다. 그 정상에 서서 자신의 〈사려 없음〉을 활짝 꽃피우리라.

시간이 좀 걸려도 상관없었고, 다른 사람들이 희생된다 해도 조금도 문제 되지 않았다. 또 충분히 높기만 하다면 그게 어떤 정상이든 상관없었다.

그의 정상 등반은 스톡홀름에서 가장 명성 높은 미술 갤러리에 취직하면서 시작되었다. 그는 〈진정한 예술〉에 대해 제법 알고 있었을 뿐 아니라 면접 때는 자기가 현대 미술을 너무나 좋아한다는 거짓말로 갤러리 주인 알데르헤임을 구워삶는 데 성공했다. 그는 만전을 기하려고 면접을 보기 전에 이 분야에 대해 공부를 하여 다음과 같은 말까지 할 수 있었다.

「스톡홀름 최고의 미술품 거래인 님 앞에 앉아 있으니, 생각의 진정한 작동을 표현하기가 쉽지 않습니다.」

이것은 초현실주의의 창시자를 암시한 말이었는데, 천만다행으로 미래의 고용주는 더 깊이 질문하지 않았다. 이 창시자 이름을 잊어버린 것이다. 그가 좌파 시인이며 어느 반파시스트 그룹을 결성했다는 사실만 기억났다. 한마디로 천치 같은 자였다.

그의 계획은 그냥 나온 게 아니었다. 빅토르는 여기에 대해 곰곰이 생각해 봤다. 변화를 가져오고 싶은 사람에게는 지위가 필요하다. 동성애자를 두들겨 패거나 지나가는 흑인을 겁주는 일은 물론 가치 있는 행동이긴 하지만 진정한 변화를 가져오지는 못한다. 그 동성애자나 흑인에게는 예외겠지만 말이다.

그리고 지위를 얻기 위해서는 제대로 된 곳에서 놀아야 했다. 돈과 권력을 얻어야 했다. 산업계의 밑바닥에서부터 시작하는 것은 정계의 밑바닥에서부터 시작하는 것만큼이나 가망없는 짓이었다.

미술 갤러리는 완벽한 발판이 될 수 있었는데, 왜냐하면 이 사회의 진보적인 파워 엘리트들을 이어 주는 게 있다면, 그것은 오페라와 연극과 미술이기 때문이었다. 특히 알데르헤임이 파는 저 쓰레기 같은 현대 미술 작품들이었다. 여기서 빅토르는 고객들을 접하게 될 거고, 그들을 통해 뭔가 괜찮은 것을 얻게 되는 것은 시간문제일 터였다.

그의 주 업무는 고객을 상대하는 일이었다. 빅토르는 협상을 통해 〈매니저〉로 불릴 수 있는 권리를 얻어 냈다. 원래 알데르헤임이 원한 것은 조수였지만, 이제 늙고 지친 그는 남의 말에 쉽게 흔들리는 사람이 되어 있었다.

매니저의 가장 중요한 임무는 고객으로 하여금 매니저를 좋아하게 함으로써 작품을 좋아하게 하는 일이었다.

〈내 안 깊은 곳에는 세잔이 숨어 있답니다〉라고 그는 고백하듯이 약간 수줍은 미소를 지으며 말하곤 했다. 「하지만 솔직히 마티스에게 끌린다는 것을 인정하지 않을 수 없네요.」

이어서 그는 매끄럽게 마무리 짓곤 했다.

「허허, 정말이지 마티스는 어쩔 수가 없죠.」

그리고 속으로는 이렇게 덧붙였다. 〈에라, 빌어먹을 마티스, 지옥에나 떨어져라!〉

아마도 고객들은 매니저의 취향이 인상주의와 표현주의 사이의 어딘가에 위치해 있으리라 상상했겠지만, 사실 그는 자신의 계획에 충실했을 뿐이다.

알데르헤임은 매니저에게 완전히 홀려 버렸다. 새로 들어온 이 친구는 그가 한 번도 갖지 못한 아들처럼 느껴졌다.

그때까지만 해도 빅토르의 성(姓)은 스웨덴에서는 너무나도 흔한 성인 〈스벤손〉이었다. 그럼에도 불구하고 한 고객은 이따금 그를 베르니사주⁴ 같은 매우 중요하면서도 따분하기이를 데 없는 행사에 초대하곤 했다. 그는 자기가 반드시 가야할 곳은 빠짐없이 챙겼다. 그렇게 출세의 기회를 호시탐탐 노

---

4 전시회 전날, 일반 공개에 앞서 작품을 특별 공개하는 리셉션 행사.

리며 때를 기다렸다.

그는 이 모든 것을 2년 안에 이룬다는 계획을 세웠다. 만일 그 안에 아무것도 얻지 못한다면 다 털어 버리고 다시 시작할 생각이었다. 그때만 해도 모든 것은 때가 되면 알아서 찾아온다는 사실을 꿈에도 몰랐다. 미래가 그를 찾아왔기 때문에 그것을 쫓아다닐 필요가 없었다. 이 미래의 이름은 옌뉘였다.

빅토르는 〈여자〉의 모든 것을 경멸했다. 그들은 이해할 수 없고, 약해 빠지고, 감정적인 존재였다. 그는 여자가 가진 몇 안 되는 장점을 즐기기 위해 스톡홀름의 호텔에서 고급 매춘부들을 만나곤 했다. 고급 서비스의 장점은 지불할 때 청구서를 챙길 수 있다는 점이었다. 이 청구서 덕분에 〈섹스〉는 〈액자〉나 〈캔버스〉나 다른 적당한 물품이 될 수 있었다. 그는 여자들이 다른 종류의 행복을 줄 수 있다고 생각하지 않았다. 그들에게서 얻을 수 있는 것은 오로지…….

빅토르는 알데르헤임 영감이 자기 딸에 대해 아주 일찍부터 모종의 개념을 정립했다는 사실을 눈치챘다. 빅토르가 처음 등장했을 때, 그녀는 아장아장 걷는 것 말고는 거의 배운 게 없는 상태였다. 그는 그녀보다 19년 하고도 아홉 달이나 연상이었다. 그로서는 인내가 필요한 상황이었다. 또 그 자신도 스물다섯 살이나 어린 아내를 가진 영감의 지속적인 후원이 필요했다. 의심 덩어리 마녀 같은 그 빌어먹을 여편네는 도중에 조용히 사라져 주지 않는다면 일의 원만한 진행에 걸림돌이 될 수 있었다.

옌뉘는 성장했지만 매력이라곤 눈곱만큼도 없었다. 벽에 바짝 붙어 다녔고, 아무런 광채도 없었으며, 옷도 형편없이 입었다.

하지만 그녀는 알데르헤임 집안사람이었다. 그리고 언젠가는 영감의 자리를 이어받을 사람이었다. 그녀와의 관계는 빅토르에게 〈알데르헤임〉이라는 품위 있는 성을 그리고 결국에는 영감의 사업 전체를 안겨 줄 수 있었다.

그렇지만 그 빌어먹을 여편네가 문제였다. 그녀는 사랑하는 사람을 찾는 것은 옌뉘 자신의 몫이라고 믿었고, 이 때문에 빅토르는 그녀가 좌파이리라고 생각했다. 또 그녀는 매니저의 감정과 진심에 대해 의심을 품었다. 사실 그녀의 의심은 틀린 게 아니었고, 따라서 그녀가 일찌감치 이승을 하직한 것은 아주 잘된 일이었다.

그 모든 과정은 며칠 걸리지 않았다. 몸 전체에 암이 퍼져 있었다. 그녀는 아프다고 한마디도 하지 않다가 월요일부터 침대에서 꼼짝도 하지 못했다. 그리고 수요일에 병원에 실려 갔고, 일주일 후에 땅에 묻혔다.

이 빌어먹을 여편네가 죽자, 영감은 아파트에 틀어박혀 흘러간 시절을 그리워하며 세월을 보냈다. 저녁이면 옌뉘로 하여금 가죽 안락의자와 그가 가장 좋아하는 그림들과 커다란 어항이 있는 서재에 불을 지피게 했다.

그리고 거기에 미래의 사위로 점찍은 사내를 불러 코냑을 나눴다. 그렇게 뻔질나게 술판이 벌어졌지만, 술맛이 과히 나쁘지 않았고, 그의 목적을 위해서도 과히 나쁘지 않은 일이었다. 낮 동안에 빅토르는 갈수록 늘어 가는 거짓말과 우아함으로 고객을 상대했고, 어린 옌뉘를 다스렸다.

◆

　알데르헤임의 딸내미는 열두 살이 되고, 열네 살이 되고, 열다섯 살이 되었다. 그녀는 도무지 불평하는 법이 없었고, 남자 녀석들과 싸돌아다니는 일도 없는 것 같았다. 어떤 일을 맡기든 늘 그렇듯 무표정한 얼굴로 임했다. 때가 되자 그녀는 아파트와 갤러리 청소를 도맡았다. 덕분에 빅토르는 파트타임 용역에게 청소비를 지불하지 않아도 되었고, 그 몫만큼 장부에 흔적을 남기지 않으면서 매춘부와 조금 더 즐길 수 있게 되었다. 또 그는 엔뉘에게 지하실에 있는 따분한 자료들을 정리하게 했다. 어차피 거기는 그녀가 가장 시간 보내기 좋아하는 곳이 아니던가? 심지어 체취까지 케케묵은 자료들처럼 느껴지는 계집애였다.

　이렇게 모든 게 순조롭게 흘러가고 있는데, 아닌 밤중에 홍두깨라고, 과거에 만났던 매춘부 중 하나로부터 날벼락이 떨어져 내렸다. 어느 날 갑자기 그녀가 10대 소년 하나를 옆에 달고 갤러리에 나타났다.

　「애 이름은 케빈이야.」 그녀가 말했다.

　「그래서?」 빅토르가 반문했다.

　여자는 소년에게 밖에 나가 잠시 기다리고 있으라고 했다. 소년이 대화를 들을 수 없는 곳으로 가자 그녀가 말했다.

　「저 애는 당신 아들이야.」

　「뭐? 내 아들? 빌어먹을, 저 녀석은 흑인이잖아?」

　「내 얼굴을 좀 더 자세히 들여다보면, 어떻게 그런 일이 일어날 수 있었는지 이해할 수 있을 거야.」

　여자는 자신을 원망하지 않았다. 거래에 들어가기 전에 상대의 성격을 평가하는 것은 그녀가 할 일이 아니었다. 그녀의 직업에 있어서 단 한 가지 규칙은 여자를 때리는 남자는 두 번 다시 상대하지 않는다는 거였다. 때리지 않는 남자는 대금을 제대로 지불하는 한 언제나 환영이었다. 지금 그녀가 마주 보고 있는 남자는 두 번째 범주에 속했다.

빅토르는 옌뉘가 지하실에서 올라오기 전에 갤러리 문을 닫고, 거짓말하는 여자와 그녀의 아들을 밖으로 데리고 나가야 했다. 노인네는 여느 때처럼 방이 여섯 개가 있는 아파트에 틀어박혀 있었기 때문에 그들을 볼 수도 들을 수도 없었다.

졸지에 아버지가 되어 버린 빅토르는 부랴부랴 어머니와 아이를 몰고서 몇 블록 떨어진 카페로 갔다. 이 여자가 몇 년 사이에 이렇게 망가져 버릴 수 있다는 게 빅토르는 믿기지가 않았다. 그는 그녀에게 원하는 게 뭐냐고 물었다.

그녀는 최악의 것을 원하고 있었다. 그가 아버지의 책임을 다하라는 거였다. 지금까지 케빈의 존재에 대해 입을 다물고 있었지만, 그동안 힘들게 살아왔고, 이제는 도움이 필요하단다. 게다가 이 아이에겐 아빠가 필요하단다.

그저 돈이나 달라고 한다면 얼마나 좋으랴.

「도움이라니, 그게 무슨 뜻이지?」 그가 물었다.

「난 병이 들었어.」

「무슨 말이야?」

여자는 침묵을 지켰다. 이어폰을 낀 케빈의 귀에 들리는 것은 음악 소리밖에 없었지만, 그녀는 만전을 기하기 위해 길 건너편의 상점에 가서 과자를 사 오라고 케빈을 보냈다. 그러고 나서 말했다.

「난 죽어.」

「인간은 다 죽어.」

이번에는 테이블 위에 더 긴 침묵이 감돌았고, 마침내 여자는 다시 입을 열었다.

「난 에이즈에 걸렸어.」

빅토르는 앉은 채로 몸을 뒤로 젖혔다.

「이런 젠장!」

그는 이 모든 현실을 부정하고 싶었지만, 이 역병 걸린 여자가 이렇게 찾아온 데는 나름의 이유가 없지 않을 거였다. 그런데 이 여자는 빅토르의 인생 스케줄에 있어서 가장 좋지 않은 타이밍에 등장한 것이었다.

그녀를 간단히 쫓아 보낼 수는 없었다. 그녀가 살아 있는 한, 어느 때고 갤러리에 불쑥 나타나 아무나 붙잡고서 저 인간이 애 아빠라고 떠들어 댈 수 있지 않은가?

따라서 현 상황의 키워드는 〈시간 벌기〉와 〈피해 최소화〉일 터였다.

죽어 가는 어머니와의 이어진 협상에서, 빅토르는 아이가 성인이 될 때까지 아버지의 의무를 다할 것을 약속하면서, 아이가 듣는 곳에서는 절대로 〈아버지〉라는 말을 입 밖에 꺼내지 않을 것을 조건으로 내걸었다. 아니, 저 녀석이 옆에 있든 없든 절대로 입 밖에 꺼내지 마.

「저 녀석?」 여자가 말했다. 「저 애는 이름이 있어. 케빈이라고!」

「말꼬리 잡지 마!」

4

케빈의 어머니가 뭐가 그리 바쁜지 급속도로 쇠약해지는 동안, 빅토르는 일주일의 휴가를 얻었다. 갈수록 늙어 가는 알데르헤임 영감은 그 게으른 궁둥이를 움직여 오랜만에 쓸모 있는 모습을 보여 줘야 했다. 매니저는 갑작스레 출현한 골칫거리를 감추기 위해 아주 멀리 떨어진 스톡홀름 남쪽 교외에 원룸을 임대했다. 18제곱미터의 공간에는 침대 하나, 간이 주방하나 그리고 의자 두 개와 테이블 하나가 구비되어 있었다.

두 의자 중 하나에 소년을 앉힌 그는 자신도 다른 의자에 앉고는 앞으로 지켜야 할 규칙을 알려 주었다.

첫째, 케빈은 빅토르가 자기 아버지라는 생각을 절대로 품지 말아야 한다. 자신은 케빈의 무책임한 어머니가 죽을 계획을 세우고 있기 때문에 순전히 선의로 그를 받아들였을 뿐이다. 〈후견인〉이라고 부르는 게 적절하겠지만, 그게 어색하게 느껴진다면 〈사장님〉이라고 불러도 무방하다.

소년은 지금껏 살아오면서 한 번도 사장님을 모신 적이 없지만 어쨌든 고개를 끄덕였다. 또 후견인을 가진 적도 없었다.

아버지는 말할 것도 없고.

두 번째 규칙은 케빈이 시내에 있는 빅토르를 절대로 찾아와서는 안 된다는 거였다. 그는 여기 볼모라에 살면서 근처에 있는 고등학교에 매일 등교했다가 집에 돌아오게 될 거란다. 만일 자기가 시킨 대로 한다면 냉장고에는 항상 피자가 들어 있을 거란다.

케빈은 자기 엄마가 어떻게 지내고 있는지 궁금했다.

「잡소리 집어치우고 내가 하는 말이나 잘 들어! 이건 아주 중요해!」

급한 불은 끈 셈이었다. 그리고 일주일 후에 그 골치 아픈 여자가 죽었을 때, 모든 게 정상으로 돌아갈 수 있었다. 케빈은 제대로 행동했고, 학교에서도 문제를 일으키지 않았으며, 음식에 대해서도 불평하지 않았다. 무엇보다도 갤러리 근처는 얼씬도 하지 않았다. 거의 존재하지 않는 것처럼 지냈다. 정말로 존재하지 않았다면 더 좋았겠지만 말이다.

◆

옌뉘는 열여섯 살이 되고, 열일곱 살이 되고, 열여덟 살이 되었지만 빅토르는 그녀를 건드릴 어떠한 성적인 이유도 발견하지 못했다. 하지만 핵심은 그게 아니었다. 어쨌거나 그들은 결혼해야 했다.

노인네는 훌륭한 중매쟁이였다. 그는 내키지 않아 하는 딸을 매일같이 닦달했다. 때로는 멀리 있는 빅토르의 귀에 들릴 정도로 고래고래 소리를 지르기도 했다. 알데르헤임이 내세운 이유는 이랬다. 난 평생 쌓아 온 사업이 내가 죽은 후에도 이어지기를 원해. 엔뉘, 넌 그 책임을 떠맡기에는 너무 어리고 경험도 없어. 그런데 빅토르는 아주 성숙하고도 책임감 있는 사람이야. 심지어는 안전한 사람이기까지 하지. 엔뉘야, 저 친구에 대해 좋은 감정을 가지면 안 되겠니?

그녀가 한 대답은 옆방에서 들리지 않았다. 저 엔뉘보다 과묵한 생명체를 만나려면 노인네의 어항 속에 들어가야 하리라.

엔뉘의 문제는 어떻게든 해결할 수 있었다. 하지만 볼모라에 있는 저 사생아 녀석은 신발 속의 가시였다. 시간이 흘러 케빈이 열여덟 살이 되는 날이 다가왔다. 그 나이가 되면 빅토르는 더 이상 녀석을 통제할 수 없게 될 거였다. 그럼 녀석은 소란을 피우리라. 빅토르는 인간의 선한 본성에 대한 믿음이 전혀 없었다. 그가 믿는 유일한 사람은 바로 자기 자신이었다. 그게 한 달 후가 될지, 여섯 달 후가 될지, 1년 후가 될지 알 수 없었지만, 확실한 것은 케빈이 어느 날 눈앞에 나타나 돈을 요구할 거라는 사실이었다. 처음에는 사소한 비용으로 1백 크로나 정도 요구하겠지만 그다음에는 자전거값으로 더 달라고 하고, 자동차를 사겠다고, 외국 유학을 가겠다고 혹은 자기 집을 사겠다고 그 이상을 요구할 수 있었다. 빅토르가 현금 자동 지급기라는 사실을 알게 되면, 그 짓은 한없이 이어질 거였다.

젠장.

지금은 저 노인네를 구워삶고, 엔뉘를 꾀어 청혼을 하고, 저 멍청한 계집의 승낙을 받아 내는 일에 집중해야 할 때였다. 그런데 볼모라에 있는 케빈이 이걸 눈치채면 모든 게 허사가 될 수 있었다. 빅토르는 세상은 원래 이렇다는 것을 아주 오래전부터 알고 있었다. 그리고 얼마 안 가 볼모라에 있는 저 녀석도 알게 될 거였다.

살인은 있을 수 없는 얘기였다. 하지만 만일 녀석이 어떤 식으로든 죽게 된다면? 그러면 이야기가 달라질 거였다. 문제는 열여덟 살 먹은 소년이 어느 날 갑자기 죽기는 힘들다는 사실이었다. 케빈이 죽기 위해서는 누군가의 도움이 필요했다.

빅토르는 여러 해 전에 그가 관계를 맺었던 저항 조직을 떠올려 봤다. 적어도 그들이 열심히 노력한다는 점만큼은 인정해야 했다. 간간이 그들 중의 한둘이 구타, 소요, 인종 간 증오 선동, 무장 폭행 등을 저질러 수감되곤 했다. 그러지 않을 때에는 당의 프로그램을 다듬었다. 그들의 견해는 여러모로 옳다고 할 수 있었다. 그들이 권력을 쥐게 되었을 때 처음 하게 될 일 중의 하나는 이곳에 속하지 않은 사람들을 모두 원래 있던 곳으로 돌려보내는 거였다. 이란인들은 이란으로, 이라크인들은 이라크로, 유고슬라비아인들은 유고…… 뭐, 유고슬라비아가 없어졌으니 이건 좀 힘들겠지만……. 하지만 케빈이 아프리카로 보내질 거라는 사실만큼은 확실했다.

생각만 해도 가슴이 설렜다. 문제는 이 저항 조직이 혁명을 일으킬 때까지 기다릴 수 없다는 점이었다. 지금 그들 중에 몇 명이나 그걸 위해 뛰고 있을까? 백 명? 2백 명? 게다가 그들 중 절반은 감방에 있었다.

늘 그렇듯, 결국 믿을 놈은 자신뿐이었다.

그는 아프리카에 대해 생각해 봤다.

그리고 조금 더 생각해 봤고, 알데르헤임의 서가에서 낡은 지도책을 꺼냈다.

빅토르는 아프리카 대륙 위에 검지를 올려놓고는 그게 저절로 멈춰 설 때까지 천천히 움직였다. 그리고 마음을 굳혔다.

그래, 모든 것에 제자리가 있는 법이야.

5

「야, 케빈! 냉장고에 피자가 다 떨어졌어.」

「안녕하세요, 사장님.」

빅토르는 흡족하게 고개를 끄덕였다. 녀석은 규칙을 알고 있고 또 잘 지키고 있었다. 얌전한 녀석이었다. 검둥이긴 하지만 얌전했다.

「너 곧 열여덟 살이 되지?」

「사실은 바로 오늘이 그날이에요.」

「자, 내 말이 맞잖아? 우리 축하도 할 겸 다음 주에 여행을 함께할까? 노상 이렇게 볼모라에 처박혀 있으면 따분하지 않니?」

여행이라니, 정말 환상적인 소리였다. 하지만 케빈은 여기서 행복하게 잘 지내고 있단다. 그리고 사장님이 절대로 시내에 들어오지 말라고 하지 않았어요?

「좋아, 내 말을 잘 이해하고 있군. 하지만 내가 이번에 나이로비에 출장을 가게 됐어. 너도 같이 가지 않을래? 그쪽을 한번 돌아보는 것도 좋지 않겠어?」

「나이로비요?」 소년이 되물었다.

「케냐 말이야.」 빅토르가 설명했다.

이때 케빈은 그들 사이에 뭔가가 있다는, 사장님은 단순한 사장님 이상의 무엇이라는 느낌이 처음으로 들었다. 이분은 까칠하고, 때로는 아주 불쾌하게 굴기도 하지만, 속마음은 다르지 않을까? 그들은 함께 긴 여행을 할 거였다. 함께 새로운 세상을 발견할 거였다. 함께 있을 거였다.

「고마워요, 아빠…….」 케빈은 자신도 모르게 말했다.

정말로 그렇게 믿었다기보다는 삶 가운데 아버지라는 존재가 절실했기 때문이었다.

「아빠라고 부르지 마.」

방에 널려 있는 피자 상자들을 대충 치우고, 여권과 비행기표를 준비하는 데 며칠이 걸렸다. 빅토르는 자신을 위해서는 비즈니스석 왕복권을, 케빈을 위해서는 이코노미석 편도권을 끊었다.

그런 다음 엔뉘와 반치매 상태의 노인에게는 고객이 될 가능성이 있는 어떤 사람을 만나기 위해 잠시 런던에 다녀온다고 말했다.

「며칠 후면 돌아올 거야.」 그가 엔뉘에게 말했다. 「그동안 갤러리를 잘 보고 있어.」

「하지만…….」 엔뉘가 말했다.

「좋아. 자, 키스!」

케빈의 나라가 어디인지 알아내는 것은 불가능했다. 빅토르는 목적지를 선택하는 데 있어 다른 기준을 사용했다. 우선 불의의 사고가 일어나지 않을 만큼 충분히 문명화된 곳이어야 했다. 따라서 소말리아가 아닌 케냐였다. 그리고 소년이 자기가 어디 있는지 알지 못할 만큼 충분히 오지여야 했다. 따라서 버스 정류장까지 걸어서 갈 수 있는 국립 공원은 피했다. 대충 말해서 그곳은 나이로비에서 550킬로미터 떨어진 어느 황량한 곳이었다.

◆

지금까지의 여행은 케빈이 바랐던 것과는 달랐다. 예를 들어 그는 빅토르의 거친 겉모습 뒤에서 따스한 마음을 발견할 수 있을지도 모른다고 생각했다. 운이 없게도 그들은 비행기의 서로 다른 칸에 탑승하게 되었는데, 이는 열여덟 살 소년이 꿈꿨던 것 ─ 삶과 미래에 대해 얘기를 나누고, 서로를 알게 되고, 서로를 좋아하게 되고 ─ 과는 전혀 다른 상황이었다.

공항에서는 렌터카 한 대가 그들을 기다리고 있었다. 빅토르는 소년을 앞자리의 조수석에 앉게 했다. 동등한 인간으로 대접해 주는 것 같았다. 어쩌면 이제부터는…….

소년은 이렇게 오랫동안 달리기를 바랐다. 어쨌든 둘이 나란히 앉아 있으니까.

「아빠, 우리 어디 가는 거예요?」 그가 물었다.

「아빠라고 부르지 말라고 했잖아.」

대화는 그걸로 끝이었다.

사장은 계속 아무 말도 하지 않으면서 내비게이션에 의지하여 레인지로버를 몰았다. 그들은 서쪽으로 쭉 달리고 있었다.

소년도 세 시간 동안 침묵을 지켰다. 무슨 말을 할 게 있단 말인가? 결국 그는 지쳐 버렸다.

「우리가 어디로 가는지 알려 줄 수 없나요? 궁금해요.」

「왜 이렇게 잔소리가 많아? 그냥 경치나 즐겨, 빌어먹을!」

A104 도로는 B3이 되고 B3은 또 C12가 되었다. 길은 갈수록 좁고 울퉁불퉁했다. 해가 지자 아스팔트는 자갈이 되었다. 그렇게 빅토르와 소년은 얼마간 광활한 사바나를 가로질렀다. 바깥이 칠흑같이 검어지자 빅토르는 차를 세웠다.

「다 왔다.」

「여기가 어디예요?」

「네가 있어야 할 곳이다. 자, 차에서 내려라.」

케빈은 시키는 대로 했고, 빅토르는 엔진이 계속 돌아가는 차의 운전석에 앉아 있었다. 소년을 아까시나무 옆에 남겨 놓은 그는 조금 더 앞으로 가서 차를 뒤로 돌렸다. 그렇게 돌아가면서 그는 차창 유리를 내려 작별을 고했다.

「야, 너무 걱정하지 마! 넌 여기서 잘 지낼 거다. 네 DNA는 이곳에 맞아.」

「하지만 아빠는…….」

「나도 아주 잘 지낼 거야!」 빅토르는 이렇게 말하고 떠나 버렸다.

녀석은 자기 땅에 돌아왔을 뿐이었다. 나머지는 대자연이 알아서 해주리라. 모든 게 순리대로 흘러가는 게 어디 이 빅토르의 잘못인가?

딱 24시간 후, 그는 스톡홀름의 갤러리에 돌아와 있었다. 여행 경험 하나가 늘었고, 문젯거리 하나가 줄었다.

「런던은 어땠어요?」 옌뉘가 궁금해했다.

「아주 더웠어.」 빅토르가 대답했다.

때는 2월 25일이었다.

◆

국세청[5]은 케빈을 사망 처리하는 것을 거부했다. 사망 신고를 접수한 경찰의 조서를 제출했지만, 그들은 7695 양식(〈실종자 사망 선언 요청서〉)을 보충할 것을 요구했다. 그러고 나면 사안을 5년 동안 숙고한단다. 5년이라니! 사자에게 잡아먹히는 데는 5분이면 충분할 텐데 말이다.

그래도 대부분의 일이 빅토르의 바람대로 진행되었다. 위층에서 항상 우중충한 낯짝을 하고 있는 노인네는 결국 갤러리 전체를 딸과 그에게 넘겼고, 옌뉘는 그가 깊이 숨을 한번 들이마신 후에 청혼을 했을 때 승낙했다. 숨을 들이마신 것은 혐오감 때문이지 거절당하는 게 두려워서가 아니었다. 그녀는 결코 거부하는 법이 없었다.

빅토르는 이 기쁜 소식을 미래의 장인과 나누는 한편, 일반적으로는 여자가 남자의 성을 따르는 게 원칙이지만, 자신은 반대로 따님과 장인의 성을 취할 계획이라고 밝혔다.

「사장님께서 제게 해주신 모든 것에 대해 감사하는 의미로

5 스웨덴에서는 주민 등록이나 출생 및 사망 신고 등 우리나라의 행정 복지 센터가 하는 일을 국세청이 담당한다.

말입니다.」 그는 진실에 입각하여 이렇게 말했다.

그의 장인은 훌쩍거리기 시작했다. 사랑하는 딸에게 너무나 잘된 일이라 생각했기 때문이었다.

이 모든 재산이 빅토르의 것이 되려 하고 있었다. 이제 서류를 작성하고 도장만 찍으면 끝이었다.

노인네가 죽어 주는 데는 몇 해가 더 필요했고, 빅토르로서는 참으로 괴로운 시간이었다. 노인은 코냑을 마실 때면 손자가 언제 태어나느냐고 묻곤 했는데, 그때마다 빅토르는 교묘히 빠져나갔다. 그는 육체적인 유혹에 빠지지 않으려고 고급 매춘부와의 만남을 주 2회로 늘렸다. 물론 콘돔은 필수였다. 진짜건 가짜건 간에 사생아가 앞길을 막는 일은 더 이상 없어야 했다.

마침내 빅토르에게 인생 최고의 순간이 찾아왔다. 다른 날도 아닌 성탄절 전날에 노인네가 그들에게 기쁜 소식을 전한 것이다. 더 이상의 성탄절 선물이 없었다.

「엔뉘야, 빅토르야. 난 곧 힐레비[6]에게로 가게 될 것 같구나.」

「아니, 그게 무슨 말씀이에요, 아빠?」 엔뉘는 깜짝 놀랐다.

「난 암에 걸렸어. 죽은 네 엄마처럼 말이다.」

〈할렐루야, 할렐루야, 주님을 찬양하라!〉 빅토르는 속으로 외치면서 입으로는 이렇게 말했다.

「세상에, 이런 끔찍한 일이!」

6 스웨덴의 여성 이름의 하나.

이제 앞길이 훤히 트인 셈이었다. 20년 11일 만에 무일푼에서 거부가 된 것이다.

빅토르는 장인의 몸이 식자마자 마지막 작업을 진행했다. 새 회사(《승리 아니면 죽음을! 유한회사》)를 설립한 그는 회사를 혼전 합의서로 보호해 놓고는, 엔뉘로 하여금 갤러리와 방 여섯 개짜리 아파트를 비롯한 그녀의 모든 자산을 자기에게 기증하게 한 뒤, 이 모든 것을 단돈 1크로나에 회사에 매각했다. 이를 통해 그의 아내는 이혼 시에 50외레[7]를 받을 권리를 얻게 되었다. 나머지는 그의 것이었다.

이 모든 것은 순조롭게 진행되었다. 엔뉘는 빅토르가 서류를 내밀 때마다 군말 없이 서명했다. 가끔 질문할 때도 있었지만 그가 교묘히 빠져나갈 수 없는 것은 하나도 없었다. 예를 들어 그녀는 왜 새 회사와 관련된 혼전 합의서를 작성해야 하는지 알고 싶어 했다. 빅토르는 이제 그들이 자녀를 비롯하여 여러 가지를 갖게 될 텐데(그는 아이는 섹스를 전제로 한다는 사실을 엔뉘가 알 리 없다고 생각했다) 행정적인 복잡한 일들로 그녀를 괴롭히고 싶지 않다고 설명했다.

물론 그녀는 나중에 법정 투쟁을 벌이고, 또 얼마간 성공을 거둘 수도 있었다. 하지만 이는 순전히 이론적인 상황일 뿐이었다. 실제로 그녀에게 그럴 능력이 없음을 빅토르는 알고 있었다. 그리고 50외레에서 더 빼 가봤자 무슨 도움이 되겠는가?

모든 것을 확실히 해놓기 위해서는 생각해야 할 게 너무 많았다. 오랫동안 반사회적 성격의 미술품들을 거래하다 보니,

---

7 스웨덴 돈으로 백 외레는 1크로나이므로, 50외레는 우리나라 돈으로 60원 정도.

무엇보다도 시급하게 처리해야 할 일이 생겼다. 빅토르는 모더니즘 작품 열두 점을 할인가로 팔아넘겼고, 열세 번째 작품은 갈기갈기 찢어 쓰레기통에 던져 버렸다. 18만 크로나의 가격표가 붙은 에리히 헤켈의 그림이었는데, 빅토르는 속으로 그를 〈에리크 에켈〉[8]이라고 불러 왔던 것이다. 이 그림에는 중성적인 용모와 녹색 입술을 가진 반라의 여인이 묘사되어 있었다. 그 중성적 용모는 미(美)와 질서에 대한 너무도 심한 모욕이었기 때문에 빅토르는 공공의 선을 위해 이 쓰레기를 누구에게 공짜로도 주고 싶지 않았다.

이렇게 일차적인 예술적 숙청을 마친 그는 아무도 몰래 옌뉘의 주소지를 볼모라의 아파트로 바꿔 놓았다. 이게 꼭 필요한 일인지는 알 수 없었지만, 법정에서는 어떤 일도 생길 수 있기 때문에 만전을 기하는 편이 나았다.

그리고 드디어 이혼할 때가 되었다.

「저녁 식사 때 연어 먹을래요, 아니면 닭고기 먹을래요?」 어느 날 옌뉘가 물었다.

「닭고기로 부탁해.」 빅토르가 대답했다. 「그리고 이혼도 부탁해.」

「네, 그럼 닭고기로 할게요.」 옌뉘가 조용히 고개를 끄덕였다.

어차피 아버지는 죽었다. 이런 의미 없는 관계를 소생시키려 애써 봤자 무슨 소용이 있단 말인가?

8　에리히 헤켈은 독일의 표현주의 화가이며, 이와 발음이 유사한 에리크 에켈은 스웨덴어로 〈구역질 나는 에리크〉라는 뜻이다.

이혼이 법적인 효력을 얻는 데는 몇 주로 충분했는데, 엔뉘가 모든 것에다 군말 없이 서명했기 때문이었다. 빅토르는 그녀가 멍청해서 그런 것이라 생각했다. 하지만 그녀는 빨리 그와 끝내고 싶었을 뿐이다. 하루라도 빨리 여기서 벗어나고 싶었다.

그녀는 원하는 것을 얻었다. 하지만 꼭 그런 것만은 아니었다. 평생 동안 잠을 자다 어느 날 깨어나 보니 볼모라의 어느 원룸 아파트였고, 가진 거라곤 50외레와 몸에 걸치고 있는 옷이 다였다.

◆

엔뉘는 빅토르의 생각과는 달리 그렇게 무기력한 여자는 아니었다. 그녀는 여가가 있으면 우선은 예술과, 그다음에는 사람들과 보내겠다고 일찍부터 생각해 왔었다. 그런데 그녀의 상황은 그런 시간을 꿈도 꿀 수 없게 만들었다.

먼저 아버지를 돌봐야 했고, 그다음에는 자료 정리를 위해 지하실에 내려가야 했다. 하지만 그녀는 파일과 자료들로 채워진 지하실에서 혼자가 아니었다. 그곳의 조그만 서가에는 프란츠 카프카나 아우구스트 스트린드베리 같은 친구들이 있었으며, 비록 싸구려긴 하지만 제법 큼직한 복제화들로 벽을 꾸밀 수 있었다. 이렇게 그녀는 빈센트 반 고흐, 막스 베크만, 이삭 그뤼네발트, 에른스트 루트비히 키르히너, 이르마 스턴 등의 그림들에 둘러싸여 지냈다.

때로는 직접 붓을 잡고 유화를 그려 보기도 했다. 하지만 잘

되지가 않았고, 날이 갈수록 자신의 친구들이 얼마나 천재인지를 뼈저리게 느낄 뿐이었다. 자료 정리원 옌뉘가 그림을 그렸고, 작업이 끝나면 비평가 옌뉘가 형편없는 결과물에 한탄하곤 했다. 뭐, 그런대로 유쾌한 삶이라 할 수 있었다. 창문도 없는 지하실에서 그녀는 자신의 비참한 삶에 만족하며 지냈다. 이런 상황에서 그녀는 그녀의 친구 카프카에 대해 깊은 공감을 느꼈다. 심지어는 그 자신과도 아무런 공통점이 없다고 느끼는 카프카에게 말이다.

이따금 그녀는 이렇게 아주 작은 것을 가지고 잘 지내는 자신에게 스스로 놀라면서, 그 이유를 알기 위해 그리고 자신의 삶과 천재들의 삶 사이에서 공통점을 찾아보기 위해 인터넷을 뒤지기도 했다. 결과적으로 자신은 에드바르 뭉크(자신의 불안감을 그림으로 묘사했다)나 프란시스코 고야(종종 환각에 빠졌다)나 야눌리스 할레파스(조각 작품을 완성하면 부숴 버리곤 했다) 같은 정신병자는 아니지만, 모종의 〈신경 정신계 장애〉가 있을 수도 있다는 생각이 들었다. 아마 이게 맞지 않을까 싶었다.

이렇게 뭔가 정신 장애가 있는 것 같음에도 불구하고 언젠가부터 매니저가 자기에게 접근해 오는 것을 눈치챌 수 있었다. 그리고 사랑하는 아버지도 그들의 결합을 바라는 것 같았다. 빅토르는 그녀보다 훨씬 연상일 뿐 아니라, 그녀에게는 모든 것인 모더니즘 화가들에 대해 아무것도 모르는 것 같았다. 하지만 그는 아버지의 총애를 받았고, 갤러리의 미래를 책임진 사람이었다. 아버지는 그녀가 갤러리를 책임질 수 있다고는 전혀 생각하지 않았다. 지금까지 그녀는 어린아이였을 뿐이고, 이제는 기껏해야 미숙한 젊은 여자일 뿐이었다.

또 사랑이란 게 대체 무엇인가? 슬프게도 몸은 죽어 버렸지만, 작품은 영원히 살아 있을 모더니즘 화가들에 대한 사랑 외에 다른 사랑은 그녀에게 의미가 없었다.

그가 청혼하자 그녀는 승낙했다. 어쩌면 승낙한 사람은 그녀의 아버지였을 것이다. 그녀는 묵묵히 고개만 끄덕였다.

하지만 시청 공무원 앞에서 그녀는 아버지를 위해 입을 열어야 했다. 남편에 대해서는 어떠한 감정도 없었으므로, 앞으로 있을 부부의 의무에 대해서도 아무런 열정을 느끼지 못했다. 이상하게도 전혀 느낌이 없었지만, 그녀에게는 문제가 되지 않았다. 그녀가 앞에서 기꺼이 옷을 벗을 수 있는 사람이 하나 있다면, 그것은 화가 에른스트 루트비히 키르히너였다. 그녀는 스톡홀름 현대 미술관에 걸린 그림 속에 있는 마르셀라가 되고 싶었다. 혹은 베를린의 브뤼케 미술관에 있는 다섯 나부(裸婦) 중의 하나도 괜찮았다.

키르히너는 짝사랑의 화신이었다. 1880년에 태어난 그는 아돌프가 저지르려 하는 만행에 절망하여 1938년에 스스로 목숨을 끊었다.

이제 모든 게 분명히 이해가 됐다. 그녀의 남편은 서명을 요구했고, 그녀는 서명했다. 그는 항상 너무 많이 그리고 형편없이 지껄여 대는 사람이었다. 그가 요구하는 대로 하기만 하면, 아빠가 만족하시리라 생각하며 친구들이 있는 지하실로 내려갈 수 있었다. 적어도 아빠가 살아 계실 동안에는 그랬다.

이제는 정말로 분명히 알 수 있었다. 그들이 한 번도 섹스를 하지 않은 이유가 이해되었다. 스물세 살의 옌뉘는 그 방면에 대한 경험이 전혀 없었다. 하지만 그녀는 학교에서 그리고 HBO를 통해 그게 어떤 것인지는 알고 있었다. 그녀는 살바도르 달리의 걸작 「위대한 자위행위자」 앞에서 이 스페인 화가에 대해 공감을 느꼈다. 살바도르 달리는 자신을 생각하며 이 작품을 그렸다고 했다.

그녀는 빅토르가 자신에게 다가오지 못하는 것은 그가 겉으로는 호기를 부리지만, 사실은 수줍고 자신감이 부족하기 때문이라고 생각했다. 솔직히 그는 예술에 대해 아무것도 모르는 사람이 아닌가? 특히 모더니즘에 대해서는 무지 그 자체였다. 그가 고객들 앞에서 〈허허, 정말 마티스는 어쩔 수가 없네요!〉라고 지껄일 때마다 그렇게 초라해 보일 수가 없었다. 그녀는 책에 실린 마티스의 작품 「붉은색의 조화」를 그에게 보여 준 적이 있었다. 〈뭐야, 이 쓰레기는?〉 그가 외쳤다. 〈혹시 이딴 것을 구매한 것은 아니겠지?〉

뭐, 마티스는 어쩔 수가 없어?

이제 그녀는 완전히 이해했다.

그는 그저 무식한 사람이 아니었다. 그에게는 숨은 계획이 있었다. 그 계획 가운데 그녀가 포함된 일은 없었다. 그녀는 그것을 이루기 위한 수단이었을 뿐이다.

젠장. 이제 돌아갈 집도, 갤러리도, 지하실도, 친구도, 삶도 없었다.

차라리 바다로 걸어 들어가는 편이 나으리라.

지금 스톡홀름의 남쪽 교외 지역에 있는 그녀는 어디가 어딘지 알 수 없었다. 한 번도 와본 적이 없는 곳이었다. 하지만 스톡홀름은 사방이 물로 둘러싸여 있었다. 그냥 아무 방향으로나 똑바로 걷기만 하면 되었다. 얼마나 걸릴까? 15분?

그녀는 천천히 걸었다. 죽음으로 가는 길에 서두를 필요가 없었다. 심지어는 이따금 주변을 둘러보기도 했다. 겨울이 다가오고 있었다. 화창한 날이었고, 많은 사람들이 유모차를 밀며 산책하고 있었다. 아마도 주말일 거였다. 어쩌면 일요일일 수도?

저 멀리에서 물 같은 것이 희미하게 반짝였다. 그쪽으로 방향을 잡은 그녀는 아이들이 축구를 하는 잔디밭을 지나갔다. 영하의 날씨에도 아이들은 재미있게 놀고 있는 것 같았다. 첫눈은 아직 내리지 않았다.

갑자기 공이 통통 튀어 그녀에게로 왔다. 그녀는 반사적으로 두 손을 내밀어 그걸 잡았다.

「나이스 캐치!」 한 아이가 소리쳤다.

그녀는 미소를 지으며 공을 아이에게 건네주었다. 아이는 고맙다고 하고는, 공을 다시 경기장 안으로 던졌다. 그게 다였다.

나이스 캐치? 아이는 왜 그렇게 말했을까? 왜냐하면 그것이 〈나이스 캐치〉였기 때문이었다. 논리적으로 말하자면, 공중에 떠 있는 공을 단번에 잡을 수 있는 사람은 그리 무능하지 않다. 이 사실은 옌뉘의 머릿속에 새로운 길을 열어 주었다.

만일 그녀가 바다에 몸을 던진다면 좋아할 사람은 단 하나, 빅토르 알데르헤임이었다. 이 사실을 생각하니 그에게 좋은 일을 해주고 싶은 마음이 싹 가셨다. 어떻게 그 인간은 갤러리의 가장 귀중한 작품들을 헐값에 팔아 치울 수 있단 말인가?
그리고 에리히 헤켈의 그림은 대체 어디로 가버렸는가?

6

빅토르는 모든 게 만족스러웠다. 그 망할 여편네는 오래전에 죽었다. 노인네도 그녀를 따라 저세상으로 갔다. 가짜 결혼도 끝났고, 예술의 정신에서 벗어난 그림들도 깨끗이 처리되었다. 이제부터 진정한 미술품 컬렉션 작업을 시작할 수 있었다.

그리고 그 빌어먹을 후레자식이 사자들에게 잡아먹히고 나서 벌써 5년이 되어 가고 있었다. 국세청은 사망 선언서를 우편으로 보내 주겠다고 약속했다.

◆

빅토르가 자신의 아들을 케냐의 사바나에 홀로 남겨 놓고 떠난 후, 케빈은 첫 1분 동안은 무슨 일이 일어났는지 이해하지 못한 채로 어둠 속에 우두커니 서 있었다.

그러고 나서 여전히 상황을 이해하지 못했지만, 적어도 한 가지는 깨닫기 시작했다. 만일 이렇게 계속 우두커니 서 있으면 곧 죽게 된다는 사실이었다. 여기까지 차를 타고 오면서 사방에 야생 동물들이 도사리고 있다는 것을 확인할 수 있었다. 특히 사자들이 눈에 띄었다.

그렇다고 해서 딱히 갈 곳이 있는 것도 아니었다. 나무 위로 올라가면 어떨까? 만일 사장 겸 후견인이 원했던 게 자기 손을 쓰지 않고 케빈을 죽이는 거였다면, 이렇게 나무 바로 옆에 내려놓은 것은 실수가 아니었을까?

아까시나무에 기어오르는 것은 결코 녹록한 일이 아니었지만 케빈은 젊고도 유연했다. 얼마 후에 그는 지상 3미터 높이의 가지 사이에 앉아 있었다. 거기서 새벽까지 버틸 생각이었다. 무엇보다도 절대로 잠이 들면 안 되었다.

아프리카 사바나의 아까시나무 위에서 혼자 밤을 새워 보면, 사람은 너무나 쉽게 절망한다는 것을 알게 된다. 채 20분도 안 되어 케빈은 자문해 보기 시작했다. 왜 내가 자지 않고 깨어 있어야 하지? 이 밤이 지나면 낮이 되겠지만, 그래도 내가 케냐에 있다는 사실에는 변함이 없어. 몇 달 전에 볼모라에서 과학 선생님이 친절하게도 동아프리카의 야생 동물에 대해 설명해 주셨지. 가장 배고픈 녀석들이 밤에 사냥하고 있으면, 가장 성질 고약한 녀석들은 잠을 잔다고 했어. 그리고 새벽이 되면 임무 교대를 한다고 했지.

만일 동이 틀 때 나무에서 내려오면 무엇과 마주치게 될까? 물소? 코뿔소? 내가 자기 새끼를 위협한다고 확신하는 암코끼리?

또 운 좋게도 이 녀석들과 마주치지 않는다 해도 어느 방향으로 가야 하지?

아니, 이 모든 것에서 벗어나기 위해 그냥 잠이나 자는 게 나을지도 몰라. 하지만 먼저 내가 어쩌다 이런 지경이 되었는지 한번 생각해 봐야 해.

몇 해 전, 어머니는 그를 어떤 낯모르는 남자에게 데려갔고, 얼마 후에 그 남자는 그의 후견인이 되었다. 남자는 자기를 〈사장〉이라고 부르라고 했고, 소년은 이 요구를 받아들였다. 어차피 지금껏 아빠 없이 살아오지 않았던가? 사장은 그가 가질 수 있는 가장 가까운 사람일지도 몰랐다.

이제 와 돌이켜 보니, 이해가 될 것도 같았다. 아마도 엄마는 그가 어렸을 때 매춘부의 세계에서 아주 높은 곳에 있다가 나이가 듦에 따라 점차로 내려왔을 것이다. 그녀가 면역 체계와 관련된 그 모든 고통에서 해방되어 세상을 떠나자 케빈과 후견인만 남게 되었다. 엄마는 어려움 속에서도 사랑과 너그러움 그 자체였지만, 사장은 이와는 거리가 멀었다.

그렇다면 그는 왜 케빈을 맡았을까? 케빈은 여기에 돈이 결부된 것이라 추측했다. 엄마는 자기가 세상에 없을 때 케빈이 안전하게 살 수 있도록 그에게 돈을 지불했음이 틀림없었다. 그게 별로 좋은 계획이 아니었음은 자명했다. 아들의 대리 엄마 혹은 대리 아빠로 그녀가 선택할 수 있는 사람은 그리 많지 않았으리라. 그래서 빅토르를 찾아간 것이다. 그는 미술품 거래인이었다.

그리고 케빈의 열여덟 번째 생일이 되었다. 이제 사장은 법적으로 후견인의 의무에서 해방되었다. 하지만 피자 배달을 중단시키고, 소년에게 이제 네가 알아서 하라고 말하는 대신 그는 소년을 케냐로 데리고 왔다.

왜?

물론 그를 죽이기 위해서였다. 하지만 왜?

엄마와 맺은 계약에 대학을 마칠 때까지 케빈을 부양해야 한다는 내용이 들어 있는 걸까? 아니면 사장은 케빈이 어쩌다 알아낼 수도 있는 어떤 불법적인 일을 하는 걸까? 하지만 어떻게 알아낸단 말인가? 한 번도 시간을 같이 보낸 적이 없는데 말이다.

이 모든 상황은 이해하기 어려웠다. 그의 삶만큼이나 이해할 수 없었다.

그런데 잠깐, 저기 어둠 속에서 뭔가 바스락거리는 소리가 들리지 않았나? 케빈은 귀를 쫑긋 세웠다.

아니, 아무것도 아닐 거였다.

하지만 삶은 아무것도 아닌 게 아니었다. 그 삶이 이제 끝에 이르려 하고 있었다. 그래도 처음 몇 해는 제법 행복했었다. 낮 동안에 엄마는 집에 있었다. 적어도 긴 야간 근무 후에 잠에서 깨어나 점심을 먹고 나서는 그의 곁에 있었다. 그녀는 그에게 여러 가지 것들을 사주었다. 친구들 중에서 가장 먼저 태블릿을 가진 아이가 그였다. 또 열네 번째 생일에는 노트북을 선물로 받았다. 바로 그 무렵부터 케빈은 엄마가 무슨 일을 하는지 그리고 그녀가 맞는 비타민 주사들이 무얼 의미하는지 이해하기 시작했다.

이 때문에 그녀를 덜 사랑한 것은 아니었다. 하지만 이것은 그의 사회생활을 엉망으로 만들었다. 케빈은 자신이 다른 아이들과 잘 지낼 수 있다는 사실을 알고 있었다. 그들과 함께 운

동장에서 공을 차며 재미있게 놀았다. 학교에서도 마찬가지였다. 그가 가장 좋아하는 것은 그룹 스터디였다. 생각과 도움을 서로 주고받고 함께 웃기도 했다. 그는 자신이 정상적이라고 느꼈다.

하지만 이 행복한 시절은 끝나고 말았다. 케빈은 더 이상 친구들 집에 놀러 가지 않게 되었다. 거기서는 그들의 부모와 마주해야 했다. 네 아버지는 어떤 분이시니? 어머니는 어떤 일을 하시니? 거짓말은 궁지에서 벗어나기 위한 유일한 선택지였다. 그는 그렇게 해봤지만, 기분이 썩 좋지가 않았다.

물론 엄마와 함께 살면서 친구를 집에 데려오는 것은 가능했다. 하지만 친구가 질문하면 어떻게 대답해야 할까? 이렇게? 〈우리 아빠는 안 계셔. 엄마는 간밤에 창녀로 일했기 때문에 지금은 자고 계셔. 또 엄마는 기침도 조금 해. 아마도 에이즈 때문이겠지. 샌드위치 좀 먹을래?〉

그가 사회에서 완전히 소외되지 않을 수 있었던 것은 아마도 노트북 덕분이었을 것이다. 온라인에서 그는 세계 곳곳의 비슷한 나이의 사람들과 게임을 즐길 수 있었다. 사실 그들의 정확한 나이는 알 수 없었다. 모두가 실제 이름과는 다른 이름을 가졌고, 가짜 나이와 성(性)을 사용했다. 케빈은 오히려 그게 좋았다. 그는 〈Lonelyplanet〉이라는 이름을 사용하고 싶었는데, 외로움이 느껴지는 이 시적인 이름은 엄마가 언젠가는 이 나라를 한번 방문할 거라는 약속과 함께 주었던 프랑스 여행 안내 책자에서 따온 거였다.

그는 프랑스 대신 볼모라에 갈 운명이었다. 그리고 이번에는 〈Lonelyplanet47〉이라는 이름을 사용해야 했다. 세상에는 〈외로운 행성〉[9]이 벌써 마흔여섯 명이나 있는 모양이었다.

그리하여 그는 거기에 죽치고 앉아 있었다. 〈사장〉으로 불리기를 원하고, 기껏해야 일주일에 한 번 찾아와 찬장을 채워 놓고, 행여 자기 입에서 격려의 말이라도 나올까 봐 극도로 조심하는 후견인과 함께 말이다. 이 모든 것은 정말로 사랑을 주고 싶어 하던 이가 편히 눈감을 수 있기 위해 그를 버리고 떠난 후에 일어난 일이었다.

하지만 케빈은 그에게 주어진 조그만 것들에 만족하며 버텨 왔다. 그는 여전히 학교를 좋아했다. 반 친구들은 오후와 저녁 시간에 그를 혼자 남겨 놓았다. 주말은 노트북과 피자 그리고…… 뭐, 이게 전부였다. 그래도 성인이 되면 괜찮을 거였다. 학점을 따놓으면 나중에 대학에 갈 수 있으리라. 아니면 취직을 할 수도 있겠지. 심지어는 프랑스에서도 가능하지 않을까? 프랑스 사람들은 어떤 일을 할까? 아마도 포도를 따겠지. 하지만 모두가 포도를 따는 것은 아닐 거야.

그는 부모 없이 살아야 했다. 케빈은 새엄마가 어려운 환경에도 불구하고 자기 역할을 너무나 잘 해낸 이를 대신하는 것을 원치 않았다. 하지만 생물 선생님의 말이 맞는다면, 세상 어딘가에는 아버지가 하나 있어야 했다. 지금 이 아버지는 〈미술품 거래인 빅토르 알데르헤임〉이라는 기묘한 형태로 존재했다.

9 Lonely planet은 외로운 행성이라는 뜻이고, 세계적인 여행 가이드북 총서의 이름이기도 하다.

케빈과 빅토르 사이에 어떤 화학 반응이 있었다고 한다면 그것은 좀 과장일 것이다. 빅토르가 주간 피자 배달을 위해 방문할 때면, 둘의 대화는 〈어이〉, 〈문제없어?〉, 〈여기 먹을 것 있다〉 혹은 ─ 아주 드문 경우지만 ─ 〈젠장, 비가 억수로 퍼붓네!〉로 한정되었고, 〈자, 다음 주에 봐!〉로 마무리되었다.

그래도 케빈은 그 순간을 너무나도 연장하고 싶었다. 그는 학교 도서관에 가서 선사 시대 동굴 벽화에서 시작하여 인류의 미술사 전체를 개관한다고 주장하는, 4백 쪽이 넘는 두툼한 책 한 권을 찾아냈다. 케빈의 계획은 이 책을 훑어보면서 다음 주의 토론 주제를 찾아낸다는 것이었다.

그리고 열일곱 살 소년은 색색의 도판들로 가득 채워진 책에 매료되었다. 전혀 몰랐던 새로운 세상이 눈앞에 펼쳐졌다. 그는 대부분의 그림들에 대해 확고한 견해를 갖게 되었다.

르네상스에 대해서는 대번에 엄지손가락을 아래로 내렸다. 모두가 성경의 커다란 광고판들처럼 느껴졌다. 낭만주의 회화에는 훨씬 흥미로운 것들이 많았다. 예를 들어 외젠 들라크루아는 1830년 7월 혁명을 상징하기 위해 여자의 드러난 젖가슴을 묘사하기까지 했다.

하지만 19세기가 20세기에 자리를 내줄 때까지는 진정으로 흥미로운 게 없었다. 케빈은 새벽의 붉은 해와 사공 하나와 승객 한 명만 태운 조각배를 그린 클로드 모네의 그림에 압도되었다. 오랫동안 소년은 자신이 느끼는 매혹감은 이 승객이 과연 누굴까 하는 궁금증에서 기인한다고 생각했다. 뭔가 여자 같기도 했지만 확실하지는 않았다. 그녀는 어디로 가는 것일까? 그리고 사공은 누구일까? 푼돈을 벌기 위해 새벽 일찍 일어난 가난한 어부일까? 노를 저어 여자를 무사히……. 흠, 그녀는 어디로 가는 걸까? 그리고 왜? 이렇게 이른 아침부터 말이다.

얼마 후에 그는 그림이 자신을 사로잡은 이유가 다른 데에 있다는 것을 깨달았다. 그림의 핵심은 새벽빛 그 자체였다. 붉은 해가 수면에 비치는 방식. 계절이 초가을임을 암시하는 옅은 안개. 그리고……. 케빈은 공기가 얼마나 따스할지 상상해 보고 있는 자신을 발견했다. 아니면 얼마나 차가울까? 영상 11도?

빅토르가 일주일 동안 먹을 피자를 들고서 문을 열고 방 안에 들어서자마자 케빈은 자신을 그렇게 감동시킨 그림이 있는 페이지를 보여 주었다.

「보세요, 사장님! 정말 아름답지 않아요?」

빅토르는 펼쳐진 책을 힐끗 쳐다보았다. 그러고는 벌컥 화를 냈다.

「뭐야, 이 쓰레기는!」

이런 종류의 예술이 동성애를 조장한단다. 권위에 도전한단다. 사회적 이상을 흐려 놓는단다.

「젠장, 비가 정말 억수같이 퍼붓는군, 안 그래? 자, 다음 주에 보자고!」

그리고 케빈의 열여덟 번째 생일이 되었다. 빅토르가 왔는데, 처음으로 피자가 아닌 다른 음식을 한 아름 들고 있었다. 그리고 말하기를, 둘이서 여행을 떠나 함께 세상을 발견해 보잔다. 부자 관계와 최소한 비슷하기라도 한 무언가에 대한 희망이 케빈 안에 일었다. 여태껏 그런 희망을 백 번은 품었었고, 그때가 마지막이었다.

여기에 〈살인 미수〉 말고 다른 표현을 붙이기는 어려웠다. 빅토르는 사자들이 그 일을 해주기를 원했던 것이다. 그리고 녀석들은 곧 그럴 거였다.

잠들면…… 안 돼…….

아니, 그냥 잠들어 버리는 편이 나을지도 몰라.

이때 녀석들이 눈에 들어왔다. 나무 아래에 암사자 두 마리가 어슬렁대고 있었다. 녀석들은 이미 그를 발견한 것이었다. 기진맥진해 있던 케빈은 정신이 번쩍 들었다. 살려는 의지는 살고 싶지 않은 의지보다 강했다. 그리고 육식 동물들에게 잡아먹히는 것은 삶을 마감하는 가장 편안한 방법이 아닐 수도 있었다.

일반적으로 사자들은 뛰어난 사색가가 아니다. 녀석들은 생각보다는 본능에 따라 움직인다. 예를 들어 지금 녀석들의 본능은 저 나무 위에 있는 생명체가 가족 절반의 배를 채울 수 있는 식량이라고 말해 주었다. 녀석들은 뛰어난 사색가가 아닐뿐더러 나무 타기 실력도 형편없다. 근처에서 자기 차례를 기다리다가 너무 오래 기다린 탓에 자기가 무얼 기다리는지 잊어버리고 떠나가는 표범과는 달리 말이다.

나무 위의 생명체는 포기하지 않았다. 아침 해가 떠오르자 암사자들은 소득 없이 밤을 보낸 것에 언짢아진 기분으로 그곳을 떠났다. 이제 무리로 돌아가 배고픔과 더위를 잊기 위해 어느 나무 그늘에서 잠을 청해야 할 때였다. 만일 한 녀석이 새끼 사자들과 수사자를 데리고 오는 동안 다른 녀석이 맛있는 냄새를 솔솔 풍기는 생명체를 품은 아까시나무 밑에서 버티고 있으면, 음식이 저절로 코 아래로 떨어질 거라는 사실을 어느 녀석도 알지 못했다. 룸서비스를 즐길 기회를 놓친 것이다.

절대로 잠이 들어서는 안 되는 케빈은 사자들이 사라지자마자 긴장이 풀렸다. 깜빡 잠이 든 그는 나무를 타고 스르르 미끄러져서는 둔중한 소리와 함께 땅에 떨어졌다.

7

치유사 올레 음바티안은 대화하기를 좋아했다. 다른 이들과
생각과 의견을 나누고, 새로운 것들을 배우는 게 좋았다. 불행
히도 그의 이러한 욕구를 만족시키기에 마사이 마을은 최적의
장소가 아니었다. 아내들에게 배울 수 있는 것은 자신이 형편
없는 인간이라는 사실뿐이었다. 이빨 없는 추장과의 주간 미
팅은 조금도 지적인 자극이 되지 못했고, 다른 마을 사람들과
의 대화도 마찬가지였다. 사바나의 전형적인 소 치기나 염소
치기에게는 여러 가지 긍정적인 면이 많지만, 삶의 의미에 대
해 깊은 통찰을 구하는 사람이라면 다른 사람과 얘기하는 편
이 나았다.

대장장이의 누이는 좀 달랐다. 젊은 시절에 그녀는 나로크
에서 실수로 버스를 잘못 타 나이로비에 가게 되었다. 그녀가
다시 집으로 돌아오기까지는 3년이 걸렸다. 덕분에 그녀는 바
깥세상이 어떻게 돌아가는지 마을의 누구보다도 잘 알고 있었
다. 문제는 그녀가 한번 입을 열면 멈출 줄을 모른다는 점이었
다. 올레 음바티안은 부러웠지만 자신의 이런 감정을 인정하

기 싫었으므로 그녀는 너무 수다스럽다는 생각으로 그것을 지
워 버렸다.

새벽에 사바나를 산책하는 일은 치유사에게 유일한 탈출구
였다. 거기서 그는 이를테면 뱀독 치료제인 아마릴리스 같은
것을 찾으며 자신과 대화할 수 있었다. 이 대화를 최대한 흥미
롭게 만들기 위해 그는 스와힐리어(그의 어머니에게서 배운
언어)와 마사이족의 언어인 마아어(그의 아버지에게서 내려
온 언어) 그리고 영어(오래전에 식민지 개척자들이 기독교와
우측통행법과 함께 원주민에게 부과한 언어)를 번갈아 사용
했다.

아마릴리스는 지천에 깔린 식물이었지만, 이날 올레가 간
장소에는 없었다. 하지만 아름다운 아침이었고, 새들은 시끄
럽게 지저귀며 그를 맞았다. 이 모든 것에는 뭔가 종교적인 기
운이 감돌고 있었다. 올레 음바티안은 신에 대한 믿음이 깊었
다. 이 믿음 덕분에 그는 거의 장성한 소년 하나가 하늘에서 발
밑으로 뚝 떨어져 내렸을 때에도 조금도 놀라지 않고 오히려
기뻐했다.

「오, 엔카이 님, 감사합니다!」 그는 시퍼렇게 멍이 든 소년
을 안아 들며 외쳤다.

기진맥진하여 의식이 흐려진 케빈은 누군가가 자신을 부드
럽게 안아 드는 꿈을 꾸었다. 아니면 이게 현실일까? 사람인
가? 그는 케빈이 알아들을 수 없는 언어로 뭐라고 말했다.

「뭐라고 했죠?」 케빈은 정신이 혼미한 가운데서도 서툰 영
어로 간신히 물었다.

「오, 넌 아직 우리 언어를 잘 못하는구나.」 올레 음바티안이 말했다. 「흠, 신의 길은 우리가 헤아릴 수가 없지. 어쨌든 여기에 잘 왔다.」

조금 전까지만 해도 자신이 어떤 일에든 너무 늙어 버렸다고 생각하고 있던 치유사는 소년을 번쩍 등에 업고는 활기차게 마을로 향했다. 고작 7킬로미터밖에 안 되는 거리였다.

케빈은 탈진과 탈수 증세가 있었지만, 이제 올레 음바티안의 병원에서 치료를 받고 있었다. 치유사는 서늘한 바나나 잎으로 이마를 두드려 주고, 고춧가루와 생강을 옅게 탄 물을 입안에 흘려보냈다.

그는 다시 한번 신께 감사를 드린 뒤, 소년에게 말했다.

「아들아, 네 이름을 뭐라고 할까?」

「저…… 케빈은 어떨까요?」 케빈이 제안했다.

올레 음바티안은 미소를 지었다. 〈케빈〉이 아주 좋게 느껴졌다. 그래, 맞아, 넌 케빈이야!

◆

3년 11개월 후, 케빈은 더 이상 소년이 아니라 조금 있으면 스물두 살 생일을 맞는 건장한 청년이 되어 있었다. 그동안 그는 전에 상상조차 못 했던 재능들을 발전시켜 왔다. 우선 언어에 재능이 있었다. 이제 영어를 유창하게 구사했고, 스와힐리어와 마아어도 능숙하게 사용했다. 또 운동 신경도 뛰어났다. 그의 아버지 치유사는 일찌감치 소년을 전사 학교에 집어넣었고, 그와 그의 동생이 직접 가르쳤다. 왜냐하면 신이 그에게 보내 준 아들은 창과 곤봉과 칼에 대해서는 아무것도 모르고, 사바나에 내놓으면 단 하루도 살아남지 못할 소년이었기 때문이다.

올레와 그의 동생이 가르치면 케빈은 고개를 끄덕이고, 이해하고, 연습하고, 흡수했다. 하늘이 보낸 소년은 열아홉 살이 되자 굶주린 야생 동물들이 득실대는 야외에서 살아남는 법을 거의 완벽하게 습득했다. 이 시기에 그는 창으로 그의 첫 번째 사자를 잡았고(순전히 필요에 의해서), 스물한 살 때는 마라강을 헤엄쳐 건너면서 아홉 마리의 악어를 육안으로 식별하고는 녀석들의 정확한 위치와 녀석들이 지금 먹이를 찾고 있는지, 아니면 그냥 그렇게 누워 쉬고 있는지 확인한 뒤 다시 헤엄쳐 돌아오기도 했다.

케빈은 이 새로운 삶이 좋았다. 그가 처음 맛보는 진정한 삶이었다. 올레 음바티안은 자신의 아들이 너무나 자랑스러웠다. 그는 케빈이 완전한 마사이 전사로 선언되기 전에 통과해야 하는 1년간의 중요한 테스트를 앞두고 조금도 의심하지 않았다. 청년은 다른 후보자들보다 나이가 예닐곱 살이나 많긴 했지만, 하늘에서 출발한 그의 여행 역시 훨씬 늦게 시작되지 않았던가.

그러나 그를 포함한 여섯 소년이 몸에 걸친 옷과 창과 곤봉과 칼만 가지고서 사바나의 풀숲에서 보름달이 뜨는 것을 열두 번 본 후에 무엇이 그들을 기다리고 있는지 아무도 알려 주지 않았다. 열두 번째 보름달이 뜬 다음 날, 그들은 축제를 준비하고 있는 마을로 돌아왔다.

축제의 마지막 의식이 몇 시간 앞으로 다가왔을 즈음, 케빈은 무엇이 자신을 기다리고 있는지 퍼뜩 깨달았다.

할례였다!

긴 비도, 짧은 폭우도, 아니 사바나에서 보름달을 열두 번 더 보는 것도 이보다는 나으리라.

세상에서 가장 이해심 많은 아빠인 올레는 대체 뭐가 문제인지 알 수 없었다. 그는 아들에게 설명했다. 태어나고, 무술을 배우고, 할례를 받고, 결혼을 하고, 또 결혼을 후회하게 되는 것, 이게 바로 인생이야. 그리고 할례를 받는다고 해서 네가 엔카이 님이나 네가 모르는 어떤 신에게 묶일지 모른다고 불안해할 필요는 없어. 치유사는 북쪽과 서쪽에 사는 부족들이 할례를 그런 신들과 연결 짓는다는 얘기를 들은 적이 있었다. 마사이족의 관점에서 할례는 그저 남성성 테스트일 뿐이었다. 걱정해야 할 것은 단 하나, 할례 의식 중에 소리를 지르는 거였다. 올레는 아들이 잘 해내리라 믿어 의심치 않았다.

그는 이걸로 얘기가 끝났다고 생각했다.

케빈은 아직 축제가 한창인 마을을 슬그머니 빠져나왔다. 그는 아버지 치유사의 오두막에 앉아 곰곰이 생각했다. 물론 할례 의식은 견뎌 낼 수 있었다. 문제는 그게 아니었다. 내 고추 문제에 왜 남들이 끼어든단 말인가. 그것은 정확히 어떤 식으로 이루어질까? 절반을 잘라 내나? 아니면 아주 조금만 떼어 내나? 그리고 떼어 낸 것을 가지고 어떻게 하지? 닭들에게 모이로 던져 주나?

케빈은 더 이상 알고 싶지 않았다. 그리고 지금 시간이 많지 않았다. 그가 아무리 설명한다 해도 아빠는 결코 이해하지 못할 거였다. 칼을 들어 할례를 집행할 사람은 바로 치유사 자신이었다.

갑자기 모든 게 아주 빨리 진행되었다. 청년은 그의 스웨덴 여권을 챙기고는, 5년 동안 한 번도 사용하지 않았지만 그럭저럭 몸에 맞는 옷으로 갈아입었다. 그런 다음 자신의 슈카를 배낭에 쑤셔 넣고, 여행 경비로 쓰기 위해 아버지의 귀중품 두 개를 집어 들고는 그곳을 떠났다. 이렇게 그는 자신의 고추를 지키기 위해 도망쳤다. 작별 인사도 없이.

아까시나무 아래에서 치유사에게 발견된 날부터, 케빈은 양부와 주위 사람들의 사랑을 받으며 행복한 5년을 보냈다. 아들은 뛰어난 습득 능력으로 아버지와 그의 동생, 그러니까 케빈에게 사바나에서 생존하는 법을 가르쳐 준 명성 높은 마사이 전사 우후루 음바티안으로부터 끊임없이 칭찬을 받았다. 물론 우후루의 가르침은 그것에 국한되지 않았다. 케빈은 그에게서 동물들과 자연에 대한 존중을, 인내를 그리고 올곧은 마음가짐을 배웠다. 인간의 모든 감각을 이용하는 법을 배웠다.

마사이족의 교육은 네 살부터 시작되고, 10대가 되면 시험을 치르기 시작한다. 케빈은 또래의 대부분이 이미 모든 것을 끝냈을 때 시작했다. 하지만 그는 5년도 안 되어 따라잡을 수 있었다.

할례만 빼놓고 말이다.

우후루 음바티안이 조카에게 준 또 다른 교훈은 자신의 원칙에 충실하라는 것이었다. 제자는 이 교훈을 실천에 옮기기

위해 도망치기로 결심했다. 케빈의 삶에서 두 번째로 중요한
것은 그의 양아버지 올레였다. 첫 번째로 중요한 것은 자신의
고추였다. 아직 물을 빼내는 것 말고 다른 용도로 사용한 적
은 없지만 언젠가 상황이 바뀔 수 있었다. 신이 원하신다면 말
이다.

　스웨덴으로 돌아가야 할 거였다. 아니라면 어디로 가겠는가?

8

　며칠간의 여행 끝에, 케빈은 볼모라의 자기 아파트 문 앞에 서 있었다. 열쇠로 문을 열고 들어가야 하나, 아니면 먼저 초인종을 눌러야 하나? 만일 누군가가 대답한다면? 그건 누구일까? 분명히 빅토르는 아니리라.

　문패에는 〈알데르헤임〉이라고 적혀 있었다. 논리적으로 판단해 볼 때 원룸은 비어 있을 가능성이 높았고, 그렇다면 그가 긴 여행 후에 휴식을 취하면서 삶의 다음 단계를 생각해 볼 장소가 될 수 있다는 얘기였다.

　그는 열쇠를 돌려 문을 열었는데, 어느 낯모르는 여자가 눈앞에 서 있었다.

　「누구시죠?」 엔뉘 알데르헤임이 물었다.

　「나도 같은 질문을 하고 싶은데요?」 케빈이 반문했다.

　「난 여기에 살아요.」 엔뉘가 대답했다.

　「아마 나도 그럴걸요?」

　케빈은 인상이 나빠 보이지 않는 데다가 놀란 표정이었고, 손에는 열쇠까지 들고 있었기 때문에, 엔뉘는 경찰을 부르는 대신 그에게 들어오라고 권했다. 어차피 경찰에 신고할 전화도 없었다.

18제곱미터짜리 원룸 한가운데, 딱딱한 나무 의자 두 개에 자리 잡고 앉은 두 사람은 자신은 누구이며, 그들에게 그토록 나쁜 짓을 한 남자와는 어떤 관계인지 서로에게 털어놓았다. 지난 삶에 대해 얘기하던 옌뉘는 자신은 지하실에 있을 때 가장 행복했으며, 거기서 벽에 걸린 그림들과 대화를 나누기도 했다고 말하다가, 문득 이런 말을 하는 자신이 너무나도 우습게 느껴졌다. 케빈은 자신도 르아브르 항구에서 조각배를 타고 떠나는 두 사람에게 말을 건넨 적이 있다며 그녀를 위로했다.

「아, 모네 말이죠?」 옌뉘가 놀라며 되물었다.

새로 알게 된 이 남자는 지금 인상주의의 최고 걸작 중의 하나를 묘사한 것이다. 경의가 느껴지는 어조로 말이다.

케빈은 고개를 끄덕였다. 그리고 그 대단한 미술품 거래인 나리와 대화를 터보려는 희망으로 도서관에서 빌려 온 책에 대해 얘기해 주었다. 또 그 결과가 얼마나 형편없었는지도 말해 주었다. 하지만 여기에도 밝은 면이 없지 않았으니 덕분에 자신은 클로드 모네와 친구가 되었단다. 마르크 샤갈과는 영원한 절친이 되었고.

옌뉘는 입을 딱 벌렸다. 그것은 샤갈이 그녀가 가장 좋아하는 화가들 중 하나이기 때문이 아니라, 자신이 지금 죽은 화가가 아닌 현실 속의 살아 있는 인간과 예술을 주제로 대화하고 있다는 사실이 믿기지 않아서였다. 자기 말에 소리 내어 대답할 수 있는 사람과 말이다. 그녀는 자신도 모르게 이렇게 묻고 있었다.

「그럼 〈붉은색의 조화〉에 대해서는 어떻게 생각해요?」

케빈은 씩 웃었다.

「역시 마티스가 최고죠.」

옌뉘는 사랑에 빠졌다.

서로를 알게 된 지 한 시간도 못 되어, 옌뉘와 케빈은 서로의 인생 스토리를 대충이나마 알게 되었고, 마티스의 어머니가 화가의 예술적 발전에 미친 영향에 대해 토론하게 되었다.

어느새 바깥이 어두워지기 시작했다. 다시 현실이 와글와글 몰려오고 있었다. 옌뉘는 이 원룸에서 석 달 가까이 살았다. 케빈은 몇 해 전에 여기서 몇 년을 살았고, 둘 중 누구도 이 집에 대한 권리를 주장하고 싶지 않았다. 그냥 여기서 같이 살아야 할 거였다.

빅토르는 옌뉘를 이 아파트에 처넣을 때 너무나 관대하게 도 몇천 크로나를 손에 쥐여 주었다. 옌뉘가 자립하기 위해 몇 천 크로나가 더 필요하다면 언제든 찾아와도 된다고 말하면서. 사실 요즘 워낙 불경기라서 아무것도 약속할 수 없지만 어쨌 든 노력해 보겠단다. 우선은 월세와 인터넷 사용료는 자기가 부담하겠지만, 이게 절대로 공짜는 아니라고 못 박았다.

알데르헤임의 재산에서 옌뉘의 손에 남아 있는 것은 수백 크로나에 불과했다. 그렇잖아도 허리띠를 졸라매고 살고 있는 데, 이제 식구가 두 명으로 늘었으니 재원을 보충할 필요가 있 었다. 혹시 케빈이 내놓을 거라도 있는지?

그가 좀 구겨지긴 했지만 색깔은 알록달록한 지폐 몇 장을 테이블 위에 내려놓았을 때, 잠시 서광이 비치는 듯했다. 4백 케냐실링이었다. 스웨덴 돈으로 환산하면 약 36크로나. 게다가 환전 수수료로 40크로나를 제해야 했다.

케빈이 단도직입적으로 물어보자, 옌뉘는 빅토르 알데르헤임을 찾아가 그 앞에 죄지은 사람처럼 비굴하게 서 있느니 차라리 독약을 마시는 편이 낫다고 대답했다. 그 인간에게는 절대로 자신이 관대하다고 느끼게 해주고 싶지 않단다. 그 인간은 다른 사람들에게 고통을 준 만큼 고통을 받아야 한단다. 아니, 원래가 나쁜 인간이기 때문에 조금 더 고통을 받아야 한단다.

그녀의 목소리는 조용하지만 단호했다. 그 말을 들으며 케빈은 깊이 공감했다. 그의 감정도 다를 바 없었다. 그는 이런 감정이 그다지 자랑스럽지는 않았지만, 케냐에서 지낼 때 이에 대해 오랫동안 생각해 왔다. 자기가 사바나의 사자 무리 앞에 빅토르를 떨어뜨리는 영상이 계속 머릿속에 맴돌았다. 〈아들, 지금 뭐 하는 거냐?〉라고 케빈의 환상 속에서 빅토르가 울부짖었다. 〈내가 무슨 당신 아들이야?〉라고 케빈은 차를 몰고 가며 소리쳤다.

옌뉘와 케빈은 이것도 공유하고 있었을까? 복수하고 싶은 마음도?

「마사이족이라면 그 인간을 어떻게 했을까요?」 옌뉘가 물었다.

미술품 거래인은 자기 아내의 재산을 가로채고 파멸시켰다. 그리고 어쩌면 보호하는 대가로 돈을 받았을지도 모를 청년의 생명을 빼앗으려고 했다. 둘 다 우열을 가리기 어려울 정도로 악독한 짓이지만, 분명한 것은 마사이 마을에서는 머리가 개미집에 박혀 서서히 죽어 가는 형벌에 처해질 거라는 사실이었다.

엔뉘는 그렇게까지 할 필요는 없다고 생각했다. 어쨌든 갤러리 부근에 개미집은 없었다.

빅토르 알데르헤임은 언젠가 응분의 대가를 치러야 할 거였다. 엔뉘와 케빈은 여기에 대해 합의하고 악수를 나눴다. 케빈은 엔뉘의 손이 부드럽고 따뜻하고 기분 좋게 느껴졌지만, 그 말을 하지는 않았다. 엔뉘도 같은 느낌이었지만 역시 말은 하지 않았다.

「자, 가요!」 그녀는 새 룸메이트를 일으켜 세우며 말했다.

멀지 않은 곳에 온갖 물건을 파는 중고 가게가 있었다. 케빈에게는 상체를 감쌀 좀 더 따뜻한 무언가가 필요했고, 집에는 마루에 깔 매트리스가 필요했다.

볼모라의 중고 가게 주인은 엔뉘를 알아보고 반갑게 인사했다. 그녀는 전에 몇 번 온 적이 있었다. 하지만 최고의 고객이라고는 할 수 없었다. 너무 가격표만 만지작거리는 게 영 주인의 취향이 아니었다. 그는 그녀가 돈에 쪼들린다는 것을 잘 알고 있었다. 그래서 25크로나에 쉽게 팔 수 있는 테이블 램프를 그녀에게는 15크로나에 주었다. 또 그녀가 세탁용 솔을 한참 동안 노려보고 있으면, 아예 공짜로 집어 주기도 했다.

어쨌든 지금은 매트리스와 노르웨이제 모직 스웨터를 팔아야 했다. 도합 2백 크로나가 외상 처리되었고, 확인증은 받지 않았다.

「언제든 다시 와요!」

블랙 푸딩 하나가 전부인 저녁 식사를 들기 전, 케빈은 테이블에 앉아 올레 음바티안에게 보내는 장문의 편지를 썼다. 그는 사정을 설명하고 용서를 빌었고, 자신의 생명을 구해 주었을 뿐 아니라 새로운 생명을 준 이에게 감사와 사랑의 마음을 전했다. 하지만 불행히도 자신은 영원히 마을에 돌아갈 수 없단다. 아침부터 저녁까지 가르침을 주신 우후루 삼촌께서 말씀하셨단다. 진정한 마사이 전사는 곤봉과 창과 칼 그리고 원칙을 가져야 한다고. 이 네 가지가 없으면 완전한 전사가 아니라고. 케빈은 곤봉과 창과 칼은 케냐에 두고 왔지만, 확고한 원칙들만은 지니고 왔단다. 그중 가장 중요한 원칙은 남이 자신의 생식기를 자르는 것을 결코 용납해서는 안 된다는 거란다. 그래서 이렇게 됐단다. 케빈은 다시 한번 용서를 빌고는 편지를 끝맺었다.

그것을 읽어 본 옌뉘는 자기는 케빈이 용기가 있다고 생각한다고 말했다. 문제의 원칙에 대해 말하자면, 자신도 그것을 지지한단다. 특히 할례를 거부하는 이유가 종교적이지 않기에 더욱 그렇단다. 예술사(藝術史)가 아브라함과 신 사이의 약속의 상징인 할례에 대한 이야기로 가득하긴 하지만, 그것은 또 다른 문제란다. 성경에 따르면 신은 아브라함에게 자손(결국 엄청나게 많아졌지만)들의 고추를 조금씩 떼어 주면, 그 대가로 가나안 땅을 주고, 거의 모든 사람과 모든 것의 조상이 되게 해주겠다고 약속했단다. 아브라함은 공정한 거래라고 생각했고, 그래서 그렇게 된 거란다. 옌뉘가 생각하기에 이것은 케빈이 피해 도망쳐 온 그 남성성 확인의 의식과는 아무런 관계가 없었다. 또 〈가중 폭행〉으로 간주되어야 마땅할 여성 할례와는 더욱 관계가 없었다.

새로이 친구가 된 처녀와 총각은 단출한 저녁상에 마주 앉아 자신의 생식기를 온전히 보전하는 것의 가치에 대해 토론했다. 게다가 두 사람은 테이블 맞은편에 앉은 사람이 부드럽고, 따뜻하고, 기분 좋은 손을 가졌음을 의식하고 있었다.

9

졸지에 케빈과 같이 지내게 된 옌뉘는 처음부터 이 동거가 좋았다. 그녀는 자신이 다른 사람들과 같지 않으며, 따라서 삶의 조그만 것들에 만족하며 살아야 한다는 것을 오래전부터 알고 있었다. 이제 그녀는 또래의 남자와 같이 살게 되었다. 그역시 다른 사람들과 같지 않았고, 오히려 그녀와 비슷했다. 그들이 함께 긁어모은 돈은 바닥나고 있었지만, 그들의 유대감과 공동의 적에 대한 복수의 욕구는 갈수록 커졌다.

죽이겠다는 게 아니었다. 단지 고통을 주고 싶었다. 머리를 개미집에 처박는 형벌을 스웨덴식으로 해주고 싶었다. 하지만 빅토르에게 응분의 징벌을 가하려면, 아니 그 징벌을 상상이라도 할 수 있으려면 우선 힘이 있어야 했고, 힘이 있으려면 테이블 위에 음식이 있어야 했다. 그들은 달걀 프라이나 잼 혹은 점심 식사는 꿈도 꾸지 못하고 노상 블랙 푸딩으로만 끼니를 때웠지만, 돈은 며칠 후면 완전히 바닥날 거였다.

이러한 생활고로 빅토르에 대한 분노는 갈수록 커져 갔다. 옌뉘는 케빈에게 자신이 애용하는 주문을 가르쳐 주었다.

「아, 빌어먹을 빅토르!」

이 주문은 분노를 삭이는 데는 효과가 있었지만 다른 용도로는 아니었다.

우선은 수입이 있어야 하고, 복수는 그다음이었다. 이게 일의 순서였다.

「뭔가 돈벌이가 되는 일 중에 할 줄 아는 것 있어?」 케빈이 물었다.

옌뉘는 곰곰이 생각해 보았다.

「난 자료 정리를 잘해.」

「무슨 자료를 정리하는데?」

「아무거나.」

케빈은 스톡홀름의 자료 정리원 시장이 어떻게 돌아가는지 전혀 알지 못했다. 그건 옌뉘도 마찬가지였다.

「그럼 넌 뭘 할 줄 아는데?」

「난 아무것도 못 해. 하지만 사자와 눈싸움해서 이길 수 있어. 또 투척용 곤봉으로는 무엇이든 할 수 있지. 악어 떼가 득실대는 강을 잡아먹히지 않고 헤엄쳐 건널 수도 있고, 창이나 활로는 목표물을 백발백중으로 맞히지. 스와힐리어와 마야어를 할 줄 알고. 그 외에 몇 가지 것들이 있어.」

「투척용 곤봉으로 무엇이든 할 수 있다고 했는데, 예를 들면 어떤 것?」

「60미터 떨어진 곳에 있는 물소의 대가리를 맞힐 수 있어. 최소한 50미터는 문제없지. 올레 아빠는 70미터에서도 가능해. 굉장하지 않아?」

케빈의 목록은 옌뉘의 것보다는 길었지만, 그 가운데 어느 것도 스톡홀름에서는 쓸모가 없었다. 예를 들면 뉘브로비켄만(灣)에는 악어가 없었고, 이 도시의 물소들은 죄다 스칸센 동물원의 울타리 뒤에서 안전하게 지내고 있었다.

「또 나는 칼과 곤봉과 창만 가지고 사바나에서 1년을 생존할 수도 있어.」

「그렇다면 적어도 이번 주는 우리가 굶어 죽지 않게 해줄 수 있다는 얘기네?」

물론이었다. 하지만 한 가지 문제가 있는데, 이곳에 야생 동물이 없다는 점이었다. 영양 한 마리를 성공적으로 쓰러뜨리고, 가죽을 벗기고, 모닥불에 굽기 위한 전제 조건은 여기에 영양이 적어도 한 마리는 있어야 한다는 거였다.

「그렇다면 스칸센 쪽을 재고해 볼 필요가 있겠어.」 엔뉘가 말했다.

스칸센은 스톡홀름이 자랑하는 야외 박물관으로 여기에는 곰과 말코손바닥사슴과 살쾡이 등 동아프리카에서는 그렇게 편안함을 느끼지 못할 동물들이 우글대는 동물원이 있었다.

「그리고 나서 감옥에서 공짜 식사를 즐기면 되겠군.」 케빈이 대답했다.

비참한 상황을 얘기하면서도 그들은 미소를 지었다. 적어도 함께 있을 수 있으니 그게 어디인가?

케빈은 자신과 엔뉘가 법적으로 실업자라는 생각이 들었다. 만일 자기가 스웨덴에 대해 정확히 알고 있다면, 이것은 그들이 실업 수당을 받을 수 있다는 얘기였다.

풀타임으로 빅토르 알데르헤임에게 복수할 궁리를 하면서

아무 일도 안 하는 대가를 받는다……. 정말이지 너무나 멋진 그림이었다!

하지만 엔뉘가 보기에는 그리 간단치가 않았다. 예를 들어 그들이 구직자로 간주되려면 실제로 일자리를 찾아 나서야 한단다. 그러지 않으면 게으른 자로 분류되어 한 푼도 받을 수 없단다.

이런 자세한 사정은 고용청이 알아내야 할 부분이었다. 고용청은 스톡홀름 시내에 있었다.

하지만 서두르면 안 되었다. 만일 세심하게 준비해 가지 않으면, 그들 중의 하나가 정말로 일자리를 얻게 될 위험이 있기 때문이었다. 덕분에 돈은 좀 들어오겠지만 진정으로 중요한 일을 할 시간이 많지 않을 거였다.

케빈은 좋은 생각이 떠올랐다. 그의 전 재산은 5년 전 빅토르가 그를 죽이려 할 때 아프리카에 가지고 갔던 배낭에 들어 있었다. 거기에는 여권과 몇 가지 물건이 있었는데, 그중에서 가장 중요한 것은 그의 슈카였다.

스웨덴 마사이가 고용청에 들어서자 모두의 시선이 그쪽으로 향했다. 케빈은 오는 동안 얼어 죽을 뻔했지만, 어쨌든 이제 그의 자랑스러운 빨간색과 검은색의 체크무늬 옷을 걸치고 발에는 샌들을 신은 차림으로 거기 서 있었다. 고용청의 상담관은 케빈과 엔뉘를 한꺼번에 받는 것을 조금도 개의치 않았다. 첫 번째 상담에서 할 일은 그들을 구직자로 등록하고 일반적인 가이드라인을 설명해 주는 게 다였다. 구직자를 위한 교실이나 직업 훈련에 대해 얘기하는 것은 나중의 일이었다. 상담관은 순전한 호기심에 이끌려 적흑색의 체크무늬 옷을 입은 남자부터 시작하기로 했다. 그래, 당신은 마사이 전사로서 할 수 있는 일을 구하는 건가요? 그런 종류의 수요가 그리 많지 않으리라는 것은 굳이 파일을 자세히 들여다보지 않아도 알겠네요. 혹시 다른 일을 고려해 볼 수 있지는 않을까요? 일테면 택시 운전사?

케빈은 사바나에서 차 운전하는 법을 배웠다. 마을에 있는 것은 가끔 눈에 띄는 스쿠터가 다였지만, 골짜기에는 WWF[10] 에 속한 레인지로버 한 대가 누비고 다녔다. WWF 사람들은 멸종 위기에 처한 표범을 구하기 위해 일한다고 했다. 이 노력은 별다른 성과를 거두지는 못했지만, 케빈은 그들 중 하나와 친구가 되었다. 어느 노르웨이 여자였는데, 그녀는 마사이 젊은이가 스웨덴어로 자기에게 말을 걸자 깜짝 놀랐다. 이것이 인연이 되어 케빈은 표범 가족을 추적하게 되었고, 그 대가로 노르웨이 여자는 그에게 차 운전하는 법을 가르쳐 주었다.

「요컨대 당신에게 운전면허가 없다는 얘긴가요?」 상담관이 물었다.

「아니, 택시 모는 데 운전면허가 있어야 하나요?」

이 반문은 의도했던 효과를 낳았다. 상담관은 엔뉘에게로 고개를 돌려 버렸다. 그런데 엔뉘가 자기는 평생 동안 어느 갤러리에서 일했으며, 자료 정리에 대해서는 일가견이 있다고 말하는 실수를 저지르고 말았다. 이때 문화계 사정에 밝은 상담관의 머릿속에 얼마 전에 국립 미술관에 그녀에게 적합한

---

10 세계 자연 기금World Wildlife Fund의 약자.

일자리가 났다는 생각이 퍼뜩 떠올랐다.

일자리를 얻지 않는 것이 그들의 목적이긴 했지만, 옌뉘의 얼굴이 환해졌다. 솔직히 국립 미술관은 그녀가 가장 좋아하는 미술관은 아니었다. 무엇보다도 거기에는 세계에서 가장 오래된 초상화 전시관이 있었다. 대상의 외관을 예쁘게 꾸미는 데에만 관심이 있을 뿐 내면은 도외시하는 초상화가 거의 5천 점이나 걸려 있었다. 한마디로 아무 말도 하지 않는 얼굴들의 5백 년 역사라 할 수 있었다.

물론 단지 그것만은 아니었다. 옌뉘의 취향으로는 모더니즘 작품이 너무 적었지만, 그것은 국립 미술관의 소임이 아니었다.

옌뉘가 들뜨기 시작할 때, 상담관이 채용 공고 자료를 가지고 왔다. 국립 미술관은 심지어는 빅토르 알데르헤임도 제대로 갖추지 못할 서류들을 요구하고 있었다. 영어와 프랑스어에 능통할 것, 자료 정리와 IT 분야에서 3년 이상의 대학 과정 수료……. 케빈은 속으로 중얼거렸다.

〈대체 어떤 사람이 자료 정리 하는 법을 배우겠다고 대학에서 3년씩이나 보내지?〉

옌뉘는 다시 현실로 돌아왔다. 그들이 여기에 온 것은 일자리가 아니라 돈을 얻기 위함인 것이다. 옌뉘는 상담관에게 물었다. 그들이 얼마나 돈을 받을 수 있으며, 혹시 아주 소액이라도 선불로 받을 수는 없느냐고.

돌아온 대답은 옌뉘와 케빈의 기대와는 거리가 멀었다. 우선, 돈은 고용청이 주는 게 아니라 본인이 가입한 실업 보험 재단에서 나온다. 이런 보험에 가입하지 못한 사람을 위한 재단도 있는데, 이런 재단의 혜택을 입으려면 전 고용주가 발부하는 증명서를 비롯한 몇 가지 서류를 제출해야 한다. 상담관이 이해하기로는, 두 분은 우선 130크로나를 내고 실업 보험 가입 신청부터 해야 할 것 같단다.

「130크로나? 일인당?」

「음, 그래요. 매달.」

옌뉘와 케빈은 자신들이 실업 수당을 신청할 수 있게 되기도 전에 벌써 여러 번 파산하리라는 것을 깨달았다. 아니, 돈을 받기 위해 돈을 내야 한다고요? 스웨덴 사회 보장 제도에 대체 무슨 일이 일어난 거죠?

상담관은 이 고객들이 일자리가 아니라 돈을 위해 왔다는 의심이 들었다. 전에도 이런 부류의 인간들을 만난 적이 있었다.

「내가 생각하기에 두 분은 차라리 소득 보조금 쪽을 알아보는 편이 나을 것 같네요. 보통 〈사회 복지금〉이라고 부르는 것 말이에요. 그런데 문제는 두 분이 노동 시장에 나오지 않으면 그쪽에서도 한 푼도 받을 수 없다는 점이에요.」

◆

새로이 친구가 된 두 사람은 도중에 카페에 들러 엄청나게 비싼 커피를 마시며 몇 가지 방안을 검토해 보았다.

만일 아무것도 안 하고 돈을 받는 게 불가능하다면, 한 사람이 빅토르에게 집중하고 있는 동안 다른 사람은 일자리를 구하면 어떨까? 옌뉘는 자신에 대해 너무 겸손한 것 같은데, 정말로 할 줄 아는 게 자료 정리뿐인 것인지? 혹시 자신이 미술 전문가라고 생각하지는 않는지?

그렇단다. 만일 거기에만 전념한다면 미술 전문가라고 생각한단다. 하지만 그것은 금방 돈방석에 올라앉는 일은 아니란다. 고흐는 살아생전 그림을 대충이나마 2천 점이나 그려 냈지만, 그럼에도 불구하고 알거지가 되어 권총 자살을 했단다.

케빈은 고흐의 두 가지 사실 사이에는 어떤 연관성이 있을 수 있다고 생각했지만, 이번에는 옌뉘가 그에게 질문했기 때문에 더 이상 깊이 파고들지는 않았다. 옌뉘가 물었다. 케빈도 겸손 따위는 옆에 내려놓고 대답했으면 좋겠는데, 본인이 누구보다도 잘하는 것 중에서 돈으로 이어질 만한 것이라도 있는지?

흠, 악어들 사이로 요리조리 헤엄칠 줄은 아는데, 이 스톡홀름에 악어가 없는 게 문제란다. 물이 얼음처럼 차가운 것도 그렇고.

그가 할 줄 아는 것이라곤 그뢰나룬드 놀이공원에서 — 만일 이 엄동설한에도 거기가 열려 있다면 — 밥벌이를 조금 하는 것뿐이란다. 거기서는 과녁을 명중시키면 털로 된 동물 인형을 주는데, 발사체가 무엇이든 간에 그것만큼은 자기가 할 수 있을 것 같단다. 케빈은 주인에게 쫓겨나기 전에 곰 인형을 열 마리에서 스무 마리 정도는 모을 수 있을 거라고 말했다.

「그걸 누구에게 팔 수 없을까?」 옌뉘가 혼잣말을 하듯이 물었다.

케빈도 알 수 없었다. 어차피 그것도 해결책은 아니었다.

무려 96크로나나 내고 커피 두 잔과 빵 한 개를 사 먹을 처지는 아니었지만, 어차피 그들은 사기당한 몸이었다. 앞으로 이삼일 굶는다고 해서 크게 달라질 것은 없었다.

케빈이 남은 커피를 홀짝대고 있는 동안 테이블 위에 무거운 침묵이 감돌았다.

「아, 빌어먹을 빅토르!」 그는 배낭에서 평상복을 꺼내며 욕설을 내뱉었다.

이제 커피도 다 떨어졌다. 카페 화장실에 가서 옷을 갈아입어야 할 시간이었다. 하지만 몸을 일으킬 기력이 없었다.

옌뉘의 시선이 창문 밖의 어딘가를 향하고 있었다.

「복수는 달콤해…….」 그녀가 중얼거렸다.

케빈은 이 말을 그대로 그들의 위시리스트에 올렸으면 좋겠다고 생각했다. 그런데 지금 옌뉘가 생각하는 게 빅토르 알데르헤임일까, 아니면 고용청일까?

「아니, 저기 있는 저 가게의 진열창에 〈복수는 달콤해〉라고 적혀 있어. 더 정확히는 〈달콤한 복수 주식회사〉.」

케빈은 옌뉘의 눈이 향한 쪽을 쳐다봤다.

「무슨 이름이 저렇지? 꼭 복수를 캔에 넣어 파는 사람들 같군.」

「그렇다면 얼마나 좋을까!」 옌뉘가 말했다. 「한 사람당 두 개씩 네 캔이면 되지 않겠어? 그 정도면 빅토르에게 복수할 만하겠지.」

삶이 그렇게 간단하기만 하다면! 하지만 설령 길 건너편에서 정말로 복수를 캔에 넣어 팔고 있다 해도 그 판매자는 돈을 요구할 게 뻔했다.

「세상에 무료로 일하는 사람은 없겠지.」 케빈이 말했다. 「우리가 가진 2백 크로나로 얼마만큼이나 복수를 할 수 있을까?」

「거기에서 방금 커피로 마셔 버린 백 크로나를 빼야겠지.」 옌뉘가 정정했다. 「여기에 앉아서 어떻게 알겠어? 자, 가서 옷부터 갈아입고 와. 길을 건너서 한번 들러 보자고.」

제2부

10

편협한 이념에 사로잡힌 스톡홀름의 미술품 거래인 본인은 한 번도 생각해 본 적이 없었지만, 크게 볼 때 그의 사회적 시각은 1세기 전에 오스트리아–헝가리 제국에 살았던 그저 그런 화가 아돌프의 그것과 비슷하다고 할 수 있었다.

당시 젊은 화가들은 뭔가 새로운 것을 위해 자연주의를 뒤로했다. 사진사가 암실에서 한 시간이면 만들어 낼 수 있는 것과 조금도 다르지 않은 결과를 얻기 위한 것이라면, 몇 달을 들여 그림 한 점을 그리는 것에 무슨 의미가 있단 말인가?

새로운 바람을 몰고 온 화가들 중에는 파리 출신이 많았다. 그들의 가장 중요한 공통점은 모두가 이름이 비슷비슷하다는 점이 아니라(마네, 모네, 모리조……), 현실을 완전히 주관적인 방식으로, 다시 말하자면 자신이 느끼는 대로 표현하는 일에 열정을 느꼈다는 사실이다. 이런 이유로 그들은 〈인상파〉라고 불리게 되었다. 진정한 인상파 화가의 색채 실험 앞에서는 어떤 사실주의 화가도 열정에 있어서나 기질에 있어서 왠지 부족하게 느껴졌다.

이 인상주의 운동은 유럽 전역과 미국에 확산되었다. 네덜란드에서는 고흐가 이어받아 다음에 올 유파를 준비하는 예술적 징검다리를 놓았다. 결국 그는 광기에 빠져 자신의 귀를 자르고 감금되었지만, 그러기 전에 인상주의 모티프들을 시골과 자연에서 자신의 내면으로 옮겼는데, 그 세계가 하도 혼란스러워서 당시의 비평가들은 어떻게 해석해야 할지 알 수 없었다. 어쨌든 그들은 그를 미술사의 어딘가에 위치시키기 위해 〈후기 인상주의〉라는 개념을 만들어 냈다. 빈센트는 이에 대해 아무 의견이 없었으니, 이미 자살하여 세상에 없었기 때문이었다.

프랑스와 네덜란드 다음에는 독일이 새로운 방식의 대표자가 되었다. 그리하여 표현주의가 탄생하여 자연주의자 아돌프를 시원하게 엿 먹였다. 인상주의자들은 아름다운 사물을 묘사하는 것을 좋아했지만, 표현주의자들은 묘사되는 인물의 아름다움이야 어떻든 간에 그의 내면에서 움직이는 것을 포착하려 애썼다.

에른스트 루트비히 키르히너, 막스 페히슈타인, 에밀 놀데 같은 이들이 그 선구자인데, 이들 모두는 어느 여인을 길에 세워 놓고 그녀의 온 존재에 화가 자신의 불안감을 가득 채워 넣은 노르웨이의 뭉크에게서 영향을 받았다.

놀데는 공식적으로는 나치즘에 찬성했다고 하는데, 이 사실은 지도자가 된 아돌프가 타락한 예술계와 전쟁을 벌이기로 결심했을 때, 그에게 아무런 도움이 되지 못했다. 아돌프가 보기에 새로운 유파들은 진정하고도 선한 것들을 더럽고 비천한 것들로 바꿔 놓았다.

그와 비슷한 생각을 가진 친구들은 이 문제에 있어 순수하게 과학적인 관점을 택했다. 그들에 따르면, 표현주의는 객관적으로 끔찍한 거였다. 따라서 놀데와 그 무리의 작품들을 뮌헨에 전시하여 대중의 조롱과 야유를 받게끔 했다.

하지만 뮌헨의 전시회는 아돌프가 기대했던 효과를 가져오지 못했다. 젊은 미술 학교 학생들은 바이에른까지 와서는 곧 파괴될 것들 혹은 비밀리에 판매될 — 왜냐하면 돈은 돈이니까 — 것들을 처음이자 마지막으로 감상했다. 그리고 감명을 받은 그들은 나치의 군홧발이 미치지 못할 곳들로 사방팔방 흩어졌다. 이렇게 하여 표현주의는 그것을 죽이려 광분했던 사내와는 달리 훌륭하게 살아남았다.

11

이르마 스턴은 아돌프보다 다섯 살 아래였고, 요하네스버그
에서 남쪽으로 2백 킬로미터 떨어진 어느 조그만 도시에서 태
어났기 때문에 그의 레이더망에서 벗어나 있었다. 먼지가 풀
풀 날리는 이 소읍에는 자동차도 전기도 없었고 농부들만 바
글댔다.

이르마의 아버지 사무엘은 당시 세계에서 세 번째로 큰 도
시였던 베를린 출신의 사내였다. 모험심이 강했던 그는 젊은
아내와 동생까지 데리고 유럽에서 남아프리카로 건너온 것이
었다.

사무엘은 가게를 열고, 거기서 청과물, 식용유, 설탕, 바늘과
실, 종이와 잉크, 와인과 코냑을 팔았고, 때로는 소까지 거래
했다.

2차 보어 전쟁으로 정세가 불안해졌을 때, 그는 보어인의 편
에 섰다. 보어 전쟁은 보어인과 영국인이 남아프리카의 소유
권을 다툰 전쟁이었는데, 사실 이 지역은 누구의 소유도 아니
었다. 결국 영국인이 승리하여, 보어인은 강제 수용소에 가두

고, 원주민은 황무지의 덤불숲으로 쫓아 보냈다.

보어인 중의 하나로 간주된 사무엘도 수용소에 갇혀 있어야 했다. 그가 거의 들어 본 적도 없는 런던의 국왕 폐하에게 충성을 서약할 때까지 말이다.

그동안 아내 헨니는 어린 이르마를 데리고 케이프타운에 피신해 있었다. 아이는 유치원에 들어갔는데, 거기서 글도 쓰고 그림도 그릴 수 있는 펜과 연필을 받고는 뛸 듯이 기뻐했다. 그녀는 사람 얼굴을 그리고 또 그렸다. 그런데 모두가 뺨은 타오르는 것처럼 새빨갰고, 두 눈은 번쩍거렸다.

「왜 이렇게 그리니?」 교사가 물었다.

「나도 몰라요.」 이르마가 대답했다.

교사는 사람은 이렇게 생기지 않았다며 아이를 꾸짖고 싶었다. 하지만 참았다. 이 아이는 너무 어리기 때문에 이렇게밖에 그릴 수 없는 것이리라. 그리고 그림들은…… 비록 형편없긴 했지만, 교사는 선뜻 찢어 버릴 수가 없었다.

12

이르마의 아버지는 세월이 흘러도 여전히 유난스러웠고, 덕분에 가족은 베를린과 남아프리카 사이를 뻔질나게 왕복해야 했다.

그의 딸은 더 이상 소녀가 아니라 언젠가 진정한 예술가가 되겠다는 꿈을 품은 젊은 여성이 되어 있었다.

제1차 세계 대전이 발발하여 사무엘은 당분간 남쪽으로 여행할 수 없게 되었다. 아프리카 여행이 연기된 덕분에 헨니는 그녀의 딸을 베를린의 미술 학교에 입학시킬 수 있었다.

젊은 미술 학도는 비록 자신은 무사할지라도 온 세상이 불길에 싸여 있다는 사실에 영향을 받지 않을 수 없었다. 그때까지 그녀의 예술은 관습적인 편이었고, 현대적인 흐름은 조심스레 맛을 보는 정도였다. 하지만 어느 날, 전쟁으로 찢긴 베를린의 전차 안에서…….

그녀 앞에 깡마른 소녀가 앉아 있었다. 드러난 이마 양쪽으로 땋은 머리 타래가 늘어져 있었고, 가냘픈 손가락들로는 야생화 다발을 꼭 쥐고 있었는데, 그 모습이 마치 삶에 아직 약간

의 아름다움이 존재한다는 것을 스스로에게 확신시키려 하는
것처럼 보였다.

　아이는 전쟁이 낳은 최악의 희생자 중의 하나라고는 할 수
없었지만, 그 순간 이르마는 전쟁이 모든 이에게 가져온 고통
을 표현해야 한다는 것을 깨달았다.

　그녀는 이 그림에 〈영원한 아이〉라는 제목을 붙였다. 몇 해
동안 그녀의 멘토였던 화가는 이 그림을 보았을 때, 들고 있던
붓을 바닥에 집어 던졌다.

　「무미건조해!」 그는 이렇게 내뱉고 떠나서는 다시는 돌아오
지 않았다.

　그는 인상파 화가였는데, 그 순간 미래를 발로 걷어차 버린
것이었다.

　이런 몰이해 속에서 이르마는 의기소침해질 수도 있었지만,
다행히 그녀에게는 새로 알게 된 친구이며, 아돌프가 용납하
지 못하는 모든 것을 모아 놓은 사람이라 할 수 있는 막스 페히
슈타인이 있었다. 페히슈타인은 순수한 독일인이었고, 이르마
의 영혼에는 독일과 남아프리카가 섞여 있었다. 그들은 서로
만나지 못할 때에는 서신을 교환했다. 그들의 관계가 너무나
친밀해진 나머지 어느 날 페히슈타인이 〈소중한 I. 스턴에게〉
라는 말로 편지를 시작했고, 젊은 이르마는 얼굴을 붉혔다.

13

멘토가 화를 내고 떠난 후, 이르마 스턴은 회의에 사로잡혔
다. 누가 맞는 걸까? 멘토, 아니면 막스 페히슈타인? 예술이란
무엇일까? 「영원한 아이」는 내 감정을 반영하는 거울일까? 무
슨 권리로 내 가장 내밀한 마음이 〈무미건조하다〉라고 단언할
수 있단 말인가?

그녀는 자신이 혼자가 아니라는 것을 알고 있었지만, 그럼
에도 누구보다도 외로웠다. 인상주의의 열풍은 아직 보수적
이고 식민주의적인 남아프리카에 미치지 못하고 있었고, 사회
지배 계급은 낭만주의적 리얼리즘에 갇혀 있었다. 지난 세기
초반에는 사람뿐 아니라 예술 사조도 여행하는 속도가 느렸던
것이다.

물론 케이프타운에도 고갱이나 고흐 같은 새로운 거장들에
대한 소문이 떠돌았다. 하지만 독일 미술의 혁명가들은 그들
의 대척점에 있는 인물, 갈수록 과격해지는 아돌프만큼 유명
해지지 못했다.

진정한 인상주의자는 19세기의 산업주의가 인간의 영혼에

부정적인 영향을 끼쳤다고 느꼈다. 인상주의자들은 잿빛 연기에 싸인 환경 속의 시커먼 기계들에 대한 반대급부로서, 어쩌면 서로 충돌하는 색일 수도 있는 밝은 색채들로 작품을 가득 채웠다. 무엇보다도 그들은 유럽의 거리와 광장들에 확산되고 있던 나치의 갈색과 충돌했다.

페히슈타인은 그가 나무 아래에서 뛰어노는 오렌지빛 나부들을 그렸다는 것을 발견한 갈색 바지 부대의 최고위층에 의해 베를린 예술원에서 추방되었다. 스탈린그라드에서의 패전을 보고받았을 때를 제외하면, 아돌프가 그처럼 화를 낸 적이 없었다고 한다. 이때 독일의 미술관들에서 326점에 달하는 페히슈타인의 작품이 사라졌으며, 다시는 볼 수 없게 된 작품도 부지기수였다.

하지만 페히슈타인은 자신의 나라에서 사라지기 전에 이르마를 올바른 방향으로 사고할 수 있게끔 붙잡아 줄 수 있었다. 또 그녀는 사랑하는 아프리카로 다시 한번 돌아갈 수 있었다.

하지만 아프리카는 그녀의 사랑에 곧바로 화답하지는 않았다.

14

이르마는 그리고 또 그렸다. 그녀는 무엇보다도 흑인 남자와 흑인 여자를 다양한 색으로 그리는 것을 좋아했다. 그렇게 말레이 부부를, 가정부들을, 줄루족 여인들을, 호사족 소녀들을 — 다시 말해서 그녀가 보고 느끼는 모든 것을 — 그렸다. 이제 자신이 충분히 훌륭하다고 확신한 그녀는 케이프타운에 작품을 전시했다. 가장 세련된 비평가들은 자기가 보고 있는 게 무엇인지 모르겠다며 고개를 갸웃거렸다. 가장 세련되지 못한 비평가들은 토하고 싶다고 말했다. 그 사이에 있는 이들은 그녀가 인간 지성에 대한 모독이라고 비난했다. 그것만으로 충분치 않았던지, 풍기 문란이라는 죄목으로 그녀를 경찰에 고발하기까지 했다. 고발장에서 그들은 〈품위〉를 내세우며 횡설수설 떠들어 댔다.

하지만 이제 예술가는 역경을 담담하게 통과했다. 막스 페히슈타인의 친절한 말들이 그녀의 마음에 남아 뿌리를 내린 것이다. 그녀에게는 케이프타운의 편협한 예술가와 비평가들이 필요하지 않았다. 그녀는 콧방귀를 한번 뀌고는 짐을 꾸렸다.

이번에는 고국으로 향하지 않았는데, 오히려 잘된 일이었다. 아직 아돌프는 그녀가 누구인지 모르고 있었겠지만, 그녀는 그가 혐오하는 모든 것을 갖추고 있었다. 그녀는 표현주의자일 뿐 아니라 흑인을 비롯한 유색인들과 가깝게 지냈다. 또 스스로도 유대인이었다.

여기에 공산주의만 추가하면 결점의 완결판이라 할 수 있으리라.

이르마 스턴(1894~1966), 「정물Still life」, 1942, 캔버스에 유채, 850×850mm

이르마 스턴(1894~1966), 「영원한 아이The Eternal Child」, 1916, 보드에 유채, 737×432mm

이르마 스턴(1894~1966), 「과일 나르는 사람들Fruit Carriers」, 1927, 캔버스에 유채, 885×800mm

제3부

15

죽은 지 한참 된 이르마 스턴이 지금 엔뉘와 케빈의 삶 속으로 들어오려 하고 있었다. 두 사람은 커피 두 잔과 빵 한 개 값을 정직하게 지불하기 위해 합친 재산의 거의 반을 써버린 카페를 나오면서 이 사실을 전혀 알지 못했다.

길 건너편의 사무실에는 달콤한 복수 주식회사의 CEO가 앉아 있었다. 이 CEO 역시 자기 앞에 무엇이 기다리고 있는지 전혀 알지 못했다. 이제 독일-남아프리카 화가가 세 사람의 삶을 완전히 바꿔 놓을 거였다. 마사이 치유사 겸 전사의 도움에 힘입어 말이다.

문제의 CEO는 후고 함린이라는 남자였다. 그는 스톡홀름 외곽의 섬에 위치한 부유한 동네인 리딩외에서 태어나고 성장했다. 의사 부부인 하뤼 함린과 마르가레타 함린의 둘째 아들이었으며, 말테의 동생이었다.

후고의 집에서 토요일 저녁 식사보다 더 중요한 게 있다면, 그것은 일요일의 저녁 식사였다. 의자에서 굴러떨어지지 않고 앉아 있을 수 있게 되었을 때부터, 그는 의식(儀式)에 가까운 분위기 속에서 전채와 메인 코스와 디저트를 들었다. 어머니는 음식을 맡았고, 아버지는 대화와 와인을 담당했다. 이 아버지는 와인이 변하지 않았는지 확인하기 위해 아침부터 조금씩 시음을 하곤 했다.

그들의 대화 주제는 언제나 과학적인 성격을 띠었다. 꼬마였을 때 두 아들은 물리학과 화학, 양 분야에서 노벨상을 받은 폴란드 소녀에 대해 귀가 닳도록 들어야 했다. 또 어떻게 그녀가 결국 자신을 죽음에 이르게 할 정도로 위험한 원소를 발견했는지에 대해서도 들어야 했다. 형 말테는 그녀가 발견한 것들에 대해 더 알고 싶어 했고, 아빠와 엄마는 기꺼이 들려주었다. 동생 후고는 노벨상이 얼마나 많은 돈과 명성을 가져다주는지에 대해 더 관심이 많았다.

아이들이 성장함에 따라 대화는 한층 진전되었다. 그들의 부모는 아들들이 자신들의 발자취를 따랐으면 하는 ─ 자신들을 넘어선다면 더 좋겠고 ─ 바람을 숨기지 않았다. 마리 퀴리는 한 사람이 노벨상을 두 개나 받았는데, 두 아들에게서 적어도 한 개는 기대할 수 있지 않을까?

말테는 부모와 잘 통했다. 열네 살 때부터 그는 안과 의사가 될 것을 고려했다. 그가 특별히 이 분야를 택한 것은, 무엇보다도 발음하기가 어려운 이 단어로 동생에게 장난치기 위해서였다.[11]

「후고, 너 〈옵탈몰로기〉가 뭔지 아니?」 그가 물었다.

「소리만 들어도 아주 따분하다는 것만 알겠네.」

아버지는 형제에게 아무것도 아닌 것 가지고 싸우지 말라고

---

11 안과는 스웨덴어로 *oftalmologi*이고, 발음은 〈옵탈몰로기〉이다.

했다. 그는 안과 의사는 〈눈 의사〉와 같은 말이라고 설명해 주었지만, 어느 정도 괜찮은 연봉을 받기 위해서는 몇 년을 공부해야 하는지 알려 주는 실수를 저지르고 말았다.

「뭐, 12년?」 후고가 놀라 외쳤다. 「난 그거 절대로 안 할래!」

형제는 열여섯 달 터울밖에 안 되었고, 서로를 많이 사랑했지만, 성격은 판이했다. 형은 엄마, 아빠처럼 과학자였지만 동생은…… 음, 그가 어떤 아이인지는 아무도 몰랐다.

하뤼와 마르가레타는 노인의학과 수련의 과정에서 만났고, 본인들이 같은 증상을 느끼기 시작할 때까지 노령과 관련된 질병 및 장애들과 싸우며 함께 일해 왔다.

그러고 나서 은퇴하여 박스홀름에 있는 여름 별장으로 완전히 거처를 옮겼고, 마르가레타는 그곳 지역 병원에서 파트타임 일을 구했으며, 하뤼는 풀타임으로 베란다에 앉아 레드와인을 홀짝거렸다. 리딩외의 집은 막내에게 주고, 그 집값에 상당하는 돈을 형의 12년에 걸친 의학 교육 비용으로 쏟아부었다.

말테가 웁살라에 가서 신경 생물학과 항상성과 응급 처치 공부에 푹 빠져 있는 동안, 열여덟 살 집주인 후고는 고향에 죽치고 앉아서 자신에게 어떤 재능이 있는지 알아내려고 애썼다. 내게 뭔가 인생에 의미가 있으면서도 경제적인 성공을 가져다줄 어떤 것이 없을까?

그는 일찍이 그림에서 가능성을 보였지만, 부모가 그 방향으로 격려해 준 적은 한 번도 없었다. 특히나 그가 샤워 중인 아빠를 — 특정 부분을 강조하여 — 몰래 그려서는, 그 결과물을 기독교 계통 고등학교 미술 선생에게 보여 주고 나서부터는 더욱 그랬다.

그림 그리기는 재미는 있었지만, 양방향에서 쏟아지는 꾸지람 말고는 그에게 아무런 이익을 가져다주지 못했다. 하지만 그는 그 생각을 완전히 떨치지 못했다. 하여 진로 탐색을 위해 이따금 동네 북 카페에 들르곤 했는데, 그곳은 리딩외의 대표적인 굶주린 예술가들이 정기적으로 모여 삶이 얼마나 고달프며, 자신이 돈에 대해 얼마나 초연한지 떠들어 대는 장소였다. 그러고 나면 모두가 커피값을 상대에게 부담시키려고 온갖 짓을 다 했다. 거기서 후고는 소외감을 느꼈다. 그가 자신의 예술적 재능에서 바란 것은 — 무엇보다도, 결론적으로 그리고 처음부터 끝까지 — 즐거운 시간을 보내는 것이었다. 그가 느끼기에 이를 위한 전제 조건은 돈을 버는 거였다.

후고와 말테는 때때로 전화로 얘기를 나눴다. 그들의 대화는 다정하면서도 사뭇 짓궂었다.

「그래, 항상성 그 애는 잘 지내고 있어?」 후고는 항상성이 뭔지도 모르면서 이렇게 물었다.

「오, 잘 지내, 고마워. 지금 나와 함께 해부학을 공부하고 있지.」

「그래, 공부하다가 틈틈이 의료용 알코올로 한 잔씩 하니, 아니면 계속 책에다 코를 처박고 있니?」

말테는 의료용 알코올은 의대생들에게 사사로이 주어지는 게 아니라고 설명하고는, 하지만 지금 동생이 무슨 말을 하고 싶은지는 알겠다고 말했다. 자신은 이따금 저녁에 동료들과 유쾌한 시간을 보내며 레드와인을 한 잔씩 하기도 하지만 모두가 아침 6시에 일어나야 하므로 절제한다는 거였다.

「그래, 12년 동안을 그런 식으로 살 생각이야?」

「지금부터 딱 10년 반만 지나면 돼.」

「멍청이.」

「그래, 나도 널 사랑한다.」

그러고 나서 이번에는 후고가 자신의 근황을 보고했다. 그는 북 카페에서 후줄근한 극빈자들이나 보면서 지내지만 아직 희망이 남아 있다고 말했다. 얼마 전에 어떤 프랑스 사람이 자전거 바퀴를 받침대 위에 올려놓고는 부와 명예를 거머쥐었다는 사실을 알게 되고 눈이 번쩍 뜨였다는 거였다.

말테는 무슨 일에 있어서든 어떤 방법을 써서라도 지름길을 찾으려 하는 동생을 보며 미소를 머금었다.

「엄마 자전거가 아직 차고에 있지 않아?」 그가 물었다.

「멍청이.」 후고가 대답했다.

「오케이, 나도 그렇게 생각해.」

후고는 문제의 프랑스 화가에 대해 더 이상은 아는 바가 없었지만, 자전거 바퀴나 소변기나 눈삽으로 돈을 벌 수 있는 사람은 존경과 관심을 받을 자격이 있다고 생각했다. 물론 다른 사람이 그와 똑같은 방법으로 성공할 수 있다는 얘기는 아니었다. 하지만 비슷한 방향으로 뭔가를 해볼 수 있지 않을까?

형에게서 격려를 받은 후고는 다시 한번 곰곰이 생각해 보았다. 생각을 끝낸 그는 감자 필러에 스프레이로 금색을 입힌 후, 이 창작품에 〈속살을 드러내다〉라는 제목을 달고 5천 크로나로 가격을 매겼다. 중고 감자 필러를 사는 데 2크로나가 들었고, 금색 스프레이는 집 차고의 선반에서 찾아냈다.

준비를 마친 그는 위아래로 검은 옷을 입고 거울 앞에 서서는 아주 심각한 표정을 짓는 연습을 한 뒤, 입센의 「페르 귄트」 공연이 끝난 직후에 극장 앞에서 작품을 팔기 위해 스톡홀름 시내의 왕립 극장으로 달려갔다.

그 결과, 관람을 마친 관객 중 세 사람만 빼놓고 모두가 이 예술가를 쳐다보지도 않고 지나갔다. 두 사람은 재채기를 하려고 걸음을 멈추었고, 그의 사회적 위상에 대해 밉살스러운 억측을 주고받았다. 또 한 사람은 아내에 의해 강제로 극장에 끌려온 남자였는데, 방금 본 연극에 대해서는 아무것도 이해할 수 없었지만, 감자 필러를 든 청년에게는 뭔가 다른 게, 아니 어쩌면 뭔가 특별한 게 있다는 것을 깨달았다.

「자네, 혹시 일자리를 구하나?」 사내가 물었다.

「감자 껍질 벗기는 일인가요?」

「아니, 난 광고, 홍보 그리고 기타 등등과 관련된 업계에서 일하고 있네. 난 자네에게 뭔가 특별한 게 있다고 생각해.」

광고, 홍보 그리고 기타 등등? 어감이 그리 나쁘지 않았다.

「그거 하면 돈을 얼마나 받나요?」

16

18년 후, 형 말테는 스톡홀름에 위치했으며, 유럽 유수의 안과 병원 중의 하나로 여겨지는 병원에서 오래전부터 인기 있는 전문의로 활동하고 있었다. 동생 후고는 극장 앞에서 팔려고 한 감자 필러 덕분에, 후에 스칸디나비아 최고의 광고 회사 중의 하나로 부상하게 될 곳에 임시 보조원으로 채용되었다. 석 달 후에는 정규 직원이, 여섯 달 후에는 기획부장이 되었으며, 10년 하고도 10년의 절반이 흐른 뒤에는 그레이트 & 이븐 그레이터 커뮤니케이션스[12]사에서 가장 빛나는 스타였다.

이제 그는 더 이상 교외와 시내 사이를 버스로 통근하지 않았다. 요즈음 그는 홍콩, 대한민국, 일본, 독일, 프랑스, 스페인 그리고 이탈리아를 적어도 1년에 한 번은 여행했다. 영국은 그보다 자주 방문했으며, 미국은 하도 많이 가서 셀 수도 없을 정도였다. 여기서 〈미국〉은 뉴욕과 로스앤젤레스를 의미하는데, 이 두 곳에서 모든 게 일어나기 때문이었다.

12 Great & Even Greater Communications. 〈위대한 & 훨씬 더 위대한 커뮤니케이션스〉라는 뜻.

후고는 여행과 아이디어를 짜내는 일 사이에 남는 시간은 쏟아져 들어오는 돈을 세며 보냈다. 돈을 많이 버는 이유는 물론 그의 천재적인 창의성 때문이었지만, 또한 광고맨 중에서 여행 경비 청구서 작성에 그보다 뛰어난 사람이 없기 때문이기도 했다(이 역시 일종의 창의성 아니겠는가).

그는 오래전부터 자신의 사업체를 가질 생각을 품어 왔지만, 지금도 충분히 보수를 받고 있고, 적어도 첫 15년 동안은 일이 너무 재미있었다. 하지만 최근 3년 동안은 상을 받은 적이 없는 데다가 젊은 친구들이 바짝 쫓아오고 있었다. 녀석들에게 밟히기 전에 눈을 다른 데로 돌려야 할 때가 된 것은 아닐까?

후고와 말테는 형제인 동시에 둘도 없는 친구이기도 했다. 말테가 바사스탄에 있는 자신의 아파트를 팔고 리딩외에 있는 여자 친구의 집으로 들어온 이후로, 그들은 몇 년 동안 가까이서 살아왔다. 물론 말테의 여자 친구도 의사였다. 후고가 느끼기에는 조금 까칠한 여자였다. 하지만 말테는 그녀와 함께 행복했고, 그게 중요했다.

광고맨 자신은 누군가에게 감정적으로 매이지 않으려고 늘 조심해 왔다. 여자 친구를 만드는 것의 위험성은 아이들이 생길 수 있다는 것인데, 후고로서는 거기서 어떤 즐거움을 발견하기가 어려웠다. 밤새 잠 못 자게 하는 것으로 은혜를 갚는 녀석의 똥 기저귀를 갈아 주는 일이 창의성 개발과 무슨 관계가 있는가?

그가 광고업계의 다른 이들과 다른 점은 스톡홀름 중심가의 펜트하우스에서 한 번도 살지 않았고, 그걸 꿈꾼 적도 없다는 사실이었다. 또 그는 술을 퍼마시며 서로를 칭찬하느라 정신이 없는 동료들과 어울리는 법이 거의 없었다. 일과가 끝나면 그는 애마 볼보를 몰고 그가 사는 동네에 돌아가서는 완전히 보통 사람처럼 행동했다.

집은 필요 이상으로 컸지만 동네 자체는 그다지 화려하지 않았다. 이웃들은 그가 자신들과 다름없는 평범한 사람이라고 생각했다. 하지만 그들이 모르는 사실이 있었으니, 그는 은밀히 그들을 관찰하면서 그들의 사고 패턴은 어떠한지, 그들이 무엇을 좋아하며 무엇을 좋아하지 않는지, 또 그 이유는 무엇인지를 곰곰이 생각해 봤다. 신선한 아이디어를 탄생시킬 필요가 있을 때는 그들 중의 하나를 떠올려 보았다. 레반데르 부인으로 하여금 일주일에 하루 더 닭고기를 사게 하려면 어떻게 해야 할까? 루네손의 10대 아들내미들이 휴대폰 데이터 옵션을 바꾸도록 하려면 어떻게 설득해야 할까?

그의 이웃들 중에서 이웃으로도, 연구 대상으로도 기능하지 않는 유일한 존재는 아마 후고의 집 옆 길모퉁이에 사는 사내일 거였다. 그는 퉁명스럽고, 성마르고, 의심 많은 인간이었다. 그는 자신의 당근밭을 네발로 기어 다니며 혼잣말을 할 때 — 어쩌면 당근과 얘기하는 것일 수도 있겠지만 — 를 제외하고는 무엇에도 만족하는 법이 없었다.

후고는 하루의 거의 대부분을 당근하고만 지적 교류를 나누는 사내에게는 어떤 광고 문구가 통할까 생각해 보았지만, 결국 그것은 불가능하다는 결론에 이르렀다.

따라서 국제적인 광고맨은 그의 동네 안에, 소비자로 적절치 못하다는 바로 그 이유로 소비자 유형 중의 하나로 분류될 수 있는 인간을 포함하여 모든 종류의 소비자들을 구비하고 있었다.

그 쓰레기통 사건만 아니었더라면 말이다.

그 퉁명스러운 사내의 이름은 비르게르 브로만이었다. 그는 홀아비였고, 작업장 안전 감독관이었으며, 도무지 말귀를 알아먹지 못하는 자였다. 그런데 언젠가부터 이 브로만이 격주로 목요일에 있는 수거를 위해 쓰레기통을 차고 진입로의 잘못된 쪽에다 내놓기 시작했다. 그것은 항상 넘치도록 차 있었고, 쓰레기 봉지들은 위쪽이 제대로 묶여 있지 않았다. 게다가 냄새가 지독했고, 파리가 들끓는 것이 보기만 해도 욕지기가 올라올 정도였다.

그걸 진입로의 다른 쪽에다 내놔도 아무 문제가 없을 터였다. 그 자신에게도 조금도 문제가 되지 않고, 폐기물 수거인들에게 폐를 끼치는 것도 아니며, 파리들에게도 아무런 차이가 없었다.

하지만 후고에게는 훨씬 나을 거였다.

광고맨은 그에게 얘기해 봤지만, 작업장 안전 검사관은 꿈쩍도 하지 않았다. 30센티미터 떨어진 우편함은 모르겠지만, 도로는 후고 함린에게 속한 것이 아니라는 거였다.

「소유지 경계선은 이렇게 지나가오!」 브로만은 갈고리처럼 구부러진 검지로 가리키며 말했다. 「만일 이걸 바꾸고 싶다면 시청에 가서 얘기하시오.」

후고는 자신은 소유지 경계선을 옮기고 싶은 마음이 없으며, 단지 우편물을 꺼낼 때 악취와 파리 떼로부터 좀 벗어나고 싶을 뿐이라고 대답했다.

「그렇다면 당신은 내가 내 우편물을 꺼낼 때 악취와 파리 떼에 시달리기를 원한단 말이오?」 브로만이 반문했다.

여기서 우리가 알아야 할 것은 브로만의 집은 길모퉁이에 있었다는 사실이다. 따라서 그의 우편함은 저쪽에 멀찌감치 떨어져 있어 이 일과는 무관했다.

「흠, 이게 당신의 쓰레기고, 쓰레기통은 항상 가득 차 있고, 당신은 쓰레기 봉지를 제대로 묶는 법이 없다는 점을 감안한 다면 그편이 훨씬 적절할 듯싶은데요. 또 당신의 우편함은 저쪽에 있잖아요?」

「지금 당신은 내 우편함 위치까지 정해 주려는 거요?」

후고는 형에게 이 이웃에 대해 얘기하고는, 브로만을 한번 혼쭐내 주는 데, 아니 그를 한번 죽도록 패주는 데 한주먹 보태줄 수 있는지 물었다.

「프리뭄, 논 노체레.」 말테가 대답했다.

「뭐라고?」

「히포크라테스 선서에 있는 구절이야. 의사의 본분은 사람을 살리는 것이지, 그 반대가 아니라는 뜻이지.」

후고는 그날 이후로 쓰레기통이 조금 더 차 있고, 쓰레기 봉지들은 조금 더 느슨하게 묶여 있다는 느낌을 받았다. 하지만 확실치는 않았다. 한 가지 분명한 것은 브로만의 마음이 조금도 바뀌지 않았다는 사실이었다.

이런 상황이 계속되던 어느 날, 후고는 직접 나서서 브로만의 쓰레기통을 진입로의 올바른 쪽에다 옮겨 놓기에 이르렀다.

그는 한 손으로 쓰레기통을 끌면서, 다른 손으로는 코를 틀어쥐었다.

그러자 브로만은 경찰을 불렀다.

「이건 불법 행위요!」 브로만이 시민에게 봉사하기 위해서는 이보다 더 나은 방법들이 있을 것 같다고 느끼고 있는 두 불행한 경찰관에게 소리쳤다. 그들은 경고장을 발부하는 대신, 후고에게 좀 어른이 되시라고 말했다.

「아니, 그럼 내가 어린애란 말이오? 여기 있는 이 천치가 단지 똥고집을 부리기 위해 쓰레기통을 내 우편함 바로 옆에 놓았단 말이야!」

「이건 불법 중상이야!」

「형법에 불법 중상이란 죄목은 없소.」 한 경찰관이 말했다. 「자, 이렇게 합시다. 거기 당신은 더 이상 이웃의 쓰레기통을 옮겨 놓지 마시오. 그리고 당신은 더 이상 이런 일로 경찰을 부르지 말고! 오케이?」

작업장 안전 검사관 브로만은 법적 권리들을 내세우려 했지만, 경찰관이 너무 엄한 표정을 짓고 있어 감히 그러지 못했다.

〈민중의 지팡이〉가 사라지자, 후고는 마지막으로 한 번 더 시도해 보았다.

「브로만, 제발 부탁인데…….」

「시청에 전화해서 그들에게 호소하시오! 그리고 아까 경찰이 말하는 것 들었지. 한 번만 더 그러면 감방에 처넣는다고!」

이웃이 또다시 시청을 입에 올리자 후고는 그를 목 졸라 죽이고 싶었다. 아니, 쓰레기통에 처넣고 싶었다. 아니, 자신이 배출한 쓰레기를 다 먹게 하고 싶었다.

다행히도 그는 이 중에서 어느 것도 하지 않았다. 그는 자신이 스웨덴 최악의 이웃을 두었다는 사실을 받아들였다. 다시 말해서 그는 행동에 있어서는 체념했다. 하지만 생각에 있어서는 그렇지 않았다.

이후 몇 달 동안, 모닝커피를 마시며 이웃과 그의 뜰과 쓰레기통과 차고 진입로를 내다보고 있는 후고의 머릿속은 온통 쓰레기통 분쟁에 대한 생각뿐이었다.

어떻게 하면 가장 시원하게 복수할 수 있을까?

그의 첫 번째 아이디어 — 공공장소에서 목 졸라 죽이는 것 — 는 별로였다. 10년형 내지 종신형을 받을 수 있었고, 그럴 만한 가치가 있는 일이 아니었다. 폭행이나 강제로 쓰레기 먹이기는 더욱 말이 되지 않았는데, 왜냐하면 후고는 감옥에 가게 될 테고, 거기서 나온다 해도 작업장 안전 검사관이 쌩쌩하게 남아 있을 것이기 때문이었다. 브로만의 입술에 비틀린 미소가 번질 걸 생각하니 견딜 수가 없었다.

간단한 해결책은 받은 대로 돌려주는 거였다. 쓰레기통을 한 번에 몇 통이나 수거해 달라고 시청에 요구할 수 있는지에 대해서는 법적인 제한이 없었다. 게다가 규모가 크지 않은 가정은 격주 대신 4주에 한 번씩 수거해 달라고 요청할 수 있었다.

브로만의 집 경계선을 따라 쓰레기통 다섯 개를 죽 늘어놓는다면? 모두 꽉꽉 채워 가지고? 대충 묶어 놓은 봉지들을 — 아니, 전혀 묶지 않은 봉지들을 — 쑤셔 넣고 한 달에 한 번만 수거해 가게 한다면?

115

작업장 안전 검사관은 속이 썩어 들어가리라. 하지만 동시에 그것은 후고에게도 나쁜 상황이었고 — 이게 바로 최악인데 — 브로만도 그걸 알 거였다. 자기에게 피해가 돌아오는 복수는 전혀 복수가 아니었다.

후고는 문제를 새로운 사고방식으로 접근하기로 했다. 광고맨의 사고방식으로 말이다. 최근에 그는 전에 시장에서 선두를 달리다가 인기가 시들어 버린 어느 오렌지 마멀레이드를 리브랜딩하면서 광고맨으로서 천재적인 수완을 발휘했다. 이 제품은 오랫동안 쇠락의 길을 걸으며 상점 매대에서 서서히 삭아 가고 있었지만, 이제는 같은 상점에서 주요 매대의 절반을 차지하게 되었다. 후고 덕분에 껍질을 까지 않은 반쯤 썩은 오렌지를 걸쭉하게 갈아 만든 마멀레이드를 유럽 전체가 우적우적 씹어 먹고 있었다. 그것은 이전의 것과 똑같은 마멀레이드였다. 유일한 차이점은 스웨덴 광고맨이 〈오렌지〉 풍미를 〈맛나 오렌지〉 풍미로 바꿈으로써 이것을 식탁에서 필요 불가결한 것으로 만들어 놓았다는 사실이었다.

「하지만 이 안에는 〈맛나〉가 들어 있지 않다고요.」 마멀레이드 회사 영업부장이 항변했다.

「그래서요?」 후고가 되물었다.

「물론 그것을 첨가할 수는 있겠죠……. 그럼 제가 생산부장에게 얘기할게요. 그런데 〈맛나〉란 게 정확히 뭐죠?」

누군가로 하여금 구닥다리 마멀레이드에서 뭔가 신선한 것을 경험하게 만들 능력이 있는 사람이라면, 너저분한 작업장 안전 검사관 정도는 손쉽게 요리할 수 있어야 했다. 그저 검사관 영감탱이의 약점을 찾아내 그곳을 쑤시기만 하면 되는 일이었다.

브로만 검사관은 그의 정원을 뜨겁게 사랑했다. 그는 이른 봄부터 첫눈이 내릴 때까지 거기서 어정대며 시간을 보냈다. 그 인간이 그토록 애지중지하는 정원이 망가진다면 너무나 고소하리라. 대왕민달팽이를 풀어놓는다? 그런데 어딜 가야 녀석들을 수백 마리 살 수 있을까? 그리고 어떻게 해야 녀석들에게 너의 이웃은 괴롭히되 이웃의 가장 가까운 이웃, 다시 말해서 이 후고는 괴롭히지 말라, 라고 가르칠 수 있을까? 기생충을 주제로 한 소설이나 영화를 아무리 뒤져 봐도 민달팽이가 사람에게 충성심을 보인다는 얘기는 없었다. 대왕민달팽이가 알아듣게끔 얘기하는 것은 브로만에게 하는 것보다 쉽지 않을 터였다.

빌어먹을 영감탱이는 어디에다 비료 통들을 보관할까? 그것들을 손에 넣을 수만 있다면, 그 내용물을 글리콜,[13] 염소(鹽素) 혹은 이것들 못지않게 해로운 무언가로 바꿔 놓을 수 있었다. 그러고 나서 베란다의 로열석에 느긋이 앉아서는, 검사관이 콧노래를 부르며 이리저리 걸으면서 자신의 철쭉을 서서히 살해해 가는 광경을 구경하기만 하면 되리라.

아니면 양봉가가 되어 본다면? 벌 1만 마리로는 부족할 수 있었다. 2만 마리? 영감탱이가 견뎌 낼 수 없는 한계치가 분명히 있을 터였다. 하지만 대왕민달팽이의 문제점이 일벌에게도 똑같이 적용될 수 있었으니, 어떻게 그들을 설득한단 말인가? 〈자, 숙녀 여러분, 오늘도 똑같은 작업 부탁합니다. 모두가 브

---

13 무색무취의 단맛이 있는 액체로 주로 자동차의 부동액으로 쓰인다.

로만의 정원으로 몰려가는 거예요, 오케이?〉

어쩌면 토끼 사육이 더 나을 수도 있었다. 토끼 쉰 마리를 며칠 쫄쫄 굶겨 놓으면 브로만의 당근밭을 금세 찾아내지 않겠는가?

후고는 브로만의 소유지에 최대한 가깝게 노간주나무를 심어 울타리를 만드는 방안을 잠시 고려해 봤다. 이 방법의 결점은 그가 복수할 수 있기 위해서는 노간주나무들이 충분히 자라날 때까지 10년이고 20년이고 기다려야 한다는 점이었다. 장점은 노간주나무가 완전히 성장하면 아주 굵어지고 높이가 무려 20미터에 달한다는 점이었다. 그리되면 이웃과 그의 정원은 적어도 5백 년 동안은 해를 보지 못하고 살게 될 터였다. 노간주나무는 아주 장수하는 악당인 것이다.

어쨌든 노간주나무는 브로만 검사관보다 훨씬 오래 사는 것으로 밝혀졌다. 예순다섯 살이 된 그는 어느 날 픽 쓰러져 정원 흙에 코를 처박고 죽었다. 후고는 손가락 하나 까딱할 필요가 없었다. 그러고 나서 얼마 후에 젊은 부부가 브로만의 집으로 이사해 들어왔다. 그들은 쓰레기통을 원래 위치로 돌려놓았고, 전반적으로 괜찮은 사람들이라 할 수 있었다.

이 모든 변화 앞에서 후고는 허탈한 기분이 들었다. 마치 브로만이 복수당하기 전에 퇴각해 버림으로써 전투에서 승리한 것 같았다.

완전한 만족감 같은 것은 느껴지지 않았다.

17

후고 함린의 동네에도 평화가 찾아왔다. 더 이상 말다툼을
하는 사람은 없었다. 하지절[14] 파티가 후고의 정원에서 열리게
되었다는 사실이 명백한 증거였다. 사람들은 축제의 장대 주
위에서 청어를 곁들여 독주를 즐기며 춤을 추었다. 저녁이 되
자 어린 꼬마들은 침대로 보내고, 조금 더 큰 녀석들은 아이
패드에 맡겼다. 이제는 바비큐 시간이었다. 남자들은 레드와
인을 마시며 고기를 구웠고, 여자들은 화이트와인을 홀짝대
며 남자들을 응원했다. 이따금 스웨덴은 너무나 뻔한 모습이
된다.

스테이크와 옥수수의 색깔이 변해 갈 즈음, 후고의 맞은편
에 앉은 이웃은 브로만이 당근밭에서 죽어 유감이지만, 친절
한 새 이웃들이 오게 되어 기쁘다고 말했다. 이렇게 말하며 그
는 신참들을 향해 잔을 들어 올렸고, 당사자들은 얼굴을 붉혔

14 대체로 밤이 긴 편인 스웨덴에서는 1년 중 해가 가장 긴 하지가 최대
명절 중의 하나이다. 이날은 종일 꽃으로 장식한 긴 장대 주위를 노래하고 춤
추며 돌면서, 절인 청어와 보드카나 슈납스 같은 술을 즐기는 것이 전통이다.

다. 후고의 맞은편 이웃의 옆에 앉은 이웃은 솔직히 브로만은 이 동네의 넘버원 왕재수였다고 덧붙였다. 다른 이웃들도 고개를 끄덕였다.

분위기가 너무나 유쾌하고, 불쌍한 브로만의 숱한 결점에 대한 의견이 너무나 한결같은 나머지, 하지절 파티의 호스트는 이웃들에게 쓰레기통 사건과 자기가 품었던 유치한 복수 계획들에 대해 들려주었다.

「어떤 의미에서는 그가 죽어서 다행이에요. 그렇지 않았다면 난 오늘도 주방 테이블에 앉아 미친놈처럼 혼잣말을 지껄이고 있었을 테니까요.」

이 말에 모두가 박장대소했고, 후고가 예상치 못했던 활발한 토론이 시작되었다. 먼저 후고의 맞은편 이웃의 옆에 앉은 이웃이 킥킥 웃으면서, 자기는 노간주나무 울타리 계획이 괜찮은 해결책이었다고 생각한다고 말했다. 효과는 천천히 나타나겠지만, 모종의 매력이 없지 않다는 거였다. 왜냐하면 노간주나무들이 브로만의 정원에 그림자를 드리우기 훨씬 전에 그는 앞으로 올 일을 생각하며 괴로워할 것이기 때문이란다.

새 이웃인 알리시아와 안드레는 브로만이 죽은 후에 집을 샀기 때문에 그를 한 번도 만난 적이 없었다. 그럼에도 불구하고 그들은 이 문제에 대해 나름의 아이디어를 내놓았다. 폭스바겐 딜러인 안드레는 브로만의 자동차가 빌빌거리게 하기 위해 연료 탱크에 무엇을 넣으면 가장 좋을지에 대해 여러 가지 제안을 했다. 알리시아는 정신 병원에서 일하기 때문에, 어떤 종류의 약을 가루로 만들어 브로만의 커피에 넣으면 좋을지, 또 거기서 어떤 효과를 기대할 수 있는지 잘 알고 있었다. 그 효과들 중에는 아주 재미있는 것도 있었다.

후고의 형 말테와 그의 여자 친구 카롤린은 가까이에 살았기 때문에 이날도 함께했다. 의사 커플은 알리시아가 제안하는 약물에 대해 경고하고 싶은 것을 꾹 참았다. 뭐, 웃자고 하는 소리니까…….

남은 저녁 시간도 비슷한 분위기로 흘러갔다. 책방 주인 루네손은 기꺼이 이야기를 문학적으로 풀어 주었다. 그는 『몬테크리스토 백작』부터 시작해서 수준을 한 단계 높여 『햄릿』을 언급했다. 복수가 복수를 불러서 결국에는 왕실의 반이 몰살해 버린 이야기 말이다. 이 언급은 한편으로는 왕과, 다른 한편으로는 작업장 안전 검사관 간의 시학적 차이에 대한 대화를 촉발했다. 책방 주인을 제외한 모두가 독을 탄 와인 잔은 충분히 창의적이지 못하며, 이왕 복수를 하고 싶다면 아주 교묘하게 해야 한다는 의견이었다. 책방 주인은 그보다 직진형이었다. 아이슬란드 영웅담을 보면, 수십 년 후에 혹시 있을지도 모를 복수를 위해, 땅에다 무엇을 심어야 하나 고민하며 제자리에서 빙빙 돌고 있지 않았다는 거였다. 아니, 단칼에 머리들을 날려 버렸단다!

이때 손님 중의 하나가 8번지에 사는 교구 사제인 구닐라 레반데르에게로 고개를 돌렸다.

「성경은 복수에 대해 뭐라고 말하고 있죠? 우리가 브로만의 커피에 로히프놀[15]을 넣는 것 정도는 하느님께서도 찬성하시겠죠?」

15 수면제의 일종.

구닐라 레반데르는 정신이 맑을 때면 결단력 있고, 명랑하고, 그다지 복잡하지 않았지만, 와인과 맥주와 청어와 독주로 가득 채워지면 완전히 다른 사람이 되곤 했다. 강론에 들어간 그녀는 예수께서는 수면제나 기타 등등에 대해 분명히 〈노〉라고 하셨을 거라고 어떤 이들은 주장하지만, 이 이론은 무엇보다도 누군가가 당신의 오른뺨을 때리면 왼뺨도 대줘야 한다는 마태의 증언에 근거한 거라고 말했다. 그녀는 여기서 우리는 〈오른뺨〉이라는 표현에 주목할 필요가 있다고 덧붙였다. 이를 해석하자면, 우리는 다만 왼손잡이들만을 용서해야 한다는, 다시 말해서 남의 뺨을 때리고서 무사히 넘어갈 수 있는 사람은 거의 없다는 뜻이란다. 오른손을 가지고서 누군가의 오른뺨을 갈기는 게 그렇게 쉬운 일은 아니지 않겠어요?

「난 왼손잡이예요!」 책방 주인 루네손이 잔을 들어 올리며 말했다.

「오른손으로도 곧잘 마시는 것 같던데?」 10번지에 사는 폰투스 블라드가 눈을 찡긋했다.

「난 한 번도 마태를 좋아해 본 적이 없어요.」 구닐라 레반데르가 말을 이었다. 「그리고 구약은 적어도 브로만의 문제에 있어서는 완전히 우리 편이에요. 눈에는 눈! 이에는 이!」

「눈에는 눈? 그것은 아니지!」 안과 의사가 항의했다.

이후에도 하느님의 축복 속에 다양한 아이디어들이 꼬리를 물고 이어졌다. 최종 승자는 새벽 2시에 있은 야식(핫도그와 맥주) 시간에 발표되었다. 영광의 주인공인 가정주부 야콥손에게는 겨자 소스를 듬뿍 바른 더블핫도그가 부상으로 수여되었다. 그녀는 스톡홀름 북부에서 활약 중인 헬스 에인절스[16]의

두목으로 하여금 가와사키 오토바이를 몰고 다니는 브로만 감독관이 두목의 여친에게 수작을 걸었다고 믿게 하기 위한 상세한 계획을 제시했던 것이다. 사람들은 브로만이 너무 일찍 죽어 참 유감이라고 생각했다.

16 Hells Angels. 〈지옥의 천사들〉이라는 뜻.

18

후고 함린은 순전히 자의에 의해 무자식 싱글로 살고 있었다. 특별히도 유쾌했던 하지절 파티가 있은 다음 날, 머리가 지끈거리는 그는 아무런 의무에도 얽매이지 않았으므로 침대에서 꾸물댔다. 이러고 있으려니 자신의 근무 시간에 대해 생각해 보게 되었는데, 그는 평일에도 어디든 마음대로 다닐 수 있었다. 결과물만 내놓을 수 있다면 말이다. 그리고 그는 오랫동안 결과물을 내놓으며 살아왔다. 그의 최근 결과물, 그러니까 〈맛나〉와 관련된 아이디어는 유럽 전역에서 방영되는 TV 광고가 되었다. 그것은 왜 이 특별한 오렌지 마멀레이드가 밝아오는 하루를 앞두고 죽을 듯 괴로워하는 모든 이에게 절대적으로 필요한 아침 식사인지에 대한 유머러스한 논쟁으로 이루어져 있었다. 어쨌든 이 광고 뒤에 숨어 있는 생각은 우리는 모든 사람이 아침마다 죽을 듯이 괴로울 만한 이유가 있는 시대에 살고 있다는 것이었다.

지난밤 파티가 남긴 최악의 후유증이 아직 가시지 않았지만, 그는 몸을 일으켜 팬티 바람으로 주방에 가서는 우유 반 리터를 갑째로 털어 넣었고, 공짜 마멀레이드를 듬뿍 바른 샌드위치 두 개를 입안에 욱여넣었다. 그렇다고 해서 하루가 덜 위협적으로 느껴지진 않았지만, 적어도 더 이상 배는 고프지 않았다. 교외 주택가에 사는 스웨덴 남자들이 하지절 다음 날에 대부분 그러하듯 그도 숙취에 시달리고 있었다.

점심시간 바로 전에 형편없는 음식이나마 아침을 때우고 나니 비로소 정신이 좀 들었다. 그래, 어제 늦은 오후부터 새벽까지 사람들이 모여 함께 복수를 갈망했었지. 그 이유가 무엇이든 간에. 오로지 복수 자체의 달콤한 맛을 위하여.

최악의 컨디션과는 상관없이 광고맨의 두뇌가 재깍재깍 돌아가기 시작했다.

그래, 콘셉트로서의 복수.

비즈니스 모델로서의 복수.

후고는 마멀레이드와 감자 칩과 긁는 복권을 실제 이상의 가치로 포장할 줄 아는 마법사였다. 이런 말도 안 되는 것들을 팔아먹을 수 있다면, 복수를 가지고도 마찬가지로 할 수 있지 않을까?

재택근무를 하면서.

그의 은행 계좌에 거의 백만 크로나가 들어 있었지만, 백만 크로나가 더 생긴다고 생각하니 자신도 모르게 미소가 머금어졌다. 게다가 지금 회사에서 하는 일은 갈수록 흥이 나지 않았다. 아직 정상에 있을 때 영역을 바꿔 보는 것도 괜찮지 않을까?

이제 브로만은 죽었기 때문에 그가 개인적으로 복수할 사람은 없었다. 하지만 세상에는 아직도 숨을 쉬며 주위에 독을 뿌

125

리고 있는 다른 브로만들이 수없이 많지 않은가? 그들이 얼마나 큰 수익을 가져다줄지 누가 알겠는가?

달콤한 복수 주식회사.

회사 이름은 이렇게 붙일 거였다. 후고는 선전 문구를 다듬는 작업에 들어갔다.

누군가에게 부당한 일을 당했을 때 법을 어기지 않고 복수할 필요가 있으십니까? 우리가 해결해 드립니다! 시간당 1천2백 크로나! 만일 우리가 고객의 명예 보호를 위해 입을 다물 필요가 없다면, 전 세계 수천 명의 만족하신 고객이 우리의 퀄리티를 보증해 드릴 것입니다.

〈수천 명의 만족하신 고객〉 부분은 물론 사실이 아니었다. 아직은 말이다. 하지만 가능했다.

이제 남은 일은 지금의 직장에 사표를 내는 거였다. 그리고 사업 계획을 짜는 거였다.

「너 정말로 확실한 거야?」 형제가 전통적인 하지절 애프터 파티에서 술잔을 기울이고 있을 때, 형 말테가 물었다.

그는 확신했다. 그의 머릿속 여기저기에서 벌써 계열사들이 퐁퐁 솟아나고 있었다. Sweet Sweet Revenge Ltd, Rache ist Süß GmbH, La Vengeance est Douce SA[17] 같은 것들이 말이

17 이 세 이름은 〈달콤한 복수 주식회사〉를 각각 영어, 독일어, 프랑스어로 옮긴 것이다. Ltd, GmbH, SA는 엄밀히는 〈유한회사〉를 지칭하나 국내 실

다. 본사는 스톡홀름에 있겠지만 마케팅은 지역에 따라 달라져야 했다.

그레이트 & 이븐 그레이터 커뮤니케이션스 CEO 로빈은 후고가 더 이상 회사의 일부분이 되기를 원치 않는 날이 언젠가 오리라는 것을 항상 알고 있었다. 그들의 행운은 거의 20년이나 계속되었다. 그가 얼마나 많은 상(賞)을 회사에 가져다주었던가? 칸, 베를린, 스톡홀름……. 그리고 이 조그만 스웨덴 회사 그레이트 & 이븐 그레이터 커뮤니케이션스가 슈퍼볼 광고를 제작할 수 있는 기회가 거의 눈앞에 다가와 있었다. 모두 후고 덕분이었다. 지금까지는 항상 결승선 앞에서 좌절하곤 했었는데, 로빈은 그 이유를 도통 이해할 수 없었다. 그런데 후고는 그게 가격 때문이라고 생각했다. 그들의 입찰 가격이 너무 싸기 때문에 미국인들이 열을 내어 달려들지 않는다는 거였다.
여러 해 전 스톡홀름의 극장 앞에 서 있던 그 순간부터 후고의 머릿속 톱니바퀴는 쉴 새 없이 돌고 있다는 것을 회사의 설립자는 알고 있었다. 당시 그레이트 & 이븐 그레이터 커뮤니케이션스는 조그만 스타트업에 불과했다. 로빈 자신도 젊고 배가 고팠으며, 거의 모든 사람과 모든 것에서 가능성을 보았다. 그래서 왕립 극장 앞 계단의 발치에 서서, 감자 필러의 예술적 위대함에 대해 설명하고 있는 소년에게서도 잠재성을 보았다. 소년은 감자 필러에 금칠을 했다. 그리고 일련번호를 매겼다. 또 진품 증명서까지 발부했다. 마치 마르셀 뒤샹[18]처럼

정에 맞춰 주식회사로 옮긴 것을 밝혀 둔다.
18 프랑스의 다다이즘 화가로, 변기를 작품화한 「샘」으로 유명하다.

하고 있었다. 띄울 수 없는 것을 띄우기 위해 필요한 것은 모두 하고 있었다. 오케이, 지금은 성공하지 못했지만 더 나은 도구들을 쥐여 주면 충분히 해낼 수 있을 거야, 라고 생각한 로빈은 소년에게로 걸어가 일자리를 제의했다.

그 후의 이야기는 역사가 되었다. 바로 다음 날부터 후고는 일을 시작했다. 3주 후에는 자신이 기안한 프로젝트를 지휘했다. 일곱 달 후에는 회사의 이름으로, 그의 첫 번째 상을 획득했다. 그런 식으로 흘러왔다. 지금까지 그렇게 흘러왔고, 1년 안으로 전자 제품 대형 체인과의 수천만 크로나짜리 계약 갱신이 있을 거였다. 그리고 처음으로 후고는 협상 테이블에 없을 거였다.

후고는 자기가 무슨 일을 하려는지 밝히지 않았지만, 이 회사와 경쟁 관계가 되지는 않을 거라고 약속했다. 로빈은 그를 믿었지만, 안전을 기하기 위해 바로 그날 그를 내보냈다. 강한 포옹 한 번과 감사의 표시로 석 달 치 봉급을 건네주면서.

◆

후고 함린은 실업자가 된 첫날을 리딩외에 있는 그의 집 주방에서 보냈다. 테이블에 앉은 그는 노트북을 펴놓고 마케팅 계획의 초안을 작성했다. 처음에는 광범위한 홍보가 필요할 터였다. 무엇보다도 인터넷 등 전자 채널들을 통해야 할 거였는데, 왜냐하면 SNS에는 그의 비즈니스 아이디어와 정면으로 충돌하는 것들 — 이해와 용서와 성찰 같은 것들 — 이 설 자리가 거의 없기 때문이었다.

가장 효과적인 채널은 페이스북일 거였다. 그레이트 & 이븐 그레이터 커뮤니케이션스 내에서는 부서 하나가 전적으로 페이스북과 그 자매 네트워크들만을 대상으로 작업했다. 이 부서는 아주 유명한 사람들과 어느 정도 알려진 사람들이 광고 회사와 그 고객들이 유포하고자 하는 의견을 갖도록 그들을 설득하기 위해 광범위하게 공작했다. 후고는 이 부서와 별로 관계가 없었지만, 최근에 누구도 이름을 들어 본 적이 없는 어느 작가가 특정 아이스크림 브랜드를 좋아하는 모습을 SNS에서 보여 줄 수 없느냐는 요청에 벌컥 화를 낸 이후로 회사 주변이 몹시 시끄러워졌다. 그렇게 해주는 대가로 2천 크로나를 주고 아이스크림을 원하는 만큼 먹게 해주겠다는 제안이었다. 문제는 그 작가가 첫째, 유당 분해 능력이 없으며, 둘째, 매우 비관용적인 사람이라는 점이었다. 지금 그는 우리가 더 이상 누가, 무엇을 그리고 왜 생각하는지 모르게 될 때, 민주주의에 어떤 위험이 닥치게 되는지의 주제를 놓고 열변을 토하고 있었다.

후고는 비관용적인 작가가 페이스북의 문제점을 깔끔하게 요약했다고 생각했고, 거리 어딘가에서 민중 봉기가 준비되고 있기를 바랐다. 하지만 그는 혁명가가 아니라 기업가이기 때문에, 세상이 바뀌기 전까지는 8만 크로나어치의 〈달콤한 복수〉 광고를 유럽 전역에 때리는 게 좋겠다고 판단했다. 페이스북을 증오하라! 앗싸, 페이스북!

다음으로 지출해야 할 항목은 사무실이었다. 후고는 그의 원대한 계획을 누구의 방해도 받지 않고 조용히 생각할 수 있는 곳이 필요했다.

그는 그에게 필요한 것을 인근의 부유한 동네인 외스테르말름에서 찾아냈다. 전에 상점으로 쓰이던 곳으로, 70제곱미터 크기에 간이 주방과 침실까지 딸려 있었다. 이 상점은 경제적으로 걱정이 없는 부모를 가진 아이들에게 네 세대에 걸쳐 알록달록한 나무 장난감들을 팔아 왔다. 하지만 더 이상 다섯 번째 세대는 없었다. 사회 계급이 어떻든 간에 요즘 어느 아이가 아이패드가 있는데 손으로 색칠한 가축들로 꾸며진 농가를 원한단 말인가?

후고는 계약서에 서명하는 자리에서 전 세입자를 만났다. 그녀는 우울해 보이는 70대의 노부인이었다. 후고의 회사 이름을 본 그녀는 관심을 보이며, 그의 첫 번째 고객이 되고 싶은 의향을 비쳤다.

「네, 좋아요.」 후고가 말했다. 「무엇을 원하시죠, 부인?」

그녀는 정확히는 알 수 없단다. 하지만 내 삶과 내 불쌍한 손주들의 삶을 망치고 있는 인터넷을 모조리 꺼버리는 복수를 생각해 볼 수도 있지 않을까요?

그녀는 후고가 바랐던 종류의 고객이 아니었다.

「부인, 그러려면 어떻게 해야 할까요?」

노부인은 어이없는 듯이 웃었다. 그 방법을 생각해 내는 것은 당연히 함린 씨의 일이죠. 아니라면 왜 당신에게 의뢰하겠어요? 하지만 지금 자신은 솔직하게 묻는 거란다. 그가 일을 제대로 해낼 수만 있다면 현금으로 5천 크로나를 지불하겠단다.

후고는 5천 크로나짜리 늙은 여자에게 붙잡혀 있기에는 미래를 위해 준비해야 할 게 너무 많았다. 그는 당장 그쪽 문을 닫아 버리는 편을 택했다.

「그 금액으로는 부인이 사용하시는 인터넷을 — 혹시 인터
넷을 사용하신다면 말이죠 — 꺼드릴 방법을 찾아낼 수 있을
것 같습니다. 하지만 다른 사람 것은 못 해드려요.」

19

노부인이 열쇠를 넘겨주기 위해 장난감 가게를 정리하는 동안, 후고는 마이애미비치로 소득 공제가 되는 비즈니스 여행을 갔다. 그는 해변의 파라솔 아래에 앉아 자신과 상상 속의 고객들을 위해 우산 장식이 꽂힌 음료와 애피타이저를 주문했다. 사업을 하려면 지출과 수입이 필요한 법이었다. 후고는 애피타이저를 먹으며 기분이 좋았다. 이제는 수입만 있으면 되리라.

기본적인 구상을 마치고 귀국했을 때, 몸은 건강한 구릿빛이었고, 충분한 휴식을 취한 덕분에 가뿐했다. 첫째 날, 새 사무실에 가구를 들였다. 예쁘기만 하고 쓸데없는 것은 전혀 없었다. 책상 하나, 의자 세 개, 벽에 걸린 화이트보드 하나 그리고 주방의 커피 메이커 하나와 냉장고의 우유가 전부였다. 또 그는 식품 저장고에서 통조림 몇 개를 발견했는데, 아마도 노부인이 남겨 놓은 것인 듯했다.

이제 보조원 한 명만 있으면 되었다. 어떤 특별한 자격은 필요치 않았다. 그저 전화나 받고, 잠재적 고객들이 그의 창의적 사고를 방해하지 못하도록 하는 동시에, 나중에 후고가 시간이 나서 낚아 올리게 될 때까지 이 고객들이 관심을 잃지 않게 끔 계속 관리하기만 하면 되었다. 하지만 이 지출 항목은 사업이 궤도에 오를 때까지 기다려야 할 거였다. 플로리다에서의 시간은 공짜가 아니었기 때문이었다.

이로써 모든 준비가 끝났다. 하지만 후고는 아직 오픈을 보류했다. 북유럽의 가을이 충분히 무르익었을 때 시작하고 싶었다. 그는 플로리다의 태양과 열기 속에서 기분이 너무나 좋았다는 사실을 놓치지 않았다. 격렬한 복수의 욕구는 어두컴컴한 하늘과 차가운 바람 속에서 쉽게 뿌리를 내리는 법이다.

이런 점에서 11월과 12월의 스톡홀름은 최적의 조건이라 할 수 있었다. 후고는 기온이 영상 3도로 떨어지고, 일기 예보에 의하면 저 아래 밀라노에까지 확산될 거라는 진눈깨비와 사나운 북풍이 몰아치는 날씨에 페이스북을 열고 광고 캠페인을 개시했다.

출발은 너무나 순조로웠다! 첫 번째 마케팅 작업을 시작한 지 며칠도 안 되어, 후고는 12개국 80명으로부터 전화와 이메일을 받았다. 물론 대부분은 완전히 미친 내용들이었다. 세 사람은 자신의 장모를 죽이고 싶어 했고, 한 사람은 알바니아를 정복하는 데 도움이 필요했으며, 또 한 사람은 자신의 악마들에게 복수하겠다는 생각에 깊이 빠져 있었다.

일곱 명의 잠재적 고객은 작업을 진전시킬 필요가 있어 보였다. 그들은 회사가 무엇을 제공할 수 있으며, 그 결과를 어떻

133

게 보장할 수 있는지에 대해 좀 더 자세히 알고 싶어 했다. 어떤 이들은 수임료 흥정을 시도하기도 했다. 후고는 이들을 관심 있게 지켜보기로 했다.

하지만 여덟 번째 의뢰인 — 독일 프라이부르크 교외에 사는 아르비트 뢰슬러 씨 — 은 당장이라도 달려와 계약을 체결할 준비가 되어 있었다.

뢰슬러 씨는 은퇴한 고등학교 교사로서, 10대 청소년들을 엄하게 다스리며 평생을 보냈다. 그는 옛날식 교사로서 자신의 능력에 대해 큰 자부심을 느끼는 사람이었다. 여기서 이 능력은 싸가지 없는 학생 — 모두가 남학생이었다 — 에게 귓방망이를 한두 대 날려 주는 것을 의미했다.

어쨌든 은퇴한 뢰슬러 씨는 프랑스 국경에서 그리 멀지 않은 그의 여름 별장으로 거처를 옮겼다. 그는 라인강이 그림처럼 흘러가는 전원에서 빌레펠트 암탉 여덟 마리 그리고 그의 자랑거리인 빌레펠트 수탉 한 마리와 함께 조용하고도 쾌적하게 살아갈 계획이었다. 주님께서 자신을 그분의 집에 부르는 날까지 말이다.

「혹시 여기서 주님 자신이 문제인 것은 아니겠죠?」 후고가 물었다.

신과 싸우는 것은 인터넷과 싸우는 것만큼이나 무모한 짓이었다.

「아니에요, 아니에요.」 뢰슬러는 고개를 저었다. 「옆에 사는 내 이웃이에요.」

「오, 이런!」 후고가 외쳤다. 「옆에 사는 이웃은 바로 내 전공

입니다. 자, 더 얘기해 보세요.」

문제의 이웃은 뢰슬러가 오랜 세월 동안 가르쳐 온 수많은 학생 중의 하나였다. 가끔은 세상이 우리의 바람보다는 넓지 않다고 느껴질 때가 있는 것이다. 이 문제의 사내는 어느덧 사십 줄에 접어들어 있었다. 이렇게 세월이 흘렀건만 그는 아르비트 뢰슬러가 늘 짐작했었던 것처럼 조금도 발전한 데가 없었다. 그는 과체중인 독일 셰퍼드와 함께 10대 때 그랬던 것처럼 발을 질질 끌고 다녔고, 집도 없이 캠핑카에서 살았다. 문제는 이 인간이 어떻게 생계를 유지하느냐는 거였다. 마을 식품점에서는 그가 복권으로 돈을 좀 벌었다는 소문이 오갔지만, 뢰슬러의 생각으로는 사회 복지 수당일 가능성이 높았다.

그런데 빈둥대며 국고나 축내는 이 인간이 아르비트 뢰슬러만큼이나 날카로운 기억력을 가지고 있었다. 교사가 학생을 알아본 것만 해도 그리 유쾌한 일은 못 되는데, 더 고약한 것은 학생이 교사를 알아봤다는 사실이었다.

「으음, 그건 상당히 놀라운 일이었어요.」 뢰슬러는 입맛을 다셨다. 「그 망나니 녀석은 거의 학교에 나오지 않았거든요.」

후고는 이야기가 어떻게 전개될까 궁금하여 조용히 귀를 기울이고 있었다. 하지만 중간에 끼어들어 이렇게 묻지 않을 수 없었다.

「그런데 혹시 그…… 선생님 표현을 빌리자면 〈망나니〉가 학창 시절에 이따금 〈훈육〉이라는 명목하에 귓방망이를 한두 대씩 얻어맞지는 않았나요?」

「네, 맞아요.」 뢰슬러는 솔직히 시인했다. 「사실 교사와 학생이 피치 못하게 얽혀 살아야 하는 3년 동안 귓방망이를 사용

135

하지 않을 수 없는 경우가 가끔 생긴답니다.」

「그래서, 그가 선생님께 복수했나요?」

「네.」

「그리고 선생님은 다시 그걸 돌려주고 싶고요?」

「먼저 시작한 것은 그놈이에요!」

후고는 대화의 초점을 바꾸었다. 잠재적 고객에게 비난의
화살을 돌리고 싶지는 않았다. 그는 문제의 이웃이 어떤 짓을
했는지 알고 싶다고 말했다.

음, 그것은 그 개와 관련이 있단다. 녀석은 시도 때도 없이
뢰슬러의 소유지에 들어와 암탉들과 수탉을 겁에 질리게 한단
다. 그것은 단지 녀석이 개이기 때문만이 아니라 망나니가 그
렇게 하도록 부추기기 때문이란다. 울타리를 세워 놓으면 문
제가 해결되겠지만, 그리하면 뢰슬러의 베란다에서 보이는 라
인강의 놀라운 절경이 망쳐진단다.

「뢰슬러 씨, 혹시 이 문제에 대해 선생님의 이웃분과 얘기를
나눠 본 적이 없나요?」

함린 씨께서는 자기 말을 믿으셔도 된단다. 수도 없이 얘
기했단다. 하지만 망나니 녀석은 자신을 조롱하고, 위협하고,
〈혹시 교사님께서는 차라리 내가 받은 150대의 귓방망이 중에
서 하나를 돌려받고 싶으신 건가요?〉 같은 식으로 말했단다.

아르비트 뢰슬러는 그 지역 환경 감독관에게 전화를 걸어
이곳 상황을 한번 들여다봐 달라고 요청했지만, 바로 그날 그
개자식은 개를 캠핑카에 확실하게 가둬 두었단다.

후고는 들으면서 메모를 했다. 모든 사실 관계를 명확히 파

악하는 게 중요했다.

뢰슬러는 계속 설명하기를, 일이 이런 식으로 이어졌는데, 어느 날 그 개가 선을 넘고 말았단다. 녀석이 암탉 한 마리를 물어 죽였단다!

「이건 살인이라고요!」 아르비트 뢰슬러는 치를 떨었다.

후고는 법정은 개의 행위를 다른 식으로 표현할 것 같다고 말했다.

「하지만 선생님의 분노는 충분히 이해가 됩니다.」

전화로는 문제를 해결할 수 없었고, 후고에게도 이득이 되지 않았다. 수임료는 작업한 시간당으로 계산되는데, 이렇게 전화로만 떠들고 있으면 그만큼 손해인 것이다. 또 달콤한 복수 주식회사는 현장에서 직접 상황을 검토할 필요가 있었다. 후고는 설명했다. 우리 회사는 유럽 전역에 지사가 깔려 있고 곧 미국과 아시아에도 진출할 계획이지만, 이웃과의 불화는 특별히 스톡홀름 본사 — 즉 후고 함린의 사무실 — 의 전문 분야입니다. 만일 뢰슬러 씨께서 선금으로 6천 크로나를 입금해 주신다면, 저는 취리히나 바젤을 경유한 항공편으로 이번 주 안에 현장에 도착할 수 있을 거예요.

뢰슬러 씨는 주저 없이 받아들였고, 후고가 소정의 수임료 외에 소요 경비까지 받는 조건으로 일하는 것에도 동의했다.

망나니가 정말로 망나니인지는 그냥 보는 것만으로는 판단할 수 없는 법이다. 하지만 당사자의 몰골을 직접 보니 뢰슬러의 말도 이해가 되었다. 머리칼은 지저분한 장발이었고, 색이 바랜 청 재킷과 꼬질꼬질한 청바지 차림이었다. 또한 자신이

기르는 개보다도 과체중이었다.

후고는 그나 독일 셰퍼드와 협상할 생각이 전혀 없었고, 심지어는 얘기를 나누고 싶은 생각도 없었다. 다만 멀찌감치 떨어진 곳에서 그를 관찰하기로 했다. 그렇게 아르비트 뢰슬러의 주방 창문을 통해 여섯 시간 동안 관찰한 끝에, 망나니가 어떻게 개를 풀어놓아 닭들을 사방으로 달아나게 하는지 확인할 수 있었다.

사실 관계를 확인한 후고는 뢰슬러의 소유지를 동쪽에서 서쪽으로 그리고 북쪽에서 남쪽으로 한 번 걸었고, 별장 건물과 베란다에 대한 닭장의 위치를 표시해 가며 스케치를 했다. 그런 다음 라인강으로 내려가는 경사지를 주의 깊게 검토하는 한편, 주변의 도로며 길들이 어떤 식으로 나 있는지 꼼꼼히 체크했다. 이날 작업은 이걸로 끝이었다.

「전 이제 프라이부르크에 있는 호텔로 가겠습니다.」 그가 뢰슬러에게 말했다. 「그리고 40시간 내로 다시 연락드리죠. 자, 뢰슬러 씨, 괜찮겠죠?」

아르비트 뢰슬러는 제발 그러기를 바랐다.

후고는 먼저 (어떻게 하면 인터넷을 완전히 먹통으로 만들 수 있을까 궁리하다가) 일종의 댐을 만들어 망나니의 소유지 전체를 침수시키는 방안을 검토해 봤다. 그의 소유지는 교사의 땅보다 약간 아래쪽에 있긴 했지만, 강 쪽으로 경사진 지형은 이 계획에 그렇게 적합하다고 할 수 없었다.

라인강 물줄기를 바꿔 놓는다는 아이디어를 내려놓은 그는 이번에는 이 이야기의 두 메인 캐릭터인 망나니와 셰퍼드 쪽으로 눈을 돌렸다. 지금까지는 어떻게 하면 저 망나니에게 가장 잘 복수할 수 있을까만 생각해 왔지만, 만일 개를 직접 상대한다면? 하지만 다 자란 독일 셰퍼드는 우리가 마음대로 데리고 놀 수 있는 종류의 것이 아니다. 혹시 우리가 — 예를 들면 — 늑대라면 또 모르겠지만.

이 늑대 솔루션의 한 가지 결점은 일반적으로 늑대들은 구매하기가 쉽지 않다는 점이었다. 설사 그럴 수 있다 해도 개를 혼내 주는 순간 옆에 보이는 일곱 마리의 암탉과 수탉을 잡아먹고 싶은 본능적 욕구를 꾹 참아 낼 수 있는 녀석을 섭외하는 게 과연 가능할까?

그렇다면 늑대는 아니었다. 뭔가 다른 게 있을까? 망나니의 개에게는 심술궂지만, 닭들에게는 아주 친절한 무언가가 혹은 누군가가 없을까?

후고의 형 말테에게도 — 프라이부르크 외곽이 아니라 발트해 한복판에 있는 스웨덴 섬 고틀란드에 — 별장이 있었다. 그와 말테는 여름이면 그곳에 내려가 함께 시간을 보내곤 했다. 형은 동생이 항상 옆에 있기를 원했지만, 후고는 까칠한 성격의 카롤린이 다른 일로 바빠 정신이 없을 때만 방문하곤 했다.

고틀란드섬에는 여러 가지 명물이 많지만, 무엇보다도 목양업자들이 많은 것으로 유명하다. 고틀란드의 새끼 양은 스웨덴뿐 아니라 세계적으로도 알려진 명품이다. 또 고틀란드 양가죽만큼 부드러운 양가죽은 찾아보기 어렵다.

고틀란드 목양업자들이 싫어하는 게 있다면, 일반적으로는 관광객들이고, 특별히는 교활한 여우였다. 관광객들이 아무

139

데나 쓰레기를 버리고 길을 막는다면, 여우 녀석은 양 우리에 슬그머니 들어와 자신과 가족의 저녁거리로 새끼 양 한 마리를 조용히 모시고 가는 것이다. 매일 밤 그랬다.

그런데 한 목양업자가 페루에서 야마 한 쌍을 들여올 생각을 했고, 이제 녀석들은 양들과 나란히 풀을 뜯으며 지내고 있었다. 세상에서 이 야마보다 더 평화로운 동물을 찾아보기는 어렵다. 여우가 멀찌감치 떨어져 있기만 하다면 말이다. 녀석이 나타나면 야마는 순간 이성을 상실하고는 침을 찍 뱉어 침입자를 쫓아 버리려 하다가, 그게 통하지 않으면 발길질로 섬 반대편까지 날려 버린다고 한다. 후고는 이 모든 얘기를 지난 여름에 신문 기사로 읽었는데, 지금 문득 생각이 난 것이다.

후고가 농부의 이름과 전화번호를 알아내기 위해서는 전화 한 통으로 충분했다. 그리고 농부는 벨이 울리자마자 전화를 받았다.

농부의 이름은 비요르크였고, 매우 상냥했다. 그리고 수다스러웠다. 그는 대뜸 지난봄에 산 전화기 얘기부터 했다. 벽에다 선을 연결할 필요가 없는 무선 전화기의 일종이란다. 그런데 아무에게서도 전화가 걸려 오지 않는단다. 지금까지는 자기가 들에서 가축들과 함께 있는 동안 친구들이 자신과 통화하려고 애를 쓴다고 믿어 왔는데 말이다. 이제 그는 자신에게 친구가 없다는 사실을 알게 되었다.

「이 신기술은 그저 쓰레기예요, 쓰레기!」 비요르크가 말했다.

후고는 동의했다. 그리고 화제를 야마 쪽으로 돌렸다.

「보다 정확히는 과나코예요.」 농부가 정정했다.

후고로서는 따라서 발음하기가 너무 어려웠다.

「녀석들이 여우로부터 양들을 보호해 준다는 게 사실인 가요?」

그것은 확실한 사실이란다. 비요르크 자신도 본토의 어느 큰 목장이 늑대 때문에 어려움을 겪다가 도움을 줄 수 있는 과나코 세 마리를 구입했다는 기사를 읽었단다. 한번은 녀석들 중 하나가 늑대의 미간에다 침을 찍 뱉고, 다른 늑대에게는 멍이 시퍼렇게 들도록 발길질을 했다는데, 그 뒤로는 늑대들이 얼씬도 하지 않았단다. 만일 이게 늑대에게 통한다면 무게가 훨씬 적게 나가는 여우에게 통하지 말란 법이 없지 않은가, 이런 생각이 들었단다.

그리고 스웨덴 늑대와 여우들에게 통한다면 독일 셰퍼드에게 통하지 말란 법이 없지, 라고 후고는 생각했다. 하지만 그게 어떻게 그런 것인지, 좀 더 자세히 설명해 줄 수 없나요?

농부 비요르크는 대답 대신에 자기가 젊었을 때 좀처럼 양 냄새에 익숙해지지 못했던 헴세 출신의 아가씨와 잠시 사귀었던 얘기를 꺼냈다. 그 이후로 그는 수년에 걸쳐 지역의 댄스 파티에 몇 차례 나갔는데, 그때마다 샤워를 하고, 향수를 뿌리고, 옷을 깨끗이 빨아 입고, 최소한 솔질이라도 해야 하는 일이 너무 골치가 아파서 결국에는 더 이상 나가지 않게 되었단다. 그래서 지금껏 싱글로 살고 있는데, 그런대로 괜찮다는 거였다.

후고는 동의하고는 아까 한 질문을 반복했다.

이번에는 좀 나았다. 외로운 농부 비요르크는 야마에게는 무리 본능이 있다고 설명했다. 따라서 양을 자기 자식으로 여기는 것은 그들에게 자연스러운 행동이란다.

「사실 우리 섬에서는 양을 〈새끼 양〉이라고 부르거든요. 하지만 말씀하시는 걸 들으니 본토 분이신 것 같은데, 이해될 수 있게끔 말씀드리는 게 좋겠죠.」

후고가 무엇보다도 잘 이해한 것은 농부 비요르크와 대화하려면 인내심이 필요하다는 사실이었다.

「무리 본능이요?」 그가 되물었다.

그렇단다. 야마는 자기가 양 떼를 맡아 목숨을 걸고 보호하려고 한단다.

「무리의 종류에 상관없이요?」

「무슨 뜻이죠?」

「그러니까, 만일 비요르크 씨께서 양을…… 예를 들면 닭으로 바꿔야 한다면요? 그럼 어떤 일이 일어나죠?」

농부 비요르크는 잠시 문제를 생각해 본 다음 대답했다.

「흠, 닭도 대안이 될 수 있겠네요…… 아, 물론이죠, 닭하고도 분명히 될 거예요.」

후고는 대화는 이걸로 충분하다고 생각했다.

「비요르크 씨, 과나코 값으로 얼마나 지불하셨는지 물어봐도 될까요?」

「한 마리당 1만 크로나요.」 농부 비요르크가 대답했다.

「두 배를 드릴 테니, 한 마리 구입할 수 있을까요?」

9일 후, 농부 비요르크의 야마 중 한 마리가 프라이부르크 외곽 지역에 도착했다. 페루에서 출발하여 스웨덴을 거쳐 독일까지 왔다. 거세된 수컷이 지구를 한 바퀴 돈 것이다. 비요르크의 설명에 따르면, 녀석이 거세된 것은 그냥 두면 자꾸 무리의 암컷들을 올라타려 하기 때문이란다.

후고는 페루의 야마가 독일 빌레펠트 암탉과 짝짓기를 시도하는 모습을 잠시 떠올려 보았으나 이내 뇌리에서 지워 버렸다. 너무나 끔찍한 영상이었다.

스웨덴 광고맨이 정원의 완벽한 지점에 말뚝을 박고 있을 때, 퇴직 교사는 야마의 이름이 무엇인지 궁금해했다. 후고는 스웨덴 농부에게 질문하는 것을 잊어버렸다고 대답했다. 뢰슬러는 일곱 암탉과 수탉도 이름이 다 있는데, 명색이 그들의 수호자라는 녀석이 이름도 없이 돌아다니는 것은 있을 수 없는 일이라고 말했다. 페루 야마는 — 이 나라의 위대한 작가 바르가스 요사의 이름을 따서 — 〈마리오〉라고 불러야 할 것 같단다. 수탉의 이름은 파바로티였다. 나이가 들면서 목소리가 좀 쉬긴 했지만 젊었을 때는 멋지게 노래를 불렀기 때문이란다.

마리오의 목둘레에 밧줄이 매어졌고, 넌 이제 빌레펠트 암탉 일곱 마리와 파바로티의 대장이 되었어, 라는 엄숙한 설명이 이어졌다. 마리오는 머리를 한 번 털었는데, 그렇게 보고자 하는 이에게는 긍정의 끄덕임으로 느껴졌을 수도 있었다.

밧줄은 뢰슬러 씨의 소유지 안은 자유롭게 돌아다니되 그 밖으로는 한 발자국도 나갈 수 없는 딱 그 길이였다. 닭들은 그곳을 떠나는 법이 없었으므로 마리오로서는 이 제한이 조금도 문제 될 게 없었다. 이틀 동안 완벽한 평화가 계속되었다. 망나니는 캠핑카 안에 개와 나란히 앉아서 도대체 무슨 일이 일어나고 있는지 자문했다. 저 늙은이가 무슨 낙타를 사 왔나? 왜?

사흘째 되는 날, 그는 옛 선생과 입씨름하지 못하는 상황에 지쳐 버렸다. 낙타고 뭐고 간에 독일 셰퍼드는 늘 듣던 지시와 함께 풀려났다. 〈자, 선생한테 가!〉

개는 쉬야와 응가가 몹시 마려운 상태였다. 녀석은 새들에게 가서 한바탕 분탕질을 친 뒤, 이웃의 베란다 앞에다 시원하게 배설함으로써 산책을 마무리 지을 생각이었다. 이렇게 하고 집에 돌아가면 상으로 과자를 몇 개 더 받게 되리라. 그런데 풀을 뜯고 있는 저 거대한 새 녀석은 정원에서 대체 뭘 하고 있는지 알 수 없었다. 그래, 이 녀석도 한번 혼이 쏙 빠지게 해줘야겠어…….

개는 그렇게 생각했다. 그때 녀석이 뭔가를 생각한 게 맞는다면 말이다. 어쨌든 그것은 관자놀이를 정확히 조준한 슈퍼 마리오의 킥에 박살이 나기 전에 녀석의 머릿속을 마지막으로 스친 생각이었다. 개는 그 자리에서 즉사했다. 하지만 마리오는 한 번 더 킥을 날려 죽은 동물을 주인의 소유지로 날려 보냈다.

소유지 경계선 저편에서 망나니가 대성통곡을 하고 있을 때, 뢰슬러 씨는 어린아이처럼 신이 나 있었다. 그가 「더 위너 테이크스 잇 올」[19]을 흥얼대고 있는 동안, 후고는 주방 테이블에서 최종 청구서를 작성했다.

취리히 왕복 여행 2회, 스톡홀름-고틀란드 왕복 여행 2회,

19 스웨덴 록그룹 아바ABBA의 히트송으로 〈승자가 모든 것을 갖는다〉라는 뜻이다.

동물 수송, 렌터카, 야마 구입, 밧줄, 해머, 일당 그리고 시간당 120유로의 컨설팅이 총 40시간. 도합 1만 2천 8백 유로.

「싸네요!」뢰슬러 씨에게는 아무런 문제가 되지 않았다.

20

달콤한 복수 주식회사가 두 번째로 맡은 일은 첫 번째 것보다는 간단했다. 열여섯 살 된 스웨덴 소녀가 틴더 앱을 통해 멋진 열일곱 살 프랑스 남자애와 사귀고 있었다. 이 소녀가 친구를 방문하기 위해(그리고 그녀에게 프랑스 남자 친구에 대해 떠들기 위해) 미국에 갔는데, 이 프랑스 남자애가 자기가 우편으로 〈깜짝 선물〉을 보냈다고 그녀에게 알렸다. 스웨덴의 우편 서비스는 과거와는 크게 달라졌기 때문에(이는 덴마크 사람들의 탓이긴 하지만 이것은 또 다른 이야기다) 소녀는 우체국이 정한 서비스 센터 중의 하나, 이 경우에는 소녀의 거주지 가까이에 있는 한 편의점에 가서 선물을 수령해야 했다. 편의점은 소포가 도착했으니 10일 내로 찾아가라고 그녀에게 문자를 보냈다.

하지만 소녀는 11일 더 미국에 머물러야 하는 상황이었다. 하여 그녀는 편의점 점장에게 전화를 했는데, 점장은 이것은 자기가 결정할 수 있는 문제가 아니며, 만일 누군가가 소녀의 신분증, 예를 들면 운전면허증 같은 것을 가지고 오면 대신 수

령할 수 있다고 대답했다. 소녀는 지금 자신은 유일한 신분증인 여권을 가지고 대서양 반대편에 있다고 설명했다. 스웨덴의 16세 청소년은 운전면허증을 가질 수 없잖아요?

편의점 점장은 그것도 자신의 문제가 아닌 듯하다고 대답했다.

소녀는 그렇다면 자기가 여권 사본을 이메일로 엄마에게 보내면, 엄마가 본인의 신분증과 딸의 여권 사본을 가지고 와서 대신 수령할 수는 없겠느냐고 물었다.

편의점 점장은 그것도 안 된다고 대답했다.

그럼 이렇게 하면 어떨까요? 내게는 소포의 배송 추적 번호가 있어요. 이게 있으면 점장님이 내 소포 상자를 찾아낼 수 있으니, 내가 귀국하기 하루 전에 프랑스로 반송하는 대신 한쪽에 두고서 하루만 더 보관해 줄 수 있지 않아요? 딱 하루만 더요!

편의점 점장은 소포마다 그렇게 예외를 두면 대체 이 나라가 어떻게 되겠느냐고 아주 과장된 표현을 써가며 반문했다.

소녀는 모든 사람이 편의점 점장에게 이런 부탁을 하는 것은 아니지 않느냐고 말했다. 솔직히 이런 걸 부탁하는 사람은 내가 유일하지 않나요? 이에 편의점 점장은 시간이 없어서 더 이상 얘기할 수 없다고 대답했다. 지금 우유 보관용 냉동고가 그의 특별한 관심을 요하고 있단다.

「자, 이게 현재 상황이에요.」 소녀가 말했다.

「그럼 내가 어떻게 해줬으면 좋겠어요?」 후고가 물었다.

「그 인간을 죽여 줬으면 좋겠어요. 너무 심한가요?」

후고는 그렇다고 느꼈지만, 그녀의 심정도 이해가 되었다.

그렇다면 아가씨의 예산은 얼마나 되며, 수임료는 어떻게 지불하려는 건지?

그녀의 대답은 음악처럼 감미로웠다.

지불 수단은 그녀 아버지의 신용 카드였고, 예산은 거의 무한대였다.

매일 헤아릴 수 없는 소포들이 지구의 이쪽저쪽으로 발송되고 있다. 상자 속의 공간을 채워 부서지기 쉬운 제품들을 보호하기 위한 목적으로 특별히 사용되는 그런 종류의 물질보다 킬로당으로 많은 공간을 차지하는 것은 없다.

만일 당신이 어쩌다가 거의 무게가 나가지 않으면서 공간만 차지하기 위해 사용되는 그런 종류의 물질만이 담긴 소포를 주문하게 된다면, 그것은 거의 무게도 나가지 않고 배송비도 아주 싸게 들면서 부피는 엄청나게 큰 소포가 될 것이다.

이 진실은 이어 발생한 일 그리고 후고의 하루 시간을 잡아먹게 된 일들의 출발점이 되었다. 그는 우선 자신이 돈을 받았으므로 괴롭힐 필요가 있는 편의점과 가까이에 있는 개인 주소 쉰 개를 알아내는 일부터 시작했다. 그런 다음, 그는 이 주소들을 사용하여 세계 각지의 십여 곳에다 엄청나게 부피가 큰 포장용 물질을 주문했다. 각 주문서에는 수령인이 연락받을 수 없게끔 가짜 전화번호를 기입했다.

또한 그는 현장을 방문하여, 편의점에 소포를 보관할 수 있는 공간은 단 하나 있는 계산대 뒤의 2세제곱미터에 불과하다는 사실을 직접 눈으로 확인했다. 시스템 전체를 붕괴시키기 위해서는 주문한 쉰 개 중 네 개만 와도 충분할 터였다. 여덟 개가 넘어가면 점장은 어찌할 바를 모르게 되고, 열두 개, 열여섯 개 그리고 스무 개가 되면 삶의 의욕이 점점 흐려져 갈 거였다. 이게 끝이 아니고, 이미 지구촌 어딘가에서 장도(長道)에 오른 서른 개의 소포가 더 남아 있었다.

이게 후고가 소녀에게 판 달콤한 복수였고, 이 수고의 대가로 그는 수입료 4만 크로나 더하기 경비를 — 전액 아버지의 신용 카드 결제로 — 청구했다.

하지만 이왕 돈 쓰는 거, 더욱 임팩트 있는 타격을 원했던 그녀는 다시 협상에 들어갔다. 솔직히 사장님이 약속한 삶의 의욕의 상실이란 것은 구체적 증거를 제시하기 힘든 거잖아요? 하지만 예를 들어, 박살 난 슬개골은 그보다 측정 가능한 것이 아닐까요?

폭력은 우리 회사 메뉴에 없어요. 하지만 내가 책임지고서 편의점 점장과 그의 아내가 사는 집에다 이런저런 것들을 보내 주면 어떨까요?

그것으로는 충분치 않다고 소녀는 고개를 저었다.

거래가 슬슬 손가락 사이로 빠져나가려 하고 있었다. 하지만 그녀는 여기서 멀리 떨어져 있고, 그녀가 모른다고 해서 그녀에게 해가 되는 것은 아니었다. 후고는 어떤 종류의 폭력도 행사할 생각이 없었지만, 이게 그런 시늉을 할 수 없다는 것을 의미하지는 않았다. 그는 한 시간만 생각할 시간을 달라고 부탁했다.

그 한 시간 동안 그는 인터넷에서 적당한 동영상을 찾아냈다. 누군가가 주차장에 있는 어느 럭셔리카에다 불을 질렀다. 이 자동차가 지구상의 어디에서 불타고 있는지 아는 것은 불

149

가능했다. 아르헨티나일 수도 있고, 체코일 수도 있었다. 어쩌면 스웨덴일 수도 있었다.

후고는 동영상을 캡처해 놓은 다음, 다시 소녀에게 전화하여, 생각나는 게 여러 가지 있지만 그중에서도 편의점 점장의 차에다 불을 지르는 방안을 고려하고 있다고 말했다.

「알아보니까 파란색 람보르기니더군요.」

소녀는 일개 편의점 점장이 그의 가게 전체보다도 값이 많이 나가는 차를 타고 돌아다닐 수 있는 가능성에 대해 깊게 생각해 보지 않았다. 그녀는 불타는 자동차 사진을 보내는 것을 조건으로 즉각 수락했다.

사흘 후, 총 4세제곱미터에 달하는 소포들이 우편으로 도착했다. 편의점 점장은 이 엄청난 양의 상자들을 위한 공간을 마련하느라 저녁 시간은 물론 한밤중까지 초과 근무를 해야 했다. 작업은 새벽 1시 반이 되어서야 겨우 끝났다. 그는 스스로에게 사뭇 만족하고 있었다. 그래, 창의성은 필요의 어머니라고 했어. 아니, 필요는 발명의…… 뭐였더라? 어쨌든 그는 커다란 냉장고를 가격 할인에 들어간 감자튀김으로 채우고, 그렇게 감자튀김을 치워 마련한 냉동 창고의 공간에 화장지 팰릿을 넣고, 화장지 팰릿을 두었던 곳에다는 나머지 소포 상자들을 욱여넣었다. 그러고 나서 자전거를 타고 집으로 향했다(그가 가진 것 중에서 람보르기니에 가장 근접한 것이 이 자전거였다). 그리고 아침에 스스로 잠이 깰 때까지 내처 잘 생각이었다. 계산대는 엘사가 잘 맡아 주리라.

하지만 가련한 엘사가 전화를 걸어, 가게 오픈 두 시간 전인 아침 7시에 그를 깨웠다. 방금 대형 트럭으로 도착한 서른 개의 소포를 어디다 두어야 하느냐는 거였다.

「서른 개?」 점장이 잠이 덜 깬 얼굴로 반문했다. 「곧 갈 테니까, 일단 가게 앞 짐 내리는 곳에다 쌓아 둬.」

「비가 내리고 있어요.」 엘사가 슬픈 목소리로 말했다.

◆

그가 맡은 세 번째 미션은 좀 더 까다로웠다. 한 스페인 소년의 아버지가 그에게 연락해서 말하기를, 자기 아들이 훈련 시간에 껌을 씹었다는 이유로 축구팀에서 징계를 먹었다는 거였다. 따라서 코치는 가혹한 응징을 받아야 마땅하단다.

후고는 이러한 전개가 썩 마음에 들지는 않았다. 전번 고객은 편의점 점장이 죽기를 바랐다. 지금 이 사람은 자기 아들을 괴롭힌 사람은 최대한 고통을 받아야 한다고 믿고 있었다. 점차 폭력성의 강도가 줄어든다는 점에서는 바람직한 현상이라고 할 수 있었지만, 그래도 못된 이웃의 당근밭에 토끼를 풀어 놓는 것과는 또 다른 문제였다.

뭐, 아마 이 축구 코치는 그렇게 당해도 싼 사람이겠지. 그리고 돈은 좋은 것이고……. 후고는 상당히 고통스러운 뭔가를 생각해 보겠다고 약속했다.

마드리드 교외 지역에서 준비 작업을 하는 데는 꼬박 이틀이 걸렸다. 이 일에 있어서는 철저한 주변 조사가 생명이었다.

하여 어느 날 문제의 코치는 레가네스에 있는 자택을 나와 수요일 훈련에 가기 위해 자기 차 쪽으로 걸어가게 되었다. 그 보도 위에는 후고가 준비한 무게가 30킬로그램이나 되는 콘크리트 덩어리가 놓여 있었다. 둥근 형태의 그 묵직한 돌덩어리는 흰색과 검은색으로 칠을 해놔서 축구공과 상당히 흡사해 보였다.

후고는 60미터 떨어진 거리에서 정확한 타이밍에 그를 부른 다음, 수없이 연습한 스페인어 문장으로 외쳤다.

「오이가, 세뇨르![20] 죄송한데요, 그 공 좀 이쪽으로 보내 줄 수 있어요?」

코치는 목표물을 발견했고, 날렵하게 달려가 오른쪽 발등으로 완벽하게 공을 찼다.

후고는 누군가가 그렇게 거센 고통의 비명을 지르는 것을 들어 본 적이 없었다. 언어를 막론하고.

수임료 5천 유로 더하기 경비가 계좌에 입금되었다.

20 스페인어로 〈어이, 선생님!〉이라는 뜻.

제4부

21

CEO 후고 함린은 사무실에 앉아 지폐를 세고 있었다. 지난 몇 달 동안, 그는 몇 건의 일만 하면서 회사를 천천히 출범시켰다. 처음에는 교훈을 얻고 업무에 익숙해지는 데 주안점을 두고서, 의뢰 건을 조심스럽게 선택했다. 지금까지의 상황을 정리해 보자면, 돈이 쏟아져 들어왔다는 점 외에는 만족할 만한 게 별로 없었다.

첫 고객들과 곧 고객이 될 가능성이 있는 사람들과 접촉하면서, 후고는 합법성의 정도는 고객들의 관심사가 아니라는 것을 깨닫게 되었다. 애초의 생각은 법의 테두리 안에서 작업한다는 거였지만, 이것은 그의 창의성을 제한하고 더 많은 정신적 노력을 요구했다. 시간은 돈인데 말이다.

아주 거칠게 말하자면, 합법성은 효율이 떨어지고 비용이 많이 드는 원칙이라고 할 수 있었다.

해결책은 후고가 그의 윤리적 나침반을 조정하는 거였다. 대략 말하자면 불법적이지만 합리적인 방향을 취해야 할 거였다. 엿 같은 짓을 시작한 자에게는 같은 양의 엿을 먹여야 했다.

하지만 고객들이 기대하는 것은 이마저도 아닌 것 같았다. 형평성의 원칙에만 매달리면 돈을 충분히 벌 수 없었다. 사람들은 법이 어떻게 되어 있든 그리고 자신이 전에 얼마나 고통을 겪었든 수임료는 후고가 제시할 수 있는 데미지의 강도와 동등하기를 원했다. 그들이 원하는 것은 — 성경 말씀을 좀 자유롭게 해석하자면 — 눈에는 눈들, 이에는 이들이었다. 인간은 끔찍하게 형편없는 동물이었고, 여기에는 많은 이들이 해당되었다. 후고도 자신이 예외라고 장담할 수 없었다.

형 말테가 커피를 마시러 불쑥 찾아왔다. 담소 중에 후고는 요즘 자신이 어떤 생각을 하고 있는지 말하게 되었다. 말테는 분쟁 중에 눈알 하나가 아니라 두 개가 망가져야 한다는 개념에 분노를 금치 못했다. 그 외에는 별다른 의견이 없었다. 단지 동생이 요즘 머리가 약간 이상해진 것 같으며, 좀 더 나은 커피 메이커를 장만하는 게 좋겠다고만 했다. 이렇게 말한 그는 오후에 있을 두 건의 백내장 수술을 위해 떠났다.

혼자 남은 후고는 다시 생각에 잠겼다. 그는 작업의 합법성과 형평성뿐 아니라 자신의 효율성도 만족스럽지 못했다. 창의적인 파트너를 영입하여 인력을 보강하는 것도 나쁘지 않을 것 같았다. 하지만 더 쉽고, 저렴하고, 즉각적인 방법은 전화를 받고, 이메일에 응답하고, 작업의 우선순위에 대해 조언해 줄 수 있는 보조원을 두는 것이었다.

마드리드, 오슬로, 부쿠레슈티 그리고 브뤼셀에서의 작업은 실제로 필요한 것보다 두 배는 오래 걸렸는데, 그 이유는 간단히 말해서 현재의 고객과 미래의 잠재적 고객들 사이에서 시간을 쪼개야 했기 때문이었다. 어딜 가야 적당한 지원군을 찾을 수 있을까?

바로 이때, 두 사람이 사무실 안으로 걸어 들어왔다. 이제까지 잠재적 고객 중에서 이렇게 직접 찾아온 사람은 하나도 없었다. 요즘은 누구나 이메일과 전화를 사용하는 시대인 것이다. 하지만 모든 것에 첫 번째가 있는 법이었다. 이 두 사람은 젊은 백인 아가씨와 비슷한 또래의 흑인 청년이었다. 여자는 먼저 인사를 건네고는, 자신과 자신의 친구는 그들이 바로잡기를 원하는 어떤 부당한 일의 희생자라고 말했다. 그들은 우연히 달콤한 복수 주식회사 사무실의 진열창을 발견했는데, 이 업체가 진정한 복수의 형태로 도움을 제공하는지, 아니면 자신들이 상호의 뜻을 잘못 이해한 것인지 궁금하단다.

일반적으로 후고는 그에게 연락해 온 사람들 가운데서 셋 중 둘은 즉각 거부해야 했다. 예를 들면 미국 상원에 복수하려 했던 남자의 경우였다. 또 견종 하나를 완전히 멸종시키는 데 도움을 원했던 여자도 있었다. 이런 종류의 사람들과 접촉을 끊어 버리는 것은 — 이 접촉이 전화나 메일을 통한 것인 한 — 그다지 어렵지 않았다. 하지만 지금 그의 눈앞에는 실제 잠재적 고객이 두 명 서 있었다. 이들도 필요하다 판단되면 쫓아보내야 할 터인데, 이 경우에는 마음이 그리 편치 않을 거였다. 그런데 두 사람을 보아하니 그럴 가능성이 농후했다.

어쨌든 그는 그들에게 앉으라고 권했고, 뭐가 그리 원통한 게 있는지 간략하게 얘기해 보라고 말했다.

「고맙습니다.」 엔뉘가 말했다.

「정말 친절하시네요.」케빈도 말했다. 「엔뉘, 너부터 시작해 볼래?」

그녀는 고개를 끄덕였다. 하지만 그게 그렇게 〈간략한 얘기〉는 아니었다. 그녀는 자신의 어린 시절과 청소년 시절 그리고 아버지를 위해 결혼했던 사연에 대해 들려주었다. 또 전남편인 빅토르가 어떻게 자기를 등쳐 먹었으며, 자기 유산을 훔쳐서 아버지의 무덤 위에서 춤을 추고 있는지 설명했다.

후고는 처음에는 관심 있게 들었다. 음, 하이클래스 미술 갤러리…… 뭔가 가능성이 느껴졌다. 하지만 그 마지막 얘기는 뭐죠? 유산?

에, 그러니까, 사악한 빅토르가 엔뉘를 완전히 벗겨 먹어서, 지금 그녀에게는 단돈 1외레도 남아 있지 않단다.

「난 모든 것을 완전히 빼앗겼어요.」그녀는 결론지었다. 「내 어린 시절, 내 유산, 내 인생. 내게 남은 것은 아무것도 없어요. 아무것도!」

아무것도 안 남았다고? 그렇다면 수임료는 어떻게 내겠다는 거지? 이 사람들에게는 근본적으로 잘못된 게 있었다. 아니면 옆에 있는 청년에게 돈이 있나?

「그렇다면 당신은 어때요?」그는 케빈에게로 고개를 돌렸다. 「그 미술품 거래인은 당신이 아버지에게서 물려받을 것도 가져갔나요?」

「난 아버지를 가져 본 적이 없어요.」케빈이 대답했다. 「그리고 이젠 엄마도 없고요. 에이즈로 돌아가셨거든요. 하지만 내 전 후견인 — 그게 누군지 짐작하시겠죠 — 이 날 케냐로 데려가 사자들 앞에 떨궈 놓고 갔어요.」

이제 후고는 그들을 보낼 수가 없었다. 더 들어야만 했다.

케빈의 이야기는 정말이지 믿을 수가 없었다. 비유적 의미에서가 아니라 말 그대로 조금도 믿을 수가 없는 이야기였다. 세상에! 사자 밥이 되라고 사바나에 남겨 두고 갔다는 얘기는 그렇다 치자. 하지만 그 나머지는? 뭐라고? 어떤 원주민 치유사에 의해 구조되었고, 그의 양아들이 되었고, 마사이 전사로 훈련을 받았고, 악어 떼 사이로 헤엄치는 법을 배웠고, 강요된 할례 의식을 피해 도망쳤다고?

「아, 고마워요. 그걸로 됐어요.」 후고가 손을 내저었다.

「하지만 내 이야기는 아직 끝나지 않았어요. 난 스웨덴에 돌아와서 엔뉘를 만났어요. 그런데 알고 보니까 엔뉘도 똑같은 사람에게 당했더라고요.」

후고는 이 말이 나올 줄 알았다.

「좋아요, 그러니까 두 분은 길거리에서 만났단 말이죠? 〈안녕, 난 케빈이야. 빅토르라는 인간이 내게 아주 못되게 굴었어. 아, 너에게도 그랬니?〉 이랬나요?」

바로 미래의 보조원이 후고에게 접근하지 못하게 막아야 할 그런 종류의 고객이었다. 한데 이것으로 충분치 않았던지 여자가 울기 시작했다.

「그래서, 우릴 도와줄 수 없단 말인가요?」 그녀가 훌쩍거리며 물었다.

후고 자신도 이보다 잘 표현할 수는 없었다.

「네, 바로 그거예요! 난 두 분을 도와줄 수 없어요! 두 분의 이야기는 정말 가슴이 아파요! 하지만 달콤한 복수 주식회사는 당사의 주주들에 대한 의무가 있어요. 두 분의 슬픔이 그분들을 더 행복하게 해주지는 못할 거예요. 무슨 말인가 하면, 우리는 우리의 서비스에 대한 대가를 받아야 할 필요가 있고, 만일 — 두 분의 말씀대로 — 두 분께 남은 게 아무것도 없다면, 우리 주주님들도 나눠 먹을 게 아무것도 없다는 얘기예요.」

케빈은 그 주주들이 누구인지 물었다. 후고는 주주단은 주로 후고 자신으로 구성되어 있지만, 아주 가까운 장래에 주식을 공개할 것을 기대하고 있단다.

엔뉘는 얘기를 진척시킬 방법을 찾아보려 애썼다.

「혹시 대주주께서 외상으로 일해 주실 의향은 없으신가요?」

후고는 울컥 짜증이 치밀었지만 꾹 눌렀다. 지금 책상 위에는 우선적으로 검토해야 할 케이스가 세 건 놓여 있었다. 세 건 중 둘은 매우 유망해 보였다. 하나는 이웃에 복수하고 싶어 하는 어느 네덜란드인이었고, 다른 하나는 바로 그 이웃 자신이었다. 기가 막힌 우연의 일치였다. 그들이 서로의 의향을 모르고 있었기 때문에, 후고가 그들이 서로를 파괴할 때까지 도우면서 그들의 돈을 몽땅 챙길 수 있는 황금 같은 기회였다. 하지만 당장 암스테르담으로 달려가는 대신에 이렇게 뭉개고 앉아서 〈벼락거지 양〉과 그녀의 〈크로커다일 던디〉[21]와 노닥거리고 있는 것이다!

아니, 이것은 절대로 그가 해서는 안 될 일이었다.

「난 수임 계약에 사인하기 위해서는 선금을 받아야 해요. 선금이 없으면 누구에게 복수하든, 얼마나 복수하든 상관없지만, 난 도와줄 수 없으니 다른 데로 가서 알아봐요.」

21 악어 사냥꾼 크로커다일 던디의 모험담을 그린 동명의 오스트레일리아 영화.

그는 단지 사안을 검토하는 비용으로만 최소한 5천 크로나를 원했다.

「하지만 돈은 빅토르 알데르헤임에게 있다고요.」 옌뉘가 대답했다.

「그 사람, 신났네!」 후고는 빈정댔다.

「돈 대신 드릴 수 있는 그림이 내게 한 점 있어요.」 케빈이 끼어들었다.

「오, 정말이야?」 옌뉘가 놀라며 물었다.

아이고! 미술품 거래인의 피후견인이 〈그림〉으로 지불하고 싶으시다? 혹시 자기가 그린 거 아냐?

케빈은 자기가 올레의 집에서 무얼 가져왔는지 그동안 까맣게 잊고 있다가, 카페 화장실에서 옷을 갈아입으려고 배낭을 열다 그걸 발견했던 것이다.

그는 배낭에서 둘둘 말린 것을 꺼냈다. 그것은 종이로 아주 정성껏 싸여 있었다.

「나의 양부이신 올레 음바티안이 이걸 그리셨어요. 내가 보기엔 아주 멋진 그림이에요! 그분의 몸속에 표현주의의 피가 조금 흐르고 있는 것 같아요. 그분은 그게 뭔지 모르겠지만요.」

그는 후고의 책상 위로 그림을 펼쳤다.

「그분은 이것을 〈양산을 쓴 여자〉라고 불렀어요. 오, 사실은 그분이 이걸 어떻게 불렀는지는 모르지만, 어쨌든 그림 뒤에다 〈양산을 쓴 여자〉라고 써놓으셨어요.」

「오, 그렇군.」 후고가 시큰둥하게 말했다.

이제는 더 이상 참을 수가 없었다.

「자, 이제 내 말 잘 들어요. 난 이 그림 제목이 〈록키 2〉여도 상관없어요. 이제 두 사람, 그만 가줄 수 없어요? 당신들이 오기 전에 나는 바로 당신들 같은 사람들을 내게서 떨어뜨려 줄 수 있는 보조원을 하나 채용하는 것에 대해 생각하고 있었는데, 지금은 하나가 아니라 둘이 필요하지 않나 하는 생각이 들고 있어요. 그리고 출입구에는 맹꽁이자물쇠를 달고요.」

후고의 이런 거친 말을 듣고도 옌뉘는 놀라울 정도로 조용했다. 더 이상 눈물도 흘리지 않았다. 그녀는 여태까지 한 번도 본 적이 없는 그림을 들여다보았다. 그리고 좀 더 들여다보았다.

「이건 이르마 스턴의 그림이야.」 그녀가 그림에서 눈을 떼지 못한 채로 중얼거렸다.

「이르마 누구?」 후고가 별로 알고 싶은 마음도 없이 반문했다.

「스턴이요. 우리 시대의 가장 위대한 표현주의 화가 중의 하나.」

이제 이 바보들은 그들의 환상을 새로운 레벨로 끌어올리려 하고 있었다.

「수백만 크로나의 가치가 있는 작품이겠죠? 그렇죠?」 후고가 빈정거렸다. 「가요! 당장! 나가라고!」

사바나의 어느 원주민 치유사와 역사상 가장 위대한 표현주의자 중의 하나가 그린 그림. 뭐야, 둘의 공동 작품인가?

「수백만 크로나까지는 잘 모르겠어요.」 케빈이 말했다. 「여기에 오는 비행기표를 마련하느라 이것과 거의 같은 그림을

몸바사에서 천 달러에 팔았어요. 이건 이르마 스턴의 작품이
아니에요. 소 올레 음바티안의 그림이죠. 어쩌면 고향에 더 있
을지도 몰라요. 아니, 고향이라기보다는 거기. 지금 내가 속한
곳이 어디가 됐든 말이에요.」

후고는 말하기를, 청년은 어디든 원하는 데에 속해도 좋은
데, 자기 사무실만 피해 줬으면 좋겠단다. 그리고 그들이 떠나
줬으면 좋겠다는 소망을 — 아니, 갈망을 — 다시 한번 피력
했다.

「그리고 당신의 이르마도 데리고 가요!」

「이르마가 아니라고요.」 케빈이 말했다. 「올레 음바티안이
라고요.」

「그 양반도 데리고 가라고!」

옌뉘는 움직일 기미를 보이지 않았다. 결국 그림에서 시선
을 거둔 그녀는 이르마 스턴은 1966년에 사망했기 때문에 이
것은 올레 음바티안의 작품이 맞겠다고 말했다. 하지만 기가
막힌 모사화란다. 누구라도 속아 넘어갈 만큼 정교하게 그려
졌단다.

「이게 이르마가 그린 진품이라면, 적어도 50만 달러는 나가.」

잠깐, 지금 이 울보 아가씨가 뭐라고 했지? 누구라도 속아
넘어갈 만한 그림? 적어도 50만 달러?

후고의 머리가 자신도 모르게 다시 재깍재깍 돌아가기 시작
했다. 이 빅토르 알데르헤임으로 하여금 올레의 작품을 이르
마 스턴의 가격으로 사게 만드는 가장 좋은 방법은 무엇일까?
이런 종류의 복수는 분명히 법적인 관점에서 선을 넘겠지만,

후고의 윤리적 틀의 한계는 벗어나지 않을 수 있었다. 이 알데르헤임은 엄청나게 혐오스러운 유형의 인물인 듯했다. 50만 달러어치의 엿을 먹어도 괜찮을 만큼. 아니면 그 이상을 먹여도 괜찮을 만큼.

엔뉘와 케빈은 후고가 자신들을 거리로 내쫓을 다른 방법을 찾아보고 있다고 생각했다. 엔뉘는 지금까지 살면서 한 번도 뭔가를 얻기 위해 적극적으로 나선 적이 없었지만, 지금은 아니었다.

「아까 보조원이 필요하다고 하셨죠? 내가 그 자리에 지원할게요. 나는 깔끔하고, 책임감이 있고, 항상 시간을 지켜요. 문을 잠그고 여는 일도 잘하죠. 또 커피도 잘 끓여요. 인터넷도 곧잘 다루고요. 사람들 상대하는 일도 제법 잘한다고 생각해요. 난 여태까지 한 번도 이렇게 지원해 본 적이 없어요. 난 많은 봉급을 원하지 않아요. 아니, 사실은 아무것도 원하지 않아요.」

후고는 이들이 턱도 없는 엉터리 사기꾼이라는 생각을 내려놓고 엔뉘를 쳐다보았다.

「만일 우리가 빅토르 알데르헤임을 자빠뜨릴 수만 있다면?」

여기서 후고는 그의 마음을 비치고 말았다.

엔뉘는 미소를 지었다.

맞은편의 남자가 지금 이것저것 재보고 있다는 사실 자체가 큰 발전이었다. 엔뉘는 뭔가를 더 말하고 싶었다. 결정타가 될 수 있는 뭔가를 말하고 싶었지만, 그게 뭔지 알 수 없었다. 다음에 무엇을 말하든 그것은 확실한 것이어야 했다. 케빈도 같은 생각이었다. 그들은 달콤한 복수 주식회사의 사장의 마음을 거의 돌려놓았지만, 아직 끝난 것은 아니었다.

영원처럼 느껴지는 몇 초가 흐른 뒤, 후고 함린은 숙고를 마쳤다.

「아니오.」 그가 입을 열었다. 「아무래도 여기엔 뭔가 이상한 게 있어요. 당신들의 이야기는 지나치게 멋져요. 특히 두 번째 이야기는. 사바나에 버려졌고, 어떤 치유사의 양아들이 되었고, 훈련받아 마사이 전사가 되었고. 또 두 사람이 우연히 만나고, 또 나를 이렇게 찾아오고. 그리고 갑자기 0달러인지 50만 달러인지 알 수 없는 그림이 튀어나오고……. 아뇨, 난 이걸 받아들일 수 없어요. 혹시 선금으로 낼 5천 크로나를 구한다면 다시 날 찾아와요. 어쨌든 방문해 줘서 고마워요. 잘 가요.」

엔뉘는 이제 할 만큼 했다고 느꼈다. 이때 케빈이 벌떡 일어섰다. 하지만 후고가 기대한 것처럼 떠나려는 게 아니었다.

「내게 생각이 떠올랐어요.」 케빈이 말했다.

그는 책상에 앉은 후고의 뒤쪽을 지나서 간이 주방으로 들어갔다. 거기서 그는 냉장고를 열었다. 그 안에는 우유갑 하나와 어제의 샌드위치만 남아 있었다. 옆에 있는 찬장 안은 더 휑했다. 아닌가? 바닥에 통조림이 몇 개 놓여 있었다.

「아무리 배가 고파도 그건 건들지 마요!」 후고가 외쳤다. 「그것들은 이 사무실이 장난감 공장인지 뭔지였을 때부터 거기 있던 거예요.」

「난 아무것도 먹지 않을 거예요.」 케빈은 대답하면서 오른손으로 옥수수 캔 하나를 집어 들었다.

그러고는 그 무게를 가늠해 보는 것 같았다.

「다만 몇 가지 의심을 걷어 버리려는 거예요. 그리하면 대화가 진전될 수 있을 것 같아서요.」

옥수수 캔을 손에 든 그는 아까 앉아 있던 쪽으로 돌아왔다. 이때 전직 광고맨이 기겁할 만한 일이 벌어졌으니, 케빈이 옷을 훌훌 벗기 시작한 것이다. 셔츠와 바지까지 벗어 던졌다.

「아니, 도대체⋯⋯.」

후고의 휘둥그레진 눈이 원상 복귀하기도 전에, 그 앞에 알록달록한 슈카 차림에 샌들을 신은 젊은 마사이 전사가 우뚝 서 있었다.

「자, 나를 따라오세요.」 마사이가 청했다.

사무실 앞문으로 나온 케빈은 거리의 보도에 서서는 주위를 둘러보았다. 그는 아무것도 들지 않은 손으로 후고에게 오라고 손짓을 했다.

「이놈의 날은 도대체 언제 끝나려나?」 광고맨이 투덜거렸다.

케빈은 마음을 정했다. 50여 미터 떨어진 곳에 주차 금지 표지판이 있었다.

「저쪽에 주차 금지 표지판이 보이세요?」

「보여요, 그래서 어떻다고?」 후고가 대답했다. 「차라리 이 스톡홀름 시내에서 주차를 허용한다고 써놓은 표지판을 찾아봐요. 만일 그럴 수 있다면, 당신이 말하는 것을 다 믿을 테니까.」

케빈의 목적은 시의 주차 정책에 대해 토론하려는 게 아니라 ― 그가 말했듯이 ― 몇 가지 의심을 걷어 버리는 거였다. 그리고 이를 위해 그가 찾아낸 최고의 ― 그리고 유일한 ― 아이디어는 지금 일어나려 하는 일이었다.

그는 더 이상 아무 말도 하지 않고, 다만 정확히 겨냥하여 옥수수 캔을 던졌다. 걸어가는 스톡홀름 시민들의 머리 위로. 지나가는 두 대의 자동차 위로. 가로등 하나와 겨울철에 걸리는 임시 조명등 위로……. 그렇게 캔은 공기를 가르며 50여 미터를 날아갔다. 그리고 그가 가리켰던 주차 금지 표지판의 급소를 정확히 때렸다.

「브라보!」 엔뉘가 손뼉을 쳤다.

「나투마이니 쿠와 알리부티와.」 케빈이 말했다.

스와힐리어로 〈저이가 뭔가 좀 느꼈으면 좋겠어〉라는 뜻이었다. 아프리카 말을 쓴 것은 극적인 효과를 내기 위함이었다.

후고는 입을 딱 벌리고 서서 그 밉살스러운 주차 금지 표지판을 바라보았다. 그것은 아직도 흔들리고 있었다.

「내 이름은 케빈!」 케빈이 힘차게 외쳤다. 「소 올레 음바티안의 양아들! 직업은 할례를 받지 않은 것만 빼고는 완벽한 마사이 전사! 저 표지판은 달려드는 아프리카 물소일 수도 있었어요. 만일 그랬다면 난 지금 우리 모두의 목숨을 구한 거죠. 만일 사장님께서 아직도 날 믿지 못하신다면, 잘 균형 잡힌 창 하나만 구해다 주세요, 내가 더 많은 것을 보여 드릴 테니. 그렇지 않다면 나 역시 공고하신 자리에 지원하겠습니다. 엔뉘와 나, 우리 둘이서 직책과 봉급을 반씩 나눌 수 있어요.」

자, 이제 어떻게 한다? 후고는 세계 최악의 두 허언증 환자가 진실을 말하고 있을 가능성에 대해 생각해 봤다. 보아하니 악어 사냥꾼이란 주장은 사실일 것 같았다. 젊은 여자의 눈물은 진짜인 듯했다. 치유사가 〈이르마〉인지 누군지를 흉내 내어 그렸다는 가짜 그림도 분명히 퀄리티가 있었다. 만일 다른 애

167

기들도 모두 사실이라면?

그러나 그들은 여전히 돈이 없었다. 달랑 이 그림 한 장이 다였다.

다른 한편으로 볼 때, 두 명의 무급 보조원은 2만 5천 크로나 더하기 2만 5천 크로나 더하기 각종 사회 보험 분담금이 매달 순이익으로 들어온다는 것을 의미했다. 사실 이런 식으로 계산하는 것은 의미 없는 일이었지만, 이게 후고가 계산하는 방식이었다. 부담하려고 결심했다가 곧바로 부담할 필요가 없게 된 비용의 형태로도 돈은 짜릿한 것이다.

아무튼. 그는 순전한 우연에 의해 옌뉘와 케빈이 손에 손을 잡고 외스테르말름의 이 조그만 사무실까지 오게 되었다는 사실이 선뜻 믿기지가 않았다. 그것은 찬장에서 오래된 옥수수 캔을 집어 들고는, 그걸로 자신이 가리킨 표적을 50미터 거리에서 ― 단 한 번의 시도로 ― 정확히 적중시킨 이 젊은 녀석만큼이나 믿기지 않는 사실이었다.

빌어먹을 옥수수 캔.

봉급을 한 푼도 받지 않는 사무 보조원 두 명. 이 자체만으로 보면 그야말로 월드클래스 경영학이었다. 하지만 이들을 데리고 있기 위해서는, 1크로나의 가치도 없는 빅토르 알데르헤임 프로젝트에 참여해야 할 거였다. 자신이 얼마나 창의적으로 진행해 가느냐에 따라 50만 달러짜리 프로젝트가 될 수도 있겠지만. 둘 사이에 중간은 없었다.

이제 까다로운 협상에 들어갈 시간이었다.

「난 미술품 거래인 건에 대해서는 풀타임으로 일할 수 없어.」 후고가 못 박았다.

「오케이.」 옌뉘가 말했다. 「우린 급하지 않으니까, 괜찮아요.」

「심지어는 파트타임으로도 일할 수 없어.」

젊은 여성은 주저하는 표정이 되었다.

「그럼 얼마나 일할 수 있는데요?」

지금 괜한 소리로 일을 망칠 필요는 없었다.

「아마도 짬짬이 하게 되겠지. 하지만 당장은 아니고.」

그는 이제 오늘 근무를 마무리할 시간이라고 말하며 생각할 시간을 벌었다. 벌써 하루가 감당할 수 있는 것보다 훨씬 많은 일이 일어났다. 아니, 일주일 전체가 감당할 수 있는 것보다. 하지만 만일 옌뉘와 케빈이 원한다면, 내일 아침 9시 정각에 출근해도 상관없단다. 그러면 후고가 잠재적 고객을 다루는 법을 포함하여 업무에 필요한 기본적인 것들을 알려 주겠단다. 예를 들면 그들 자신처럼 날로 먹으려는 고객들은 즉각 돌려보내야 한단다.

그 빅토르를 어떻게 할 것이냐는 나중에 다룰 문제였다. 우선 후고는 암스테르담에 출장을 다녀와야 했다. 거기서 이번 주 안에 돌아올 수 있을 터였다. 자기가 돌아왔을 때, 빅토르 알데르헤임에 대한, 특히 그의 약점과 강점에 대한 보고서를 볼 수 있길 바랐다.

「그걸 보고 나면 내가 자네들에게 이 건의 가능성에 대해 알려 줄 수 있다고 약속하지. 하지만 처음부터 한 가지는 분명히 해두고 싶어. 만일 이 프로젝트가 진행되는 동안 내 예상과는 다르게 어떤 수입이 발생한다면, 그것은 달콤한 복수 주식회사로 들어가. 전부 다! 그게 돈이든 유화든 혹은 옥수수 캔이든 모든 게 나한테 온다고. 왜냐하면 내가 모든 경비를 부담하니까. 자, 여기에 동의해?」

엔뉘는 고개를 끄덕였다. 하지만 케빈은 배가 고팠고, 미래를 생각하고 있었다.

「정식 급여는 아니더라도 적어도 일당은 주셔야 하지 않겠어요? 하루에 5백 크로나씩 어때요? 순전히 사업적 이유로 필요한 거예요. 사장님 보조원들이 굶어 죽으면 어떡하실래요?」

후고는 이미 무급 직원 계약서에 서명한 터였다. 이제 와서 그들을 잃고 싶지는 않았다.

「2백!」 그가 제안했다.

「4백!」 케빈이 맞받았다.

후고는 지갑을 열어 5백 크로나짜리 지폐 네 장과 1백 크로나짜리 한 장을 꺼냈다. 그리고 그것을 케빈에게 내밀었다.

「하루에 3백이니까, 첫 번째 주는 이걸로 된 거야. 자, 우리 이제 그만 찢어지자고. 잘 쉬어야 머리도 잘 돌아가는 법이야!」

22

다음 날 아침, 옌뉘와 케빈은 10분 지각했다. 돈을 아끼기 위해 18킬로미터 되는 출근길을 3시간 45분 동안 걸어왔기 때문이었다.

「이번에는 눈감아 주겠어.」 후고가 말했다.

급료에서 뭔가를 공제한다는 것은 불가능했다.

달콤한 복수 주식회사의 사장은 새로 동료가 된 두 사람을 흐뭇하게 쳐다보았다. 모든 소기업 오너가 이렇게 적절한 타이밍에 신입 사원을 구할 수 있는 것은 아니었다.

후고는 보조원들에게 업무 오리엔테이션을 하는 것으로 하루를 시작했다.

그들이 알아야 할 첫 번째 사항은 전화 문의를 해오는 고객들은 그들이 지불할 능력이 있음을 보여 주는 한 친절하고도 정중하게 대해져야 한다는 거였다. 그리고 그들이 원하는 복수는 어느 정도 합리적인 것이어야 했다. 그렇지 않을 경우, 통화는 다른 분들을 위해 최대한 빨리 종료되어야 한단다.

「여기서 〈어느 정도 합리적〉이라는 것은 정확히 무엇을 의미하나요?」케빈이 손을 들고 질문했다.

후고는 기억을 더듬어 최근에 들어왔던 제안들을 생각해 봤다.

「영국의 왕위 계승 순위를 바꾸고 싶어 하는 사람은 다른 데를 알아봐야 하겠지.」

케빈은 고개를 끄덕이며 이해할 것 같다고 말했다.

후고는 설명을 계속했다. 1차 심사를 통과한 사람은 이메일로 그들의 문제를 더 소상하게 설명해야 한다. 만일 그들이 스웨덴 사람이라면 스웨덴어로 작성하고, 그렇지 않은 경우에는 가급적 영어로 하는 게 좋다. 꼭 필요하다면 — 다시 말해서 고객이 돈이 있다는 것을 확실하게 증명한다면 — 본사는 어떤 언어도 받아들일 것이다. 후고가 이해하기로는 (생각하면 할수록 그는 두 무급 보조원이 흐뭇하게 느껴졌다) 이제 스와힐리어와 마야어도 추가되어야 할 것 같단다.

들어오는 이메일들은 그것들이 합리성의 기준을 통과한다면 인쇄 출력하여 책상 아래에 있는 파일 캐비닛에 정리해 두어야 한다.

「난 자료 정리를 굉장히 잘해요.」엔뉘가 말했다. 「알파벳 순서로 정리할까요?」

「무슨 헛소리야? 재정적 유망도에 따라 해야지.」

오전의 나머지 시간은 커피를 마시고 추가적인 지시를 내리는 데 사용되었다. 후고가 탑승할 암스테르담행 비행기는 오후 2시에 출발할 예정이었다. 마지막 인수인계 절차로 두 청년은 사무실 열쇠를 받았다. 또 업무용 휴대폰도 맡게 되었고, 회사의 두 신용 카드 중의 하나도 비밀번호와 함께 건네받았다.

「자네들이 잘 판단해서 반드시 업무에 관련된 경우에만 사용해야 해!」

이들에게도 어느 정도의 재량권을 부여해야 했다. 그래야 이들도 리더를 믿고 따르지 않겠는가? 어떤 종류의 리더가 됐든 말이다. 후고는 앞으로 있을 일들을 생각하니 흥분이 되었다. 복수에 대해 생각하는 것에는 여러 가지 장점이 있었지만, 정말이지 몇 해 만에 처음으로 살아 있는 느낌이었다.

◆

며칠 후, 네덜란드의 유력 일간지 『더 텔레흐라프』는 상식적인 한계를 벗어난 어느 이웃 간의 반목 이야기를 다뤘다. 이 이야기는 소유지 경계선 위로 가지가 몇 개 늘어진 벚나무에 어느 날 아침 난데없이 불이 붙으면서 시작되었다. 다음에 이어진 것은 광케이블이 설명할 수 없는 이유로 절단되어, 불에 탄 벚나무를 가진 사내의 이웃집 인터넷과 TV가 먹통이 되어 버린 일이었다. 24시간 후, 벚나무를 잃은 사내는 이번에는 식수도 잃게 되었으니, 소유지 경계선 바깥에서 불운한 누수가 발생하여 그의 우물에 2백 리터의 기름이 스며들었던 것이다.

후고가 이륙하고 있을 즈음에는 두 이웃이 수업 내용을 확실히 소화한 후였다. 첫 번째 남자는 다른 이의 주차장 진입로에 못을 뿌려 놓으며 반목을 이어 갔고, 그 보답으로 두 번째 남자는 상대의 공구 창고에 불을 놓았으며, 다시 첫 번째 남자는 상대의 엉덩이에 산탄총을 쏘아 화답했다. 현장에 도착한 경찰은 산탄총에 맞고 나서 코카콜라 플라스틱병들에다 주사로 살충제를 넣고 있던 남자를 현행범으로 체포했다. 그는 그 용도를 설명하지 못했다.

이 모든 일들은 8천5백 유로만큼 더 부유해진 후고가 스톡홀름 알란다 공항에 착륙하고 있을 때 진행되었다.

그가 돌아왔을 때, 사무실 풍경이 완전히 바뀌어 있었다. 보조원들은 저마다 휴대폰이 하나씩 있었다. 또 노트북도 한 대씩 갖추고 있었다. 거리에 면한 대형 유리창에는 세련된 취향의 밝은색 커튼이 드리워져 있었다. 단 하나 있던 책상 옆에는 이제 테이블 하나와 의자 몇 개 그리고 양면 화이트보드로 구성된 회의 공간이 마련되어 있었다. CEO 자리의 왼쪽 벽은 포스터 — 어떤 여자의 초상화였다 — 로 장식되어 있었다. 뿐만 아니라 케빈은 직접 웹 사이트를 만들어 사장과 보조원들의 연락처를 일반에 제공했다. 아니, 그들은 더 이상 보조원이 아니었다. 그동안 엔뷔는 재무 이사가 되었고, 케빈은 기획 실장이었다. 그래도 천만다행으로 후고는 아직 CEO 자리를 유지하고 있었다.

요즘은 회사마다 디지털 고객 데이터베이스를 갖추고서, 추정된 지갑 두께에 따라 1에서 5까지 등급이 매겨진 잠재적 고객들을 관리하고 있단다. 기획 실장은 바로 이 등급 산정 업무를 담당한단다.

「이게 다 얼마나 들었어?」 후고가 물었다.

「잠깐만요.」 엔뷔가 엑셀 프로그램을 열면서 대답했다. 「대략 75,220크로나요.」

「대략?」

「음, 오케이, 정확히 그 액수예요. 내가 너무 잘난 척하기 싫어서요.」

후고는 회전의자에 무겁게 몸을 내려놓았다.

「그래…… 다른 뉴스는 없나? 아스트라제네카를 샀나? 유엔 안전 보장 이사회에 회원 가입을 신청했나?」

아니, 그런 것은 전혀 없단다.

「하지만 우리 약혼했어요.」 옌뉘가 말했다.

「아니, 도대체 무슨 소리야? 너희는 서로 안 지 일주일밖에 안 됐잖아? 안 그래?」

「8일째예요.」

후고는 비용은 얼마나 들어갈 것인지, 웅얼거리듯이 물었다.

「그래도 약혼반지는 있어야겠죠?」 케빈이 대답했다. 「너무 비싼 것은 필요 없지만…… 흠, 그래도 싼 것도 그렇게 싸지는 않아요. 우리 봉급에서 선물 좀 빼주실 수 없나요?」

「너희는 봉급이 없잖아! 그것도 바꿔 놓은 거야?」

옌뉘와 케빈은 대답이 없었다.

「그래, 얼마나 필요해?」

케빈은 씽긋 웃었다. 그동안 그들은 볼모라의 중고 가게에서 그들에게 필요한 매트리스를 샀단다. 그야말로 없는 게 없는 이 중고 가게에는 거의 금에 가까운 물질로 만든 반지가 두 개 있었는데, 가게 주인은 개당 2백 크로나를 불렀단다. 그렇게 비싼 가격은 아니었으나, 커플의 예산이 허용하는 것보다는 많았단다. 한 주 동안 출퇴근을 위해 대중교통을 이용하고, 냉장고와 찬장을 채울 식품을 사다 보니, 전에 받은 일당이 바닥이 났단다.

「너희 둘은 무급 직원이라기엔 너무 비싸게 들어.」후고가 지갑 쪽으로 손을 뻗으며 투덜거렸다.

엔뉘는 설명하기를, 원래 그런 종류의 중고 가게는 영수증을 발행하지 않는데, 이 가게 주인은 끊어 준다고 약속했단다. 원한다면 반지를 〈사무실 비품〉으로 처리해도 무방하단다.

「좋아, 그렇게 해. 그리고 어쨌든 약혼을 축하해. 아까 내가 이 말을 안 했다면 말이야.」

가만있자, 〈리더〉가 뭐라고? 믿고 따르는 것? 에이, 빌어먹을! 속이 쓰리긴 했지만, 재무 이사와 기획 실장이 보여 준 능동적 행동에는 아름다운 점도 있는 게 사실이었다. 후고가 볼 때 정말로 불필요했던 투자는 딱 하나로, 벽에 붙은 포스터였다. 그것은 빨간 머리와 파란 입술 그리고 심술궂게까지 느껴지는 크고 어두운 눈을 가진 여자를 묘사한 그림이었다.

「이게 누구지?」그가 물었다.

이것은 「여자의 머리」라는 그림으로, 원작은 에든버러의 내셔널 갤러리에 걸려 있단다. 화가는 알렉세이 폰 야블렌스키이고, 중고 가게에서 이 빨간 머리 여자를 발견한 엔뉘는 도저히 견딜 수가 없었단다.

「내 의견을 물으신다면, 이건 완벽한 걸작이에요. 가게 주인은 10크로나만 내고 가져가라고 했지만, 난 20크로나를 줬어요.」

필요한 것보다 두 배를 지불했다는 말은 후고가 듣고 싶지 않은 소리였다. 그리고 뭐라고? 완벽한 걸작? 빨간 머리 여자는 그 시커먼 눈으로 그를 뚫어지게 쳐다보고 있었다. 언제까지나 그렇게 노려보고 있을 것 같았다.

「어이, 쳐다볼 사람이 나밖에 없어?」

엔뉘는 너무나 행복했다. 이제 세 사람이 모두 예술 작품을 논하고 있지 않은가?

23

재무 이사 엔뉘는 후고가 암스테르담에서 진행한 작업에 대해 칭찬하고는, 현재 회사 재정이 매우 건전하다고 말했다. 사실은 너무나 건전하기 때문에 재정적 전망이 불확실한 건들에도 몇 주를 할애할 여력이 있다고 설명했다.

「우리 데이터베이스에 그런 건들이 있나?」

「네, 마침 하나가 있어요.」 이번에는 기획 실장 케빈이 나섰다. 「지금 훑어보니까 외스테르말름의 어느 고약한 미술품 거래인에 대한 건이 있네요.」

후고는 공짜 일을 해야 한다는 생각에 썩 마음이 내키지 않았다. 하지만 새로 동료가 된 두 사람에게 마음이 쓰이는 것은 어쩔 수가 없었다.

「그래, 작성해 놓겠다고 약속한 보고서는 어디 있나?」

후고는 중요 항목 표시가 몇 개 되어 있고, 한눈에 쭉 훑어볼 수 있는 A4 용지 한 장 분량의 보고서를 예상했었다. 하지만 케빈은 엔뉘와 함께 인터넷을 뒤져 취합한 것을 찾아내어 인쇄하기 시작했다.

종이가 계속 빨려 들어갔다. 도무지 끝날 기미를 보이지 않아, 후고는 프린터 안에 뭐가 걸리지 않았나 생각했을 정도였다.

「모두 26페이지예요.」케빈이 자랑스럽게 말했다.

「두 사람, 정말 어디 아픈 데는 없는 거야?」

커플은 이 보고서를 만들기 위해 이틀 밤을 꼬박 새워야 했다. 사실 후고는 길이에 상관없이 보고서를 다 훑어볼 생각은 전혀 없었다. 그는 그저 편한 마음으로 암스테르담으로 향하기 위해 이것을 작성해 놓으라고 했던 것이다.

「이 26페이지의 내용 중에서 내가 이미 두 사람에게서 듣지 않은 내용이라도 있나?」이렇게 물으면서 그는 이 말 덕분에 한 시간을 절약하게 되었다고 느꼈다.

옌뉘와 케빈은 서로 시선을 교환했다.

「핵심적인 것만 얘기할까요?」옌뉘가 말했다.

「그래, 핵심적인 것만.」

「그렇다면 우리에게 알데르헤임의 갤러리와 아파트의 열쇠가 있다는 사실을 알려 드려야겠네요. 저번에 그가 내게서 모든 것을 훔쳐 갔다고 말씀드렸는데, 그게 백 퍼센트 진실은 아니었어요. 내 재킷 호주머니에 열쇠들이 남아 있었거든요.」

후고의 구미에 딱 맞는 소식이었다.

「그렇다면 그는 도어록을 바꾸지 않았나?」

물론 거기에 대해선 알 길이 없단다. 하지만 옌뉘는 자신의 전남편이 다른 일들에 있어서도 마찬가지지만, 도어록을 바꿔 놨을 만큼 머리가 돌아가지는 않았을 거라고 생각한단다.

「이 빅토르는 어떤 사람이야? 또 그의 가장 큰 관심사는 뭐야? 돈? 아니면 명성?」

「그건 바로 여기에 쓰여 있어요.」 케빈이 나섰다. 「8페이지에서부터 우리가 어떻게 써놨느냐면…….」

「좋아, 그러니까 대답해 보라고.」

엔뉘는 말하기를, 여기서 가장 중요한 문제는 빅토르가 〈누구냐〉가 아니라 〈무엇이냐〉란다. 한마디로 그는 돼지란다. 쥐란다. 아니, 뱀이고…….

후고는 그녀가 더 이상의 죄 없는 동물들을 진흙탕에 끌고 들어가기 전에 말을 끊었다.

「돈이야, 명성이야?」

「둘 다라고 하면 안 돼요?」

후고는 그렇다면 수임료를 두 배로 받아야 한다고 말하려다가 지금 자신이 어떤 프로젝트를 다루고 있는지 깨달았다. 아, 이 일이 대체 어디로 흘러가려나…….

그는 부정적인 생각들을 털어 버렸다. 자, 그냥 진행하자!

「이 이르마 스턴 말인데…… 알데르헤임은 이 여자와 어떻게 연결되지?」

「이건 이르마 스턴의 그림이 아니에요.」 케빈이 바로잡았다. 「올레 음바티안의 그림이라고요.」

후고도 알고 있었다. 하지만 만일 이 사실을 빅토르가 모른다면, 여기에 뭔가 가능성이 있다는 얘기였다.

엔뉘는 이미 했던 얘기를 다시 한번 해주었다. 올레 음바티안의 「양산을 쓴 여자」는 아주 잘 그려진 그림이며, 이르마 스턴의 전형적인 작품들과 놀라울 정도로 흡사하다고 말이다. 빅토르가 이 업계에 처음 발을 디디고, 엔뉘 자신은 아직 어린

아이였을 때, 그의 실력은 옆에서 누가 몇 가지 암시를 주고, 그 안에 수련이 보일 때에만 모네의 작품을 구별할 수 있는 정도였다.

「하지만 지금은? 업계에 발을 담근 지 20년이나 지난 지금은?」 옌뉘는 잠시 생각했다.

그녀는 그 돼지, 쥐 혹은 뱀에 대해 조금이라도 좋게 얘기하고 싶지가 않았다.

「네, 그래요. 만일 이 그림을 알데르헤임의 눈앞에 갖다 놓으면, 아마 그는 이게 이르마 스턴의 작품인 것을 알아볼 거예요.」

그녀는 지금 자기가 무슨 말을 했는지 깨달았다.

「오, 미안해, 케빈. 그는 이게 이르마 스턴의 작품 같다고 생각할 거야.」

「고마워.」 케빈이 대꾸했다.

후고는 곧바로 최상의 컨디션으로 돌아왔다. 그렇다면 옌뉘는 이렇게 생각하는 거야? 이르마 스턴의 작품을 올레 음바티안의 그림과 구별할 수 있는 유일한 방법은 서명이 있고 없고의 차이라고?

그녀는 그렇게 생각한단다.

또 옌뉘가 이렇게 말했던가? 「양산을 쓴 여자」는 가격이 어림잡아 50만 달러 안팎이라고? 아니면 내가 잘못 기억하고 있나?

아니, 그의 기억은 틀리지 않았다. 또 옌뉘는 그 이후로 좀더 조사를 해봤는데, 이런 유형의 이르마 스턴의 작품은 진품일 경우 최소한 백만 달러는 된단다.

「아니면 그 이상이고요.」 그녀가 덧붙였다.

케빈은 뭐라고 말했지? 몸바사에도 이런 이르마 스턴의 가짜 그림이 또 한 점 있다고?

「그거 다 보고서에 있는 내용이에요.」 케빈이 말했다.

「묻는 말에 대답이나 해.」

케빈은 26쪽짜리 보고서를 집어 들고서는 21쪽부터 큰 소리로 읽기 시작했다. 에, 그러니까 그는 양아버지의 미술품 컬렉션에서 손에 잡히는 대로 그림 두 점을 집어 가지고 나왔단다. 만일 그가 도중에 다른 한 점을 어느 미술품 거래인에게 팔지 못했다면, 스웨덴에 돌아올 수 없었을 거란다.

이제 화창한 날이 밝아 오고 있었다. 처음에는 열쇠들 그리고 이제는 이것. 퍼즐 조각들이 착착 맞춰지고 있었다! 저기 올레 음바티안의 그림이 두 점 있고, 둘 다 이르마 스턴의 작품으로 여겨질 가능성이 농후했다. 올레 음바티안 더하기 올레 음바티안은 2천 달러. 이르마 스턴 더하기 이르마 스턴은 2백만 달러.

「몸바사에 있는 그림 말인데, 그것도 〈양산을 쓴 여자〉야?」

「아뇨, 그것은 제목이 〈시냇가의 소년〉이에요.」

「그 소년도 〈양산을 쓴 여자〉하고 같은 퀄리티야?」

케빈은 그럴 거라고 생각한단다. 올레 음바티안 작품이 어딜 가겠는가?

후고는 생각하면 할수록 두 번째 그림을 꼭 손에 넣어야 할 것 같았다. 만일 두 그림 모두 빅토르에게 넘길 수만 있다면? 그에게 지인 간의 특별 할인 가격으로 작품당 50만 달러에 판다. 그러면 그는 그걸 고객에게 진품으로 팔아먹을 거고, 바로 그때 달콤한 복수 주식회사가 — 더 나아가 올레 음바티안이 — 짠, 하고 등장해서는 그게 아님을 온 세상에 밝힌다.

그러면 미술품 거래인은 범죄자로 낙인이 찍히든지, 최소한 엉터리로 소문나리라. 이 후고가 돈을 세고 있을 때 말이다.

이 모든 게 끝나면, 엔뉘와 케빈을 럭셔리 카페에 데리고 가리라. 그리고 어쩌면 일당을 올려 줄 수도 있겠지.

「자, 오늘은 여기까지만 하지.」 후고가 말했다. 「내일 나는 몸바사로 가서, 올레 음바티안의 두 번째 이르마 스턴 그림을 사 올 거야. 내가 없는 동안, 평소보다 돈을 펑펑 쓰지 않겠다고 약속해 줘. 덜 쓰겠다고 약속하면 더욱 좋고.」

이제 그에게는 아프리카 미술품 거래인의 이름과 주소만 있으면 되었다.

「그것도 보고서에 들어 있다고 말하지 마.」 그가 막 그렇게 말하려 하는 케빈에게 말했다.

사장에게 계획이 있다는 걸 눈치챈 엔뉘는 혹시 자기들도 그 계획을 알 수 없느냐고 물었다. 후고는 예술가가 작업하고 있을 때는 방해하는 법이 아니라고 답했다.

「다시 돌아와서 말해 줄게. 그동안에 두 사람은 달려가서 결혼식을 올리든지 뭐를 하든지 하라고. 약혼식을 올린 지도 벌써 며칠이 지났잖아?」

24

몸바사는 같은 이름을 가진 섬에 위치한 인구 백만의 도시
이다. 이 도시는 수 세기에 걸쳐 인기 있는 장소였다. 물론 너
무나 아름다운 경관 때문이기도 했고, 무엇보다도 그 환경이
충분히 적극적인 이들에게 제공할 수 있는 것들 때문이었다.
16세기의 포르투갈 사람들에게처럼 말이다. 그들은 무력으로
이 지역을 정복하고는 황금과 상아를 거래하기 시작했다. 하
지만 곧 아랍인들이 들어와 그들의 재산을 파괴했다. 이렇게
포르투갈인들과 아랍인들이 몇 세기 동안 이곳의 지배권을 놓
고 다투고 있는데, 갑자기 영국인들이 나타나서는 발을 들이
밀었다. 차를 마시는 영국인들이 몸바사에서 최적의 커피 경
작지를 발견한 것이었다. 어느 오후 나절에 섬을 정복해 버린
그들은 한 무리의 영국 농부들을 배에 싣고 와 내려놓았는데,
그들이 직접 일을 하려는 게 아니라 아프리카인들을 부리기
위함이었다. 어쨌든 커피는 맛있었다.

몸바사는 군사적이고도 정치적인 이유로 영국령 동아프리
카에 병합되었고, 결국에는 모두가 한 묶음으로 케냐 식민지

가 되었다. 이 모든 일은 원주민에게 의견을 구하지 않고 진행되었지만, 어차피 그들은 여러모로 감사할 줄 모르는 배은망덕한 자들이었다. 그들은 농업의 미래에 대한 잠재성을 보는 대신, 몸바사와 케냐 고원 지대에서 권리도 없는 영국 식민들이 땅을 차지한 것에 대해 집단으로 항의했다. 이 이전의 땅 주인들은 덤불숲 사이에 세워진 오두막에 살게 되었고, 또 보상조치로서 백인의 농장에서 일자리를 제공받았지만 도무지 만족할 줄을 몰랐다.

물론 그들에게 제시된 급료는 있으나 마나 한 푼돈에 불과한 게 사실이었다. 하지만 덤불숲 오두막에 사는 자들이 무슨 돈을 쓸 게 있단 말인가?

양측은 사회 관습과 생활 방식에 대해 서로 다른 관점을 가지고 있었다. 이런 상황은 언쟁으로, 언쟁은 소요로, 소요는 피비린내 나는 전쟁으로 이어졌다. 2천 명의 영국 군인과 정착민이 목숨으로 그 대가를 치렀고, 2만 명의 원주민이 음지에서 죽어 갔다.

영국은 승리한 동시에 패배했다. 런던에 돌아온 어떤 이들은 대영 제국이 전 세계를 돌아다니며 다른 민족의 땅을 탈취하고, 처음부터 거기서 살았던 이들을 노예로 부리는 것은 너무나 부당하다는 생각을 퍼뜨리기 시작했다. 이와는 반대로 흑인들에 대해 동정심을 품는 것은 빨갱이나 하는 짓이라고 생각하는 이들도 있었지만, 결국에는 이에 대한 문제의식이 여론 가운데 뿌리내리게 되었다. 결국 영국은 케냐인들에게 자치권을 허용하는 것 외에 다른 선택이 없게 되었다. 1963년 12월 12일, 몸바사를 포함한 케냐는 독립국이 되었다.

케냐에서 두 번째로 큰 이 도시에서는 역사와 문화 그리고 세계 각지에서 온 언어와 풍미와 냄새를 맛볼 수 있다. 또 흥미로운 사람들도 만날 수 있다. 예를 들면 엄청나게 큰 킬린디니 항에서 그리 멀지 않은 곳에서 활동하며, 소말리아인 어머니와 병사이자 강간범이기도 한 영국인 사이에서 태어난 미술품 거래인 같은 사람을 말이다. 이 미술품 거래인은 백인들에 대해 당연히 반감이 컸지만, 장사를 위해 이런 감정을 잘 숨기고 있었다.

따라서 그는 이날의 첫 손님 — 음준구, 즉 백인이었다 — 이 들어오자 친절한 미소를 지었다. 고개를 끄덕여 인사를 한 후고는 곧바로 벽 위에서 그가 찾는 것을 발견했다. 유화 「시냇가의 소년」의 예술적 가치는 — 적어도 후고가 판단하기로는 —「양산을 쓴 여자」의 그것에 조금도 뒤지지 않았다. 정말이지 이 올레 음바티안은 범상치 않은 재능의 소유자였다.

「저기 있는 그림 값이 얼마나 되죠?」 이렇게 묻는 후고의 목소리에서 약간 급한 마음이 느껴졌다.

어느 나라, 어디에서고 물건을 흥정할 때는 절대로 급하게 나오면 안 되는 법이다. 특히 몸바사에서 그것은 완전히 멍청한 짓이다.

돈깨나 있는 데다가 자기가 뭘 원하는지 아는 음준구로군, 이게 미술품 거래인의 머리에 스친 생각이었다. 아주 아름다운 오후가 될 수도 있겠어.

「네, 선생님, 정말 탁월한 선택이십니다. 하지만 제가 이 그림을 너무나 좋아하는지라 그냥 간직하려 합니다.」

그건 사실이 아니었다. 불과 몇 주일 전, 한 젊은 애가 서명이 없는 유화 한 점을 둘둘 말아 들고 가게에 들어왔다. 평소에 이 미술품 거래인은 이런 그림에 50달러 이상 부르는 법이 없었다. 그것도 상황이 좋을 때의 일이고, 보통은 5달러가 고작이었다.

하지만 이 젊은 애는 자기 아버지의 그림에 대해 아주 열정적으로 떠들어 댔고, 대체적으로 호감이 느껴지게 행동했다. 게다가 「시냇가의 소년」은 이르마 스턴의 작품과 엄청나게 흡사했다! 만일 젊은 애가 거기에 대충 서명하고, 솔직하게 그림을 〈대륙의 가장 위대한 딸들 중의 하나를 모방한 경이로운 위작〉이라고 소개했다면, 미술품 거래인은 1천, 2천, 3천, 아니 어쩌면 4천 달러를 주고 샀을지도 모른다. 물론 젊은 애에게 그런 말은 하지 않았다. 하지만 그는 청년이 빌듯이 요구하는 1천 달러를 건네는 자신의 모습에 스스로도 놀랐다. 나이가 들면서 마음이 약해지는 탓일 수도 있었다.

미술품 거래인은 기회가 닿으면 서명 문제를 어떻게든 해결할 생각으로 그림을 당분간 가게에 걸어 놓은 거였다. 어쨌든 아주 괜찮은 그림이니까.

그런데 지금 이 음준구가 여기 서서 그 물건을 요구하고 있지 않은가?

「팔 생각이 없는데 왜 이걸 가게에 진열해 놨죠?」

미술품 거래인은 대답 대신에, 자기가 어렵게 성장한 일, 자신의 어머니, 그녀가 앓는 관절염 그리고 몸바사에서는 약값이 얼마나 비싼지 등에 대해 아주 절절히 늘어놓기 시작했다. 모잠비크에 가면 사정이 다르지요, 하지만 거긴 너무 멀답니다…….

「말씀드렸다시피 이 그림은 파는 게 아니에요. 하지만 5천 달러로는 약을 많이 살 수 있죠.」

후고는 작업장 안전 검사관 브로만의 향기를 느끼며 한숨을 내쉬었지만, 이 사람과 입씨름하는 것은 과거에 그 영감과 했던 것만큼이나 아무 의미가 없다고 생각했다. 차라리 가격이 더 오르기 전에 후딱 지불하는 편이 나았다.

협상이 끝나자 미술품 거래인은 기분이 아주 좋아졌다. 어머니에 대한 염려는 흔적도 없이 사라졌다. 그는 그림을 둘둘 말아 포장하면서 예전에 어머니가 가르쳐 준 노래를 흥얼거렸다. 그러면서 고객에게 사과하기를, 가사를 다 기억하지 못해 죄송하지만, 소말리아에서 가장 많이 사용되는 언어는 문자도 사전도 없다는 거였다. 순전히 기억에만 의존할 수밖에 없는데, 잘 아시겠지만 나이가 서른다섯이 넘어가면 그놈의 기억력이 나빠지기 시작해서……

엄밀히 말해 1백 달러도 지불해서는 안 되는 1천 달러짜리 그림을 사기 위해 방금 5천 달러를 지불한 고객은 소말리아의 언어에 대해 토론할 기분이 아니었다.

「자, 바쁘니까 빨리 싸주기나 해요!」

이런, 이런, 이 음준구, 참 형편없는 패자네. 하지만 나쁜 승자는 더 나쁜 법, 이제 약간의 너그러움을 보여 줘야 할 시간이었다. 미술품 거래인은 이런 경우를 위해 카운터 밑에 특별한 유리 단지를 준비해 놓고 있었다.

「거래가 성사된 기념으로 초콜릿 크림을 좀 드릴까?」

후고는 속이 부글부글 끓었다. 솔직히 이 모든 것은 그가 서툴러서 일어난 일이지만, 인정하고 싶지 않았다.

「초콜릿은 당신이나 먹으시오. 아니면 당신 어머니에게 주든지. 어쩌면 관절염에 좋을지도 모르겠구먼. 하지만 제발 빨리 좀 해주시오. 그리고 택시를 불러 줘요. 공항에 가야 하니까.」

그러자 이번에는 미술품 거래인이 참을성을 잃고 말았다.

「당신이 직접 부르쇼!」 그는 이렇게 쏘아붙이고는 시커먼 유리 단지를 제자리에 처박았다.

「좋소. 전화번호를 아시오?」

「몰라요. 아마 4로 시작하겠지.」

25

「시냇가의 소년」은 옌뉘의 기대에 백 퍼센트 부응하는 작품이었다. 어느 외로운 흑인 소년을 묘사한 이 그림에서는 대단한 깊이와 그녀의 호흡을 앗아 가는 광휘가 느껴졌다. 소년은 마른 나뭇가지를 들고서 그것을 물속에 찔러 넣으려 하고 있었다. 그의 외로움은 그렇게 작은 것에도 행복해하는 모습과 잘 어울렸다. 그리고 소년의 눈에서 느껴지는 그 사려 깊음, 또 아프리카 대륙의 드라마를 반영하고 있는 이마의 불길…….

「내 시아버님 되실 분은 천재야!」 그녀가 외쳤다.

「고마워.」 케빈이 말했다.

드디어 사장이 그들에게 자신의 계획을 밝힐 때가 되었다. 기획 실장은 프로젝트가 어떻게 진행될지 알고 싶어 미칠 지경이었고, 모든 재정적 사항들에 결국은 책임을 져야 할 재무 이사도 마찬가지였다.

이제 후고는 몸바사에서 당한 일에서 완전히 회복되어, 다시 모든 것에서 가능성만 보는 사람으로 돌아와 있었다. 하지만 이 젊은 녀석들을 조금 더 애태우는 것도 괜찮을 듯싶었다.

「자, 우선 가서 뭔가로 배부터 채우자고.」그는 자신에 대해 만족감을 느끼며 말했다.

◆

점심 식사를 마친 삼인조는 사무실로 돌아왔다. 후고는 엔뉘와 케빈에게 회의 테이블에 둘러앉으라고 말했다. 그런 다음 목청을 고르고는 설명을 시작했다.

에, 이 후고는 미술계에 대해 잘 모르는 것은 사실이지만, 인간 심리에 대해서는 빠삭하단다. 따라서 그들 세 사람은 백만 달러짜리 그림을 50만 달러에 살 수 있는 기회가 왔는데 헐레벌떡 달려들지 않을 미술품 거래인은 유사 이래로 존재한 적이 없다고 믿어도 된단다. 게다가 이제 그림이 두 점이기 때문에 액수는 두 배가 되었단다.

「그러니까 가장 좋은 방법은 이메일로 그림을 보여 주어 알데르헤임을 낚는 거야. 이제 서명만 있으면 돼. 그 일은 엔뉘가 맡아 줘야겠어.」

재무 이사는 후고를 빤히 쳐다보면서 지금 그들이 들은 게 그의 계획이냐고 반문했다.

은행 계좌에 입금되는 백만 달러. 나쁘지 않은 계획이었다. 돈이 들어오면 후고는 빅토르 알데르헤임 건을 뒤로하고 행복하게 떠날 수 있었다. 하지만 그는 엔뉘의 떨떠름한 반응을 보고서, 그녀와 케빈은 자신들을 벗겨 먹은 사내를 좀 더 괴롭히고 싶어 하는 거라고 생각했다. 그래, 인간이란 원래 그런 거니까.

「이게 전부냐고? 오, 아니지! 일단 돈을 챙기면, 우리는 그가 위작을 팔기를 기다렸다가, 그가 팔고 나면 진실을 폭로할 거야. 우린 돈이 더럽게 많아지고 — 지금은 특히 내가 그렇지만 말이야 — 빅토르의 명성은 땅에 떨어져. 난 내 돈을 챙기고, 너희는 너희 돈을 챙겨. 모두가 행복한 거지. 빅토르만 빼놓고. 누군가가 그 짝퉁 그림을 떠안게 되겠지만, 모든 전쟁에는 희생자가 따르는 법이야.」

옌뉘는 후고가 기대한 만큼 열광하지 않았다. 전혀 그렇지 않았다. 그걸 보며 후고는 생각했다. 지금 내가 너무 잔인하다고 느끼는 걸까? 짜릿한 복수의 작업들이 날 지나치게 냉혹한 인간으로 만들어 버린 걸까, 아니면 뭔가 다른 것이 있는 걸까? 케빈은 말없이 그 빌어먹을 보고서만 뒤적이고 있었다.

돌이켜 보면 위대한 창의적 정신이 자신이 이룬 성취에 도취되어 눈이 멀어 버린 일이 드물지만 몇 번 있었다. 그것은 모두 그가 광고 일을 시작한 초기에, 아주 성공적이었던 해에 일어났다. 그가 건드리는 것마다 황금으로 변했을 때, 겸손함은 어디론가 사라져 버렸다. 마치 자신이 실패할 수 없는 존재인 것처럼 굴었다. 하지만 어떻게 자신이 스마트폰 시대 초기에 예쁘고도 가벼운 기기를 하나 출시한 어느 휴대폰 제조사를 위해 수백만 달러짜리 광고 캠페인을 밀어붙였는지 생각만 하면 지금도 몸이 부르르 떨렸다. 그 광고의 카피는 〈너무 스마트하지 않아요〉였는데, 그 기기의 문제점은 바로 그것이었던 것이다. 덕분에 그 제조사는 더 이상 존재하지 않게 되었다.

왜 내가 지금 이런 생각을 하는 걸까? 미술에 대해 좀 아는 이 여자를 좀 더 일찍 일에 끌어들여야 했나?

「혹시 〈진품 인증〉이란 말, 들어 보셨어요?」 이윽고 옌뉘가 물었다.

「그것도 보고서에 있어.」 케빈이 또 끼어들었다.

「자네의 그 망할 보고서를 그 빌어먹을 구약보다 짧게 만들어 놨다면, 내가 어떻게든 읽어 볼 수도 있었겠지. 자, 설명해 봐!」

에, 간단히 말하자면, 세계 각지의 다양한 권위 기관들이 다양한 예술가들을 전문적으로 다루고 있으며, 진품 인증서를 발부할 만큼 신뢰성을 획득했단다.

「네, 간단히 말하자면 그거예요.」 옌뉘가 말했다.

「제발 간단하게 좀 얘기하자고! 계속해 봐.」

올레 음바티안을 이르마 스턴으로 만드는 것은 간단하지가 않을 거란다. 심지어는 어렵지도 않을 거란다. 그냥 불가능할 거란다.

「계획이 출처에서부터 주저앉았군.」 옌뉘가 말했다.

「좀 쉬운 스웨덴어로 얘기해!」

「자, 24페이지!」 케빈이 말했다.

진품 회화 작품은 예술가의 손에서부터 현 소유자의 집 벽에 이르기까지 수정처럼 투명하고 흠 없는 이력과, 각 소유권 이전에 따른 자료와 영수증들을 가지고 있어야 한단다. 물론 그들은 여기에 둘러앉아 올레 음바티안의 그림들에 대해 흥미로운 이야기들을 지어낼 수 있겠지만, 누가 그걸 믿겠는가?

후고는 찬물을 뒤집어쓴 느낌이었다. 아, 내가 그렇게 스마트하지 못했군…….

「그러니까 지금 백만 달러가 내 손가락 사이로 빠져나갔다고 말하는 건가? 아니, 우리 손가락 사이로?」

「이걸 그런 관점에서 보고 싶으시다면, 맞아요.」 재무 이사가 말했다. 「거기다 몸바사까지의 여행 경비도 추가해야겠죠. 하룻밤 호텔비, 〈시냇가의 소년〉 구매 비용…….」

후고는 더 이상 듣고 싶지 않았다.

「또 비즈니스석을 이용하셨을 테니까, 왕복 비행기표로 약 8만 2천 크로나, 숙식비 그리고 그림값……. 이게 이번 달 우리 회사 재정에 무거운 부담으로 작용할 거라는 점을 알려 드리는 게 재무 이사로서 저의 불행한 의무입니다.」

후고는 당황했지만 그렇다고 포기할 생각은 없었다. 아직은 말이다.

「하지만 만일 그림을 위조할 수 있다면, 그 〈출처〉에 대해서도 마찬가지로 할 수 있지 않을까?」

옌뉘는 그렇게 생각하지 않았다. 하지만 가능하다고 말했다. 그러나 붓 터치 분석에서 또 주저앉을 거란다. 그것은 무엇보다 화가가 올레 음바티안이라는 사실을 드러낼 거란다. 그가 이르마 스턴과 똑같이 그릴 뿐만 아니라 — 물론 그는 그렇게 했다 — 또 이르마 스턴이 생전에 구사했던 것과 똑같은 붓 터치를 구사하지 않는 한 말이다. 이 붓 터치 분석을 발명한 사람 덕분에 불행해진 위조범이 한두 명이 아니란다.

「에잇, 그 인간, 지옥에나 떨어져라!」 후고가 저주를 퍼부었다.

「그는 벌써 그렇게 됐어요.」 옌뉘가 차분하게 설명했다. 「1890년 무렵에 죽었으니까요.」

후고는 자기가 탄소 연대 측정법에 대해 읽은 적이 있다고 말했다. 이걸로 어떻게 해볼 수 있지 않을까?

그는 이제 필사적이었다.

케빈은 어떻게 올레에 대한 화학적 분석이 그가 이르마 스턴임을 증명할 수 있겠느냐고 반문했다.

물론 후고로서도 알 수 없었다.

옌뉘는 그 생각은 접으라고 충고했다. 탄소 연대 측정법은 오차 범위가 자그마치 앞뒤로 50년이란다. 그렇다면 이 방법은 그들이 가진 이르마 스턴의 그림들이 20세기나 그 이후의 어느 시점에서도, 또 아무나에 의해서도 그려졌을 수 있다는 사실을 증명할 뿐이란다. 뭐, 〈아무나〉에 의해 그려진 게 맞긴 하지만.

「올레 음바티안은 〈아무나〉가 아니라고요!」 그의 양아들이 항의했다.

후고는 자신에 대해 너무나 화가 난 나머지 화살을 케빈에게로 돌렸다.

「자, 올레 음바티안이 아무리 위대하다 해도 이르마 스턴은 아니라는 데에 동의하는 거지? 또 이르마 스턴은 그가 아니라는 데에도?」

이제 후고는 조용해졌다. 그는 자기 안으로 들어와 있었다. 아주 어두운 생각으로 가득했다.

하지만 옌뉘 안에서는 희망의 빛이 깜빡였다. 그녀는 이렇게 우울한 후고는 생각하고 있는 후고라는 것을 알고 있었다.

그리고 그녀의 생각이 옳았다. 후고는 빅토르 알데르헤임 프로젝트에는 두 가지 목적이 있다고 생각하고 있었다. 하나는 후고 자신을 위해 미술품 거래인으로부터 돈을 빼내는 거였고, 다른 하나는 알데르헤임의 삶 전반을 망가뜨려 회사의 스태프들이 밤에 편히 잘 수 있게 해주는 거였다. 갓 약혼한 사이인 그들이 밤에 무슨 짓을 하든 말이다.

이제 그들에게 남은 것은 두 번째 목적뿐이었다. 후고는 무료로 일해야 하겠지만, 그것은 처음부터 정해진 조건이었다. 그가 몸바사까지 가서 보기 좋게 털리고 온 것은 순전히 그의 탓이지 다른 누구의 잘못도 아니었다. 여기서 그는 좌절할 수도 있었다.

「자, 이렇게 하자고.」 마침내 그가 입을 열었다. 「가짜 그림들을 최대한 진품으로 만드는 대신에, 그 반대로 하는 거야.」

「네? 최대한 진품이 아니게 만든다는 얘긴가요?」 옌뉘가 말이 참 희한하다고 느끼며 반문했다.

「맞아, 우리는 그것들을 가능한 한 최대한 짝퉁으로 만들어 버릴 거야.」

이제 이 프로젝트에서 건질 돈은 한 푼도 없었다. 오직 비용만 들어갈 거였다. 그 돼지, 쥐, 뱀 같은 알데르헤임은 대가를 치러야 하리라.

복수는 존나게 달콤해.

욕설을 내뱉으니 기분이 좀 나아졌다. 에잇, 빌어먹을!

26

그들은 함께 세부 계획을 다듬어 나갔다. 보조원들에게 계획을 감추는 것은 최선이 아니라는 게 드러난 것이다.

그들의 타깃, 빅토르는 자료가 있는 지하실에 내려가는 법이 거의 없었다. 옌뉘는 그곳은 자신이 거기 있었던 성탄절 이전과 똑같을 게 분명하다고 장담했다. 거기에는 작품 거래에 대한 기록이 담긴 파일들 외에도, 옌뉘 자신이 그림을 그리기 위해 들여놓은 이젤이며 다른 물건들이 있었다. 그것은 옌뉘의 장점인 동시에 약점이기도 했다. 그녀는 10대 때 용기를 내어, 형태와 색채로서 자신의 상실감을 묘사하려고 시도해 본적이 있었다. 하지만 우리네 삶 자체가 그렇듯, 거기에서는 아무런 결과물도 나오지 않았다. 적어도 최근까지는 말이다.

후고가 세운 계획의 첫 번째 단계는 세 사람이 밤중에 살그머니 들어가서는 올레 음바티안의 그림들을 이젤에 올려놓아마치 작업 중인 작품처럼 보이게 해놓는 거였다. 그것들 옆에는 이르마 스턴의 것을 모방하려고 연습한 것처럼 보이는 서명 몇 개를 물감으로 종이에 써놓을 생각이었다. 이것이 작품이 완성되기 전에 유일하게 남은 과정이라는 것은 말할 것도 없었다. 사정을 모르는 사람은 이 지하실이 위조범의 작업장이라는 결론에 이르리라.

케빈은 양부의 그림들을 이런 식으로, 그것도 세상에서 가장 받을 자격이 없는 자에게 줘버린다는 게 썩 내키지는 않았다. 하지만 그는 더욱 큰 목적을 위해 이 방법을 받아들였다.

하지만 옌뉘는 이의를 제기했다. 진짜 화가를 흉내 내어 그림을 그리는 것은 범죄가 아니다. 종이에 어떤 화가의 서명을 흉내 내어 쓰는 것도 범죄가 아니다. 흉내 낸 서명이 흉내 낸 그림 위에 올려질 때 비로소 불법이 되는 게 아닌가?

후고도 그 점을 생각해 봤단다. 하지만 이 SNS 시대에는 이른바 〈여론 법정〉이란 게 있단다. 만일 달콤한 복수 주식회사의 자랑스러운 스태프들이 일을 제대로만 한다면, 빅토르 알데르헤임은 시민들과 전 세계 미술품 거래인들로부터 종신형을 선고받게 된단다. 이게 사기 미수 혐의로 감옥에서 몇 년 있다 나오는 것보다 훨씬 무서운 형벌이란다.

「두 쪽 다 해보면 어떨까요?」 케빈이 제안했다. 「만일 아빠의 그림과 관련된 부분이 반쯤만 불법이라면, 뭔가 다른 것을 더 던져 넣을 수 있지 않을까요?」

「마약!」 옌뉘가 말했다.

이것은 그녀가 생각해 낼 수 있는 가장 불법적인 것이었다.

「포르노.」 케빈이 말했다.

후고는 동료들이 자랑스럽다고 말했다. 물론 그들은 그림 옆 테이블 위에다 헤로인을 몇 포 올려놓을 거란다. 또 포르노는 마약만큼 불법적인 것은 아니지만 〈변태적 섹스〉를 명백히 암시하는 요소들도 그들의 목적을 이루는 데 도움이 될 수 있단다.

엔뉘도 케빈도 〈변태적 섹스〉라는 개념이 그렇게 편하게 느껴지지가 않았다. 그 일을 할 때 딱 한 번 천장 등을 켜놓았던 게 그들이 해본 가장 대담한 모험이었다. 하지만 볼모라에서 10대 소년이었던 케빈은 다양한 게임 사이트들을 돌아다녔는데, 거기서 한 계단만 더 올라가면 온갖 것을 다 접할 수 있었다. 따라서 그는 원격 조정 달걀형 바이브레이터, 초보자용 항문 플러그 그리고 매우 클래식한 음경 확장기 같은 아이템들에 대해 어느 정도의 이론적 지식을 갖추고 있었다. 또 그로서는 용도를 확실히 이해할 수 없는 쇠사슬, 회초리, 가면 그리고 우리가 상상할 수 있는 온갖 종류의 가죽 제품도 알고 있었다.

「적당한 섹스토이를 구하는 일은 내가 맡을 수 있어요.」그가 말했다.

「정말이야?」 엔뉘가 믿기지 않는 듯이 반문했다.

「아주 좋아, 케빈.」 후고가 흡족한 표정으로 말했다. 「장난감 예산으로 7천 크로나를 사용하라고. 하지만 여자 풍선 인형은 꼭 포함시켜야 해!」

이제 남은 것은 마약이었다. 아편제(阿片劑) 약물들은 요즘 아주 인기였다. 후고는 지금 미국이 이걸로 스스로를 죽여 가고 있다는 기사를 읽은 적이 있었다. 의사들이 제약 회사들과 이들의 마케팅 팀들의 응원하에 광범위한 영역에서 몸과 정신을 위한 진통제를 유례없는 속도로 처방하고 있단다. 덕분에 남성의 기대 수명은 급속도로 떨어지고 있어, 만일 아무것도 변하지 않는다면 380년 후에는 세상에 남자가 남아 있지 않게 된단다.

「남자로서 슬픈 일이네.」케빈이 우울하게 말했다.

「여자들도 거의 비슷하게 슬플 거야.」엔뉘가 말했다.

후고는 주제에 집중하라고 말했다. 더 좋은 것은 잠시 입 다물고 조용히 있는 것인데, 왜냐하면 지금 자기가 형에게 전화할 것이기 때문이란다.

이제 상당히 유명한 안과 의사가 된 말테는 동생이 부탁하면 거절하는 법이 없었다. 또 후고가 전화를 걸면, 만사를 제쳐 놓고 통화부터 했다.

「형, 안녕?」후고가 인사했다.

「오, 너도 안녕? 그래, 잘 지내니? 난 몇 분 후에 수술이 있어. 하지만 무슨 일로 전화했는지 얘기해 봐.」

후고의 애초 계획은 여러 가지 복잡한 이유를 대면서 부탁한다는 거였는데, 지금은 그럴 시간이 없었다.

「형, 나한테 옥시코돈 1킬로그램만 처방해 줘. 그리고 펜타닐 1킬로그램도.」[22]

안과 의사는 자신의 귀를 믿을 수가 없었다.

「너 실성했냐? 그러니까 내 말은, 평소의 후고 함린이 실성하는 방식으로가 아니라 의학적으로 실성했냐고.」

「이건 내가 사용할 게 아냐.」

「그런다고 해서 내가 좋아할 것 같냐?」

22 옥시코돈과 펜타닐은 둘 다 아편 계열의 마취 및 진통제이다.

「그럼 반 킬로는 안 되겠어? 아니, 4백 그램. 이게 내 마지막 제안이야. 3백?」

말테는 더 이상 얘기할 시간이 없단다. 이제 달려가서 백내장 수술을 해야 한단다. 하지만 간단히 설명하자면, 자신의 거절은, 만일 자기가 동생이 요구하는 대로 하면, 그 많은 에너지를 쏟아 취득한 의사 면허증이 보건복지국의 서류 파쇄기에 들어가게 된다는 사실에 근거하고 있단다.

의사 면허증은 위조할 수 있다고 동생이 막 대꾸하려 하는 순간, 다행히도 말테가 전화를 끊었다.

따라서 그들은 마약을 다른 경로로 입수해야 했다. 후고는 야심한 시각에 스톡홀름 중심가를 배회한 적이 없기 때문에 그 방법을 알 수 없었다. 다시 한번 스태프들의 도움을 받아야 할 때였다.

「두 사람 중에서 마약이나 그와 비슷한 것을 사는 방법을 아는 사람 있어?」

「난 몰라요.」 이렇게 대답한 옌뉘의 마약 전력은 열여섯 살때 누군가가 담배 한 대를 권했을 때로 국한되었다. 그때 그녀는 사양했었다.

「사바나에는 어떤 굉장한 잎사귀가 있는데 말이야. 전번에 뛰었던 것보다 조금 더 뛰어야 할 필요가 있을 때 씹으면, 정말로 그럴 힘이 나.」 케빈이 말했다.

문제는 이 잎사귀는 사바나에 있고, 후고는 또다시 케냐를 여행하고 싶은 마음이 없다는 점이었다. 그는 혹시 볼모라의 중고 가게 사장이 도움이 될 것 같지 않으냐고 물었다. 중고 매트리스에서부터 황철광 반지까지 파는 사람이라면 서랍 속 어딘가에 헤로인 몇 봉지를 숨겨 놓았을지도?

하지만 자기가 생각해도 너무나 멍청한 소리였다.

「뭐, 안 들은 걸로 해.」

이제 그들이 입수할 수 없는 것들이 부재하는 상황에서는, 밀가루 몇 봉지 그리고 그 옆에 놓아 뭔가를 암시할 수 있는…… 고무장갑을 사용해야 할 거였다. 어떻게든 섹스토이와 연결될 수 있는 무언가를 말이다.

그들이 느끼기에 빅토르 알데르헤임의 명성을 망가뜨리는 문제는 이미 해결된 것 같았다. 한 가지 중요한 문제는 어떻게 이 나라의 법망을 알데르헤임의 지하실까지 끌어오느냐 하는 것이었다. 세 사람 중의 누구도 경찰에 전화를 걸어 신고할 수 없었다. 경찰에 걸려 온 전화는 모두 기록에 남기 때문이었다. 공원 벤치에서 아무나 데려다가 대리인으로 고용하는 것도 좋은 생각으로 보이지 않았다. 정보 제공자는 어느 정도의 무게와 신뢰성을 갖출 필요가 있었다.

◆

정말이지 이 무게와 신뢰성은 중요했다. 스톡홀름에 있는 명성 높은 부코스키 경매 회사에는 〈프라이빗 세일즈〉라는 특별한 부서가 있다. 이 부서는 예를 들어 당신이 너무나도 궁핍해져 이전처럼 살아갈 수 없게 되었을 때 그리고 그 사실을 주위 사람들이나 심지어는 자기 자신에게도 인정하고 싶지 않을 때 찾아갈 수 있는 곳이다. 어쩔 수 없이 캠핑카로 이사하여 수치심으로 죽고 싶지 않은 사람은 벽에 걸린 가보 — 엄청난 예술적 가치를 지녔고, 그에 걸맞은 가격표가 붙은 그림 — 를 떼어 내어 프라이빗 세일즈에 찾아가는 경우가 적지 않다. 이렇게 예술 작품과 돈이 주인을 바꾸게 되지만, 구매자는 매도자가 누구인지 결코 알지 못한다. 물론 벽에는 그림을 떼어 낸 자리가 허옇게 남지만, 그것은 한두 가지의 새빨간 거짓말로 메워질 수 있다. 〈내 르누아르 그림이 어떻게 됐느냐고? 오, 난 그게 싫증이 나서 지하실 어딘가에 처박아 놨어. 꽃을 벽에 걸면 안 되지. 화병 속에 있어야 가장 아름다운 법이야.〉

이 모든 환상이 통하기 위해서는 중개인들 — 여기서는 부코스키 — 의 입이 아주 묵직해야 할 필요가 있다. 그리고 그들은 그렇게 한다. 회사 전체의 운명이 극도의 신중함과 잘 유지된 신뢰성에 달려 있는 것이다. 후고는 10여 년 전에 그레이트 & 이븐 그레이터 커뮤니케이션즈가 부코스키를 고객으로 만들려고 시도한 적이 있기에 이것을 확실히 알고 있었다. 후고가 이 일을 맡지 않았기 때문에 다른 회사가 계약을 따갔지만, 당시 사무실에는 이 실패에 대한 얘기가 너무도 많이 돌아서 그도 충분히 학습을 할 수 있었던 것이다.

후고의 계획은 부코스키로 하여금 그들 대신 경찰에 신고하게 한다는 거였다. 이보다 나은 정보 제공자는 있을 수 없었다.

엔뉘는 이게 똑똑한 아이디어긴 하지만 약간의 문제점도 있다고 생각했다.

「만일 그들이 사장님이 말한 것만큼 신중한 사람들이라면, 자기들이 경찰 끄나풀이라고 소문이 날까 봐 두려워하지 않을까요?」

후고는 고개를 끄덕였다. 하지만 달콤한 복수 주식회사의 CEO로 보낸 시간은 그에게 인간 영혼에 대한 새로운 통찰력을 가져다주었다.

「난 내가 뭘 원하는지 잘 알고 있어.」 그는 말했다. 「하지만 일은 차근차근, 한 가지씩 하자고.」

먼저 그들이 할 일은 빅토르 알데르헤임의 평판을 영원히 망가뜨릴 수 있는 모든 것으로 지하실을 채워 놓는 것이었다. 유화 작품들은 시작에 불과했다. 경찰이 출동하면 빅토르는 위작들과 불법 약물로 의심되는 것들에 대해 해명해야 할 터였다. 전문가 수준의 성생활에 대한 명백한 증거들은 형법에는 저촉되지 않겠지만, 세 사람의 목적은 온 스톡홀름이 이 사실을 알게 하는 거였다. 그리고 나라 전체에도 알리지 않을 이유가 없지 않은가? 그리고 — 아직 거기에 가입되어 있으니 — 유럽에도. 그리고 이왕 하는 김에 — 에이, 그래 좋아! — 세계에도.

이 프로젝트는 돈을 한 푼도 벌어다 주지 못할 터였다. 하지만 스웨덴 최고의 광고맨에게는 자존심이란 게 있었다.

「우리가 가진 패들을 제대로 쓴다면, 빅토르는 결코 회복하지 못하게 돼.」

「사장님 최고예요!」 엔뉘가 엄지를 척 내밀었다.

「아직 일은 끝나지 않았어.」 후고가 말했다.

이 말은 확실히 사실이었다.

케빈은 회사 차를 몰고 쇼핑에 나섰다. 그는 섹스토이 외에도 밀가루 1킬로그램과 비닐봉지 한 팩을 사 오라는 지시를 받았다. 그는 임무에 대해 너무 열의에 찬 나머지, 자신에게 운전면허증이 없다는 사실을 굳이 밝히지 않았다. 하지만 그는 차를 운전할 수 있었다. 적어도 WWF의 레인지로버는 운전할 수 있었다. 적어도 사바나에서는 운전할 수 있었다. 거기에는 우측통행이니 좌측통행이니 하는 것은 없었다. 지금은 고려해야 할 요소이긴 하지만 말이다. 케냐는 우측통행, 스웨덴은 좌측통행…… 아니, 그 반대였던가?

잘못된 방향으로 딱 네 블록과 로터리 하나를 지나고 나니, 모든 게 매끄럽게 굴러갔다. 그리고 이 차는 신통하게도 자기가 알아서 변속을 했다.

밀가루와 비닐봉지와 섹스토이를 사고 나니, 한 가지 아이디어가 떠올랐다.

정말이지 자기가 생각해도 기가 막힌 아이디어였다. 이로써 회사 내의 내 위치는 한 단계 격상되리라.

아니면 영원히 왕따가 되든지.

결심을 굳힌 케빈은 차를 어느 버스 정류장에 주차시키고는 새로 얻은 스마트폰을 꺼냈다. 그는 인터넷을 검색하여 그가 원하는 것을 찾아냈다. 뭐, 2천 크로나밖에 안 된다고? 그 정도 액수는 현금 자동 지급기에서 꺼낼 수 있었다.

이 일로 두 시간 정도 늦어지겠지만, 후고와 엔뉘는 그를 자랑스러워할 거였다. 그렇지 않은가?

「야, 이 빌어먹을 천치야, 넌 천재다!」 광고맨이 외쳤다.

이 말은 케빈이 태어나서 지금까지 들어 본 것 중에 최고의 찬사였다.

그가 한 일은 시그투나 외곽의 어느 농장에 가서 염소 한 마리를 사 온 거였다.

「이쁜이요, 똘똘이요?」 농부가 오해를 피하기 위해 물었다.

「차이점이 뭐죠?」

「암컷이냐고요, 수컷이냐고요.」

「여자애가 좋겠네요.」 케빈이 대답했다.

모든 것에는 어느 정도 한계가 있어야 하는 법이었다.

27

그날 밤, 달콤한 복수 주식회사는 무단 가택 침입을 감행했다. 뭐, 무엇을 했든 간에 열쇠는 있었지만 말이다.

다음 날 아침, 후고는 중대한 전화를 걸기 전에 모두가 모이기를 기다렸다.

「자, 준비됐어?」

그들은 준비가 되어 있었다. 수화기 저편에서 신호음이 울렸다. 한 번, 두 번. 그리고 누군가가 응답했다.

「네, 프라이빗 세일즈의 구스타브 얀손입니다.」

「안녕하시오! 나는 알데르헤임 미술 갤러리의 빅토르 알데르헤임이라고 합니다.」

「아주 명망 있는 회사죠. 무슨 일로 전화를 주셨습니까?」

「음, 내게 이르마 스턴 한 쌍이 재고로 남아 있어요. 그걸 어떻게 부르시든 상관없지만 말이에요, 헤헤. 그것들을 거액으로 팔아 치우는 데 도움을 주실 수 있을 것 같아서 이렇게 연락했어요. 잘해 주신다면, 내가 얼마 섭섭지 않게 떼어 드릴게.」

구스타브 얀손은 이 분야에서 20년을 일해 왔고, 그중 4년은 현재의 자리에 있었다. 그는 이런 식의 얘기는 한 번도 들어 본 적이 없었다.

「죄송합니다만, 지금 잘 이해가 안 돼서 묻는데요. 지금 우리가 이르마 스턴 얘기를 하고 있는 건가요, 아니면 다른 사람인가요?」

「네, 이르마 스턴 맞아요. 딱 하나 서명만 남았는데, 그 부분은 내가 알아서 처리할 거예요. 얀손 씨, 아주 좋은 물건들이니까, 마음 푹 놓아도 돼요. 어쩌면 오늘 밤에 내 지하실에서 만나도 되겠네, 그럼 내가 보여 드릴게. 11시 어때요, 무엇보다 보안이 제일이니까. 난 당신의 신중함을 전적으로 신뢰하고 있어요, 얀손 씨.」

자기가 곧바로 이해했다고 생각한 내용을 차마 이해하고 싶지 않았던 구스타브 얀손은 이제 완전히 이해했다.

「알데르헤임 씨, 지금 당신은 전화를 잘못 거셨습니다. 이 회사에서 우리는 당신이 보여 주시는 것과는 다른 차원의 윤리적 원칙을 따르고 있어요. 난 지금 깊은 충격을 받았고, 앞으로는 우리 일을 방해하는 것을 부디 삼가 달라고 정중히 부탁드리는 바입니다.」

구스타브 얀손은 수년간 이 분야에 몸담아 오면서 이따금 수상쩍은 것들을 눈으로 보기도 하고 귀로 듣기도 했다. 이것은 흔하지는 않지만, 가끔 있는 일이었다. 지금까지 그는 자신과 부코스키사가 심지어는 죄 없는 증인으로라도 연관될 수 있는 무언가에 연루되기 전에 미리 거리를 두곤 했다.

후고는 프라이빗 세일즈의 대표 얀손이 이 대화에서 슬그머니 발을 빼려 한다는 것을 알아차렸다. 이미 예상했던 바였다.

이제 너무 늦기 전에 그를 좀 약 올릴 필요가 있었다.

이어진 수 초 동안, 후고는 미술품 거래인 알데르헤임의 이름으로 선언했다. 돈은 냄새가 나지 않는다, 얀손도 그걸 알 것이다, 만일 모른다면 그는 자기 엄마와 어떤 아들도 해서는 안 될 짓들을 했음에 분명하다. 그리고 어느 경우가 됐든 그의 엄마는 아마도 아주 특별한 분야에서 일했을 것 같다. 이제 얀손 선생께서는 오늘 밤 당장 이르마 스턴의 그림들이 서명 등으로 완성될 알데르헤임 미술 갤러리로 달려오셔야겠다. 또 그는 선금으로 현금 5만 크로나를 받게 될 거다, 여기저기에다 입을 나불거리지만 않는다면…….

「꼭 오라고, 이 징징대는 자식아!」 후고는 이렇게 마무리했다.

여기까지 듣자 처음에는 그저 의혹에 불과했던 것이 이제 계획범죄에 대한 구체적인 지식이 되었다. 구스타브 얀손의 반쪽은 이 일에서 어떤 식으로 빠져나갈지를 맹렬히 토론했다. 그리고 다른 반쪽은 빅토르 알데르헤임에게 영원한 저주가 임하기를 열렬히 빌었다.

「아니면 쇳가루를 네 계좌에 직접 꽂아 줬음 좋겠어?」 후고가 물었다.

여기까지가 한계였다. 그리고 만일 누군가가 이 통화를 듣고 있다면? 얀손은 경찰에 전화를 거는 것 외에 자신에게 다른 선택이 없음을 깨달았다.

「그럼 느낌이 어떻겠어, 이 버러지 같은 당나귀야?」

얀손은 10초도 안 되는 시간 동안에 자신이 곤충에서 포유류로 진화하는 기적을 체험했다. 이제는 더 이상 자기가 어떻게 해야 하느냐의 문제가 아니고, 어떻게 해야 최대한의 쾌감을 느낄 수 있느냐의 문제였다.

정보 제공자는 매우 신뢰할 만한 사람이었다. 따라서 바로 그날 오후 알데르헤임의 미술 갤러리에 대한 압수 수색이 이루어졌다. 경찰은 위작으로 의심되는 그림 두 점, 마약으로 의심되는 물질 여덟 봉지, 하나같이 요상하게 번들거리고 찰그랑거리는 섹스토이 여러 점, 바람을 넣어 부풀리는 여자 풍선 인형 하나 그리고 염소 한 마리를 압수했다.

제 5 부

28

음바티안 가족은 1년에 한 번씩 모임을 가졌다. 그것을 주관하는 것은 두 아내였다. 여덟 딸 중에서 여섯은 출가했지만, 그래도 이날만큼은 어떻게든 본가에 돌아와 부모에게 인사하고, 서로의 안부를 묻고, 음식을 함께 즐기고, 밤늦게까지 춤을 추곤 했다.

최근 몇 년 동안 케빈도 가족의 일원으로 그들과 함께했지만 이번에는 아니었다. 하여 올레는 무엇에도 마음이 전혀 즐겁지가 않았다.

일찍부터 시작된 춤판이 한창일 때, 우편배달부가 자전거를 타고 마을에 도착했다. 그는 물론 추장에게 갔고, 그에게 정중히 인사한 다음, 지금 하늘이 어두워지는 고로 하룻밤 재워 달라고 부탁했다. 어둠 속에서 자전거를 타고 사바나를 돌아다니는 사람은 없는 것이다. 그리고 모포 한 장과 먹을 것 한 그릇이 자신이 바라는 환대에 포함될 수는 없는지?

올레밀리 추장은 결코 손님을 쫓아 보내는 법이 없었다. 대부분의 경우에는 남의 이목이 두려워서였다. 하지만 이번에는 손님이 품위 있는 교통수단인 자전거를 타고 왔기 때문이었다.

「네, 그렇고말고요.」 우편배달부가 고개를 끄덕였다.

그에게는 치유사 앞으로 온 편지가 한 통 있었다. 봉투에 흥미로운 소인이 찍힌 편지였다. 아주, 아주 멀리서 온 편지 같았다.

올레 음바티안은 사라진 아들에게서 온 편지를 읽고 깊은 감동을 받았다. 두 번이나 꼼꼼히 읽고 난 그는 춤판을 중지시키고는 두 아내와 여덟 딸에게 지금 자신의 모든 것인 아이로부터 편지를 받았노라고 알렸다.

뭐라고? 자기의 모든 것인 아이라고? 이 말에 딸 중에서 둘은 울음을 터뜨렸고, 다른 셋도 곧 울음바다에 합류했으며, 아내 하나는 자리를 박차고 나가 버렸고, 다른 하나는 긴 장광설에 들어갔다.

「당신이 무슨 짓을 했는지 한번 보라고, 이 멍청한 인간아!」

여자들에게는 올레가 결코 이해할 수 없는 뭔가가 있었다. 케빈은 신이 중개자 없이 하늘에서 그의 발밑으로 직접 내려주신 아들인 것이다. 마사이가 무엇인지 아무것도 몰랐음에도 불구하고, 최고의 마사이가 될 뻔했던 아이를 말이다.

사바나에서 태어난 지 단 3년 만에 케빈은 눈싸움으로 사자를 제압하는 기술을 마스터했다. 그러기 위해서는 동물에게서 시선을 떼지 않은 채로 녀석을 향해 똑같은 속도로 똑바로 걸어가야 했다. 조금이라도 머뭇거리는 기색을 보이면 안 되었다.

이쯤 되면 머릿속에 머뭇거림이 이는 것은 오히려 사자 쪽이었다. 마치 〈슈카〉가 〈난 마사이다, 배짱이 있으면 한번 덤벼

봐!〉라고 사자에게 말하는 것 같았다.

체중 2백 킬로그램의 수컷에겐 그런 배짱이 없었다. 녀석은 체크무늬 천에 감싸여 다가오는 몸뚱이는 골칫거리라는 지식을 조상으로부터 물려받은 것이다.

케빈은 불과 2년 만에 바람의 방향과 세기를 이용하는 기술까지를 포함하여 곤봉 던지는 방법을 완벽히 습득했다. 성인 남성으로 인정받기 위한 테스트 중에 곤봉과 관련된 것이 있었는데, 그것은 사바나에서 가장 사나운 동물인 물소와 맞서서 녀석으로 하여금 앞에 있는 두 다리 동물을 들이받겠다는 결정을 재고하게 만드는 일이었다. 누를 제외하고는 물소만큼 생각을 적게 하는 동물은 없었다. 오직 최고의 마사이만이 거의 생각하지 않는 이 동물로 하여금 다시 한번 생각해 보게 만들 수 있었다.

케빈은 그런 마사이 중의 하나였다.

교육의 마지막 과정은 형식적인 절차일 뿐으로, 수십만 마리의 얼룩말들과 누들이 세렝게티의 북쪽에서 남쪽으로 이동할 때 그 뒤를 따라가는 일이었다. 케빈은 누들처럼 악어 떼에 잡아먹히지 않고 마라강을 건넜다. 누들이 그저 운에 맡기고 무턱대고 건넜다면 — 그래도 98퍼센트나 살아남지만 — 케빈은 주변을 분석했다. 악어들에 대한 감각을 익히고, 어떤 놈이 어떤 기분인지를 면밀히 체크했다. 그는 자신의 계산이 잘못됐을 경우에 대비하여 활과 화살을 등에 메고 헤엄쳤다. 올레는 아이가 어떻게 헤엄을 치면서 악어를 쏠 심산인지 궁금하여 그런 일이 한 번쯤 일어나기를 바랐을 정도였다. 올레가 알고 있는 것은 케빈은 알고 있다는 것뿐이었다.

그는 케빈을 깊이 사랑했다.

사바나에서 한 해를 보낸 청년은 마지막 테스트인 할례를 받을 준비가 되어 있었다. 올레는 케빈이 그 시험도 잘 통과하리라 믿어 의심치 않았다. 아들에게 의식을 행할 사람은 다름 아닌 치유사 자신이었다. 칼은 그다지 무디지는 않았지만 그렇다고 해서 특별히 예리하지도 않았다. 충분히 강한 고통을 충분히 오랫동안 참는 것이 테스트의 핵심이기 때문이었다. 치유사가 집도하는 동안 조금이라도 소리를 내면 나이로비 고철 장수의 미래가 기다리고 있었다. 그렇게만 돼도 다행이었고, 어쨌든 마을에서 쫓겨나야 했다. 묵묵히 끝까지 견뎌 내는 사람만이 진정한 마사이 전사로 인정받았다. 이렇게 어른의 세계로의 마지막 단계를 통과한 그들은 얼마든지 결혼하고 아이를 가질 수 있었다. 가급적이면 아들이 좋을 거였다. 아니, 지금 와 생각해 보니 아들, 딸 다 있는 편이 나았다.

만일 케빈이 이 아비에게 좀 더 얘기했더라면, 뭔가 대안을 찾아 주었을 텐데. 대장장이는 그걸 더 좋아하는 사람에게는 기꺼이 목덜미에 보름달 모양의 낙인을 찍어 줄 준비가 되어 있었다. 중요한 것은 고통을 느끼면서 그걸 드러내지 않는 거였다.

이 아비에게 얘기를 했더라면.

네 시간 동안 온 마을이 그를 찾아 헤맸다. 하지만 케빈의 배낭과 치유사의 그림 몇 점이 없어진 사실만 발견했을 뿐이다. 아이는 이곳을 떴음이 틀림없었다.

올레는 가슴이 찢어졌다. 하지만 편지가 오자 상처는 저절로 나았다. 세상에, 이 녀석이 지금······.

아직도 아내는 설교를 늘어놓고, 딸들은 서럽게 울고 있었다. 올레는 숨 좀 쉬려고 추장에게로 갔다.
　「자네, 스웨덴이 어딘지 알고 있나?」 그는 〈잘 여행한〉 올레밀리에게 물었다.
　「난 안 가본 데가 없는 사람이야.」 올레밀리가 으스대기부터 했다.
　「헛소리 그만하고, 스웨덴이 어디냐고?」
　「몰라.」

29

지금까지 올레는 자신이 타바카나 은돈요 너머까지 여행하기에는 너무 늙었거나 너무 매인 게 많다고 느껴 왔다. 거기까지 가는 것도 〈짧은 비〉가 내릴 때나 가능했다. 이제 그는 그곳을 넘어가고 있었지만 발바닥에 용수철을 단 듯이 활기가 넘쳤다.

그는 올레밀리의 완고한 금지 탓에 마을 모두가 청년들이 수군대는 바깥세상의 새로운 것들에 대해 모르는 채로 쓸데없이 어둠에 갇혀 살아왔다는 것을 알고 있었다. 하지만 바로 그런 것들을 알아야 하지 않겠는가? 대장장이의 누이는 뭔가를 좀 알고 있었지만, 올레 음바티안은 그녀의 수다를 듣느니 차라리 모르는 편이 나았다.

그는 소 네 마리를 끌어내어 나로크로 몰고 갔다. 그것을 여행비로 쓸 요량이었다. 나로크의 주유소에서는 마사이가 거의 될 뻔하다가 실패하여 쫓겨난 동족 중의 하나가 일하고 있었다. 그는 자동차들이 들어오고 나가는 것을 지켜보고, 차에 탄 사람들에게 어디서 왔으며 어디로 가는지 물으며 지내 왔다.

그 자신에게도 도요타가 한 대 있었다. 소 한 마리, 많아야 두 마리만 주면 이 올레를 목적지까지 태워다 주리라.

「어이, 헥터, 잘 있었나?」

「오, 위대하신 치유사 어르신! 무딘 칼을 가지신 분! 이 몸에 아직 매달려 있는 것을 마저 자르려고 오셨소?」

세상에, 20년 전 일을 가지고 아직도 삐져 있다니!

「아니, 특별 가격으로 차 좀 태워 달라고 부탁하러 왔네. 소 한 마리를 현찰로 주겠네.」

설사 주유소에서 일하고 있다 하더라도 소 한 마리에 〈노〉라고 할 수는 없는 법이다.

「어디 가시는데요?」

「스웨덴.」

헥터는 소 한 마리가 허공으로 사라지는 것을 보았다.

「생전 처음 들어 보는 곳인데요. 문제는 그게 아마 킬리만자로 반대쪽, 바다 건너에 있을 거라는 점이에요. 그렇다면 어르신은 여권이 필요하죠.」

「여권?」

「시청의 윌슨과 얘기해 보세요. 그 친구는 각종 서류며 직인이며 기타 등등에 대해서는 마법사니까요.」

윌슨? 이 친구도 한심한 낙오자였다. 올레는 이 여행이 처음부터 삐걱댄다고 생각했다. 그에게 필요한 운이 따르지 않았다.

시청의 사무장은 사바나에서의 마지막 1년 과정을 완전히 빼먹었지만, 그래도 그게 신을 기쁘게 한다는 소리를 어딘가에서 듣고는 할례에 지원했다. 올레가 해야 할 일을 하는 동안,

219

그는 순전히 다른 응시생들을 약 올리려는 목적으로 소리를 꽥꽥 지르고, 죽을 듯이 비명을 발하고, 온갖 욕설을 퍼부어 댔다. 그러고는 피투성이가 된 성기를 천으로 감싼 채 달려가 짐을 쌌고, 자신은 다른 사람들처럼 우물 안 개구리로 살지 않고 온 세상을 둘러보겠다고 선언했다.

월슨은 나로크 이상은 가지 못했다. 하지만 높은 산들 너머에 있는 세상에 대해서는 헥터보다 많이 알고 있었다.

「어르신은 해외로 여행을 하셔야 해요.」 월슨이 말했다. 「그러기 위해서는 여권이 있어야 하고요.」

「항상 그 빌어먹을 여권 애기뿐이로군.」

월슨은 그것은 나이로비에서만 발급받을 수 있으며, 발급받기 위해서는 자신이 케냐인이라는 것을 증명해야 한다고 설명했다.

「난 마사이야.」 소 올레 음바티안이 말했다.

「동시에 케냐인이기도 하죠. 그리고 내 진술서와 직인이 어르신이 존재한다는 것을 증명해 줄 거예요.」

「하지만 나는 여기 이렇게 멀쩡히 서 있잖아?」

수 세기 동안 마사이족은 현재의 케냐와 탄자니아 사이의 국경을 신분증이나 보이지 않는 경계선 같은 것은 생각하지도 않고 지나다녔다. 또 양쪽의 경찰들이 그들에게 자신의 신분을 증명하라고 감히 요구한 적도 없었다.

하지만 올레에게는 자신이 존재하는지 존재하지 않는지에 대해 월슨과 입씨름하고 있을 시간이 없었다. 좋아, 그 여권인지 뭔지가 그렇게 중요한 것이라면 발급받으리라.

「자, 그럼 먼저 직인부터 받으셔야죠. 그래야 일을 진행할 수 있어요.」

한데 그게 그리 간단치가 않았다. 윌슨의 직인은 매우 특별한 거라서 아주 공손하게 다뤄져야 한단다. 한 일주일은 걸릴 거란다. 그때 치유사 어르신은 소 네 마리를 모시고서 다시 오시면 되겠단다.

이제 올레 음바티안은 분통이 터졌다. 뭐, 도장 하나 찍는 데 일주일이나 걸려?

「정확히 두 개예요, 그 도장이란 게.」

그런데 여기서 치유사 어르신께서 아셔야 할 게 있는데, 그것은 단순한 도장 이상의 것이란다. 이른바 〈행정〉이라는 것으로서 대단히 중요한 작업 라인이란다.

올레는 이제 충분히 들었다고 생각했다.

「무슨 말인지 알겠어. 자, 도장 하나당 소 한 마리씩 받아. 세 번째 소로는 당장 사무실 문을 닫고 헥터에게 도요타를 빌려서 날 나이로비까지 태워다 줘. 네 번째 소는 현찰로 바꿔 주고. 내가 지폐를 신용해서가 아니라 짐 속에 넣기가 더 편하니까.」

성난 마사이 전사 겸 치유사에게 맞서는 것은 시청 사무장 윌슨의 홍정 능력을 벗어나는 일이었다. 일정표를 힐긋 본 그는 올레에게 자기가 행정에 필요한 시간을 조금 단축할 수 있겠다고 말했다. 일주일에서 15분으로. 하지만 나이로비까지의 왕복 여행은 약간 힘들 것 같단다. 치유사 어르신은 그동안 시청의 중요한 업무들을 누가 처리하길 바라시나요?

올레는 직인이란 게 어떻게 돌아가는지 잘 봤단다. 헥터가 대신할 수 있단다.

헥터에게 직인을 맡긴다고요? 절대로 그럴 순 없어요. 시청

행정이 개판이 될 거예요.

윌슨은 스탬프를 그의 서류 가방에 쑤셔 넣었다. 빨간 것과 파란 것 둘 다.

「자, 그럼 가죠!」

「15분이 필요하다고 하지 않았나?」

「스탬프는 운전하면서 찍으면 돼요.」

다음 날, 소 올레 음바티안의 이름과 추정된 생년월일이 기재된 여권이 발급되었다.

「여기에 내 사진하고 모든 게 다 들어 있구먼.」 올레는 여권을 뒤적여 보면서 말했다. 「음, 8월 7일 출생이라……. 이건 내가 모르는 사실인데? 8월이 뭐야?」

윌슨으로서는 치유사 어르신이 농담하는 때와 하지 않는 때를 구별할 수가 없었다.

「이제 나는 나로크의 집으로 돌아가야 해요.」 윌슨이 말했다. 「치유사 어르신의 안전한 비행을 빕니다.」

「비행?」

지금까지 올레 음바티안이 인색하다고 말한 사람은 없었다. 이제 와서 그런 얘기를 시작할 사람도 없을 거였다. 치유사는 합의된 보상을 주는 것 외에도 윌슨에게 그들의 고향으로 가서 그의 훌륭한 봉사와 신속한 도장 찍기에 대한 감사의 표시로 소 두 마리를 취하라고 일렀다. 일이 원만히 처리되기 위해서는 올레의 아내 중의 하나보다는 추장에게 얘기하는 편이 나을 거란다. 특히 첫 번째 부인은 피하는 게 좋단다. 아니, 사실은 두 번째 부인이 더 무섭지만.

윌슨은 치유사 어르신은 자기가 생각했던 것보다 훌륭하신 분이라고 답례했다. 그러고는 팁에 대해 감사를 표한 후, 여행에 행운이 깃들기를 빈다고 말했다.

사무장이 떠나자 케냐 여권 업무를 담당하는 경찰청 공무원과 올레만 남게 되었다. 치유사는 공무원에게 스웨덴으로 가는 비행기까지 데려다줄 수 없느냐고 물었다. 경찰관은 할 수 없다고 했고, 그걸로 충분치 않았던지, 원하는 곳을 여행하기 위해서는 〈비자〉라는 게 필요하다고 알려 주었다. 그런데 이 비자는 원한다고 금방 내주는 게 아니고, 특히 스웨덴에 갈 때는 그렇단다.

도대체 뭐가 이렇게 복잡한 거냐고! 올레 음바티안이 너무나 맹렬하게 따지고 드는 통에 공무원은 더 이상 이유를 댈 수 없게 되었다. 또 이유를 제공해야 하는 것은 그가 아니라 스웨덴 대사관이기도 했다. 거기 서서 여태껏 한 번도 들어 본 적이 없는 온갖 저주를 뒤집어쓰고 있는 상황에서 벗어나기 위해, 공무원은 골치 아픈 치유사를 차에 태워 어디를 한번 다녀오기로 결정했다.

「그래요, 음바티안 씨, 저도 선생님 말씀이 온당하고도 현명하다고 생각합니다.」 그는 침을 튀기는 노인의 입을 막기 위해 거짓말을 했다. 「자, 저와 함께 가시죠. 제가 선생님을 도와주실 분을 알고 있습니다.」

15분 후, 그는 올레를 대사관 앞에 내려놓음으로써 그의 하루를 정상으로 돌릴 수 있었다.

위엄 있는 대사관 문들 뒤에서 치유사는 대략 20명의 사람들이 자기 순서를 기다리고 있는 방을 발견했다. 마사이 노인은 대기 번호표를 뽑지 않았는데, 그렇게 한다는 얘기를 들어본 적이 없는 까닭이었다. 그는 20명의 사람들 앞으로 거침없이 걸어가서는 접수 창구를 두드렸다. 그 뒤에는 아무것도 안 하고 있는 여자가 앉아 있었다. 올레는 그녀가 뭔가 다른 일을 맡고 있는 것이라고 생각했다.

여자는 짜증 난 얼굴로 그를 올려 보았다. 시골에서 올라온 방문객이 새치기를 시도하는 경우가 한두 번이 아니었던 것이다. 하지만 다음 순간 그녀는 표정이 변하면서 창구 문을 열었다.

「음바티안 씨! 아니, 이게 웬일이세요? 무슨 일로 오셨죠?」

그녀는 치유사를 기억하고 있었다. 7년 전, 그녀는 그의 환자였고, 그 이후로 항상 감사하는 마음을 품어 왔다. 그녀가 두려워했던 바와는 달리, 그녀의 다섯 아이는 여섯, 일곱 혹은 그 이상으로 불어나지 않았다.

올레 음바티안은 그녀 같은 여자를 수백 명 다뤘기 때문에 더 이상 누가 누구인지 구별할 수 없었다.

「아, 오랜만이오!」 그가 말했다. 「그래, 내가 잘 기억하고 있지.」

그러고 나서는 대략 이렇게 설명했다. 자신은 저쪽 세상이 어떤지 보려고 스웨덴에 한번 들러 볼 계획이다, 한데 자기가 이해한 바로는, 그러려면 이런저런 필요한 것이 많은 모양이다, 하지만 도장을 더 얻어야 할 필요는 없으리라고 믿는데, 이미 두 개나 있기 때문이다……

감사의 마음으로 가득한 접수원은 그가 스웨덴에 가서 누구를 만나게 될 것이며, 그가 묵고자 하는 곳의 주소를 알 필요가 있다고 말했다. 또 그녀는 음바티안 씨의 항공권을, 특히 돌아오는 항공권을 보고 싶단다.

올레는 고개를 저었다. 난 치유사지 점쟁이가 아니오. 자기가 다음에 누굴 만나게 되고, 어느 하늘 아래에서 자게 될지 아는 사람이 세상천지에 누가 있겠소? 또 항공권이 필요하다는 얘기는 금시초문인데, 그렇게 놀랄 일은 아니오. 지금까지 모든 게 그렇게 어려웠는데, 비자라고 예외겠소?

접수원이 원하는 바와는 다른 답변이었다. 아니, 그것은 그녀가 원하지 않는 바로 그 답변이었다. 하지만 오랜 세월 동안 이 봉사를 해온 그녀는 여기서 일이 어떻게 돌아가는지 잘 알고 있었다.

「잠깐만 기다리세요, 음바티안 씨. 내가 한번 알아볼게요.」

그녀는 치유사의 여권을 가지고 옆방으로 사라졌다. 4분 동안, 그녀는 정확히 그 수만큼의 대사관 비자 규정을 위반했고, 그런 다음 치유사에게 돌아와 그에게 여권과 비자와 모든 것을 건네주었다.

「또 도와 드릴 것은 없나요?」 그녀는 아니기를 바라며 물었다.

「그렇게 친절하게 제의하시니 말씀드리겠소.」 올레가 말했다. 「난 여기 지폐가 몇 장 있소. 우리 추장은 현찰로 소를 더 선호하지만, 비행기를 타고 여러 가지 일을 하기에는 그게 좀 불편할 것 같아. 지금 내가 가진 게 얼마나 되며, 이걸로 끝까지 갈 수 있는지 말씀해 주시겠소? 만일 충분치 않다면, 마지막 코스는 좀 걸어야 할 것 같아서 말이야.」

접수원은 이마를 찌푸렸다. 이걸 어떻게 해야 하나?

이때 치유사 뒤에 줄을 선 사람들이 그녀의 고민을 없애 주었다. 여기저기서 구시렁대는 소리가 일었다. 어떻게 다른 사람들은 다 기다리고 있는데, 저 마사이 영감은 들어오자마자 곧바로 도움을 받을 수 있지?

그녀는 대사관 방문객 접대 업무를 사랑하고 있었다. 이 일의 유일한 단점은 바로 방문객들이었다. 잠시 동안이라도 저들의 낯짝을 안 볼 수만 있다면 너무나 행복하리라.

그녀는 접수 창구에 〈곧 돌아옵니다〉라는 팻말을 올려놓고, 얇은 코트를 걸친 다음, 마사이가 있는 밖으로 나왔다.

「지금 어디 가는 거요?」 줄을 선 남자들 중 가장 성난 이가 고함쳤다.

「당신이 상관할 바 아냐!」 접수원이 소리쳤다.

가장 가까운 여행사는 대사관 바로 옆 길모퉁이에 붙어 있었다. 영원한 감사의 염을 품은 전 환자는 활기차게 걸었고, 올레는 뒤에서 보조를 맞췄다.

여행사는 아디스아바바와 이스탄불을 경유하여 스톡홀름까지 갈 수 있는 비행기표를 충분히 저렴한 가격으로 제공하고 있었다. 일단 푯값을 치르고 나자, 올레 음바티안의 여행 경비는 2천 실링, 다시 말해서 소값의 25분의 1에 해당하는 20달러로 줄어들었다. 덕분에 접수원은 〈곧 돌아옵니다〉 팻말에 창구를 맡기고 조금 더 자리를 비울 수 있게 되었다. 올레 음바티안이 마지막으로 받은 도움은 그녀의 스쿠터 뒷좌석에 타고 조모 케냐타 국제공항까지 간 일이었다.

공항에 도착한 올레는 모든 것에 대해 감사를 표하고, 그녀의 양 볼과 이마에 입을 맞추고는 보안 구역에 들어섰다.

그리고 등에 맨 창과 허리에 찬 칼을 곧바로 압수당했다.

「아니, 왜 이러는 것이오?」 마사이가 항의했다.

「이것들은 위험할 수 있습니다.」 보안 요원이 설명했다.

「그렇지 않다면 내가 왜 이걸 가지고 다니겠소?」

정말이지 집에서 멀어질수록 사람들은 점점 더 이상해지고 있었다. 이 올레 음바티안은 무기 없이는 단 1미터도 움직일 수 없는 사람이거늘! 보안 요원에게 막 이렇게 소리치려 하는데, 저쪽에 있는 무언가가 그의 눈길을 사로잡았다. 아니, 저게 뭐여?

「아, 좋소.」 올레가 말했다. 「창과 칼을 당분간 가지고 계시오. 꼭 그래야 한다면 말이야.」

그러고는 그가 발견한 것을 향해 서둘러 나아갔다.

30

나이로비 공항의 에스컬레이터와 처음 대면했을 때, 올레 음바티안은 자기가 바랐던 게 아니라고 해서 혹은 자기에게 익숙한 게 아니라고 해서 모든 것에 불평하는 일은 이제 그만 하기로 마음먹었다.

생각해 보라! 당신을 대신하여 한쪽 방향으로 걸어가 주고, 다른 방향으로는 아무리 걸어도 제자리에 서 있게 되는 계단 이라니! 올레는 두 번째 것을 자신이 진료실로 사용하는 오두 막 바깥에 설치해 놓는다는 행복한 상상에 잠겼다. 3세대 전 부터 마을 끝자락의 언덕에 자리 잡아 온 오두막의 비탈길에 그걸 설치해 놓으면, 대장장이의 누이는 절대 다가오지 못하 리라.

비록 이 계단은 추장이 타자기며 다른 것들과 함께 오래전 에 금지한 전기로 움직이는 것이긴 하지만 말이다. 올레는 나 중에 집에 돌아가면 〈전혀 잘 여행하지 못한〉 올레밀리와 진지 한 대화를 나눠 보리라 마음먹었다.

그의 여행은 계속되었다. 아디스아바바에서 비행기를 갈아타는 일은 어렵지 않았다. 그저 어디로 가면 되느냐고 물어보기만 하면 되었다. 그런데 이스탄불에서 약간의 상황이 발생했다. 현대식 화장실에는 남녀 구분이 있다는 사실을 모르는 올레가 여성 화장실 세면대에서 발을 씻고 있는데, 별안간 한 무리의 성난 여자들이 그를 둘러싼 것이다.

하나 이 사건은 터키 공항의 보안 요원이 발을 청결히 유지하고자 하는 아프리카 여행객의 가상한 노력을 칭찬하며 그를 스톡홀름행 게이트까지 따로 에스코트해 주는 결과에 이르렀을 뿐이다.

스톡홀름의 알란다 국제공항에 착륙한 치유사는 여권에 찍힌 비자에 나이로비의 대사관 여자가 약속했던 효력이 있음을 알게 되었다. 올레는 검은색 스탬프로 그의 입국을 표시해 준 출입국 관리 직원에게 특별히 감사를 표했는데, 빨간색과 파란색은 이미 가지고 있었기 때문이었다. 그것들이 어디 있는지는 잘 기억나지 않지만.

고맙다고 답례한 직원은 소 올레 음바티안께서 스웨덴 왕국에 오신 것을 환영한다고 말하고는, 기온에 대해 경고를 했다. 방문객의 의복에 대해 의견을 말하는 것은 자신의 의무가 아니긴 하지만 이 경우는…… 빨간색과 검은색 체크무늬의 의상과 맨발로 신은 샌들의 결합은 영하 15도인 현재의 날씨에서 최적의 차림이라고는 보기 힘들단다.

〈도〉라는 것이 위와 아래로 나뉠 수 있다는 사실을 모르는 올레는 어깨를 으쓱했다.

공항을 나서자 그의 슈카는 곧바로 뻣뻣해졌고, 샌들은 눈과 얼음 속에서 이리저리 미끄러졌다. 이게 15도라고? 그 공항 직원, 참 뻥도 심하군!

올레는 이와 비슷한 것을 전에 딱 한 번 경험해 본 적이 있었다. 그의 조제실에서 가장 짜증 나는 약재 중의 하나는 아주 고약하게도 킬리만자로산 꼭대기의 빙하 바로 아래, 올라가면 숨이 턱턱 막히는 고도에서만 자랐다. 하지만 치유사에게는 소명이 있었고, 그 살균력 있는 이끼는 제 발로 그에게 내려오지 않았으므로, 그가 이끼에게 가는 수밖에 없었다. 그리고 지금 그는 산도 이끼도 없는데, 그때와 똑같은 추위 속에 이렇게 서 있는 것이었다.

따뜻한 마음을 가진 어느 행인이 올레에게 말을 걸어 스톡홀름 시내까지 걸어간다는 생각을 버리게 했다. 거긴 너무 멀고, 날씨가 너무 춥단다.

다행히도 고속 열차가 있었다. 물론 그걸 타려면 티켓이 필요했다. 올레는 그 부분은 건너뛰었고, 곧바로 제복 차림의 남자와 대화를 나누게 되었다. 열차 검표원은 티켓이 없는 사람은 누구나 객차 안에서 차비를 지불해야 하며, 거기에 덧붙여 벌금까지 내야 한다고 설명했다. 신용 카드로 내든지, 현금이라면 딱 정액이 필요하단다.

올레는 제복 차림의 남자가 스웨덴어로 하는 말을 한마디도 이해하지 못했지만, 그것은 별로 중요한 문제가 아니었으니 남자가 무엇을 원하는지 짐작할 수 있었기 때문이다.

과도하게 비스웨덴적인 패션의 승객이 대답하지 않는 것을 본 검표원은 언어를 바꿔야 하는 게 아닌가 생각했다.

「두 유 스피크 잉글리시?」 검표원은 영어로 물었다.

물론 치유사는 영어를 할 줄 알았지만, 자기가 갖고 있지 않은 돈을 요구하는 사람과 지나치게 상세한 대화에 들어가는 것은 별로 이득이 될 게 없다는 생각이 들었다. 스와힐리어로 대답하는 것, 다시 말해서 아무 대답도 하지 않는 게 도움이 될 수 있었다. 그는 생각나는 대로 아무렇게나 말했다.

「음케 음모자 하토시, 일라 우키온게자 음케 와 필리 힐로 날로 니 타티조 라 쿠쿠파수아 키츠와.」

번역한즉슨, 〈마누라 하나는 충분치 않지만 마누라 둘은 당신의 머리를 깨지게 할 수도 있는 골칫거리야〉라는 뜻이었다.

잠시 생각해 본 검표원은 더 이상 실랑이를 벌이는 것은 자신이 받는 봉급에 비해 너무 과도한 업무라고 판단했다. 그는 작별을 고하고는 스웨덴어로 신사분께서는 돈을 잘 간수하시든지 아니면 — 이편이 더 나을 듯한데 — 그것을 겨울 코트 사 입는 데 쓰라고 충고했다.

스웨덴의 수도에 도착한 치유사에게는 어딘가 쉴 곳이 필요했다. 노천에서 잔다는 것은 말도 안 되는 얘기였다. 그러기에는 스웨덴의 날씨가 너무 이상했다.

그가 들어가게 해달라고 부탁할 만한 오두막은 보이지 않았다. 이 도시는 그가 상상했던 것보다 훨씬 컸다. 사랑하는 아들을 이 넓은 곳에서 어떻게 찾는단 말인가? 그래, 먼저 쉬자. 찾는 것은 그다음이야.

센트랄렌역에서 나와 얼음같이 차가운 공기 속으로 들어온 그는 길 건너편에서 〈호텔〉이라는 글자를 발견했다. 그는 이게 뭔지 알고 있었으니, 나로크 시청 옆에도 같은 것 하나가 있었던 것이다. 거기엔 방이 두 개 있었고, 이따금 문을 열었다. 호텔이란 밤에 바깥에서 자고 싶지 않고, 그 대가를 지불할 수 있을 때 머물 수 있는 곳이었다.

자, 이제 이 마지막 부분만 해결하면 되는 거였다. 올레 음바티안은 근본적으로 부유한 사내였다. 하여 그는 방을 하나 빌리고자 여자에게 말했다. 내게 8백 마리의 소와 2백 마리가 넘는 염소가 있소만 여기까지 끌고 올 수는 없었소. 나이로비에서 인간들이 내 창과 칼만 보고도 그 난리를 쳤는데, 내 가축들을 봤다면 어떻게 나왔겠소?

프런트 직원은 아직 젊었고, 여태껏 마사이 전사를 체크인한 경험이 전무했다. 따라서 그녀가 몇 가지 핵심적인 부분을 오해한 것도 무리는 아니었다. 그녀는 지금 그에게 창과 칼이 있으며, 호텔비를 소로 지불하고 싶다는 말을 들었다고 생각했다. 아니면 염소 2백 마리든지. 하지만 그녀는 상대가 자기를 위협한다고 확신할 수는 없었다.

「여기는 캐시프리 호텔[23]이에요.」 이게 그녀가 간신히 한 말이었다.

치유사는 아, 그렇다면 자기는 좋다, 왜냐하면 자기는 어차피 현금이 없기 때문이다, 라고 대답했다. 그러니까 내 말의 핵심은, 일단 잠부터 자고 지불은 나중에 하겠다는 얘기요. 젊은 여성분께선 이 점에 대해 조금도 염려하실 필요가 없소. 이 몸으로 말할 것 같으면, 소 올레 음바티안이라는 사람이오. 직업

23 지폐나 신용 카드 같은 현금 지급 수단이 아닌 사이버 결제 등의 수단으로 지불하는 호텔.

은 의사고. 내가 온 곳에는 이런 격언이 있다오. 잘 수 있을 때 자두지 않으면 나중에는 기회가 별로 없다…….

이 마지막 문장을 강조하기 위해 올레는 투척용 곤봉을 번쩍 치켜올리며 활짝 미소를 지었다. 그는 자신의 이런 모습이 아주 상냥하게 보이리라 생각했다.

여기서 직원은 긴가민가하는 마음이 완전히 사라져 버렸다. 카운터 건너편에 있는 흑인은 치명적인 위협이었다. 그에겐 어딘가에 감춘 창과 칼이 있었고, 만일 공짜 방을 내놓지 않으면 손에 든 곤봉으로 그녀를 죽도록 때릴 거였다.

자신의 정직성에 대한 올레 음바티안의 상냥한 진술은 그가 예상치 못했던 방식으로 받아들여졌다. 그녀는 그에게 방을 보여 주는 대신, 새된 비명을 지르기 시작했다. 도무지 이유는 이해할 수 없었지만, 올레 음바티안은 여자의 정신없는 소리 가운데서 〈경찰〉과 〈도와줘요〉라는 단어를 분간할 수 있었다.

제6부

31

크리스티안 칼란데르는 매주 화요일 저녁 6시에서 8시 사이
에 스페인어를 공부했다. 하지만 기억에 남는 게 하나도 없었
기 때문에 그는 가을만 되면 초급 과정을 다시 시작하곤 했다.
엘 페로 에스타 바호 라 메사. 개가 테이블 밑에 있다. 이 문장
의 뜻을 기억할 수 있게 된 이후로는 녀석이 거기서 대체 뭘 하
고 있을까 자문해 보곤 했다.

토요일에는 이따금 친구들과 오리어리스[24]에 모여 프리미어
리그 경기를 보기도 했다. 하지만 이런 전통도 오락가락했다.
최근에는 크리스티안 자신과 분실물 보관소 매니저만 얼굴을
내밀었다. 따분한 친구였고, 경기는 무실점에 무승부로 끝났다.

일요일은 TV 앞에 붙어 지냈다. 보는 것은 — 물론 날씨가
허락해야겠지만 — 알파인 스키, 크로스컨트리 스키 혹은 바
이애슬론으로 정해져 있었다. 그도 어쩔 수 없는 스웨덴 남자
였다.

---

24 세계적인 스포츠 바 겸 레스토랑 체인.

만일 칼란데르에게 묻는다면, 스웨덴 여자 스키 선수들 말고는 전이 지금보다 훨씬 나았다고 대답할 것이다. 아이들이 독립해 나가기 전에는. 그가 너무 많이 일한다고 아내가 그를 떠나기 전에는. 그가 일에 염증이 나서 최대한 일을 적게 하게 되기 전에는.

물론 경찰 수사관이라는 말은 폼 나게 들린다. 그는 범죄 수사 팀의 에이스 중의 하나였다. 하지만 더 이상 짜릿한 사건을 찾아볼 수 없게 된 지 오래였다. 심지어 이제 사람들은 은행도 털지 않는다. 요즘은 대부분이 살인 사건인데, 열 중 아홉은 살해된 사람이 먼저 행동했다면 살해자가 될 수도 있는 상황이었다. 아니면 사이버 범죄가 많은데, 이거야말로 그가 견디기 힘든 거였다. 누가 온라인에다 지문이나 발자국을 남길 수 있단 말인가?

한번은 그가 경찰서에서 커피 시간에 우연히 이런 불만을 크게 토로한 적이 있었다. 젊은 동료들은 항의했다. 현대의 지문은 과거의 것과 단지 형태가 다를 뿐이란다. 휴식 시간이 끝나기도 전에 그에게 〈퇴물〉이라는 딱지가 붙여졌다. 사실 틀린 말도 아니었고, 칼란데르는 그 사실을 받아들이게 되었다.

이제 그는 은퇴하는 날만 손꼽아 기다리고 있었다. 월요일부터 금요일까지 9시가 조금 지나서 출근했으며, 10시부터 11시까지 커피를 마신 후 이르고도 아주 긴 점심 식사에 돌입했다가 칼같이 오후 휴식 시간에 맞춰 들어왔다. 퇴근은 두 시간 빨리 오후 3시경에 했다. 몇백 미터를 걸어 지하철을 타고는 한 정거장, 또 열차를 갈아타고 세 정거장, 이렇게 쇠데르말름에 있는 그의 아파트, 아무도 그를 기다리는 이 없는 원룸으로 돌아왔다.

이따금 길을 가다 주점에 들르곤 했다. 그렇게 맥주 한 잔, 기껏해야 두 잔을 기울이면서, 석간신문이나 들고 다니는 책을 뒤적이며 오후를 보냈다. 지금 보는 책은『백 년 동안의 고독』이었다. 칼란데르는 제목 때문에 이 책을 골랐다.

그 재수 없었던 날, 수사관은 평소보다 조금 더 따분했고, 그래서 평소보다 조금 더 일찍 그의 빈 책상을 떠났다. 오늘도 맥주를 마시며 책이나 뒤적이리라. 그는 노르딕 라이트 호텔의 바를 골랐다. 센트랄렌 지하철역은 걸어서 갈 수 있고, 마리아 토르예트 광장 그리고 또 다른 〈백 년 동안의 고독〉이 기다리고 있는 집까지는 세 정거장 떨어진 곳이었다.

갑자기 그는 독서를 중단해야 했다. 호텔 로비에서 시끄러운 소리가 들렸다. 어떤 여자가 〈경찰〉이라는 말을 섞어 가며 소리를 질러 댔다.

은퇴를 불과 14일 남긴 시점이었다. 칼란데르는 만일 지금 자기가 끌려 들어가면 어떤 서류들과 불필요한 업무들이 기다리고 있는지 잘 알고 있었다. 그래서 책과 맥주에 집중하기로 했다.

하지만 소란은 계속되었고, 거기에는 〈도와줘요!〉와 〈사람살려!〉라는 말도 섞여 있었다. 수사관은 한숨을 내쉬었다. 어느 못된 사장 놈이 술에 취하여 더 넓은 방을 요구하고 있는 것이라 추측했다. 모르는 척하고 앉아 있으면 동료들이 출동하리라. 하지만 불행히도 그는 아직 얼마간 더 경찰관 신분이었다. 게다가 — 솔직히 말하자면 — 지금은 엄연히 근무 시간이었다.

그런데 이상한 광경이 펼쳐져 있었다. 술 취한 못된 사장 놈은 정장 차림도 아니었고, 넥타이도 매지 않았다. 대신 빨간색과 검은색의 체크무늬 천으로 몸을 감싸고, 양말도 신지 않은 맨발로 샌들을 신었으며, 손에는 몽둥이 같은 것을 들고 있었다. 여러 가지 단서들이 그가 평범한 사장은 아니라는 것을 말해 주고 있었다.

칼란데르 수사관은 경찰 배지를 내보이며 신분을 밝힌 다음, 무슨 일이냐고 물었다. 그는 자신도 이유를 알 수 없었지만 영어로 물었다. 앞에 서 있는 남자에게서는 뭔가 국제적인 분위기가 느껴졌기 때문이었다.

올레 음바티안은 기뻤다. 이제 이 골치 아픈 여자에게서 벗어날 수 있으리라. 이 여자를 군이 체포할 필요까지는 없었다. 적당히 훈계만 해주면 될 거였다.

「친절한 경관님, 이렇게 신속히 달려와 주셔서 정말 고맙습니다!」 그는 이렇게 말하면서 — 이게 마사이의 전통이었으므로 — 경관의 두 뺨과 이마에 키스를 하려고 했다.

하지만 칼란데르는 키스를 원하지 않았다. 그는 마사이를 밀쳤을 뿐만 아니라 왠지 그를 붙잡으려 다가오는 것 같았다. 뭐야? 저 프런트에 앉아 있는 여자가 웃기는 인간인데 이 올레를 체포하려고 해? 치유사는 곤봉으로 경찰관의 머리를 내리치는 수밖에 다른 도리가 없었다.

「아야, 빌어먹을!」 칼란데르 수사관은 꽈당 엉덩방아를 찧으며 외쳤다.

그는 간신히 몸을 일으켰지만, 머리가 너무나 띵하여 의자에 주저앉아야 했다.

이때 경찰관이 몇 명 더 현관으로 들어왔다. 남자 하나와 여자 하나였다.

「무슨 일이죠?」여자가 물었다.

「글쎄…… 경찰관 폭행?」칼란데르 수사관이 이마에 손을 대고 앉은 채로 웅얼거렸다.

올레가 여자에게도 곤봉을 사용하는 게 과연 바람직한가에 대한 고찰을 아직 마치지 못했는데, 여자가 날쌔게 달려들어 그를 바닥에 쓰러뜨렸다.

스웨덴 형법 제7장 1조는 경찰관을 위협하거나 그에게 폭력을 행사한 사람은 최대 4년의 징역형에 처해지며, 범죄가 이보다 경미할 경우에는 벌금형이나 6개월 이하의 징역형에 처한다고 명시하고 있다.

제복 차림의 경찰관들은 왕년에 유능했던 범죄 수사관을 알아보았고, 체포된 용의자를 고발할 생각이냐고 그에게 물었다. 머리를 한 방 얻어맞아 상태가 별로 좋지 못한 칼란데르는 자신은 무엇보다도 책과 맥주로 돌아가고 싶으며, 그들의 질문에 대해서는 천천히 생각해 보겠다고 대답했다. 당분간은 이 사람을 데려가서 어디에 넣어 둘 수 없는지?

올레 음바티안은 매력이 없지 않은 사람이었고, 원한다면 그런 모습을 보여 줄 수도 있었다. 그리고 지금은 곤봉도 없는 몸이었다. 그는 〈경찰관 아가씨〉에게 이것은 순전히 오해라고 설명했다. 고마운 마음에 그녀의 동료에게 입 맞추려 하다가 곤봉이 우연히 그의 이마에 부딪힌 것뿐이란다. 자신은 단지 가격과 통화(通貨)에 대해 논의하고자 했을 뿐인데, 이성을 잃어버린 프런트 뒤의 여자 때문에 이 모든 불행한 상황이 일어나게 된 거란다.

아펠그렌 경사는 실제로 젊은 나이였지만, 현실이 요구하면 규정을 유연하게 적용할 수 있을 만큼 노련한 경찰관이었다. 그녀는 이 사건은 문화 충돌의 결과로 빚어진 일이라는 것을 한눈에 알아보았다. 하지만 존경하는 동료가 얻어맞고 바닥에 쓰러졌는데 그냥 넘어갈 수는 없었다.

그녀는 만일 그가 고맙다고 자기에게도 입 맞추려 달려들지 않을 것이며, 구치소로 가는 동안 얌전히 있고, 자신을 더 이상 〈경찰관 아가씨〉라고 부르지 않겠다고 약속한다면 자기가 채운 수갑을 풀어 줄 수도 있다고 마사이에게 알려 주었다. 자신은 어엿한 경사고, 이름은 소피아란다.

올레는 구치소가 뭔지 몰랐지만, 어쩌다 경찰관과 실랑이를 벌이게 되면 그 벌로 거기에 가서 침대와 음식을 제공받게 된다는 설명에 지극히 만족했다. 치유사는 고개를 주억거렸다. 사바나에서 벌주는 방식과는 천지 차이였다.

「내 이름은 소 올레 음바티안이오. 하나 우리 사이에 어느 정도의 친밀한 분위기가 형성된 이 상황에서는, 그냥 올레 음바티안이라고 불러도 괜찮소.」

소피아는 올레 음바티안에게 무슨 일로 스웨덴에 왔는지 물었고, 그는 자신의 아들이며 — 적어도 완전히 졸업하지 못한 이들 중에서는 — 일급 마사이 전사인 케빈을 찾고 있다는 사실을 알게 되었다.

경찰 순찰차 뒷자석에서 더 이상 얘기할 수 있는 시간은 없었다. 목적지까지는 그다지 멀지 않았다.

크로노베리 구치소는 1세기가 넘는 세월 동안 스톡홀름 쿵스홀멘섬에 있는 현재의 자리를 지켜 왔다. 평균적으로 매일 약 25명의 우범자가 거기에 수감되는데, 이 수치는 성탄절 전날에는 평균보다 약간 높아지고, 11월의 어느 화요일 저녁에는 평균보다 약간 낮아진다. 그리고 2월의 주중인 이날 같은 날에는 그 사이의 어딘가에 위치했다. 이 구치소에서 충분히 오랫동안 일해 온 간수는 지금까지 별의별 것을 다 보고 또 경험했다. 정말이지 모든 것을 다 봤다.

마사이 전사이자 치유사인 남자만 빼놓고 말이다.

「독방이라!」 올레 음바티안이 간수에게 말했다. 「오, 참으로 고맙소!」

간수에게는 지켜야 할 규정들이 있었다. 예를 들면 모든 수감자는 자신의 옷을 벗고 구치소가 제공하는 녹색 바지와 셔츠로 갈아입어야 했다. 하지만 이 특이한 사내는 얼마나 요란스럽게 거부했던지, 그 소리가 복도 전체를 울려 소피아 경사의 귀에까지 들어갔다. 그녀는 간수를 만나 설명했다. 저 마사이는 더없이 평화로운 사람이며 ― 무엇보다도 ― 그가 입고 있는 슈카는 거의 투명할 정도로 얇아서 그 안에 뭔가를 숨기기는 불가능하다고 말이다. 간수는 한숨을 내쉬고는 경사와 치유사의 요청을 수락했다. 그는 이날 아침 자기 아내와 언쟁을 벌인 터였고, 더 이상의 언쟁은 감당할 능력이 없었다.

저녁 식사는 방으로 직접 배달되었다. 메뉴는 소시지를 버무린 마카로니와 주스였다. 식사를 마친 올레는 간수를 불러 당부했다. 자신은 긴 여행을 한 터라 충분히 휴식을 취할 생각이며, 다음 날까지는 떠날 계획이 없으니 아주 긴급한 용무가 아니면 방해하지 말아 달라고.

「무슨 말인지 알겠소.」 간수는 이렇게 대답했지만 사실은 좀 아리송했다.

32

올레 음바티안은 독방에서 잠을 푹 잤다. 깨어나 보니 다시 배가 고팠다. 그는 길을 떠나기 전에 혹시 음식을 조금 더 제공받을 수 없겠느냐고 간수에게 물었다.

아침 식사는 이미 휴게실에 차려져 있었다. 이날 당직인 간수가 느끼기로는, 치유사가 그곳으로 가면 시간을 절약할 수 있을 것 같단다. 이렇게 말한 그는 구치소 규정과 관련하여 이 특이한 사내의 조건이 어떻게 되는지 확인해 보려고 떠났다. 그러다 도중에 칼란데르 형사와 마주쳤는데, 칼란데르는 막 검사와 얘기를 나누고 오는 참이었다. 마사이는 자기가 원하는 곳에서 아침 식사를 들어도 무방하단다.

아침 식사는 고향에서 먹던 것과는 달라 보였으나 올레 음바티안은 만족했다. 우선 빵이 보였고 — 이게 뭔지는 그도 알았다 — 또 물병에 담긴 소젖이 있었는데, 희한할 정도로 묽기는 하지만 분명히 소젖이었다. 소젖 옆에는 꼭 바오바브나무 잎같이 생겼고, 조그맣고 쪼글쪼글한 갈색 잎사귀들이 공기에 담겨 있었다. 허, 도대체 이게 무엇이지? 또 잼도 있었다. 그리고 ― 오호! ― 삶은 달걀도.

올레는 자기 말고 이 시설의 유일한 손님인 사내가 어떻게 하는지 유심히 관찰했다. 손님은 공기에다 그 갈색 잎사귀들을 한 줌 넣더니, 그 위에 소젖을 붓고는 약간의 잼을 첨가했다. 잎사귀의 일부는 보글보글 수면에 떠오르고 나머지는 가라앉는 모양이 사뭇 흥미로웠다.

「여보시오, 친구, 당신이 지금 위에다 소젖을 부은 잎사귀들 말이오, 그걸 먹으려고 하는 거요?」

질문을 받은 사내는 대꾸조차 하지 않았다. 한편으로는 전날 자신의 갤러리에서 그가 저지르지도 않은 온갖 혐의를 뒤집어쓰고 체포되어 화가 잔뜩 나 있었기 때문이었다. 다른 한편으로는 지금 묻는 사람이 외국인인 데다가 흑인이기 때문이었다. 빅토르 알데르헤임이 보기에 외국인 일반, 특히 흑인은 페미니스트요, 진보주의자요, 생태주의자요, 사회 민주당 지지자이자 동성애자로서, 이들은 자신이 구하고자 하는 국가에 심각한 위협이 되었다.

그는 아프리카 〈토인〉과 대화해야 할 이유가 한 가지도 생각나지 않았다. 그것도 영어를 쓰는 토인과는 말이다.

「이보시오, 나한테 원하는 게 있으면 먼저 영어부터 배우시오.」

뭐, 쏴붙이는 것은 대화와는 다른 거니까.

올레 음바티안은 포기하지 않았다. 마침내 대장장이의 누이와 그에게 아무것도 가르쳐 줄 게 없는 사람들 말고 대화를 나눠 볼 수 있는 누군가를 만났는데, 핀잔 한마디 들었다고 금방 물러설 수는 없었다.

「외람된 말씀이지만 말이오, 당신이 아침부터 그런 얼굴을 하고 있는 걸 보니까, 꼭 내 아내 중의 하나가 생각나는구려.」

「당신의 아내 중의 하나라고? 당신은 마누라가 둘이오?」

빅토르는 입을 연 것을 곧바로 후회했지만, 호기심을 감추기란 불가능했다.

「난 이 두 아내가 내게 줄줄이 딸만 낳아 주어서, 세 번째 아내도 얻을 계획이었다오. 하지만 첫 번째, 두 번째와 살다 보니 그런 생각이 싹 가셨지. 그러나 결국 모든 일이 잘되었다오. 신께서 내게 아들을 하나 보내 주셨거든. 그 애는 하늘에서 내게 뚝 떨어졌다오. 자, 이제 보니까 당신이 그 잎사귀들을 먹고 계시는구먼. 나도 한 숟갈, 맛 좀 봐도 되겠소?」

올레는 빅토르의 맞은편 자리로 옮겨 앉았고, 놀란 빅토르는 잠시 할 말을 잊었다.

「도대체 왜 내가 당신한테 내 콘플레이크를 먹게 해줘야 하는데?」

「오, 그걸 그렇게 부르는 거로구먼. 음, 내가 온 곳에선 다 그렇게들 한다오. 모두가 모든 것을 나누지. 그래 봤자 별 차이가 없거든.」

이제는 더 이상 참을 수 없었다. 빅토르 알데르헤임은 자신은 절대적으로 필요한 경우를 제외하곤 흑인과 말을 섞지 않으며, 지금이 그 경우라고 생각지는 않는다고 선언했다.

「그러니까 조용히 하고 계시오!」

올레 음바티안은 웃음을 터뜨렸다.

「내가 온 곳에서는, 흑인과 얘기하지 않으면 생전 가야 말 한마디 못 한다오.」

물론 화난 남자가 원하신다면, 자신은 입 다물고 있을 수 있단다. 이 올레 음바티안은 자기만큼 조용한 사람을 별로 보지 못했단다. 무려 넉 달 동안 한마디도 하지 않고 지낸 적도 있단다. 물론 옆에 말할 사람이 없기 때문이기는 했지만. 자신은 냔자라고 하는 — 무식한 자들은 빅토리아라고 하지만 — 커다란 호수 옆에 자란다고 하는 어떤 심장병 약재를 구하려고 엄청나게 먼 길을 떠났단다. 그러니까 냔자는 호수 이름이고, 꽃이름은 아니란다. 꽃 이름은 〈분홍 꽃〉이란다. 높이가 대략 사람 키 반 정도 된단다. 하지만 그걸 찾아내지는 못했단다…….

올레 음바티안이 자신은 조용한 사람이라는 것을 증명하기 위해 기나긴 사설을 늘어놓고 있는 동안, 미술품 거래인은 이 골치 아픈 인물이 어떤 옷을 입고 있는지 보게 되었다. 그는 자신이 케빈을 버리러 아프리카에 갔을 때 길가를 걷는 사람들이 걸치고 있던 빨간색과 검은색의 체크무늬 옷을 입고 있었다. 거기서는 모두가 이런 걸 입는 걸까?

「잼 좀 건네줄 수 있겠소?」 올레 음바티안이 부탁했다. 「이런, 미안! 또 말하고 말았군!」

그는 자신이 얼마나 조용할 수 있는지를 떠드는 와중에도 자신이 먹을 콘플레이크를 만들어 놓고 있었다. 이제는 저 빨간 산딸기 비슷한 것만 넣으면 완성이었다.

「아프리카에서 오셨소?」 빅토르 알데르헤임이 링곤베리 잼을 집어 주며 물었다.

「아니, 마사이마라에서 왔소. 우리는 얘기해서는 안 되지만 그래도 얘기하고 있으니까 하는 얘긴데, 당신이 여기서 뭘 하고 있는지 물어봐도 되겠소? 나는 휴식을 좀 취하고, 얼어붙은 몸을 좀 녹였다오. 얼마 있다가 내 아들 케빈을 찾으러 다시 떠날 거요. 하늘에서 뚝 떨어져 내린 녀석 말이오. 물론 그럴 리는 없겠지만, 혹시 그 애가 어디 있는지 알고 계시오?」

물론 그럴 가능성은 거의 없었다. 이 도시는 너무나 넓었다. 하지만 올레 음바티안에게는 누구든 붙잡고 계속 물어보는 것 외에 더 나은 계획이 없었다. 더구나 이리하면 대화도 이어 갈 수 있었다.

빅토르는 화들짝 놀랐다. 뭐, 케빈? 아냐, 아냐, 우연의 일치겠지. 케빈은 이미 오래전에 사자 밥이 되지 않았어?

어쨌든 멍청하기 짝이 없는 질문이었다.

그는 〈케빈〉은 단 한 사람도 모른다고 대답했다.

「그리고 내가 지금 여기 있는 이유는, 누군가가 날 엿 먹였기 때문이오. 뭐, 내가 위작을 만들어 내고, 염소하고 그 짓거리를 했다고? 그게 말이나 되는 소리야?」

올레 음바티안은 빅토르가 자신이 하지도 않은 일들로 혐의를 받게 되어 참으로 유감이라고 말했다. 그가 왜 그렇게 화가 나 있는지 이제야 비로소 이해가 된단다. 염소와 관련된 부분은 더욱 안타깝게 느껴진단다. 고향에 있는 대장장이의 누이는 염소와 닮은 점이 많은데, 특히 외모 면에서 그렇단다. 물론 둘은 전혀 다른 것이긴 하지만.

갈색 잎사귀와 소젖과 잼을 섞어 만든 음식은 치유사의 입맛에 딱 맞았다. 그는 언제나 식욕이 왕성했다.

「그런데 당신이 위조하지 않은 그림들은 어떤 종류의 것이오? 나도 아주 옛날부터 매우 멋진 그림을 두어 장 갖고 있다오. 아니, 더 정확히는 가지고 있었지. 케빈 그 못된 녀석이 여

기 올 때 가지고 가버렸으니까. 녀석은 할례를 받으려 하지 않
았다오. 지금 와 생각해 보면 이해할 수 있는 일이지만.」

빅토르 알데르헤임은 지금 우연의 일치가 너무 많이 겹친다
는 느낌이 어렴풋이 들기 시작했다. 이 남자는 자기가 케빈을
버리고 온 지역에서 온 듯했다. 또 신이 똑같은 이름을 가진 아
들을 그에게 보냈고, 이 아들은 나중에 아버지의 그림들을 훔
쳐 갔단다. 빅토르는 자기 부모로부터 여러 가지 것을 훔칠 수
있다는 것을 알고 있었다. 술도 훔칠 수 있고, 돈도 훔칠 수 있
고, 사회 민주당 지지자 아버지의 금시계도 훔칠 수 있었다. 하
지만 이 토인의 아들은 그림들을 훔쳐 갔단다.

「녀석이 그것들을 버리지 않았기만 바랄 뿐이오, 왜냐하면
— 내가 이 말을 했던가? — 아주 멋진 그림들이거든. 하나 그
것들은 평생을 둘둘 말려서 썩어 갈 운명이었지. 우리 고향에
선 말이오, 벽에다 그림을 거는 것은 좋지가 않다오. 그게 쇠똥
으로 만들어졌기 때문에, 조금만 실수하면 불이 붙어서 이것
저것에다 구멍을 내버리거든.」

「네? 그림이 쇠똥으로 만들어졌다고요?」

빅토르 알데르헤임은 토인이 지껄이는 소리를 제대로 따라
가기가 힘들었다. 수십 초 사이에 할례에서 시작하여 쇠똥에
이르는 얘기들을 말이다.

「아니, 벽이. 그림은 내가 꼬맹이였을 때 마을을 방문했던 어
느 여자가 물감으로 그렸고.」

치유사는 다시 허허, 웃었다. 그러고 보니 자신을 소개하는
것을 까맣게 잊고 있었다.

「난 소 올레 음바티안이라고 하오. 직업은 의사고, 곤봉 던지

기 마을 챔피언이지. 가족은 아내 둘, 딸 여덟 그리고 외동아들 케빈인데, 이 얘기는 벌써 했고. 여기는 그 애를 찾으러 온 거라오. 아, 미안, 그 얘기도 벌써 했구먼…… 그러니까 지금 있는 여기가 아니라, 스웨덴 나라에 왔다고.」

미술품 거래인은 콘플레이크를 다 먹고, 이제는 삶은 달걀 슬라이스들 위에 뭔지는 모르겠지만 분홍빛 크림 같은 것을 길게 짜놓은 오픈샌드위치[25]를 열심히 제작하고 있었다.

이제 올레 음바티안과 스웨덴이 자랑하는 오픈샌드위치 토핑 크림, 〈칼레스 카비아르〉 간의 역사적인 첫 만남이 이루어지려 하고 있었다. 자존심이 있는 이란인이라면 이 튜브형 캐비아, 칼레스를 〈캐비아〉라고 부를 생각도 없겠지만,[26] 어쨌든 1954년부터 이것은 스웨덴의 국가적 전통이 되어 왔다. 성분의 반은 대구 내장이고, 나머지 반은 설탕, 소금, 토마토 퓌레, 감자 조각 그리고 방부제이다. 이것을 튜브 안에 넣어 수만 명의 스웨덴 사람들이 아침마다 샌드위치에 짜 먹는다. 가급적 삶은 달걀을 곁들이면 좋은데, 미술품 거래인이 지금 마사이의 눈앞에서 하고 있는 게 바로 그거였다.

「내가 당신 성품을 잘 파악한 게 맞는다면, 지금 당신의 손에 들려 있는 것을 딱 한입만 먹게 해달라고 부탁해도 소용없을 것 같은데, 맞겠죠?」 올레 음바티안이 정중히 물었다.

한번 해볼 만한 가치가 있는 질문이었다.

---

25 한쪽 면 위에만 토핑을 올려놓은 샌드위치.
26 원래 캐비아는 철갑상어 등의 물고기 알로 만드는 것인데, 칼레스 카비아르는 대구 내장 등이 주성분으로, 이른바 무늬만 캐비아이다. 이란은 러시아와 함께 세계 최고 품질의 캐비아 생산국으로 알려져 있다.

빅토르 알데르헤임은 〈노〉라고 금방 대답하기에는 이번에는 생각해야 할 게 너무 많았다. 상황이 놀라운 방향으로 전개되고 있었다.

「천만의 말씀이오.」 그는 이렇게 말하고는, 아직 입도 대지 않은 샌드위치를 테이블을 가로질러 내밀었다.

놀라기도 하고 기쁘기도 한 마사이는 알데르헤임이 생각에 잠겨 있는 동안 식빵과 달걀과 칼레스가 어우러진 것을 한입 베어 물었다.

첫 번째 심문 때, 경찰은 알데르헤임에게 그들이 지하실에서 압수한 것들의 사진을 보여 주었다. 거기에는 염소와 가짜 마약 그리고 섹스토이 외에도 아프리카 모티프의 그림 두 점이 있었다. 양산을 쓴 여자와 시냇가의 소년을 묘사한 그림들이었다. 그리고 소년은 빨간색과 검은색의 체크무늬 옷을 입고 있지 않았던가?

알데르헤임은 한번 떠보기로 했다.

「경찰은 내가 이르마 스턴을 위조했다고 하는데 말이죠, 당신, 혹시 그 이름을……」

「그래, 이르마 아줌마! 너무나도 좋은 분이지! 당신이 그분 그림을 위조했다고? 아니, 그런 일 없다고 했지. 그런데, 세상에! 이 샌드위치 맛, 정말 기가 막히는군!」

미술품 거래인은 심장이 약 1초간 정지했다.

「그분을 만났나요?」

뭔가 엄청난 일이 일어나고 있었다. 그런데 그게 뭘까?

「아주 오래전 이야기야. 그분은 마을을 방문했고, 병이 들었고, 병을 고쳐 준 아빠에게 감사했고, 나와 엄마의 초상화를 그려 주셨어. 그러고는 떠나셨지.」

아주 오래전이라…… 뭐, 당연히 그렇겠지. 그런데 초상화?

「혹시 여자분이 당신을 그릴 때 당신은 시냇가에 서 있지 않았소? 그리고 당신 어머니는 양산을 썼고?」

올레 음바티안은 세 번째로 웃었다. 이렇게 기가 막히게 알아맞히는 경우는 처음이었다. 그것도 두 번씩이나.

빅토르는 심장이 쿵쾅거렸다. 케빈과 케빈은 동일 인물임에 분명했다. 가짜 이르마 스턴 그림들은 진품이었다. 경찰은 그것의 주인이 빅토르라고 생각하는데, 본인은 지금 여기 앉아서 진짜 주인을 먹이고 있었다.

칼레스 카비아르를 먹이고 있었다.

「그래서 당신의 그림을 찾으러 스웨덴에 온 거요?」

「천만에! 내 아들을 찾으러 왔소.」

「그렇다면…… 그림들은 중요하지 않소?」

올레 음바티안은 이 질문에 대해 잠시 생각해 봤다. 그가 기억하는 이르마 아줌마는 아주 편안한 분이었다. 그녀는 종종 어머니처럼 그의 머리를 쓰다듬어 주었고, 상냥한 미소를 짓곤 했다. 그리고 두 점의 아름다운 그림을 남겼다.

그녀의 작품들은 대 올레 음바티안의 생전에는 둘둘 말려 언덕 위에 있는 그의 세 번째 오두막에 보관되었다. 그를 이어받은 아들 올레는 매년 불 축제 때마다 그것들을 꺼내어 가지고 갔다. 또 하나의 장식물로 가지고 갔다. 그게 다였다. 마을 사람들은 그를 예술가로 여기게 되었는데, 그렇게 생각하는 것을 막을 이유가 없었다. 치유사는 뭔가 특별한 존재라는 그들의 믿음을 유지시킬 필요가 있었다.

하지만 케빈이 할례를 피해 도망가면서 그림을 가지고 갔다. 왜 그랬는지 알 수 없었지만, 그 이유는 별로 중요하지 않았다. 케빈 자신만큼 중요한 것은 아무것도 없었다. 결국에 그것들이 어느 깨끗한 벽에 걸릴 수 있기만을 바랄 뿐이었다. 그것들이 거기 걸려 좀 더 많은 사람에게 그리고 좀 더 자주 행복을 가져다줄 수 있기만을 기원할 뿐이었다. 올레에게 더 이상의 바람은 없었다.

「아니, 그림은 중요하지 않소.」 그는 고개를 끄덕였다.

「그렇다면 내가 그걸 구매하면 어떻겠소? 난 미술품 거래인인데, 싸고도 간단한 것들을 좋아하오. 자, 두 점에 백 달러, 어떻소?」

가만, 백 달러는 또 가축으로 얼마나 되지? 이런 제안을 받으니 새로운 것은 무조건 거부하는 완고한 추장이 새삼 떠올랐다. 그리고 이게 카드로는 몇 개나 될까? 조그만 플라스틱 카드는 그가 여행을 하면서 지금까지 본 여러 가지 것들 중의 하나였다. 그것은 일종의 지불 방법 같았는데, 또 아닌 것 같기도 했다. 구매자들은 카드를 주지 않고 계속 간직했지만 상대방은 전혀 화를 내지 않았다.

그걸 가지고 정확히 어떻게 하는 것인지는 앞으로 봐야 하겠지만, 심지어는 그 미친 프런트 직원도 외상으로 달아 놓겠다는 가축만이 아니라 현금까지, 다시 말해서 달러까지 거부하지 않았던가? 그렇다면 안전을 기하기 위해 그림값으로 카드를 요구하는 것도 괜찮을 성싶었다. 만일 그런다면 카드 한 개? 아니면 두 개?

아니, 치유사는 염소 한 마리는 닭 몇 마리이며, 소 한 마리는 염소 몇 마리인지 아는 사람이었다. 이 경우도 잘 생각해 본다면, 어떻게든 달러로 환산할 수 있을 것도 같았지만, 그는 여기서 선을 그었다. 어차피 지금은 지불 방법이 문제가 아니었다. 케빈이 그림을 가지고 가버렸다. 그리고 행방불명이었다. 자신에게는 팔 그림이 없었다.

치유사에게 한 가지 생각이 떠올랐다.

「만일 내 아들을 찾게 도와주신다면, 그림들을 그냥 가져도 좋소.」

지금 빅토르 앞에는 너무나 환상적이면서도 골치 아픈 가능성이 펼쳐지고 있었다. 만일 그가 토인과 함께 케빈을 찾아낸다면, 일이 잘 끝날 리가 없었다. 녀석은 그를 덫에 빠뜨리기 위해 그림들을 지하실에 가져다 놓은 게 분명했다. 그 빌어먹을 자식! 대체 이 빅토르가 자기에게 무슨 짓을 했기에!

그때 자기가 무엇을 하고 있었는지 케빈이 알았을 까닭이 없었다. 이제 빅토르는 그 빌어먹을 녀석과 토인이 다시 만나기 전에 그림의 소유권을 가져와야 할 터였다.

빅토르는 다시 한번 샌드위치를 내밀었다.

「한입 더 드시오, 미스터 음…… 음바…… 미스터 아프리카. 그리고 이르마 스턴에 대해 좀 더 얘기해 주시오.」

두 번째 한입은 첫 번째 것보다도 나았다. 올레는 꿀꺽 삼킨 뒤에 자신이 어렸을 때 이르마 아줌마와 만났던 일에 대해 들려주었다. 그녀는 올레의 아버지 대 올레 음바티안에게 치료를 받았고, 다시 몸이 좋아질 때까지 몇 달간 머물렀다. 그리고 선물로 그림 두 점을 남기고 떠났다.

「내가 이르마 아줌마와 찍은 사진을 한번 보시겠소?」 올레 음바티안이 물었다.

「뭐라고요?」

「에그, 나도 참 바보 같지! 그 사진들과 편지들은 오두막에 있고, 여기엔 없어.」

올레가 계속 지껄이고 있는 동안, 빅토르 알데르헤임은 다시금 정신을 가다듬을 수 있었다. 거래는 지금 여기서 매듭지어야지, 그러지 않으면 너무 늦어질 위험이 있었다.

「이 가난한 미술 애호가에게 이르마 스턴 씨의 그림들을 기증하시겠다 하니 너무나 감사하오만, 난 호의를 선뜻 받아들일 수 없어요. 또 내가 당분간 여기서 나가기 힘들 것 같기 때문에, 어떻게 당신의······ 음, 케빈이라고 했던가요? 케빈을 찾는 데 도움이 될 수 있을지 모르겠네요.」

치유사는 무슨 말인지 이해했다. 하지만 달러는 별로일 것 같았다. 적어도 호텔에서는 별로였다.

「그럼 이렇게 하면 어떨까요?」 빅토르 알데르헤임은 눈치 하나는 백 단이었다. 「그림에 대한 대가로 달걀을 얹은 내 칼레스 카비아르 샌드위치를 몽땅 드리겠습니다.」

토인은 이미 그것의 3분의 1을 먹어 치운 터였다. 2백만 달러어치 그림 두 장을 나머지 3분의 2와 바꾸는 것은 매우 공평해 보였다.

「하지만 만일 내가 케빈과 그림을 찾아내지 못하면 어떻게 하지? 그렇다면 난 당신에게 아무것도 줄 게 없고, 당신은 받지도 못할 것의 값을 치르는 셈이잖소?」

올레와는 달리 빅토르 알데르헤임은 그림들이 경찰서의 어딘가에 있다는 사실을 잘 알고 있었다.

「뭐, 그러면 할 수 없죠. 그것들을 가졌다는 생각만으로도 난 행복할 겁니다.」

이번에는 올레가 곰곰이 생각해 보았다. 그 가치를 아는 누군가에게 그림을 주는 것은 어렵지 않은 일이었다. 하지만 그것을 파는 것은? 그럼 이게 하나의 사업이 되는 거고, 사업에는 죄수들을 끌어들이지 않는 법이다. 그렇다면 샌드위치 하나로는 너무 싸다고 느껴졌다.

「음, 그림은 두 장이오.」 올레가 말했다.

「아, 그렇고말고요! 그럼 내가 똑같은 것으로 샌드위치를 하나 더 만들어 드리겠습니다. 달걀과 캐비아를 듬뿍 얹어서요. 그것까지 다 받으시는 거예요, 오케이?」

불과 몇 초 사이에 제안 액수가 두 배로 뛰었다. 올레 음바티안은 흡족했다. 그가 첫 번째 샌드위치에서 남은 부분을 우적우적 씹고 있는 동안, 빅토르는 두 번째 것을 조립했다.

「이번에는 버터를 너무 많이 바르지 마요.」 올레는 입속이 가득한 채로 말했다. 「그리고 캐비아는 빵 가장자리까지 충분히 바르고.」

마사이가 이르마 스턴의 그림 두 장을 다 먹어 치우자 빅토르는 그들의 합의 내용을 종이에 적기를 원했다. 그가 양도 증서를 냅킨 위에 쓰고 있는 동안, 치유사는 이르마 스턴에 대한 얘기를 좀 더 들려주었다. 그녀는 자신의 생명을 구해 준 대 올레 음바티안에게 너무나도 고마워했고, 그 때문에 처음에는 양산을 쓴 그의 첫 번째 아내를 그리고, 다음에는 시냇가에서 놀고 있는 그의 아들 ─ 다시 말해서 올레 ─ 을 그려 주었단다. 뭐, 사실 놀고 있지는 않았단다. 이젤 앞에 앉은 그녀는 자기에게 손에 막대기 하나를 들고서 최대한 얌전히 서 있으라고 부탁했단다.

알데르헤임은 토인의 이름을 정확히 알 필요가 있었다.

「이름이 어떻게 되죠? 음브…… 음브트…….」

「음바티안이오.」 올레는 최대한 또렷하게 발음해 주었다. 「첫 자는 m이고, 그다음엔 b, 그다음은 말 안 해도 알 거요. 그리고 그쪽은 성함이?」

「빅토르 알데르헤임입니다.」 빅토르 알데르헤임이 대답했다.

〈화난 남자〉가 더 기억하기 쉬웠다. 지금은 그렇게 화가 나 있지 않았지만, 또 바뀔 수도 있었다. 올레는 빅토르와 염소들이 어떤 관계인지 좀 더 알고 싶었다.

「고향에서 우리는 염소들을 지불 수단으로, 또 젖 생산을 위해 사용한다오. 섹스나 기타 등등을 위해서는 우리 여자들을 선호하는 편이지. 여자들도 우릴 선호하고, 뭐, 우린 그런 사람들이라오. 혹시 이 문제에 대해 다른 의견이라도 있소? 염소가 성품이 더 유순한가?」

빅토르 알데르헤임은 하던 일에 너무 집중하느라 화를 낼 겨를이 없었다. 냅킨 위에 문안 작성을 금방 마쳤고, 이제는 토인의 서명만 남아 있었다. 제발 이자가 글을 쓸 줄 알기를! 빅토르로서는 아프리카 사람들도 글을 쓸 줄 아는지 알 수 없었다. 물론 몇 사람은 쓸 줄 알겠지만, 저쪽 정글 속에 사는 자들은?

「자, 음바티안 씨. 이제 우리가 스웨덴의 전통에 따라 오늘의 비즈니스 거래를 기억하기 위해 이 작은 문서에 함께 서명을 하는 게 좋을 것 같네요.」

올레는 자기가 온 곳에서는 남자는 반드시 약속을 지킨다고 말했다. 그러지 않으면 바라는 만큼 나이가 들 수 없단다. 물론 치유사는 서명을 해줄 수 있단다. 그렇잖아도 최근, 그러니까 불과 며칠 전에 여권을 얻을 때 해본 적이 있단다.

「여권은 우리가 긴 여행을 떠날 때 있어야 하는 거라오.」 그가 설명했다.

33

　구치소 휴게실에서 두 남자가 나누던 대화는 방에 들어온 세 번째 남자에 의해 중단되었다. 칼란데르 수사관이었다. 오늘 아침 그는 경찰관 폭행 건으로 보고서가 작성되는 것을 방지하고자, 오랜만에 평소보다 일찍 출근했다. 그는 이런 종류의 보고서가 무엇을 의미하는지 잘 알고 있었다. 만일 노련한 수사관이 고령의 마사이 치유사에게 얻어맞아 녹아웃 되었다는 사실이 알려지면, 휴식 시간에 동료들이 얼마나 킬킬댈 것인가. 은퇴를 불과 13일 남긴 이 시점에서 말이다. 이제 부드럽게 결승선을 통과하기 위해 피해를 최소화해야 했다.

　「오, 저기 어제의 그 경찰관 양반이 오시는구먼! 그래, 머리는 좀 어떻소? 아직도 아픈 데가 남아 있다면, 보아하니 머리에 벌써 연고를 바른 것 같긴 한데, 이 샌드위치를 한입 떼어다가 그 위에다 또 발라 보시오. 달걀과 튜브에 든 캐비아라오.」

　수사관이 채 입을 열기도 전에, 빅토르 알데르헤임이 벌떡 일어서서는 테이블을 빙 돌아 뚜벅뚜벅 걸어갔다. 얼굴이 벌겋게 상기되어 있었다. 칼란데르가 도착하자 뭔가가 그를 폭발시킨 것이다.

「자, 서명해!」

하지만 한꺼번에 너무 많은 일이 일어나고 있었다. 화난 사내는 다시 옛 모습으로 돌아간 것 같았다. 치유사는 손에 펜을 들고 잠시 동작을 멈췄다.

이제 알데르헤임은 칼란데르에게 고함을 치기 시작했다. 좋소, 필요하다면 나한테 부과된 모든 혐의를 시인하겠소, 내 정체를 드러냈다는 그 빌어먹을 전화 건만 빼놓고, 그래 맞소, 염소도 내 거고, 밀가루도 내 거고, 섹스토이도 내 거고, 다 내 거요, 무엇보다도 그 그림 두 점도 내 거요!

「모든 걸 시인하겠단 말이야! 당신들이 그것들을 내게 돌려주기만 한다면! 그 그림들은 진품이야! 그리고 내 거라고! 이토인에게 물어봐! 그것들은 다 내 거란 말이야!」

빅토르 알데르헤임은 당장 자신을 석방할 것을 요구했다. 자기 집 지하실에 그림을 보관하고 있는 게 무슨 불법이란 말인가? 젠장, 난 미술품 거래인이란 말이야! 하지만 우선은 여기 있는 이 맛이 간 토인이 냅킨에다 자기 이름을 적어야 했다.

「자, 서명하라고, 빌어먹을!」

그렇잖아도 전날 곤봉으로 맞아 아직도 머리가 땅기는 칼란데르 수사관은 웬 인간이 소리를 지르며 자신을 휘두르려 하자 머리가 더욱 땅겨 왔다.

그는 마사이와 목청 큰 사내 사이에 떡 버티고 섰다.

「이봐, 난 당신이 남는 시간에 무슨 짓거리를 하든 상관하지 않는데, 이 건물 안에서는 입 닥치고 조용히 하고 있어. 안 그러면 테이저건을 꺼낼 거니까.」

그리고 자신은 염소와 그 짓거리를 하는 인간이 시키는 대로 할 의향은 추호도 없다고 덧붙였다.

올레 음바티안은 냅킨 문제는 건너뛰기로 했다. 말로 약속한 것으로 충분했다. 그는 이제 그만 떠나고 싶었다.

「실례지만 화난 양반과 경찰관 양반, 이제 나는 내 아들을 찾으러 출발해야겠소. 그 전에 내 곤봉을 좀 찾아다 줄 수 있겠소? 그걸로 이 화난 친구만 빼놓고 누구의 머리도 치지 않겠다고 약속하리다. 누구라도 그걸 한 방 맞으면 기분이 싹 바뀐다는 것을 알고 있지만 말이오.」

수사관은 어떻게 마사이가 자신이 석방된 사실을 알고 있는지 이해할 수 없었다. 그 결정은 불과 몇 분 전, 그러니까 칼란데르가 자신은 경찰관 폭행 건에 대해 기소할 뜻이 없다고 검사에게 알렸을 때 내려졌던 것이다. 검사는 알겠다고 말했다.

「자, 음바티안 씨, 나를 따라오시오. 당신 사건은 종결되었소. 하지만 곤봉은 우리가 잘 보관하겠소. 여기서는 이런 걸 〈몰수〉라고 한다오.」

칼과 창을 빼앗아 가더니만, 이제는 곤봉이었다.

올레 음바티안과 칼란데르 수사관이 방을 나설 때에도 알데르헤임의 장광설은 멈출 줄을 몰랐다. 치유사는 도무지 이유를 알 수 없었다. 만일 그가 염소와 그 짓을 하지 않았다면, 저렇게 화를 낼 필요가 없었고, 또 만일 했다면 불평해야 할 쪽은 오히려 염소가 아닌가?

복도 몇 개를 걸어오면서 칼란데르 수사관은 조금 전에 있었던 일에 대해 생각해 보았다. 염소 성애자와 치유사 사이에 뭔가 연결점이 있는 것은 아닐까? 예를 들면 섹스토이와 동물과 함께 압수된 그림 같은 것?

칼란데르 수사관의 마음이 일에서 멀어지기 전이었다면, 미술품 거래인의 지하실에서 위작들이 발견된 사건은 곧바로 그의 흥미를 끌었을 것이다. 전날 아침에 상관도 그에게 이 건을 맡기려고 시도해 봤지만, 그는 치과 예약이 잡혀 있다는 핑계를 댔다. 제정신이 든 사람이라면 은퇴를 2주 앞둔 시점에서 이런 규모의 사건을 맡으려 하겠는가?

하지만 이제 상황이 약간 바뀌었다. 이미 호기심이 동해 있었다. 휴게실에서 미술품 거래인에 대해 여러 가지 얘기를 들었던 것이다.

「음바티안 씨, 당신은 이제 떠나셔도 아무 문제 없습니다. 하지만 그 전에 잠시 대화를 나누고 싶은데, 괜찮겠습니까?」

「괜찮을지 안 괜찮을지 내가 어떻게 미리 알겠소?」 올레 음바티안이 반문했다.

◆

가는 도중에 크리스티안 칼란데르는 상관을 깜짝 놀라게 만들었다. 그는 사무실에 머리를 쑥 들이밀고 이렇게 말했다.

「어이, 혹시 그 염소 성애자 사건을 다른 사람에게 맡겼나? 아니라면 내가 맡지.」

「오, 그래? 좋아, 그럼 자네가 맡게.」 상관이 대답했다.

사실 그것은 구스타브손에게 맡겨졌었다. 그러자 그 천치는 대뜸 병가부터 냈다. 그런데 다른 사람도 아닌 칼란데르가 구

263

원 투수를 자원한 것이다. 정말이지 삶은 끝없이 우리를 놀라게 한다.

34

칼란데르 수사관은 올레 음바티안에게 책상의 한쪽 의자에 앉으라고 권했고, 자신은 그 맞은편에 앉았다.

그는 먼저 자신은 이틀 전 혐의를 받는 어느 미술품 거래인의 갤러리에 행해진 압수 수색에 대해 수사하고 있다는 얘기부터 했다. 처음에는 그 사내를 기소할 수 있는 조항들이 상당히 많았는데, 하나하나 쓸모없게 되었단다.

칼란데르는 마사이 전사 앞에서 이 사건에 대해 세부적으로 깊이 들어가야 할 이유는 전혀 없단다. 하지만 간단히 말해서, 지하실에서 발견된 염소는 좀 당황한 기색이기는 했지만, 그 시점에서는 성폭행을 당한 것처럼 보이지는 않았단다. 심지어는 일반적 의미에서 동물 학대의 대상이 된 것 같지도 않았단다. 녀석은 식수와 원할 때 씹을 수 있는 당근들을 제공받고 있었단다. 자기 집 지하실에 염소를 데리고 있는 게 아무리 기묘해 보인다 할지라도, 그걸로 형사 고발을 할 수는 없는 노릇이란다. 또 압수된 헤로인은 조사 결과 밀가루로 밝혀졌으며, 짜릿한 성생활을 즐기거나 혹은 그러기를 바라는 게 불법은 아니기 때문에, 남은 것은 단 하나, 미술품 위조 혐의란다. 그것은 충분히 유죄 판결을 받을 수 있는 범죄란다. 그러기 위해서는 그게 실제로 일어났어야 하는데, 지금에 와서는 갑자기 애매해 보인단다.

「음바티안 씨.」 칼란데르가 말을 이었다. 「이 두 사진에 대해 뭔가 할 말이 없으십니까?」

그는 사진들을 책상 위에 내려놓았다. 하나는 「양산을 쓴 여자」를 찍은 거였고, 다른 하나는 「시냇가의 소년」이었다.

「내가 무슨 말을 하길 바라는 것이오?」 올레 음바티안이 반문했다.

「이 두 그림을 알아보시겠습니까?」

「알아보다마다. 전에는 내 것이었소. 그러다 방금 전에 염소와 논다는 사내에게 팔았지. 그런데 생각했던 것보다 거래를 잘한 것 같아. 왜냐하면 누군가가 멈추게 하지 않았다면, 그 친구는 분해서 아직도 소리 지르고 악을 쓰고 있을 거거든.」

「그게 당신 건가요?」

세상에! 이 양반이 귀가 먹었나?

「아니.」

그러니까 칼란데르의 말뜻은, 이 그림들이 전에, 다시 말해서 팔리기 전에 음바티안 씨의 소유였냐는 거였다. 그걸 증명할 수 있나요? 그리고 음바티안 씨와 빅토르 알데르헤임은 무슨 관계죠?

올레 음바티안은 자신은 그 빅토르 알데…… 뭐시기 씨하고 아무런 관계가 없으며, 또 그 친구가 관심을 보이는 다른 종류의 관계들을 생각해 볼 때 그게 그리 아쉽지는 않다고 대답했다.

「하지만 아까 아침 식사를 하면서 대화를 나눴지 않습니까?」

「맞아, 조금 했지. 처음에 그 친구는 내가 흑인이라서 얘기하려 들지 않았어. 내가 조용히 입을 다물고 있어야 한다고 생각했지. 그러다 갑자기 명랑해지더니만 또 갑자기 삐져 버렸어. 내가 만나 본 사람 중에서 가장 괴로운 타입이었지. 수사관 양반은 이걸 알고 싶었던 거요?」

수사관은 더 이상 아무것도 알 수 없었다.

「두 분은 어떻게 알게 되었죠?」 그가 다시 물었다.

「난 그 사람을 모른다니까.」

칼란데르는 질문을 이어 갔다.

「그 친구는 말했어요. 그 이르마 스턴 그림들이 자기 지하실에 있었고, 그것들이 어떻게 거기에 들어왔는지는 모르겠다고요. 음바티안 씨는 연유를 아시나요?」

「전혀 몰라. 만일 내 아들을 찾을 수 있으면, 걔한테 한번 물어보슈. 나도 당신이 풀어 주는 대로 찾아 나설 거요.」

「당신의 아들이요? 이름이 뭐죠?」

「케빈.」

「케빈 음바티안?」

「당연하지. 아니면 간단히 케빈이라고도 하고. 하늘에서 떨어진 아들이라오.」

칼란데르 수사관은 전에 온갖 괴상한 사람들과 별의별 심문을 다 해봤다. 지금 와 생각해 보니, 이 마사이에 비하면 그들의 수준은 저 에베레스트산만큼이나 높았다.

「어딜 가야 그를 찾을 수 있죠?」

올레 음바티안은 한마디도 하지 않고 수사관을 노려보기만 했다.

「아, 맞아!」 수사관은 자신의 이마를 쳤다. 「당신도 그를 찾아 나서겠다 했죠. 혹시 주소를 알고 있나요, 음바티안 씨?」

수사관은 다시 한번 자신의 이마를 쳤다.

「그럼 이 케빈의 주민 등록 번호를 아시나요?」

주민 등록 번호? 올레 음바티안은 속으로 중얼거렸다. 참 희한한 단어도 다 있군!

「9!」 그가 대답했다.

「9?」

「여덟 명의 딸 뒤에 왔다는 소리요.」

「우리 스웨덴 주민 등록 번호는 열 개의 숫자로 되어 있어요. 아니면 열두 개든지.」

「아니, 도대체 아내를 몇이나 두었기에?」

칼란데르는 이쯤 되면 처음부터 다시 시작하는 편이 낫겠다고 느꼈다.

「내가 무엇보다도 그리고 첫 번째로 관심 있는 것은 그 그림들이에요. 아까 이르마 스턴이 그것들을 그렸다고 말씀하신 것 같은데? 그 사실을 어떻게 아시죠?」

「그분이 그것들을 그릴 때 내가 옆에 있었으니까.」

「그걸 증명할 수 있나요?」

「왜요?」

칼란데르 수사관도 잘 몰랐다. 사실 아무도 그것들이 진품이라고 주장하지 않았고, 아무도 그것들을 진품으로 팔려고 하지도 않았다. 아니, 그냥 팔려고 한 사람도 없었다. 알데르헤임 자신은 염소 건을 포함하여 아무것도 모른다고 주장했다. 자신은 부코스키사에 전화한 일도, 섹스토이를 구매한 일도, 장갑을 끼고 밀가루를 비닐봉지에 넣은 일도 없다고 단언했다. 그런데 지금, 그는 그 전화 건을 제외한 모든 것들에 대해 갑자기 태세를 전환한 것이다. 그가 복도 끝 저쪽에서 내지르는 소리가 중간에 문이 두 개 있음에도 불구하고 여기까지 들리고 있었다. 그는 휴게실에 서서는 먼저 자기 그림들을 보여 주고, 그런 다음에 변호사를 만나게 해달라고 고함치고 있었다.

한편 마사이는 그림은 빅토르 알데르헤임에게 팔기 전에 자기 것이었다고 주장했다. 그러면서도 두 사람은 전에 한 번도 만난 적이 없었단다. 부코스키사에 걸려 온 전화는 녹음되지 않았다. 염소가 어디서 왔는지는 어쩌면 알아낼 수 있을 거고, 섹스토이의 출처는 거의 백 퍼센트 밝힐 수 있었다. 하지만 왜 합법적인 거래들에 대해 깊이 파고들어 가야 한단 말인가? 그 개자식이 갑자기 태세 전환만 하지 않았더라도, 여기에 뭔가 더 들여다볼 게 있었을지 모른다. 하지만 이제는 불법 가택 침입 건조차 남아 있지 않은 것이다. 경찰 데이터베이스에서 케빈 음바티안을 재빨리 검색해 봤지만, 그 결과도 제로였다.

이쯤 되어 이 사건에 대한 칼란데르 수사관의 갑작스러운 열정은 종언을 고했다. 이제 누구에게나 가장 쉬운 선택은 애초에 시작할 만한 가치도 없었던 이 사건을 그냥 내려놓는 것이리라. 특히 칼란데르 자신에게는 말이다.

「자, 이렇게 귀한 시간을 내어 질문에 대답해 주신 음바티안 씨께 감사를 드리고 싶습니다.」

「천만에요.」

이제 12일 반이 남았다. 이 크리스티안 칼란데르는 자유의 몸이 되리라. 그는 온종일 수사에 전념한 자신의 노고를 위로하고자, 다음 날은 집에서 푹 쉬기로 결정했다.

제7부

35

  남아프리카 공화국은 이르마에겐 너무 작았다. 케이프타운
은 말할 것도 없었다. 그녀는 친구에게 울분에 찬 편지를 쓴 적
이 있는데, 거기서 그녀는 모두가 모두를 알고, 이방인들은 배
척하는 이 답답한 시골구석에 사는 것이 자신처럼 대도시 베
를린에 익숙해진 사람에게는 얼마나 불쾌한 일인지 모른다고
토로했다.

  그렇지만 그녀가 몸을 북쪽으로 돌리기만 하면 아프리카 대
륙 전체가 발아래에 있었다. 하여 그녀는 그쪽으로 몸을 돌렸다.

  여러 해 동안 그녀의 예술은 빈번한 여행으로 양분을 얻어
활짝 꽃을 피웠다. 콰줄루나탈주의 바닷가 마을은 그녀가 처
음 발길을 멈춘 곳이었다. 그녀는 어디를 가나 국경을 초월한
친구들을 만들었다. 호텔의 다른 고객들이 더러운 옷을 세탁
소 바구니에 던지고 있을 때, 그녀는 빨래하는 젊은 여인들 틈
에 끼어 함께 옷을 빨았다. 그들은 친구가 되었고, 빨래하는 아
가씨들은 그들의 결혼식에 이르마를 초대했다.

  아프리카를 가로지르는 그녀의 여행은 계속되었다. 정처 없

는 발길이었다. 세네갈, 잔지바르, 콩고…… 길을 가며 화가는 다양한 신분의 사람들과 만났다. 빨래하는 여인들 다음에는 르완다 여왕인 로살리 지칸다가 그녀를 위해 포즈를 취해 주었다. 어느 아랍 사제도 있었다. 그리고 두 남자, 바호라의 아가씨, 오렌지를 든 벌거벗은 소녀…….

꽃들 역시 이르마의 세계 속에서 그들의 삶을 되찾았다. 글라디올러스, 델피니움, 백합…… 그녀는 대륙 전체에 형태와 색채와 내적인 아름다움을 부여했다. 대서양의 마데이라섬은 그녀에게 특별히 소중한 곳이 되었다. 〈햇빛과 밝은 색채들과 크고 검은 눈을 가진 아름다운 아이들〉이라고 그녀는 여행길에 쓴 숱한 편지들에 적고 있다.

표현주의 작품들로 채워진 그녀의 보물 창고는 갈수록 풍성해졌다. 그녀가 케이프타운에서 지내던 초기에, 보잘것없는 젊은 여자에게 연민을 느낀 한 구매자가 그녀에게 30파운드를 건네주고 작품 하나를 가지고 간 일이 있었다.

백 년 후, 이 보잘것없는 여자가 죽은 지 한참이 되었을 때, 그 그림이 런던의 명성 높은 경매장 본햄스에 모습을 드러냈다. 그사이에 가격은 하늘로 치솟아 있었다.

30파운드에서 3백만 파운드로.

36

아프리카를 가로지른 이르마 스턴의 여행은 그녀의 편지들
에 잘 기록되어 있다. 예술적으로 보자면 이 편지들은 그녀의
그림과는 달리 걸작은 아니었고, 그저 훌륭한 습작일 뿐이었
다. 〈가을에 무르익은 배들이 풀 위에 떨어지듯, 이미지들이
내 무릎 위로 떨어져 내렸어요.〉 그녀의 일생과 여행을 추적
해 보고자 하는 사람은 누구나 1960년대 초의 어느 해에 대해
서는 오직 침묵만을 지키게 될 것이다. 이 짧은 기간은 지지난
세기 말엽 세계 지도에 뚫린 공백들에 비교될 수 있다. 그 무렵
그녀는 일흔이 넘었고, 당뇨병으로 쇠약했으며, 끝에 가까워
지고 있었다. 하지만 아직 발견해야 할 게 너무나 많이 남아 있
었다. 예를 들면 — 이미 간 적이 있지만 — 콩고였다. 그리고
그다음은…… 어디였을까?

대 올레 음바티안에게 보낸 편지들은 이 틈을 메워 준다. 이
르마는 킨샤사에서 배를 타고 킨상기까지 강을 거슬러 올라갔
다. 거기서 그녀는 쇠약한 발을 끌며 걷다가 버스를 탔고, 그
다음에는 기차를 타고 우간다로 들어갔다. 다시 버스를 타고,

한 번 더 기차를 탔다.

그녀의 병은 캄팔라 동쪽 어딘가에서 그녀를 붙잡았고, 당뇨병으로 피폐해진 그녀의 몸 위에 무거운 담요처럼 내려앉았다. 그녀 자신보다도 같이 여행하는 이들이 먼저 그 사실을 알아차렸다. 열차 안에서 사람들이 쑥덕대기 시작했다. 라사열? 황열병? 뎅기열? 지카 바이러스?

결국 이 모든 것들이 혼합된 것이라는 진단이 떨어지자, 여론 법정은 비상 브레이크를 당기고, 백인 여자를 구덩이에 던지기로 결정했다. 사람들은 그녀를 마치 가축처럼 회초리로 몰고 갔다. 아무도 그녀를 건드리려 하지 않았다. 그녀의 여행 가방도 주인을 따라 구덩이에 들어갔다. 거기에 든 것이라곤 훔칠 만한 가치도 없는 자질구레한 미술 도구들뿐이었다.

만일 어느 소 치기 하나가 바짝 마른 가축들과 함께 우연히 그 옆을 지나가지 않았더라면, 이르마 스턴이라고 불리는 생은 거기서 마감되었을 것이다. 당나귀 한 마리와 수레 하나를 가져온 소 치기는 죽어 가는 여인을 그 지역 치유사에게 데려갔다.

대 올레 음바티안은 동으로는 치울루 고원에서 서로는 키수무에 이르기까지 모르는 사람이 없는 인물이었다. 여인은 열이 심했고, 당뇨 증상이 있었으며, 정신이 돌아올 때는 심한 근육통을 호소했다.

치유사는 박하와 아까시나무 수지 그리고 이전 세대들이 〈악마의 발톱〉이라는 별명을 붙인 어느 참깨과 식물의 혼합물을 꺼냈다. 이 혼합물은 오랫동안 조제실 안에서 썩고 있었는데, 아직도 효력이 있을까?

석 달 후, 이르마는 다시 일어설 수 있었다. 그것은 모두 대올레 음바티안의 약초들과 오두막을 서늘하게 유지하는 그의 비법 그리고 하루에 세 잔씩 마신 파파야 주스 덕분이었다.

자신의 생명을 구해 준 치유사에 대한 감사의 표시로, 그녀는 양산을 쓴 그의 첫 번째 아내와 시냇가에 서 있는 장남의 초상화를 그려 주었다. 그녀는 서명하지 않았다. 왜냐하면 그것들은 자신의 그림이 아니라, 자신의 생명을 구해 줌으로써 그것들을 그릴 수 있게 해준 올레 음바티안의 그림이기 때문이었다.

그녀는 거기에 두 장의 진심 어린 편지를 덧붙였다. 그림 한 점에 하나씩 곁들여 깊은 감사의 마음을 표현했다.

그러고는 서쪽으로 향했다. 더 이상 열은 없었지만, 당뇨 증상은 갈수록 심해졌다.

열여섯 달 후, 그녀는 죽기 바로 전에, 이제는 대도시가 된 〈답답한 시골구석〉 케이프타운에서 세 번째로 감사의 편지를 보냈다.

그녀는 영웅으로 죽었다. 전 세계 미술계가 지켜보는 가운데 말이다. 그녀의 집은 미술관이 되었다. 그녀의 작품들은 가격이 갑절이 되었다. 그리고 또 갑절이 되었다. 그리고 또 거기에서 다섯 배로 뛰었다.

제8부

37

스웨덴의 겨울은 잔인하다. 슈카 한 장만 몸에 두르고, 맨발에 샌들을 신은 사람에게는 더욱 그렇다. 소 올레 음바티안이 머리에 붕대를 감은 몰골로 바쁜 사람을 붙잡고 꼬치꼬치 캐묻던 경찰관 칼란데르에게 작별을 고하고 있을 때, 경찰서 건물 앞 계단은 영하 4도였다.

올레는 경찰서 문을 나서자마자 사납게 달려드는 삭풍을 맞고 정신이 번쩍 드는 느낌이었다. 지금까지 그는 신선한 공기를 쐴 수 있는 바깥으로 나가는 것만 생각했는데, 이제 자신이 이 나라에 온 목적을 상기하게 된 것이다.

왼쪽으로 갈까, 오른쪽으로 갈까, 아니면 앞으로 갈까 고민하면서 우두커니 서 있는 것은 몸을 따뜻하게 유지하는 최선의 방법은 아니었다. 그렇다면 어떻게 해야 하나?

크로노베리 구치소의 정문 바깥에는 어느 사설 보안 업체를 통해 고용한 경비원이 항상 지키고 서 있었다. 이 장소에는 온갖 종류의 괴상한 사람들이 갇혀 있는지라, 지인의 지인의 지인들이 찾아와서는 소동을 부리는 경우가 드물지 않았던 것이다. 지금 근무를 서고 있는 경비원은 페테르손이라는 남자였다.

올레는 지금 문 안이 아닌 밖에 서 있는 남자는 법 집행 기관 소속은 아닐 거라고 생각했다. 하지만 그래도 제복을 입고 있었고, 대부분의 사람들과 마찬가지로 아첨에 약할 것이었다.

마사이는 그에게 다가갔다. 한번 물어봐서 손해날 것 없었다.

「경찰서장님, 안녕하시오! 서장님께서 혹시 내 아들 케빈을 본 일이 있으신지? 내 생각으로는, 그 애가 이 도시 어딘가에 살고 있을 것 같은데?」

단 1초 사이에 사설 업체 소속 임시직 경비원에서 경찰서장으로 격상된 페테르손은 곧바로 도움의 손길을 내밀었다.

「아드님 이름이 뭐죠? 케빈 말고 말입니다.」

「케빈 말고? 그 애는 키가 아주 크고, 나보다 젊다오.」

실종된 아들이 그의 아버지보다 젊다는 정보는 큰 단서가 될 수 없었다.

「혹시 아드님의 주민 등록 번호를 가지고 계십니까? 가지고 계시다면, 우리가 그의 주소를 찾아낼 수 있어요.」

10분 사이에 두 번째로 올레 음바티안은 희한한 질문을 받게 되었다.

「음, 그게 아마 9는 아닐 거요.」

임시직 경비원 페테르손은 이 대화가 조금 길어질 것 같다는 예감이 들었고, 이 추위에 서서 반라(半裸)의 마사이와 대화를 나누는 게 왠지 불안하게 느껴졌다.

「로비로 들어가서 얘기를 나누면 어떨까요?」

「나를 또 가두려는 것은 아니겠죠?」

「아, 천만에요!」

「그럼 좋소이다.」

로비에서 페테르손은 신사분이 아드님을 찾는 데 도움을 드리기 위해서는 보다 많은 단서가 필요하다고 설명했다.

올레는 이 점을 생각해 보았다. 그리고 커다란 유리창을 통해 거리와 널찍한 보도를 내다보았다. 사람들이 양쪽 방향으로 끊임없이 걸어가고 있었다. 만일 저들 중에 우연히도 케빈과 닮은 사람이 있다면, 이 경찰서장, 혹은 경비원에게 도움이 될 수도 있지 않을까?

저기 타이츠 같은 옷을 입고 뛰고 있는 남자는 아니었다. 피부는 희고 볼은 빨갰다. 뭔가 바빠 보였다.

바퀴 네 개 달린 조그만 수레를 앞으로 밀고 가는 저 여자도 아니었다. 볼은 빨갛지 않지만, 피부는 더 희었다. 무엇보다도 성별이 달랐다.

그녀가 수레에다 누구를 뉘었는지 모르겠지만, 그 사람은 당연히 아니었다. 케빈은 절대로 저 안에 들어갈 수 없었다.

이렇게 치유사가 좌우를 두리번거리고 있을 때, 임시직 경비원 페테르손은 흥미를 잃기 시작했다. 그 수가 얼마나 될지도 모를 스톡홀름 주민 전체가 다 지나갈 때까지 이렇게 서서 쳐다보고 있을 수는 없는 노릇이었다. 거기에 50만 명의 관광객들도 추가해야 했다.

「저, 선생님……」 그는 입을 열었지만, 그의 말은 곧바로 끊겼다.

「아, 어쩌면 저기!」올레가 한쪽을 가리켰다. 「저쪽 좀 한번 봐요. 한 줄로 걸어오고 있는 사람들.」

「아, 선생님, 제발······.」

경찰서장으로서의 삶은 페테르손이 상상했던 것과는 전혀 달랐다.

「가운데 있는 사람은 내 아들 케빈과 같은 피부색이야. 그리고 지금 생각해 보니 나하고도 같은 색이네. 또 저 사람은 키도 나이도 같아. 아, 나하고 같다는 게 아니고, 케빈하고.」

엔뷔와 케빈과 후고가 점점 가까이 다가오고 있었다.

「그래, 꼭 저렇게 생겼다오!」올레 음바티안이 외쳤다.

◆

스웨덴에는 케빈이라는 이름을 가진 사람이 대략 1만 명은 있다. 그들 중 4분의 1은 다른 이름을 가진 250만의 사람들과 함께 스톡홀름 시내나 그 주변에 살고 있다. 이런 조건에서 특정한 케빈을 찾아내는 것은 결코 쉬운 일이 아니다. 그의 성, 주소, 혹은 주민 등록 번호를 모를 때는 더욱 쉽지가 않다.

그를 찾아내는 가장 좋은 방법은 시의 주요 일간지 중 하나에, 혹은 일간지들 모두에 공고를 내는 것일 수도 있다.

그게 바로 올레 음바티안이 한 일이었다. 그는 자신도 모르는 사이에 그렇게 했다.

수도의 4대 주요 일간지는 노르딕 라이트 호텔에서 한 경찰 수사관이 구타당한 사건을 보도했다. 그런데 각 신문사의 편집 팀이 이 사실을 다룬 방식은 사뭇 달랐다. 『다겐스 뉘헤테르』는 구석진 난에다, 어느 연로한 남성이 스톡홀름 중심가에 위치한 호텔 로비에서 실랑이를 벌이다가 경찰 공무원에게 가벼운 폭행을 가한 혐의를 받고 있다고 써놓았다.『엑스프레센』은 보다 직설적이었다.

마사이 전사의 호텔 난동!

『엑스프레센』기사가 발표되기 전, 동사 편집실에서는 미디어 윤리와 관련하여 일대 격론이 벌어졌다. 한편으로, 용의자의 민족성을 부각시키는 것은 적절치 않았다. 다른 한편으로, 〈70대 남성〉이라는 표현은, 당사자가 이 엄동설한에 빨간색과 검은색의 체크무늬 옷 하나와 샌들만 걸친 채로 경찰에 끌려가는 사진 때문에, 독자로 하여금 쓸데없는 의문을 품게 할 소지가 있었다.

그들은 용의자를 〈마사이 전사〉라는 표현으로 지칭함으로써 이 문제를 처리하기로 결정했는데, 편집국장이 마사이 전사는 직업 중의 하나로 간주될 수 있다고 주장했기 때문이었다. 더욱이 마사이 전사들은 충분히 많기 때문에 이 표현이 특정인을 지칭 — 스웨덴 언론법에 저촉되는 행위였다 — 한다고는 할 수 없단다. 어쨌든 마사이 전사가 세계 어느 곳에서든 자신의 직업에 종사할 권리가 있지 않느냐는 거였다. 이 마사이가 정말로 〈난동〉을 부렸느냐의 문제에 대해서는 더 이상 논의가 이어지지 않았다. 그러기에는 몇 가지 얘기들이 너무 솔깃하게 느껴졌다.

결과적으로『엑스프레센』은 지난 7년간 그 어느 때보다 하루 동안에 많은 부수를 팔 수 있었다. 한편,『다겐스 뉘헤테르』
는 영국 의회의 계속적인 혼란을 우선적으로 다뤘지만, 상업
적인 보상은 없었다.

엔뉘는 케빈과 함께 버스를 타러 가다가 가판대에 진열된
신문을 보았다. 그녀는 케빈의 어깨를 찌르며 그곳을 가리켰
다. 그녀의 남자 친구는 신문의 헤드라인과 사진을 보았다.

「아빠다!」그가 외쳤다.

그들은 버스보다는 택시를 잡아타고 사무실로 향했다. 도착
한 뒤에도 둘이서 계속 이야기를 나눴고, 후고는 1분도 안 되
어 무슨 일이 일어나고 있는지 알게 되었다. 그리고 상황을 파
악하기 위해서는 15초가 더 필요했다.

「그는 경찰관 폭행 혐의로 체포된 거야. 다시 말해서 크로노
베리 구치소에 끌려갔다는 얘기지. 여기서 10분 거리야. 자, 따
라와!」

◆

아버지와 양아들의 상봉은 참으로 감동적이었다. 아들은 자
기를 용서해 달라고 빌었고, 아버지는 아들을 껴안으며, 당연
히 용서하지, 무슨 그런 바보 같은 소리를 하느냐고 말했다. 그
들은 영어로 대화를 나눴다. 스와힐리어와 마아어는 제격인
사바나에서 할 거였다.

임시직 경비원 페테르손은 옆에서 지켜보았다. 그리고 다음
의 말을 들었을 때, 경찰직에 종사하려는 계획을 접기로 결심
했다.

「사랑하는 케빈아! 네 동의 없이는 아무도 네 고추를 자를 수 없어! 아무도!」 빨간색과 검은색의 체크무늬 옷을 입은 노인이 선언했다.

「고마워요, 아빠, 고마워요!」 청년이 감격하며 말했다.

38

올레와 케빈의 감동적인 포옹이 채 끝나지도 않았는데, 한 젊은 여자가 로비에 들어와 마사이를 발견하고는 자신을 소개하러 곧바로 걸어왔다. 그녀 뒤로는 카메라맨 하나가 따라오고 있었다.

「안녕하세요? 전 TV4의 마그다 엘리아손이에요. 올레 음바티안 씨인 것 같은데, 잠시 얘기 좀 나눌 수 있을까요?」

치유사는 TV4가 무엇인지 알지 못했지만, 얘기는 언제든 환영이었다.

「아무렴, 나눌 수 있다마다.」

더욱이 〈마그다 엘리아손〉이란 발음이 참 재미나게 느껴졌다.

「그래, 마그다 엘리아손……. 무슨 얘기를 하고 싶은 거요? 난 치유사 일을 하고 있다오. 만일 당신도 너무 자주 임신을 해서 골치가 아프시다면, 마그다 엘리아손, 바로 내가 해결사라오.」

TV 리포터는 자신은 특별히 그런 질환을 앓고 있진 않지만, 음바티안 씨가 정확히 누구이며, 어디서 왔으며, 그저께 노르

288

딕 라이트 호텔에서 무슨 일이 일어났는지에 대해 얘기를 나누고 싶다고 대답했다.

그녀는 마이크를 꺼냈고, 그녀의 동료에게 촬영을 시작하라고 고개를 끄떡했다.

「당신에 대한 모든 기소가 취하된 걸로 알고 있어요. 자, 호텔에서 경찰에 대한 폭행이 있었나요?」

올레 음바티안은 불현듯 죄책감에 사로잡혔다. 하지만 그게 아무리 불편한 일일지라도 진실을 얘기해야 했다.

「내가 어쩌다가 경찰관을 때렸다는 사실은 시인하오만, 그것은 아주 특별하고도 불행한 상황 가운데 일어났던 일이오. 더욱이 그 사람은 너무나도 쉽게 쓰러집디다. 내가 날린 한 방으로는 그 쬐그만 피그미영양 한 마리도 쓰러뜨릴 수 없었을 텐데 말이오. 하지만 대체 왜 내가 그런 생각을 품었겠소?」

이것은 리포터가 기대했던 답변과는 조금 달랐다. 하지만 그녀는 포기하지 않았다.

「그러고 나서는요? 경찰관이 보복했나요?」

「그러고 나서 우리는 잡담을 좀 나누었고, 또 그러고 나서 그들은 내게 저녁을 대접했지. 마카로니라는 거였어. 그걸 먹어 본 적이 있소, 마그다 엘리아손?」

TV4 리포터는 경찰 폭력 쪽은 내려놓았다. 그 얘기를 마카로니 대접받은 얘기와 엮는 것은 너무 어려웠다. 그렇다면 이 취재의 포커스는 어떻게 잡아야 하나? 차라리 다시 시작하는 편이 나으리라.

「자, 당신은 여기서 무얼 하고 계시죠?」

여기서 〈여기〉라 함은 스웨덴을 의미했다.

「특별히 할 일은 없소. 만일 마그다 엘리아손 씨가 붙잡지 않았다면, 지금쯤 여길 떠났을 거요.」

「그럼 지금까지는 어땠나요?」

「지금까지 나는 훌륭한 저녁 식사 후에, 푹 쉴 수 있는 편안한 침대를 제공받았소. 그리고 아침에 식사를 했는데, 갈색 잎사귀들을 잼과 함께 소젖에 말아 먹었다오. 좀 달긴 하지만 맛이 괜찮았어. 또 칼레스라는 캐비아를 바른 샌드위치 두 개를 가지고 거래를 했는데, 내가 잠시 겸손을 내려놓고 얘기한다면, 아주 영리한 교환이었다오, 마그다 엘리아손.」

「거래요?」

「얘기하자면 길어! 한입 베어 먹는 것으로 시작했지. 하나 사람이란 게 만족할 줄을 모르잖아? 난 과거에 얻은 유화 두 점을 내놨고, 대신 샌드위치 두 개를 받았어. 그분 이름은 이르마였지. 참 유쾌한 여성이었어. 하지만 병약했지. 아빠 그녀의 생명을 구해 줬어. 아, 참 까마득한 옛날얘기군!」

이제 올레는 아주 수다스러워져 있었다. 아들 케빈을 찾아내기도 했거니와, 며칠, 아니 때로는 몇 주 동안 사바나에서 외롭게 지내야 했던 옛날과는 달리 여기서는 대화 상대를 계속만날 수 있다는 것, 이게 이 여행의 가장 즐거운 부분이기 때문이었다.

TV4 리포터는 다른 이유 때문에 오기는 했으나, 염소 성애자와 그의 위작들에 대해서도 알고 있었다. 인스타그램, 페이스북, 트위터에서는 온통 그 얘기뿐이었다. 그렇다면 이 마사이와 그 염소 성애자가 구치소에서 미술품 거래를 한 것일까?

「이르마 스턴 말씀이시죠? 그래서, 당신이 언급한 그림들은 진품인가요?」

「〈진품〉이란 게 무슨 뜻이지?」

「그게 이르마 스턴에 의해 그려졌느냐고요.」

「아니, 이르마 스턴 그림을 이르마 스턴 말고 또 누가 그리겠소? 마그다 엘리아손 씨, 혹시 어디가 불편하진 않으시오? 더위 때문은 아닐 텐데? 그건 이스탄불 부근에서 사라졌거든.」

리포터는 다음 질문이 잘 생각나지 않았다. 지금 자기가 무엇을 취재하고 있는지 더 이상 알 수가 없었다. 마사이인가, 아니면 염소와 논다는 사내인가? 아마 둘 다 조금씩 들어가야 할 거였다. 어쨌든 계속 질문을 해서, 방송에 내보낼 수 있는 뭔가를 만들어 내야 할 거였다. 이게 최고의 시나리오였다.

「그래서 당신과 구금된 미술품 거래인은 서로 아는 사이인가요?」

「미술품 거래인?」

「빅토르 알데르헤임 말이에요.」

「아, 그 친구! 아니, 우린 몰라. 우린 잠깐 얘기를 나눴을 뿐이야. 그 친구는 원치 않았지만 말이지. 난 그 친구가 심통이 난 게, 염소하고 그 일을 해서인지, 아니면 못 해서인지, 도통 모르겠더구먼.」

「하지만 그림들은…… 아까 말씀하셨죠? 당신의 친구 이르마가 그 그림들을 그렸다고. 그렇다면 관계가 어떻게 되죠? 어…… 그러니까 염소 성애자와 그녀의 관계 말이에요.」

「내가 아는 한은 아무 관계도 없어. 그 그림들에 관해서만 예외인데, 그건 아주 최근의 일이야. 그 친구가 어떻게 했는지 알아? 처음에는 그것들에 대해 아무것도 모른다고 하더군. 그러더니 그것들을 얼마나 갖고 싶어 하는지, 자기가 먹을 샌드위치를 내줄 뿐 아니라, 또 하나를 만들어 주기까지 하는 거야. 내가 사는 사바나에서는 그런 걸 협상의 기술이라고 하지. 어이쿠, 내가 또 겸손을 어디다 두고 왔구먼, 허허.」

「그래서 이르마 스턴의 그림들이 당신 것인가요?」

대체 이 스웨덴 사람들은 뭐가 잘못된 걸까?

「내가 그것들을 그 사람에게 팔았다고 방금 말하지 않았소?」

◆

엔뉘와 케빈과 후고는 옆에서 듣고 있었다. 경악했다. 착잡했다. 그리고 절망했다. 그중에서도 후고는 하늘이 노래졌다.

이르마 스턴 그림들을 그린 사람은 이르마 스턴이었다!

어떤 이해할 수 없으면서도 불쾌하기 짝이 없는 이유로 소올레 음바티안은 그 그림들을 샌드위치 두 개와 맞바꿨다. 그래서 세상에서 가장 자격이 없는 사람이 그 그림들을 차지하게 되었다.

이 모든 프로젝트는 달콤한 복수 주식회사 역사를 통틀어 최악의 실패가 되어 버렸다. 감자 필러를 포함한 모든 부문에 있어서 후고 함린의 최대의 실패였다. 그들은 미술품 거래인의 명성을 망가뜨렸지만, 그 대가로 그자는 수백만 달러 가치의 그림들을 갖게 되었다.

치유사는 그가 손쓸 틈도 없이 그림들을 팔아 치웠다. 그것도 칼레스 카비아르를 바른 샌드위치 두 개를 먹겠다고 팔아 치웠다. 또 하고많은 사람들 중에서 빅토르 알데르헤임에게 팔아 치웠다. 후고는 이 세 가지 사실 중에서 어느 것이 최악인지 알 수 없었다.

하지만 후고는 포기할 생각이 없었다. 아직 희망의 불씨가 살아 있었다. 예를 들면, 올레 음바티안의 그림들이 작가가 바뀌었고, 그럼으로써 가치가 천 배나 증가했다. 지금은 극히 잘못된 이의 손안에 들어갔지만, 만일 그 점만 바뀔 수 있다면 후고는 한몫 잡을 수 있었다. 그리고 그들은 나눠 가질 거였다. 두 무급 동료와 마사이 그리고 몇몇 사람에게도 넉넉히 돌아갈 수 있었다.

후고의 결정에 따라, 새로이 결성된 4인조는 함께 지내기로 했다. 그는 리딩외의 자기 집 손님방 하나를 엔뉘와 케빈에게 내주고, 또 다른 방은 마사이가 쓰게 했다.

광고맨은 주방에서 회의를 소집했다. 논의해야 할 게 많았고, 일이 끔찍하게 흘러가는 것도 막아야 했다. 하지만 먼저 배를 채울 필요가 있었다. 피자를 주문해도 좋단다.

「아니, 피자는 사절이에요.」 케빈이 고개를 저었다.

「그럼, 햄버거?」

「그게 좋아요.」

케빈은 먼저 양아버지에게 자신이 전에 스웨덴에 살았던 얘기부터 들려주었다. 지금까지 마사이는 자신의 아들은 엔카이가 보내 주었다고 굳게 믿어 왔고, 케빈은 한 번도 양부의 이런 믿음을 깨뜨리려 하지 않았는데, 무엇보다도 그가 이렇게 믿는 데는 뭔가가 있겠거니 생각했기 때문이었다. 아니면 그 반대로, 올레 음바티안은 하느님이 자신에게 보내 준 분일 수도 있는 것이다. 이제 케빈은 걱정이 되었다. 아빠가 자기 아들이 하늘에서 내려온 게 아니고, 전에 이 속세에 살았다는 사실을 알게 되면 신앙을 잃게 되지나 않을까?

하지만 신에 대한 치유사의 믿음은 그보다는 훨씬 강했다. 이렇게 멋진 아이를 내가 그렇게 오랫동안 붙잡고 있었다면 얼마나 큰 낭비였겠니? 물론 그 전에 넌 이렇게 고향에 돌아와 있지만 말이다.

정말이지 케빈이 이 땅에서 처음 보낸 시간은 쉽지가 않았단다. 그때 자기가 가졌던 아빠는 참 아빠가 아니라, 〈후견인〉이라고 불리는 어떤 인간이었단다. 그리고 그는 다름 아닌 올레가 구치소에서 만났던 그 빅토르였단다.

「아, 그 화난 친구? 염소랑 사귄다는 친구? 그렇다면 우린 다 가족이라고 할 수 있네? 내가 그걸 알았더라면, 그 친구 이마에다 키스를 해줬을 텐데.」

케빈은 그러지 않아서 다행이라고 말했다. 그 화난 사람은 화가 나 있을 뿐 아니라, 나쁜 사람이기도 하단다. 신은 후견인을 고를 때 겨냥을 잘못한 거고, 아마 그 때문에 케빈과 다시 시작하기로 마음먹고서 그를 사바나에 보냈을 거란다.

올레는 묵묵히 고개를 끄덕였다. 흠, 그럴 수도 있겠구나.

후고는 점점 초조해졌다. 빨리 일을 추진하고, 곧바로 목적을 이루고 싶었다. 원래 그들의 목표는 빅토르의 명성을 망가뜨리는 것이었지만 — 지금까지는 아주 성공적이었다 — 이제는 그가 새로 얻게 된 재산도 없애 버려야 했다.

「그래서 우린 빅토르에게 복수하려고 이렇게 모인 겁니다!」
후고가 말했다.

「오, 그거 참 신나겠군.」 올레 음바티안이 고개를 끄덕였다.

마사이족은 복수의 개념에 아주 익숙하단다. 그것은 아주 음험하게 행해질 수 있기 때문에, 항상 경계를 늦추지 않는 게 중요하단다. 올레는 여러 해 전에 마을에서 염소 열여덟 마리가 밤중에 사라졌던 일을 얘기해 주었다. 녀석들을 지키는 임무를 맡은 젊은 애가 깜빡 잠이 들었다. 모두가 이웃 마을의 손버릇 나쁜 미테리엔안카의 소행이라고 생각했다. 하여 추장 카케냐는 마을 사람들을 제대로 무장시켜 대규모의 파견대를 조직했다. 그들은 절도범을 죽이고 그의 마을을 불태운 다음, 염소 열여덟 마리에다 이제 갈 데가 없어진 나머지 서른 마리까지 끌고 돌아왔다.

후고는 이게 좀 가혹한 대응으로 느껴졌지만, 그렇게 말하면 자신의 목적을 이루는 데 별로 도움이 될 것 같지 않았다. 〈어휴, 무서운 이야기네요〉 정도가 충분할 거였다.

치유사는 고개를 끄덕였다.

「그런데 집에 돌아왔을 때 훔쳐 간 줄 알았던 염소 열여덟 마리가 돌아와 있는 것을 보고는 약간 실망했어. 녀석들은 저쪽에 난 풀이 더 푸른 것을 보고는 울타리에 난 구멍으로 빠져나갔던 거야. 배를 채우고 나서 다시 집이 그리워 돌아온 거지.」

후고는 나머지 얘기는 듣고 싶지 않았다. 그는 화제를 현재의 시간과 현재의 대륙으로 돌렸다.

올레는 자신도 도울 수 있게 되어 기쁘다고 말했다. 복수라는 말만 들어도 기분 전환이 되는 것 같아, 해본 지가 아주 오래됐거든.

「그러고 나서 나와 함께 집으로 돌아갈 거냐?」 그가 케빈에게 물었다.

그의 양자는 거북해졌다.

「아빠, 저 약혼했어요.」

「그게 뭔데?」

「곧 결혼한다고요.」

「여자 몇 명하고?」

「우선은 한 명이요.」

「나하고만 해!」 엔뷔가 경고했다.

올레 음바티안은 두 사람에게 축하의 말을 건넸다. 이어 말하기를, 만일 그들이 사바나보다 스웨덴을 택한다면, 비록 여기가 말도 안 되게 춥기는 하지만, 자기는 이해하겠단다. 이 터무니없는 추위는 엔뷔의 얼굴이 왜 이렇게 창백한지를 비롯하여 이곳의 거의 모든 것을 설명해 준단다. 너희의 추위란 놈에게 개념이란 걸 넣어 줄 수는 없는 거냐?

케빈은 자신의 양아버지가 어느 때보다도 좋았다.

「그 문제는 나중에 생각해 보기로 해요. 하지만 먼저 정의부터 실현해야죠.」

케빈이 그 얘기를 꺼내자 후고는 눈이 반짝 뜨였다.

「그래, 자네 말이 맞아! 우리가 첫 번째로 해야 할 일은 화난 친구에게서 자네의 그림을 다시 찾아오는 거야.」 그가 말했다.

갑자기 방 안이 조용해졌다.

「······하지만 그림은 그 친구가 나한테서 샀다고.」 올레가 말했다.

「샌드위치 두 개로 샀죠.」 후고가 말했다. 「그건 무효예요.」

「캐비아를 얹은 거라고.」 치유사는 물러서지 않았다.

「아니죠. 대구 내장, 설탕 그리고 감자 가루죠.」 후고가 바로 잡았다.

「거래는 거래라고.」

막이 내렸다.

어둠이 깔렸다.

이제 어떻게 해야 하나?

후고가 — 백 퍼센트 — 확실히 아는 것은 딱 하나, 올레 음바티안은 절대로 생각을 바꾸지 않을 거라는 사실이었다. 이런 경우는 광고업계에서도 가끔 경험한 바 있었다. 어떤 고객은 객관적으로 분명히 틀렸는데도, 도무지 생각을 바꿀 줄을 몰랐다. 이런 일이 일어나면, 광고맨이 생각을 바꾸는 수밖에 없었다.

애초에 후고의 계획은 두 점의 짝퉁 그림을 진품처럼 보이게 한다는 거였다. 하지만 일이 꼬였고, 상황이 바뀌었다.

그다음 계획은 두 짝퉁 그림을 제작 중인 위작으로 보이게 한다는 거였다. 하지만 일이 꼬였고, 상황이 바뀌었다.

여기서 다시 새롭게 생각한다는 것은 두 점의 이르마 스턴 그림을 최대한 진품이 아닌 것처럼 보이게 하는 것을 의미했다. 이 일은 역방향으로의 진품 인증을 요구할 터였다. 다시 말해서 〈출처 흐리기〉였다. 이번에는 옌뉘가 어떤 어려운 용어들로 으스댈지 모르겠지만 말이다.

후고는 그렇게 생각했다.

6킬로미터 떨어진 곳에서 빅토르는 염소와 함께 앉아 똑같은 것을 생각하고 있었다. 반대 방향으로 말이다.

39

섹스토이와 마약과 염소에 대한 천박한 얘기들이 미디어와 SNS에 나돈 덕분에 그림들의 존재가 세상에 알려지고 나서 이틀 후, 미술계는 흥분으로 들끓었다. 이르마 스턴의 위작으로 추정되는 두 점의 유화! 그게 어떤 식으로 이뤄졌는지는 불분명했지만, 어쨌든 미디어는 경찰의 사진을 입수했다(관련자들에게는 전혀 불분명하지 않았으니, X 경찰관이 Y 신문사에 넘기는 사진은 현행 가격표 기준으로 장당 세금 포함한 5천 크로나로 정해져 있었기 때문이었다). 사진들은 화질이 최상이었고, 그림 자체는 기가 막혔다. 이게 정말로 화가 자신에 의해 그려지지 않은 게 맞는다면 — 믿기지 않는 사실이었지만 — 그렇다면 위작 제작자가 어떤 사람인지 더 궁금했다. 가장 요란하게 논쟁에 참여한 사람들 중에는 스톡홀름에 있는 스웨덴 예술원의 한 고명한 회원이 있었다. 그는 예술은 강간을 초월하며, 사회 규범과 법을 위반할 수 있다는 의견을 가진 사람으로 유명했다. 따라서 이 사건에 있어서 가장 흥미로운 문제점은 — 예술원 회원의 주장에 따르면 — 이른바 위작 제작자의 이른바 마약 거래 행위나 그가 염소와 무슨 짓을 했는지가 아니라, 그가 어떻게 가짜 그림들에서 이 정도의 광휘에 도달할 수 있었느냐, 라는 점이란다.

전 세계 미술계를 뒤흔든 드라마의 주인공은 이제 석방되어 그의 갤러리에 돌아와 있었다. 몇 분 전, 경찰청 소속 승합차가 와서 이르마 스턴 그림 두 점과 커다란 섹스토이 상자 네 개 그리고 염소 한 마리를 돌려주었다. 밀가루 봉지들은 오다가 어딘가에서 실종되었다.

빅토르는 염소와 섹스토이는 거절하려 하였으나, 운송 기사들은 말을 듣지 않았다.

「이것들은 목록에 들어 있기 때문에, 당신 마음대로 고를 수 없어요. 자, 이 수령증에 서명이나 하쇼!」

그들은 염소를 얼마간이라도 제어해 보고자 녀석에게 목줄을 매어 놓았다. 빅토르가 서류에 서명하자마자, 운송 기사 중의 하나가 목줄을 건네주며 말했다.

「자, 정신병자님, 좋은 하루 보내세요!」

그러고 있는 동안 운송 기사의 동료는 섹스토이와 그림들을 이젤과 함께 운반해 와서는 문 안쪽에다 쌓아 놓았다. 그는 돌아가면서 빅토르 알데르헤임의 발밑에다 침을 뱉었다.

사내들이 승합차를 타고 떠났다. 빅토르는 커다란 갤러리 유리창들 위에 누군가가 흰 페인트로 뭔가를 써놓은 것을 발견했다.

한쪽 유리창에는 〈변〉, 다른 쪽 유리창에는 〈태〉였다.

그는 서둘러 염소를 비롯한 모든 것을 안으로 옮긴 후, 문을 잠갔다.

스톡홀름에서 가장 유명한 변태는 방 여섯 개짜리 아파트의 주방에 앉아 생각을 정리해 보았다. 처음에는 잘 되지가 않았는데, 염소가 음식과 음료를 요구하며 울어 댔기 때문이었다. 물 1리터와 사과 네 개를 주고 난 후에는, 녀석이 아직 변기 사용 훈련이 안 되었다는 것이 드러났다.

그러니까 누군가가 갤러리 안으로 침입해 들어와 지하실로 내려가서는, 그림들과 섹스토이들과 가짜 헤로인 그리고 염소로 그럴듯하게 꾸며 놓고 떠났다는 얘기였다.

이 누군가는 필시 그의 전 피후견인, 다시 말해서 그가 모든 의미에 있어서 〈이전의〉 존재라고 생각했던 케빈일 터였다.

하지만 왜 그놈이 그런 짓을 했을까? 또 그 그림들은 어떻게 얻었을까? 구치소에서 본 마사이 사내를 통해서였다. 그 영감은 거기 사바나에서 한밤중에 젊은 놈과 우연히 마주쳐 놈의 생명을 구해 준 모양이었다. 제기랄, 유유상종이라더니만!

마사이는 이름이 〈음〉 뭐시기라 했고, 그림들이 자기 거라고 주장했다. 더 중요한 것은 그가 그림들이 진품이라고 주장했고, 빅토르 자신은 그것들을 한 점당 칼레스 카비아르 샌드위치 하나씩 주고 샀다는 사실이었다. 하지만 재수 없게도 영수증은 받지 못했다. 경찰 수사관이 들어와 혼란스러워지는 바람에, 냅킨에 서명할 겨를이 없었다.

이제 한 발 한 발 신중히 내디딜 필요가 있었다. 만일 자신의 수중에 있는 게 아직까지 발견되지 않은 이르마 스턴의 진품들이라면, 자신은 이제 경제적으로는 아무 걱정 없었다. 그렇잖아도 그 늙은 도둑 알데르헤임이 죽은 이후로 갤러리의 회계는 갈수록 한심해져 가고 있던 참이었다. 싼값에 사서 비싼값에 파는 일에 있어서는 그 영감보다 운 좋았던 인간은 없으리라.

영감 얘기가 나왔으니 말인데, 염소 한 마리와 몇 가지 것들 때문에 〈알데르헤임〉이라는 이름은 망가져 버렸다. 하지만 이름은 얼마든지 바꿀 수 있는 것이고, 빅토르 자신도 이미 한번 바꾼 바 있었다. 아까 누가 유리창에다 〈변〉, 〈태〉라고 써놓았던데, 계좌에 수백만 달러가 들어 있는 한, 누가 뭐라고 부르든 무슨 상관 있으랴. 그림값이 적어도 수백만 달러는 될 것 같았다.

그 돈만 있으면 자신의 28년에 걸친 미술품 거래인으로서의 외도를 뒤로하고 훌훌 떠날 수 있었다. 여자들을 사고, 현실 세계를 개조하는 일을 하기에 충분하리라. 구체적으로 어떻게 할 것인가는 아직 생각해 보지 않았으니, 마지막에 와서 모든 게 너무 빨리 진행되었기 때문이다. 어쩌면 과거에 알았던 혁명가들 — 다시 말해서 감옥에 갇혀 있지 않은 친구들 — 을 추적하여 찾아낼 수도 있으리라. 그리하면 이 연륜과 똑똑한 머리와 자본으로 위계질서의 정상에 서는 것도 가능하리라.

빅토르는 이 바닥에 들어온 첫날부터 알데르헤임 미술 갤러리의 고객들을 혐오해 왔다. 이곳에는 자랑스러운 민족주의에 대한 자리는 없는 것 같았다. 알데르헤임 영감은 자신의 컬렉션의 광범위함을 자랑하곤 했다. 〈우리에겐 모든 게 다 있어〉라고 그가 말하면, 빅토르는 〈다 있지, 의미 있는 것만 빼놓고〉

302

라고 속으로 투덜댔다.

알데르헤임 미술 갤러리는 스칸디나비아 미술계에서 주도적 위치에 있다고 자부해 왔지만, 빅토르가 처음 일한 날, 한쪽 구석에 처박혀 있던 칼 라르손 외에는 스웨덴 민족의 영혼을 상기할 만한 작품이 전혀 없었다. 라르손의 그림은 쿠르드족이나 아프가니스탄족 같은, 사실 민족이라고도 할 수 없는 무리들과는 아무 상관 없는, 스웨덴 시골에서의 전통적 성탄절 의식에 대한 헌사였다. 하지만 그것은 판매되지 못한 채로 남아 있었다. 빅토르는 이것은 사회 민주당 정부의 잘못이며, 자신이 라르손을 보다 정당하게 대우하기 위해 가격을 두 배로 올린 사실과는 아무 관계가 없다고 확신했다.

갤러리는 스칸디나비아의 미술품 외에도 유럽의 조각품과 아시아의 도자기는 물론, 세계 곳곳에서 들여온 온갖 너저분한 골동품들을 갖추고 있었다. 무엇보다도 그 빌어먹을 모더니즘 작품들이 있었다.

시간이 흘러감에 따라, 빅토르는 옌뉘가 생각하는 것보다, 혹은 그녀가 인정하고 싶어 하는 것보다 훨씬 더 미술품 거래에 대해 배웠다. 물론 그는 이르마 스턴을 혐오했지만, 그녀의 상업적 가치에 대해서는 알고 있었다. 그녀는 — 죽고 나서 거의 60년이 지난 지금 — 어느 때보다도 〈핫〉한 작가였다. 또 그는 자신의 이르마 스턴 그림들이 (후고 함린의 바람과는 달리) 전문가들의 눈에도 진품으로 보일 필요가 있다는 것을 알고 있었다. 스톡홀름의 어느 횡설수설하는 마사이가 그것들이 진짜라고 말하는 것만으로는 충분치 않았다.

세계 최고의 이르마 스턴 전문가는 뉴욕에 있었다. 하나 일은 순서대로 해야 하는 법이었다. 보다 시급한 일들이 기다리고 있었다. 그중에서도 가장 시급한 것은 빅토르의 난로 옆에 매어져 마루에다 쉬를 하고 있는 녀석이었다.

40

배경 조사가 최우선이었다. 올레 음바티안의 충격적인 등장이 있은 다음 날, 후고는 하숙생들을 거실에 소집했다. 우선 그는 이르마 스턴과 치유사가 무슨 관계인지, 정확히 알고 싶었다.

올레는 자신은 지독하게 건망증이 심하기는 하지만, 그 일만큼은 마치 어제 일처럼 생생히 기억하고 있다고 대답했다. 하지만 곧바로 이어진 말들로 이게 사실이 아님을 증명했다. 그는 자신이 남성성 테스트를 통과한 때가 이르마가 나타나기 전인지 확실치 않다고 말했다. 당시에는 예비 마사이 전사가 〈긴 비〉 때부터 다음번 〈긴 비〉 때까지 야외에서 지내야 할 필요는 없었단다. 단지 사바나에서 사자와 싸워 이기는 걸로 충분했단다. 싸움에서 진 소년은 최종 테스트를 치를 자격이 없었단다. 심지어는 영예롭게 땅에 묻힐 자격도 없었단다.

어쨌든 어떻게 이르마 아줌마가 시냇가에 서 있는 자신을 그렸는지는 기억난단다. 자신은 막대기를 물에 찔러 넣으면서 거의 온종일 거기 서 있어야 했단다.

「아, 시냇가의 소년……」 옌뉘가 지그시 눈을 감으며 중얼거렸다.

후고의 세계에서는 이것은 나쁜 뉴스였다. 이르마와 음바티안 간의 증명된 연관성은 어떠한 것이든 이 일에 해로웠다.

「혹시 그 옛날 그쪽에서의 추억을 떠올리게 할 만한 어떤 정겨운 기념품 같은 거라도 가지고 계신가요?」 그가 음험하게 물었다.

제발 아니라는 대답이 돌아오기를 간절히 빌었다.

「오, 가지고 있다오. 우리 선친께서 카메라가 한 대 있으셨어요. 당시 마을에서는 아버지 말고는 가진 이가 한 사람도 없었지. 지금도 마찬가지긴 하지만. 우리는 신문물을 받아들이지 않는 인간들로 유명하다오. 그래서 그 이빨이 반밖에 없는 돌대가리가 아직도 추장으로 있는 거고. 고향에 돌아가면 그 친구하고 얘기할 게 많지. 에스컬레이터를 비롯해서 말이야.」

「에스컬레이터?」 후고가 반문했다.

「그냥 평범한 계단같이 생겼는데, 저 혼자서 양쪽 방향으로 움직이더라고. 한번 생각해 보쇼. 아무리 걸어도 여전히 제자리인 거라. 그걸 보니 또 그 한심한 추장이 생각나더군.」

후고는 점잖게 마사이의 말을 끊으며, 자기도 에스컬레이터가 뭔지 알 것 같다고 말했다. 지금 자기가 좀 더 알고 싶은 것은 올레의 아버지의 카메라에 대해서란다.

「에, 그 양반은 그걸로 사진을 찍어 가지고서, 진료실로 쓰는 오두막에서 손수 인화하셨다오. 난 옆에서 도와 드렸지. 그런데 한번은 내가 아주 꼬마였던지라 그걸 한번 맛보았어. 해서는 안 될 짓을 한 거야. 다행히도 아빠는 바로 그런 일을 하시는 분이었기 때문에 내 생명을 구해 주셨지. 만일 당신도 그런 것을 삼키게 되면, 해독제로 침과…….」

후고는 대 올레 음바티안이 아들을 구하기 위해 어떤 종류의 혼합제를 썼는지를 듣고 있기에는 마음이 너무나 급했다.

「네, 좋습니다.」 그가 말을 끊었다.

사실은 좋지가 않았다. 들어오는 소식들은 갈수록 나빠지고 있었다.

「머피의 법칙에 따라, 그 사진들은 아직도 존재하겠죠?」

「난 그 법칙에 대해서는 잘 모르지만, 사진들은 다 보관해 왔어. 아빠는 시냇가에 내려가 있던 나와 이르마 아줌마의 모습을 사진에 담았다오.」

에이, 빌어먹을! 만일 「시냇가의 소년」을 그리고 있는 이르마 스턴의 사진이 남아 있다면, 전문가가 장님이나 정신병자가 아닌 바에야 그 그림들이 아무리 60년이 흘렀다 해도 진품이 아닌 것으로 평가하기는 힘들 거였다. 대 올레 음바티안의 사진 자료는 세상에서 사라져 버려야 했다. 즉시! 하지만 후고는 이 우쭐대는 마사이의 말을 정말로 믿어야 할지 알 수 없었다. 지금 최선의 방법은 마사이에게 몇 가지 디테일을 밝히지 않는 것이었다.

「그 사진들을 볼 수 있다면 정말 환상적이겠는데요. 혹시 내가 거기로 가서 그것들을 가져와도 괜찮을까요? 그런 다음에 여기에 앉아서 함께 쭉 감상하자고요.」

비용이 만만치 않겠지만, 이것은 전쟁이었다. 후고는 자신들이 빅토르 알데르헤임을 엄청난 부자로 만들어 줬다는 사실을 견딜 수가 없었다. 미술품 거래인의 명성이 망가졌다는 점에서 복수는 분명히 이루어졌다. 하지만 이제, 그 복수를 좀 달달하게 만들 필요도 있었다. 지금은 달달하기는커녕 쓰기만 했다.

「그래도 괜찮아요.」 올레 음바티안이 대답했다. 「하지만 엄청나게 멀 텐데?」

후고도 모르는 바 아니었다.

「이왕에 거길 가겠다면 말이오, 이르마가 아빠에게 보낸 그 사랑스러운 감사 편지들도 가져오면 어떻겠소? 그것도 같은 책상에 있다오.」

뭐, 편지도 있다고? 후고는 속으로 욕설을 내뱉었다. 이르마 스턴이 다시 살아나서 모든 게 다 사실이라고 밝혀도 차라리 이보다는 나으리라.

그런데 낯모르는 백인이 올레 음바티안의 마을에 걸어 들어가서는, 이 사람 저 사람 붙잡고 길을 물어서 치유사의 물건들을 가지고 돌아온다는 것은 그리 간단한 문제가 아니었다. 몸에 창이 두어 개 꽂히는 걸로 일이 끝날 수도 있었다.

「나랑 같이 가는 게 제일 좋은 방법일 거야.」 올레 음바티안이 제안했다.

「하지만 아빠! 여기 온 지 며칠 되지도 않았잖아요!」 케빈이 만류했다.

후고도 이 럭비공 같은 마사이를 여행 동료로 데리고서 두 대륙 사이를 왕복한다는 생각이 썩 좋게 느껴지지가 않았다.

이때 옌뉘가 구세주로 등장했다. 자기가 남자 친구의 양아버님의 여권을 한번 훑어봤는데, 그의 비자는 스웨덴 왕국으로의 입국을 단 1회만 허용하고 있단다. 만일 그가 고향으로 돌아가서 다시 오고 싶다면, 또다시 비자 신청을 해야 하는데, 이제 그에게 경찰 기록이 생겼는 고로, 결과가 어떻게 될지는 아무도 모른단다.

「유감이군.」 후고가 말했다.

그들은 결국 해결책을 찾아냈다. 올레 음바티안이 나로크 시청의 윌슨에게 전화를 걸어, 윌슨이 직접 차로 반나절 걸리는 마사이 마을까지 가서는, 어떤 백인이 방문할 테니 맞을 준비를 하라고 추장에게 전하게 한다는 거였다.

「아, 거기 윌슨인가? 나 올레일세.」

「치유사님?」

「케냐인. 자네가 그 빨간 도장을 가지고 날 그렇게 만들었잖아? 아니면 파란 도장일 수도 있고.」

「사실은 둘 다예요.」

「지금 내가 전화하고 있는 곳은…… 그 나라일세. 자네도 알다시피 요즘 내 기억력이…… 맞아, 스웨덴! 어쨌든 자네에게 부탁할 게 하나 있네.」

「시청 문 걸어 잠그라는 부탁만은 제발 하지 마세요. 저번에 시장한테 해고당할 뻔했어요.」

「아닌 게 아니라 시청 문 걸어 잠그라고 부탁할 참이었네.」

대화가 종결되기 전까지 치유사는 소 한 마리를 더 써야 했다. 아, 뭐, 그에게는 아직 내줄 게 한참 많으니까.

윌슨은 이미 마을을 향해 출발했다. 이제 남은 것은 후고

309

였다.

「그 마지막 코스를 어떻게 찾아가는지 내가 설명해 줘야 할까?」 올레 음바티안이 물었다.

「네, 해보세요.」

아니라면 도대체 어떻게 찾아가겠는가?

올레의 말에 의하면, 그게 좀 복잡하단다. 나로크로 가는 도로를 찾기 위해서는 사람들에게 물어보면 알 거란다. 심지어는 표지판들도 있단다. 문제는 나로크에 도착하면서부터 시작된단다. 가장 중요한 점은 전에 우체국이 있었던 곳의 교차로에서 왼쪽으로 방향을 틀지 않고, 다음 교차로까지 똑바로 가는 것이란다.

「전에 우체국이 어디 있었는지 내가 무슨 수로 알죠?」

「에이 참, 더럽게 말귀를 못 알아듣네. 거기에서 왼쪽으로 틀지 않아도 된다니까!」

이때 케빈이 얘기가 더 복잡해지기 전에 광고맨과 아버지 사이에 끼어들었다.

「거기 GPS 좌표가 적힌 링크를 내가 사장님에게 보내는 게 나을 것 같지 않아요?」

그편이 나을 것 같았고, 과연 나았다.

「세상에! 우리 마을에 좌표가 있다는 사실을 모르고 평생을 살았다니!」 올레 음바티안이 한탄했다. 「하지만 돌아가서 추장한테는 말하지 맙시다. 그 인간은 이것도 금지할 테니까.」

이빨 없는 친구는 〈잘 여행하지 못한〉 친구라는 게 갈수록 절감되었다.

41

빅토르 알데르헤임은 디지털 문화를 특별히 좋아하지는 않았다. 또 사람들과의 교류도 좋아하지 않았다. 그는 페이스북, 인스타그램, 혹은 트위터에 개인 계정이 한 개도 없었다. 하지만 그는 자신과 같은 세계관을 가진 사람들이 생각과 정보를 교환하는 온라인 포럼들을 꾸준히 방문해 왔다.

거기에는 거의 모든 것에 대한 게시물들이 있었다. 예를 들면 진정한 민족주의자들이 자유주의에 맞서 벌이는 투쟁에 대해 활발한 토론이 이루어졌다. 일반 대중은 강한 국가는 그저 손을 드는 것만으로 세워지는 게 아니라고 아무리 설명해도 알아듣지를 못한다. 하지만 〈한 시민 한 표〉라는 웃기지도 않는 개념은 지난 10년 동안 제풀에 자빠져 버렸다. 이렇게 전통적인 정치가들, 전통적인 미디어 그리고 국가가 통제하는 TV가 손에 손을 잡고 낭떠러지로 나아가고 있을 때, 어떤 이들은 조용히 일어서고 있었다. 빅토르가 즐겨 찾는 포럼도 그중의 하나였다. 뭐가 뭔지 아는 사람들, 대중에 그들이 무엇을 이해해야 하는지를 말해 주는 사람들이었다. 이들은 벌써 유럽의 거의 모든 나라에서 게이들이 조종하는 이른바 자유 민주주의를 해체하기 시작했다. 미국과 남미 몇 개국에서의 전개 양상도 고무적이었다. 공산주의 이후의 러시아에서 민주주의는 이미 지나간 역사가 되었고, 중국은 그런 것에 눈길 한번 준 적이 없었다. 빌어먹을 이르마 스턴은 그따위 그림들을 그린 대가로 그쪽에 있는 집단 수용소에 갇혔어야 옳았다. 하지만 지금 이 빅토르 알데르헤임을 거부로 만들어 주려 하고 있으니, 벌은 이 정도로 충분하다고 할 수 있지 않을까?

포럼의 제대로 된 댓글들은 자신이 다른 이들과 여러 가지를 공유하고 있다고 느끼게 해주었지만, 토론의 수준은 그가 바라는 것만큼 높지 않았다. 하여 그는 충분한 지적 자극을 얻기 위해 국립 도서관으로 눈을 돌렸다. 그리고 서가들을 꼼꼼히 뒤진 끝에 원하는 금덩어리들을 찾아낼 수 있었다. 파울 슐체나움부르크의 엄청난 저작 『예술과 인종』이 그중 하나로, 여기서 저자는 오직 아리안의 예술가들만이 문화적으로 우월한 작품을 창조할 수 있다고 주장했다. 그는 반항적인 예술 형태들을 고발하는 논거를 제시하기 위해, 특정한 모더니즘 회화 작품들을 아주 세심하게 골라낸 발달 장애자들의 사진과 비교했다. 슐체나움부르크는 오직 고대 그리스와 중세의 전통만이 진정한 전통이라는 의견이었다. 모더니즘은 정신병이지, 예술이 아니라는 거였다. 알데르헤임은 추천 도서 목록을 곁들인 게시물을 올리고 싶은 유혹을 느낀 게 한두 번이 아니었지만, 그러려면 포럼에 등록을 해야 하는데, 그럴 생각은 없었다.

이렇게 빅토르 자신이 포럼에서 화제의 중심이 된 것은 그가 예상했던 전개가 아니었다. 거기서 벌어지는 자유 토론은 혁명을 위한 것이었기에, 지금까지는 무슨 말이 오가든 신경쓰지 않을 수 있었다. 하지만 세상에, 어떻게 인간들이 그렇게 과장할 수 있단 말인가? 염소들과 그 짓을 했다는 소리는 그냥 모른 척하고 지나갈 수 있는 성질의 것이 아니었다.

SNS에서 자행된 그의 인격 살해는 전통적인 미디어에 영향을 미쳐, 그들로 하여금 몇 가지 면에 있어서 스스로의 한계를 넓히게 해주었다. 그 나름의 긍정적인 측면이었다. 예를 들어 TV4는 마사이에 대한 르포르타주에서 〈염소 성애자〉라는 대담한 표현을 내보냈다. 정말이지 이건 고소하지 않고 지나칠 수 없는 일이었지만, 이로 인해 얻은 게 너무 많았다. 예를 들면 치유사의 이름이었다. 소 올레 음바티안. 그리고 이 멍청한 영감탱이가 TV 화면 가운데 서서는 자신이 그림들을 빅토르 알데르헤임에게 팔았다고 분명히 말한 것이다. 이로써 계약서에 서명이 된 게 아닌가?

말이 나온 김에 하는 얘긴데, 염소도 깨끗이 치워 버렸다. 그걸 제대로 처리하기 위해서는 머리깨나 써야 했다. 스웨덴에서 가장 유명해진 염소를 스톡홀름 시내의 어느 가로등에다 매어 놓고 그냥 가버릴 수는 없는 노릇이었다. 바로 다음 날, 〈동물 학대자〉로서 빅토르의 명성에 새로운 차원이 열릴 것이므로.

또 녀석을 시골로 끌고 가 가까운 방목장에 슬그머니 집어넣고 올 수도 없었다. 지금은 2월이었다. 방목장에는 흰 눈만 가득 쌓여 있을 뿐, 동물이라곤 개미 새끼 한 마리 없었다.

그의 해결책은 이 빌어먹을 것을 팔아 버린다는 거였다. 빅토르는 염소의 현 시장 가치가 얼마나 되는지 알 수 없었지만, 그게 제로보다 더 낮으면 어쩌나 하는 생각이 들었다. 그는 적절한 사이트, 적절한 위치에 다음의 광고를 올렸다. 〈팝니다 : 염소 한 마리와 5천 크로나. 가격 : 1백 크로나.〉

2분 후에 솔나의 택시 기사로부터 응답이 왔다.

그는 염소에게 이미 이름이 있는지 알고 싶어 했다. 만일 없다면 자기 엄마의 이름을 붙여 줄 계획이란다.

「네, 그렇게 하세요!」 빅토르가 대답했다. 「분명히 어머니께서 자랑스러워하실 거예요.」

염소를 처리한 후에는 이르마 스턴 그림들의 진품 인증이 최우선 과제가 되었다. 뉴욕에 있는 전문가, 해리스 박사라는 사람은 접촉하기가 녹록지 않았다. 처음부터 그의 비서의 비서를 통해 접근해야만 했다. 이메일이 두 차례 교환된 후에야 빅토르는 그의 비서와 접촉할 수 있었는데, 그녀는 조속한 시일 내에 박사님이 이 사안을 아시도록 최대한 노력하겠노라 약속했다.

알데르헤임은 미국의 이르마 스턴 전문가와 접촉하기도 전에 그 건방진 태도에 이가 갈렸다. 하지만 그에게는 이 거만한 자의 승인이 꼭 필요했다. 그리고 승인을 얻기 위해서는 먼저 숙제를 해둬야 했다.

제9부

42

조모 케냐타 국제공항에서는 사륜구동 렌터카 한 대가 기다리고 있었다. 운전대가 반대쪽에 붙은 차였다. 정말이지 영국인들이 이 나라를 제대로 식민지화했다는 생각이 들었다.

후고는 휴대폰 내비게이션의 인도를 따라 케냐의 시골길을 네시간 동안 달렸고, 그다음에는 케냐의 사바나와 덤불숲을 두 시간 동안 가로질렀다. 전에 길옆에 있었다는 우체국을 지났는지 아닌지는 알 길이 없었다.

올레 음바티안의 마을은 후고가 상상했던 것과 놀라울 정도로 흡사했다. 진흙과 나무로 지었고, 하나같이 네 벽이 똑바르고, 마른 야자나무 잎으로 지붕을 덮은 오두막 40여 채가 옹기종기 모여 있는 마을이었다. 모든 집들은 막대기들을 얼기설기 이은 둥근 울타리에 의해 밤중에 야생 동물로부터 보호되었다. 심지어는 기분이 아주 좋은 물소라도 허술하기 짝이 없는 오두막 벽에 등을 벅벅 긁어 볼 생각을 하게 된다면 생명에 위협이 될 수 있었다. 벽은 무너져 내리고, 잔해 무더기 속에서 잠이 덜 깬 눈으로 몸을 일으킨 마사이 가족은 야수의 이글거리는 시선과 마주하게 되리라. 인간에게 있어서 물소는 일테면 독일 셰퍼드에게 있어서 야마와 같은 존재라 할 수 있었다. 무심코 발굽을 한 번만 놀리면 큰일이 벌어질 수 있는 것이다.

올레 음바티안의 세 오두막은 마을의 반대편 끝자락, 울타리 바로 옆에 있었다. 올레는 첫 번째 오두막에서는 첫 번째 아내와, 두 번째 오두막에서는 두 번째 아내와 지냈고, 대부분의 시간은 언덕 위에 있는 세 번째 오두막에서 케빈과 그림들과 약재들과 함께 보냈다.

치유사는 광고맨에게, 먼저 자신의 존재를 알리고 추장과 차를 한잔 나누지 않고서 오두막에 마구 쳐들어가면 절대로 안 된다고 경고한 바 있었다. 추장과 차를 마실 때는 무엇에 대해서든 얘기할 수 있지만, 가급적 왜 추장의 입에 치아가 없느냐는 질문은 삼가는 게 좋단다. 그리고 이 올레에 대해 뭔가 좋은 얘기를 해서 나쁠 건 없을 것 같단다.

「예를 들면요?」

치유사는 자기는 잘 모르겠지만, 조그만 것도 괜찮을 거란다. 자기가 사람들 간에 평화를 가져온 일이라든가, 누군가의 생명을 구한 일 같은 것을 들려줄 수도 있지 않겠느냐는 거였다. 엄밀한 의미에서는 사실이 아닐 수도 있겠으나, 더 철학적인 눈으로 사물을 볼 수도 있지 않겠느냐는 거였다. 일테면 올레가 그림 두 점을 팔아서 미술품 거래인의 생명을 구했다고 볼 수도 있지 않겠는가? 만일 그러지 않았다면 너무나 화가 나 있던 미술품 거래인이 폭발해 죽었을지도 모른단다.

후고는 자신은 그 판매 건으로 인해 심장 마비가 올 뻔했다는 생각이 머리에 스쳤지만, 그래도 고개를 끄덕였다. 긴 여행

을 떠나 있는 사이에도 이처럼 가끔씩 마을에서 위상이 확인
되는 것은 치유사에게 나쁘지 않은 일이리라. 그러지 않으면
고향에 돌아온 날, 자기 자리에 다른 사람이 앉아 있는 모습을
볼 수도 있을 테니.

후고는 마을 사람들에게 정중히 인사를 한 뒤 추장의 오두
막이 어디 있느냐고 막 물으려 하다가, 그게 어느 것인지 알아
차렸다. 그것은 마을 한가운데 자리 잡은 가장 큰 오두막이었
다. 방이 적어도 네 칸은 들어갈 것 같은 크기였다. 그리고 그
옆에는 방 두 칸짜리 오두막 두 채가 붙어 있었다.

커다란 오두막 바깥에서 여자들이 쭈그리고 앉아 각기 물이
가득한 대야를 앞에 두고 빨래를 하고 있었다. 그는 혹시 추장
이 어디 있는지 아느냐고 물었고, 그들이 대답할 겨를도 없이
이빨이 반밖에 남지 않은 사내가 입구를 통해 뚜벅뚜벅 걸어
나왔다.

이빨 없는 사내는 백인을 위아래로 훑어보았다.

「안녕하시오? 무슨 일이시오? 나는 이 마을 추장이오. 이름
은 〈잘 여행한〉 올레밀리이며, 〈미남〉 카케냐의 아들이자 〈용
맹한〉 레쿠톤의 손자요.」

후고는 자신은 술고래 하뤼 함린의 아들이자, 옛적에 역장
이었던 루리크 함린의 손자인 후고 함린이라고 자신을 소개했
다. 그런 뒤에, 이 역장이란 용기 있는 사람만이 가질 수 있는
직업으로서, 매일 기차에 깔릴 위험을 무릅써야 한다고 덧붙
였다.

올레밀리는 손님의 족보에 깊은 감명을 받았고, 후고로서는

자신도 〈달콤한 복수 주식회사〉라는 부족의 추장이라고 말해서 손해날 것 없다고 판단했다. 지금 거기서 올레 음바티안 씨는 귀빈 대우를 받고 있습니다, 그분이 그러니까…… 이스라엘과 팔레스타인 간에 평화를 가져오고…… 아주 중요한 어떤 분의 생명을 구해 준 이후로요.

추장은 자신은 이스라엘과 팔레스타인이 누구인지, 또 그들이 왜 싸웠는지 알지 못하지만, 어쨌든 치유사의 근황을 알려 주어 고맙다고 말했다.

사실 올레밀리는 골칫거리 치유사가 어딘가 멀리 가 있는 것이 내심 즐거웠다. 그는 자기 지위를 등에 업고 추장에게 대드는 유일한 인물이었다. 물론 그의 곤봉에 맞아서 이빨이 빠진 사건은 50년 전의 일이긴 하지만, 이 올레밀리는 잘 여행한 사람일 뿐 아니라, 치유사에게 씻을 수 없는 원한이 있는 사람이기도 했다.

하지만 그는 멀리서 찾아온 손님에게는 이런 생각을 조금도 비치지 않았다. 대신 이곳의 모두가 올레 음바티안을 그리워하고 있으며, 그가 잘 지내고 있고, 그의 재능이 꽃을 피우고 있다는 소리를 들으니 참으로 기쁘다고 말했다.

저녁이 가까워지고 있었다. 후고는 이제 심부름을 마쳤으니 돌아가고 싶었으나, 아직은 좀 더 기다려야 한다는 것을 알게 되었다. 올레밀리는 일단 두 추장의 건승을 위해 한잔한 다음, 함께 저녁 식사를 할 거라고 선언했다. 식사 후에 손님은 자기 아내 중에서 그날 밤 동침할 사람을 고를 수 있단다. 세 여자 중 둘은 벌써 관심을 표명했으며, 세 번째 여자는 설득하면 마음이 열릴 수도 있단다.

후고는 저녁의 세 코스가 다 걱정이 되었다. 하지만 인생을 살면서 얻은 교훈은, 아직 일어나지도 않은 일들을 가지고 괴로워할 필요가 없고, 그저 일어나는 대로 받아들이면 된다는 거였다. 첫 번째 코스는 자신과 추장이 피차의 건승을 위해 한잔하는 거라고 했다. 한잔? 황소 피를 마셔야 하나?

천만에, 18년 묵은 글렌피딕이었다. 추장은 두 사람의 잔에 위스키를 가득 부었다.

「우리 부친과 조부께서는 발효한 염소젖으로 건배를 하셨다오. 하지만 본인은 잘 여행한 사람으로, 소싯적에 이걸 한번 맛본 적이 있다오. 저기 북쪽에 있는 로이양알라니에 유학을 갔을 때 일이지. 그때 난 벽에 달린 어떤 전기 콘센트 놈에게 공격을 받고 절명했다오. 이때 그들은 이 음료를 내 코밑에 들이밀었고, 난 곧바로 깨어났지.」

올레밀리는 먼저 건배를 제안하지도 않고 한 모금 마셨다(이는 스웨덴 사람들이 질색하는 행동이었다). 후고는 이것은 아마 마사이 문화의 일부이거나, 아니면 단순히 추장이 목이 마른 탓일 거라고 생각했다. 광고맨은 추장의 본을 따르면서 이야기의 뒷부분을 들었다.

콘센트 사건이 있은 지 얼마 되지 않아, 훨씬 더 고약한 일이 발생했다. 올레밀리의 왼쪽 검지가 타자기에 끼여 딱 부러져버렸단다. 정말 지독하게 아팠는데, 그 지역 치유사가 말하기를, 금빛 나는 음료는 냄새를 맡기만 해서는 안 되고, 쭉 마셔야 효과가 있다고 했단다.

「그런데 바로 그거였소!」 올레밀리가 말했다.

아, 그 향이라니! 그것은 미래의 추장이 한 번도 경험해 보지 못한 방식으로 그의 입안과 영혼을 가득 채웠단다. 마치 엔카이 님이 직접 자기에게 내려 주신 음료 같았단다.

후고는 엔카이가 뭔지 몰랐다. 어떤 신 같기도 했고, 아니면 하늘일 수도 있었다. 하지만 그는 글렌피딕은 알고 있었고, 이게 기대했던 만큼 훈향이 느껴지지는 않았지만, 여기에 신과 하늘이 얼마간 관여하고 있을 가능성을 배제할 수 없었다. 지난 24시간 동안 그 시련과 고생을 겪은 후에, 이것 한 모금에 온몸이 벌떡 소생하는 느낌이니 말이다.

「음, 엔카이……」 그는 지그시 눈을 감고 고개를 끄덕거렸다.

두 번째 잔을 비우고 나자, 추장이 대체 어디에서 이 마법의 음료를 구했을까 하는 의문이 들었다. 이게 그가 북쪽에 유학 갔을 때의 그 병은 분명 아닐 텐데?

아니, 이걸 배달해 주는 주류 판매점이 나이로비에 있단다. 올레밀리가 판매점에서 차로 예닐곱 시간 걸리는 마사이마라의 어느 마을까지 음료를 배달해 달라고 주문하자 그들은 구시렁댔고, 그가 가축으로 지불하겠다고 하자 조금 더 구시렁댔단다. 하지만 며칠간의 끈질긴 협상 끝에 퍼즐 조각들이 제자리를 찾았단다. 이제 그들은 1년에 한 번씩 대형 트럭을 몰고 찾아와 글렌피딕으로 채워진 나무 상자들을 내려놓고는, 수고의 대가로 소들과 염소들을 받아 간단다.

「상자 두 짝당 소 한 마리. 아니면 염소 여섯 마리든지. 내가 늘 하는 얘기지만, 나이로비 사람들은 정말 셈을 할 줄 모른다오.」

이제 후고가 어느 부인과 동침하느냐의 문제가 남았다. 하지만 그 문제는 저절로 해결되었다. 술이 여섯 순배 돌고, 두 번째 병이 거의 바닥났을 때, 그는 테이블 위에 왼쪽 뺨을 대고 잠이 든 것이다. 추장은 그 위에 담요 두 장을 덮어 주고는 한 수하에게 잘 감시하라고 지시했다.

아침 식사 때 올레밀리는 전날 저녁의 모든 것에 대해 감사를 표하고는, 지금 자기 머리가 얼마나 깨질 듯이 아픈지, 진심으로 치유사가 그립다고 말했다. 후고는 자신도 올레 음바티안이 그립다고까지는 말하지 않았지만, 머리가 깨질 듯 아프다는 점에 있어서는 동의했다.

오믈렛과 몇 가지 과일과 커피로 구성된 식사를 마친 뒤, 후고는 이제 다시 일로 관심을 돌려야 할 때라고 생각했다. 그런데 올레밀리가 먼저 입을 열었다.

「후고 추장, 당신은 고향에서는 큰 인물이신 걸로 알고 있소. 이틀 전에 왔다가 간 음준구와는 달리 말이오.」

「음준구?」

「당신의 동료 말이오, 후고 추장. 치유사의 물건들을 가져간 사람. 하지만 — 우리 추장들끼리 하는 얘긴데 — 그 사람은 그다지 유쾌한 인간이 아니었다오. 뭔가 벌줄 게 있다면 그건 당신에게 맡기겠소. 난 추장들은 상대의 영역을 침범하지 말아야 한다는 의견을 늘 견지해 왔으니까.」

후고는 처음에는 어리둥절했다. 하지만 곧바로 다 이해했다.

빅토르 알데르헤임이 그보다 먼저 다녀간 것이다. 그리고 올레 음바티안의 통화가 그를 도와준 것이다.

43

 빅토르로서는 전에 한번 왔던 길이었다. 스톡홀름-나이로비, 렌터카 그리고 어딘지 알 수 없는 황무지로 이어지는 길. 그는 7년 전과 같은 비행기를 탔지만, 마지막 몇 시간 동안은 액셀러레이터를 있는 대로 밟았기 때문에 도착했을 때는 아직도 날이 밝았다. 이렇게 서두른 이유는 그가 전에 케빈을 내려놓은 지점에서부터 그 빌어먹을 치유사의 마을까지는 길을 물어물어 가야 할 것이기 때문이었다. 일단 마을에 도착하면, 치유사가 언급한 사진들, 한마디로 그와 이르마 스턴이 함께 찍은 사진들을 찾아낼 계획이었다. 호주머니는 그 일을 도와줄 달러로 가득 차 있었다. 만일 토인들이 이해하는 게 딱 하나 있다면, 그것은 바로 이 달러이리라.

 두 염소 치기의 — 염소가 수도 없었다! — 도움을 받아, 그는 바랐던 것보다 훨씬 빨리 올레 음바티안의 마을에 도착할 수 있었다. 거기서 그는 마치 그를 기다리고 있었던 것 같은 원주민들의 영접을 받았다. 정말로 상상할 수 없는 일이었다. 그들이 모든 증거물들을 상자 하나에 담아 가지고 나와서 차

뒤 칸에다 실어 주고 있을 동안, 그는 침도 제대로 삼킬 수 없었다.

빅토르는 빨간 담요를 두른 마사이와 이르마의 모습이 흐릿하게 보이는 빛바랜 사진 한 장 정도를 기대했었다. 그것만으로도 그림의 진위 여부에 대한 질문들에 답하기는 충분할 터였다. 하지만 그가 받은 것은 그로서는 꿈도 꿀 수 없었던 보물 상자였다.

이제 남은 것은 그들이 거기에 주저앉아 밤이 이슥할 때까지 잡담을 나눠야 한다고 생각하는 추장을 무시해 버리는 일이었다. 천치 같으니라고!

노인이 함께 건배할 수 있는 어떤 괴상한 음료를 가져오겠다고 오두막 안으로 사라지자, 빅토르는 기회를 놓치지 않고 그곳을 떠나 버렸다. 작별 인사도 없이.

나이로비로 가는 길의 중간쯤에서 그는 차 안에서 몇 시간 잠을 잤고, 다음 날 아침 7시에 다시 집으로 가는 비행기에 몸을 실었다. 이집트 상공의 어딘가에서 그는 반대 방향으로 향하는 후고와 엇갈렸다. 두 사람 다 이 사실을 알지 못했다. 또 그들 앞에 무엇이 기다리고 있는지도 알지 못했다.

44

이제 빅토르 알데르헤임은 그림들과 증거물들을 최종적으로 봐줄 사람이 필요했다. 〈이것들은 진품이오〉라고 선언해 줄 사람 말이다. 그럴 수 있는 사람은 오직 하나, 세계 제일의 이르마 스턴 전문가, 뉴욕의 프랭크 B. 해리스 박사였다. 그의 말은 곧 법이었다. 이것은 비유가 아니라, 미국 법 체제 내의 일련의 조항들을 따르자면 실제로 그랬다.

이 해리스 박사는 깊은 신앙심과 드높은 도덕적 기준의 소유자였다. 그가 가까이하는 사람들 중에는 미연방 대법관 두 사람과 공화당 상원 의원 한 사람 그리고 뉴욕 대주교가 포함되어 있었다.

지난 며칠 동안 맨해튼에 있는 프랭크 B. 해리스 박사의 사무실에서 가장 뜨거웠던 화제는 동물들과 섹스를 한 걸로 보이는 어느 남자의 집에서 출현했으며, 위작으로 추정되는 이르마 스턴의 그림 두 점이었다. 만일 이 그림들의 사진이 공개되어 이것들이 위작이 아닌 진정한 걸작일 수 있다는 — 혹은 둘 다라는 — 사실을 시사하지 않았더라면, 이 모든 것을 가볍게 지나쳐 버릴 수도 있었을 것이다.

해리스 박사는 만일 이게 정말로 이르마 스턴에 의해 그려진 게 아니라면, 누가 이걸 그렸는지 알아낼 필요가 있다고 느꼈다. 한편으로 보자면, 이것을 이르마 스턴이 그렸다는 것은 있을 수 없는 일이었다. 하지만 다른 한편으로는, 지난 하루 이틀 사이에 자신이 소유자라고 주장하는 인물이 작품들이 진품이라고 주장했다는 루머가 온라인상에 떠돌고 있었다. 이것은 박사가 허접한 인터넷 사이트나 SNS에 들어가 시간을 보낸다는 뜻이 아니었다. 그에게는 두 명의 비서를 포함한 동료들이 있었다. 또 이들에게도 조수들이 있었다. 세상에는 그가 하는 것보다 단순한 방식으로 어울리는 단순한 사람들이 있는 것이다.

해리스 박사는 스웨덴의 동물 성애자를 만나고 싶은 마음이 전혀 없었다. 하지만 불행히도 그 그림들을 가까이서 들여다보고 싶다면, 그 일을 피하기란 불가능했다. 그는 보고 싶었다. 아니, 꼭 봐야만 했다. 더욱이 동물들과 섹스를 한다는 사내는 그의 사무실에 전화를 걸어 도움을 청하기까지 했다.

박사는 어떻게 해야 할지 알 수 없었다. 그는 시간을 좀 벌기로 하고는, 그 끔찍한 사내를 며칠 동안 두 비서에게 떠맡겼다.

그사이에 박사는 그의 친구 대주교에게 전화를 걸었고, 또 대주교는 어린 시절 친구이자 멘토인 전 부에노스아이레스 대주교와 접촉했다. 그들이 마지막으로 얘기를 나눈 이후로 이 멘토는 모든 일이 잘 풀렸고, 지금은 모든 것의 우두머리 자리를 제안받아 로마의 어느 거대한 집에 살고 있었다.

프란치스코 교황은 그의 친구 대주교의 목소리를 오랜만에 들어 한편으로는 기쁘기도 했지만, 그들이 나누는 대화의 주제 때문에 마음이 착잡하기도 했다. 섹스와 관련하여 자신이 다뤄야 할 골치 아픈 문제들이 지금도 충분히 많다고 생각하고 있었기 때문이었다. 정말이지 주님께서는 짊어지고 갈 십자가들을 끊임없이 내주고 계셨다. 그는 다만 씩 웃으며 견뎌낼 뿐이었다.

그의 친구가 제기한 질문은 아주 구체적이면서도 소름 끼치는 것이었다.

이 친구의 친구가 동물들과 교접한 어느 사내와 어울리는 것이, 아니 그저 악수라도 하는 것이 과연 권할 만한 일인가?

사실, 그렇지는 않았다. 그런 죄악은 상상할 수 있는 모든 차원에서 그리고 상상할 수 있는 모든 방법으로 거부되어야만 했다.

하지만 만일 여기에 더 큰 목적, 일테면 어느 위대한 예술가가 그린 두 점의 놀라운 그림을 세상에 선사할 수 있는 가능성이 있다면?

교황은 해답을 성경에서 — 아니면 또 어디겠는가? — 찾았다. 물론 『시편』에는 〈악을 떠나서 선을 행하라〉라는 말씀이 있지만, 이 말씀은 — 『레위기』에 따르자면 — 죽여 마땅한 사람들과 친하게 지내도 된다는 뜻은 결코 아니었다. 하지만 또 『로마서』 12장에는 〈악에게 지지 말고 선으로 악을 이기라〉라는 말씀도 있었다.

결국 그 끔찍한 사내와 대면하는 것이 올바른 길이었다. 성경이 위대한 이유는 때로는 이것이 스스로에게 모순될 때가 있기 때문이다. 이 안에서 우리는 주어진 상황에 가장 적합한 말씀을 고를 수 있는 것이다.

「친구에게 말씀하세요. 스톡홀름에 가서 길 잃은 알데르헤임 씨를 만나고, 또 필요하다면 악수를 나눠도 된다고요. 하지만 동시에 그를 옳은 길로 인도하기 위해 모든 조처를 취할 것이며, 선으로써 그를 이겨 내야 한다고 말이에요.」

이리하여 프랭크 B. 해리스 박사는 교황의 한 다리 건넌 축복 속에 어느 날 아침 스톡홀름 알란다 공항의 제5터미널에 착륙했고, 거기서 목 빠지게 기다리고 있던 빅토르 알데르헤임을 만나게 되었다.

「해리스 박사님이십니까? 이렇게 스웨덴까지 와주셔서 대단히 영광입니다!」

「사람아, 주께서 선한 것이 무엇임을 네게 보이셨나니, 여호와께서 네게 구하시는 것은 오직 정의를 행하며 인자를 사랑하며 겸손하게 네 하느님과 함께하는 것이 아니냐.」 프랭크 B. 해리스 박사가 중얼거렸다.

「엥, 뭐라고 하셨죠?」 빅토르 알데르헤임이 물었다.

침묵 속에 공항에서 시내까지 여행한 후, 해리스 박사는 길 잃은 사내의 주방에 앉아, 식탁 위에 놓인 이른바 이르마 스턴의 작품들을 들여다보고 있었다. 그는 방 안에 염소가 한 마리도 없는 것에 대해 주님께 감사를 드렸다.

박사는 그림들을 30분이 넘게 면밀히 검토했지만, 사실은 대면한 지 10초도 안 되어 두 작품에 깊은 애정을 느꼈다.

「자, 어떻게 생각하시죠?」 결국 참지 못한 빅토르 알데르헤임이 물었다.

박사가 대답이 없자, 빅토르는 아프리카에서 가져온 증거물들을 꺼냈다.

오, 세상에! 이런 귀한 보물이! 그것은 「시냇가의 소년」을 그리고 있는 이르마 스턴의 흑백 사진이었다. 물론 그 소년 말이다. 또 자신의 생명을 구해 준 남자에게 그녀가 보낸 편지들도 있었다.

해리스 박사는 숨도 제대로 쉬지 못하고 사진들을 한 장 한 장 넘기며 들여다보았다. 미국인 전문가의 눈에 눈물이 고였다.

그리고 이 편지들. 분명히 위대한 화가가 쓴 것들이었다! 그녀만큼 철자법이 엉망인 사람은 없었다. 그녀만큼 마침표와 쉼표를 부정확하게 찍는 사람은 없었다. 그리고 무엇보다도 이것은 육필이었다. 이르마가 손으로 쓴 편지를 읽는 사람은 네 단어마다 무슨 뜻인지 생각해 봐야 했다.

하지만 뜻을 제대로 읽어 내고, 구두점들을 제자리에 옮겨 놓을 줄 아는 사람이라면, 그녀의 언어에서 아름다움을 발견할 수 있을 거였다. 예를 들면 그녀의 생명을 구해 준 치유사에게 보낸 편지, 이 늙어 가는 여인이 자신에게 조금 더 살 수 있는 기회를 준 사람에게 감사하고 있는 이 편지에서 말이다.

해리스 박사는 식탁 위에 놓인 것이 이르마 스턴의 알려지지 않은 후기 작품들이라는 데에는 의심의 여지가 없었다.

「하느님의 이름으로 묻겠습니다만, 이 그림들이 누구의 것이죠?」

그는 자신이 지금 너무 교황을 의식하고 있다는 것을 깨달았다.

「물론 내 것이에요.」 빅토르가 대답했다. 「내 이름을 걸고 장담하죠.」

「증명할 수 있나요?」

뭐, 증명하라고? 빅토르의 흥분된 긴장감은 순간 은근한 분노로 바뀌었다.

「그게 이 감정(鑑定)하고 무슨 상관이 있죠? 당신은 이 그림들이 진품이란 것만 확인해 줘요, 나머지는 내가 알아서 할 테니까.」

지금까지 동물들과 섹스를 하는 이 끔찍한 사내는 얌전히 있었다. 하지만 이제 해리스 박사는 이 사내의 진정한 본성을 봤다고 느꼈다.

「심지어는 사도 바울께서도 후회의 감정을 품으셨답니다. 당신도 그분처럼 하는 것을 한번 생각해 봐야 할 거예요, 미스터 알데르헤임.」

누가 이런 머저리를 대서양 저쪽에서 비행기에 실은 거지?

「당신을 여기에 초대한 것을 내가 곧 후회하게 될 것 같소. 자, 이 그림들의 가치가 얼마나 되는지만 말해요, 그럼 다시 비행기까지 태워 드릴 테니.」

그렇군, 결국 돈이었군, 이라고 해리스 박사는 생각했다. 우리의 신앙을 끊임없이 위협하는 것. 상업주의가 출현한 이후로 인류는 계속 내리막길을 걷고 있어.

「난 진품 인증서에 서명하고, 가격을 평가하겠지만, 작품의 소유자에게만 해줄 거예요. 사진과 편지로 판단하건대 원소유자는 1960년대의 올레 음바티안 씨였어요. 여기서 추측하는 것이 내 의무는 아니지만, 지금 내가 한번 해본다면, 이 올레음바티안 씨는 사망한 것 같아요. 이 경우, 지금까지 이것에 대한 어떠한 매매 증서도 없으므로, 소유권이 그의 자녀 혹은 손주들에게 이전되었다고 상정하는 게 타당할 거예요.」

빅토르는 미국인을 목 졸라 죽이고 싶었다. 하지만 이 머저리는 자기를 만든 자를 만날 기회가 생겨 오히려 기뻐할 거였다. 하여 그는 미국인을 목 조르는 대신, 명백히 소유자의 아들로 보이는 소 올레 음바티안이라는 이름의 남자가 자신의 그림들을 〈염소 성애자〉에게 팔았다고 알리는 모습을 담은 TV4의 동영상을 보여 주었다.

「〈염소 성애자〉가 당신인가요?」

「맞소.」 빅토르가 대답했다. 「어, 그러니까, 아니오, 아니, 그러니까, 맞소.」

염소 성애자가 되고 싶은 사람이 세상에 누가 있겠느냐마는, 여기에는 더 중요한 것들이 걸려 있었다.

해리스 박사는 동영상을 다시 한번 검토했다.

「흠, 명백한 방증 자료라고 할 수 있겠군요.」 그가 말했다. 「그렇다면 영수증 사본을 제출할 수 있겠나요?」

해리스 박사는 마치 곧 받게 될 것을 안에 집어넣으려는 듯이 서류 가방을 무릎 위에 올려놓았다.

「하지만 아프리카에선 일을 그런 식으로 처리하지 않는다고요.」 빅토르가 항변해 보았다.

「그렇다면 당신은 이르마 스턴의 그림 두 점을 영수증도 없이 구매했단 말인가요?」

「아, 하느님, 맙소사!」

「그러므로 내가 너희에게 이르노니 사람에 대한 모든 죄와 모독은 사하심을 얻되 성령을 모독하는 것은 사하심을 얻지 못하느니라!」

「엉?」

「『마태복음』12장 31절 말씀이오.」

이 기독교 환자 같은 미국인 전문가와 더 이상 얘기하는 것은 쓸데없는 짓이었다. 원래 빅토르는 그를 호텔까지 데려다 줄 생각이었으나, 날씨가 너무 나빴기 때문에 기꺼이 그냥 걸어가게 놔뒀다. 해리스 박사는 작별 인사를 대신하여 자신의 조건들을 다시 한번 상기시켰다.

「며칠 후에 난 미국으로 돌아가요. 그 전에 이곳의 현대 미술관과 다른 몇 군데를 둘러보려고 해요. 이르마 스턴의 서신으로 판단하건대, 이 걸작들의 소유자는 대 올레 음바티안이었어요. 난 소 올레 음바티안이 그분으로부터 이 작품들을 물려받았다고 생각해요. 따라서 나는 이분들이 작품의 원소유자라고 판단해요. 미스터 알데르헤임이 내게 요청한 증서를 발행하기 위해서는, 그분들에서부터 시작하여 당신에 이르기까지, 각 신규 소유자에 대한 증거가 있어야 해요. 염소 성애자 — 바로 당신이죠, 오, 하느님께서 당신을 용서하시기를! — 에 대한 TV 비디오 클립은 최근 수십 년 동안 한 건의 소유권 이전도 발생하지 않았음을 보여 주고 있어요. 다시 말해서, 난 TV에서 얘기된 내용을 서면으로 받아야 한다는 뜻이에요. 아멘.」

해리스는 그가 하는 말에 또다시 하느님을 끌어들이고 있다. 빅토르는 어리둥절했다.

「지금 무슨 말을 하는 거죠?」

해리스 박사는 한 명의 인간일 뿐이었고, 심한 중압감을 느끼고 있었다. 그는 세속적인 방식으로 자신의 생각을 표현하고자 했으나, 교황이 자신을 지켜보고 있는 것처럼 느껴졌다. 지금 그가 말하고자 하는 것은 — 입으로 한 말은 좋은 것이긴 하지만 — 그것들을 서면으로 접수할 필요가 있다는 것이었다. 그런데 이 모든 게 머릿속에서 성경 말씀과 뒤섞여 버리자, 입에서 이상한 소리가 흘러나왔다.

「말씀을 들으나 세상의 염려와 재물의 유혹에 말씀이 막히는 자는 결실을 맺지 못한다고요.」

「해리스 박사, 지금 머리가 어떻게 된 것 아니오?」

박사는 다시 한번 시도했다.

「소유권 이전 서류에 올레 음바티안의 서명을 받아 오시라고요.」

「그 얘긴 벌써 했잖소?」

눈이 펑펑 쏟아지고 있었다. 제설차들은 아직 작업을 시작하지 않았다.

「자, 해리스 박사, 가다가 미끄러져서 자빠지지 마시오!」

◆

이제 어디부터 시작해야 하나? 빅토르는 새하얀 눈세계가 된 스톡홀름에서 흑인 치유사를 찾아내어 제대로 된 종이에 그의 서명을 받아 내야 할 뿐 아니라, 이미 얻은 것을 보호할 필요가 있었다. 어쨌든 자기에게는 잠재적으로 수백만 달러의 가치가 있는 그림 두 점과 그것들이 진품이라는 사실에 대한 무엇과도 비교할 수 없는 증거물들이 있었다. 증거 자체만 해도 화폐 가치가 있는 문화적 보물이었다.

또 케빈이 누구와 함께였는지, 아니면 혼자였는지는 모르겠지만 도어록을 망가뜨리지도 않고 통과할 수 있었던 앞문도 손봐야 했다. 도어록은 30년이나 된 고물이었고, 사정을 잘 아는 사람이 앞에서 하품만 해도 열리는 모양이었다.

새 도어록으로 교체해야 했다. 당장.

그러고 나서 마사이를 찾아 나서리라. 그사이에 그 괴상한 머저리, 미국인 진품 감정가가 고향에 돌아간다고? 그래, 갈 테면 가라고 해라. 뉴욕에 가는 비행기는 매일 있었다. 그를 뒤쫓아 가서 그의 코밑에 증서를 들이밀면 되리라. 이왕이면 신약 성경과 함께.

새 도어록? 아니었다.

스톡홀름의 일반적인 열쇠공은, 일반적인 스톡홀름 시민과 마찬가지로 SNS에서 활동 중이었다. 전통적인 미디어와는 달리 거기에서는 지금 벌어지고 있는 일들의 실상을 접할 수 있는 것이다. 그래서 미술품 거래인의 문 뒤의 실상은 상상을 초월할 정도로 역겹다는 사실이 확실히 밝혀졌다. 염소 네 마리(진실이 실종될 때, 하나가 넷이 되는 것은 일도 아니었다)가 본의 아니게 양들과 송아지들과 섞여 지내고 있단다. 또 미술품 거래인에게는 케이지에 갇힌 햄스터 한 마리도 있다는 미확인된 정보도 있었다. 아무도 더 이상 알고 싶어 하지 않았다. 하지만 모두가 더 알고 싶어 했다. 그리하여 충분히 많은 사람들이 그들이 아는 것을 알고 있었다. 다시 말해서 빅토르 알데르헤임에게는 이 지구의 반대쪽으로, 혹은 그게 가능하다면 다른 행성으로 가는 것 외에는 길이 없다는 사실을 잘 알고 있었다.

요컨대 처음 접촉한 세 명의 열쇠공은 그를 돕기를 거절했다. 네 번째 열쇠공은 보다 방어적이었고, 어쩌면 내년 가을에 시간이 날지도 모르겠다고 대답했다.

빅토르는 임시변통의 방법을 찾아내야 할 거였다. 왜냐하면 케빈이 심지어는 자국 하나 남기지 않고 도어록을 열었기 때문이었다. 마치 자기 열쇠를 하나 가지고 있는 것 같았다.

빅토르는 드릴로 구멍을 뚫고, 걸쇠와 묵직한 맹꽁이자물쇠를 달아 놨다. 그러다가 그의 생각이 열쇠 쪽으로 향했다. 비록 엔뉘까지 이르지는 못했지만, 어쩌면 케빈이 다시 시도하기로 마음먹을 수 있지 않을까 하는 생각에까지는 이르게 된 것이다. 전번에는 녀석이 — 여러 가지 다른 것들 외에도 — 그림 두 점을 이 지하실에 가져다 놨고, 그러자 경찰이 들이닥쳐 빅토르를 위조범으로 몰았었다. 도대체 어떤 멍청한 녀석이 이르마 스턴의 그림 두 점을 자신의 금고나 벽이 아닌 다른 곳에 둘 수 있단 말인가?

첫 번째 결론 : 케빈은 자기가 무슨 짓을 하고 있는지 전혀 몰랐다.

두 번째 결론 : 만일 케빈이 TV를 봤거나 마사이를 찾아냈다면, 이제 실상을 알게 됐을 것이다. 그렇다면 다시 시도하리라. 이번에는 자기가 멋모르고 주고 간 것을 도로 훔쳐 가기 위해.

빅토르는 걸쇠와 맹꽁이자물쇠를 문 안쪽에다 설치했다. 거리 쪽에서 보면, 이게 전번에 쉽게 뚫린 그 문과 다른 것이라고 생각할 수 없으리라.

빅토르 알데르헤임은 자기보다 똑똑한 사람을 알지 못했다.

길었던 하루가 끝나 가고 있었다. 미술품 거래인은 그의 아파트에 돌아와, 해리스 박사가 앉아서 그림을 검토하기도 하고 하느님을 찾기도 했던 의자에 앉았다. 오늘 온 우편물을 확인하는 시간이었다. 봉투 하나뿐이었는데, 국세청에서 온 거였다.

전 후견인이 케빈의 실종 및 사망 신고를 한 지 5년 하고도 3일이 지나서야 마침내 판결이 내려졌다.

그가 사망한 것으로 선언되었다.

사실이 아닌 게 너무나 유감이었다.

45

후고가 케냐에서 위스키를 마시고 있는 동안, 엔뉘와 케빈은 그들의 능력 범위 내에서 마사이와 함께 최대한 즐거운 시간을 보내기로 했다. 먼저 현대 미술관이었다.

두 젊은이는 이미 마음이 통한 후였지만, 지금까지는 모든 게 너무 빨리 흘러왔다. 따라서 갑작스레 생긴 그들 사이의 감정을 확인할 수 있는 기회는 언제나 좋은 것이었다. 예를 들면 스웨덴 표현주의의 몇 안 되는 여성 대표자 중의 하나인 시그리드 예르텐과의 만남이 그랬다. 그녀는 작품 중의 하나에서 한 우아한 숙녀를 부산스러운 스톡홀름 시내가 내려다보이는 발코니에 위치시켰다. 저 아래에는 마차와 전차 그리고 인사를 나누는 사람들과 장사치들이 보였다. 전경에는 여자가 선 발코니가 놓였는데, 이 발코니에는 여자가 사회적 상황에 갇혀 있는 수인(囚人)임을 암시하듯 엄청나게 높은 난간이 둘려 있었다.

케빈은 이 작품이 표현주의와 당시엔 아직 발명되지 않은 페미니즘의 결합체로 느껴진다고 소감을 밝혔다. 엔뉘는 그게 무슨 뜻인지 알고 있었다. 남자 친구에 대한 그녀의 감정은 한 층 더 깊어졌다.

「이 여자는 왜 이렇게 화가 나 있지?」 올레 음바티안은 고개를 갸우뚱했다.

엔뉘는 미술관 다음에 스톡홀름의 유명한 야외 박물관인 스칸센을 방문할 것을 제안했다. 흥미로운 동물들과 역사적인 건물들을 구경할 수 있는 곳이었다.

올레는 자기는 이미 오랜 세월에 걸쳐 동물을 신물이 나도록 구경했다고 말했다. 역사적 건물 중 어떤 것들은 수백 년이나 되었다는 말을 듣자, 그는 짜증부터 냈다. 고향의 오두막들은 4년도 못 되어 무너져 내려 신축해야 하는데, 그게 무슨 말이나 되는 소리냐고 하면서.

스칸센 방문은 여러 가지 면에서 좋지 않은 계획임이 드러났다. 바깥은 아직 영하의 날씨였고, 올레 음바티안은 슈카를 포기할 생각이 전혀 없었다.

그렇다면 실내 쇼핑센터가 괜찮지 않을까? 올레는 그게 아주 좋은 생각처럼 느껴졌다. 그가 구매하고 싶은 게 몇 가지 있었던 까닭이다. 무엇보다도 그는 무기가 한 세트 필요했다. 그의 창과 칼은 저기 나이로비에서 압수당한 터였다. 그래도 곤봉은 스웨덴까지 무사히 날아왔는데, 경찰은 그것이 어쩌다가 그들 중 하나의 머리에 닿았다는 이유로 빼앗아 갔다.

엔뉘와 케빈은 스칸디나비아 몰에 한번 가보자고 제안했다. 면적이 무려 10만 제곱미터가 넘으며, 2백 개가 넘는 상점과 레스토랑 그리고 다양한 체험을 제공하는 공간들이 꽉 들어차 있는 이곳에서는 우리가 아는 국제적 브랜드들이 고객을 유혹하기 위해 경쟁을 벌이고 있었다. 고급 의류, 인테리어 용품, 전자 제품…… 심지어는 전기 자동차까지 즉석 구입이 가능하단다.

이 마지막 부분은 별로 와닿지 않았다. 올레 음바티안 생각으로는, 전기 자동차는 전기를 필요로 할 터인데, 그렇다면 고향에서는 쓸모가 없을 거였다. 나중에 이빨 없는 추장이 답변해야 할 사안이 정말이지 한두 가지가 아니었다.

하지만 슈카 밑에 받쳐 입을 옷은 몇 가지 사서 나쁠 게 없었다. 치유사는 불평이 많은 사람은 아니었으나, 정말이지 이곳 추위는 살을 쥐어뜯는 것처럼 고약했다.

엔뉘와 케빈이 무기 구입을 막기는 했지만 쇼핑센터 방문은 너무나 만족스러웠는데, 무엇보다도 에스컬레이터 때문이었다. 올레는 그의 가설을 확인해 보기 위해 두 개 중에서 잘못된 방향으로 움직이는 것을 실험해 봤다. 오, 환상적이었다! 아무리 열심히 발을 놀려도 여전히 제자리였다.

바깥에서 보면 알 수 없었지만, 이제 그는 슈카 밑에 내복과 얇은 터틀넥 스웨터를 입고 있었다. 양손에는 진짜 가죽 제품인 검은색 장갑을 꼈다. 물론 올레는 장갑이 뭔지는 알고 있었지만, 직접 껴보는 것은 처음이었다.

「검은색이 슈카의 체크무늬를 돋보이게 하는군!」 올레가 흡족해했다.

「오, 아주 멋있는데요!」 엔뉘가 옆에서 고개를 끄덕였다.

이제 남은 것은 신발이었다. 치유사는 추장처럼 구닥다리

인간으로 보이고 싶지 않았지만, 장갑은 아주 편안한 데 반해, 신발은 덫에 걸린 것처럼 갑갑하기 이를 데 없었다. 그는 자신은 계속 샌들을 신을 생각이지만, 날씨가 이런 식이라면 양말을 신는 것도 고려해 보겠다고 말했다.

샌들에다가 양말? 그건 〈멋〉과는 거리가······.

옌뉘의 표정이 변하는 것을 본 신발 가게 판매원은 원만한 거래를 위한 해결책을 찾아냈다. 그녀는 먼저 『월 스트리트 저널』이 양말 신은 발로 샌들을 질질 끌고 다니는 게 과연 미학적으로 바람직한가의 문제를 제기했다는 사실부터 언급했다. 하지만 현재의 옷차림새에 보라색 양말과 버켄스탁 샌들을 맞춰 신으면, 별로 흉하게 느껴지지 않을 거란다. 그런데 그 두 개가 마침 재고가 있단다.

치유사는 고개를 끄덕였다. 지금 신고 있는 연갈색 샌들은 잘 미끄러질 뿐 아니라, 새로 산 검정 장갑과 전혀 어울리지 않았다. 그는 스웨덴에 있는 동안 계속 창피함을 느끼며 돌아다니고 싶지 않았다. 만일 판매원 여사께서 월 스트리트 저널 씨가 다시 공격할 거라고 생각하지 않으신다면, 자신은 기꺼이 거래할 준비가 되어 있단다. 만일 불확실한 상황이 발생한다면, 자기에게 전화만 하란다.

◆

다시 집에 돌아온 후고는 옌뉘와 케빈 그리고 올레 음바티안을 거실에 소집했다. 마사이는 집 밖이든 집 안이든 장갑을 끼고 지냈다. 왼쪽 손목에는 시계도 차고 있었다. 전에 케빈이 볼모라의 중고 가게에서 거의 공짜로 주워 온 시계였다. 올레가 너무 부러운 눈으로 그리고 너무 오랫동안 시계를 쳐다보았기 때문에, 아들은 그것을 내주는 수밖에 없었다. 이 선물에 곁들여 시곗바늘 읽는 법에 대한 초급 강의가 행해졌다. 아빠는 금방 배웠다.

후고는 추장과의 만남, 마사이 의식과는 아무 관계 없는 음주, 이튿날의 극심한 두통 그리고 빅토르 알데르헤임이 이미 그곳을 다녀갔으며, 이제는 그림들과 그것들의 진정한 가치를 입증하는 증거물들을 깔고 앉았다는 사실을 깨닫게 된 일을 차례로 들려주었다. 후고는 올레 음바티안에게로 고개를 돌리고는, 은은한 분노가 느껴지는 목소리로 이렇게 물었다.

「당신이 알데르헤임에게…… 그러니까 그 화난 인간에게…… 당신과 이르마의 사진들이 사바나에 있다는 사실을 얘기했나요?」

올레는 그것은 자기가 피할 수도 있었던 일이라는 것은 이해하지만, 튜브 속의 캐비아로 구성된 아침 식사 중에 어떻게 자기가 그걸 알 수 있었겠느냐고 반문했다.

「맞아, 그 화난 남자가 내 그림들을 샀소. 그 일은 이미 끝난 거요. 그런데 자기 소유가 아닌 것을 갖는 것, 마사이들은 그런 걸 뭐라고 하는지 아시오?」

「뭐죠?」 후고가 물었다.

「도둑질.」

여기서 후고는 어떤 가능성을 느꼈던 것일까? 어쨌든 그는 그림들은 출처가 확인됨에 따라 가치가 증대했다는 사실을 지적했다. 지금 일고 있는 국제적인 관심은 기존의 이르마 스턴 작품들의 가격 추세와 결합하여 이 그림들의 가격을 2백만 달러 이상으로 올려놓을 것 같단다.

「그게 얼마나 많은 거지?」올레 음바티안이 물었다.

「그게 얼마나 돼요?」엔뉘도 물었다.

케빈이 환산을 해주었다.

「소 2천 마리예요, 아빠.」

「오, 세상에!」

지금 걸려 있는 게 얼마나 어마어마한 액수인지 치유사가 알아들었을까? 후고는 거래에 대해 이의 제기를 하는 것이 올레 음바티안 씨에게 혹시 가능하겠냐고 조심스럽게 물었다.

「무슨 뜻이지?」

「일테면 당신이 그림을 판 적이 없다고 말하는 것? 그가 당신의 말을 오해했다고 말하는 거죠.」

「내 말을 오해했다고?」

이제 후고 씨는 완전히 헷갈리고 있단다. 화난 남자는 분명히 이해했단다. 그는 화가 나 있다가 눈 깜짝할 사이에 우스꽝스러울 정도로 행복해졌단다. 물론 그러고 나서 다시 반대 방향으로 튀었지만, 이것은 그 사람의 근본적인 인성 문제인 것 같단다. 어쨌든 거래는 완벽하게 이뤄졌단다. 후고 씨는 오해에 대해서는 조금도 걱정 안 해도 된단다.

마사이와 광고맨은 사는 세계가 달랐다.

「그러니까 내 말뜻은, 그가 오해했다고 우리가 주장할 수 있지 않겠느냐는 거예요. 그럼 우린 어쩌면 그림들을 돌려받을 수 있고, 그것들을 — 예를 들면 — 소 2천 마리와 바꿀 수도 있어요.」

올레 음바티안은 고개를 저었다. 한번 말한 것은 말한 거였다. 한번 판 것은 판 거였다. 또 누가 소 2천 마리를 스웨덴에서 고향까지 몰고 간단 말인가? 이 엄동설한에 소들이 불쌍하지도 않은가? 적어도 발굽에다 장갑은 끼워 줘야 하지 않겠소?

다시 원점으로 돌아왔다. 대체 이 마사이에게는 어디까지가 현실이고, 어디까지가 허구인 걸까?

지금의 상황이 너무나 답답하긴 했지만, 케빈은 약속을 지키는 아버지가 자랑스럽게 느껴지는 것은 어쩔 수가 없었다. 후고는 짜증이 나 있었다. 옌뉘는 그저 허탈했다.

치유사는 한 가지는 분명히 하고 싶어 했다. 이미 말했듯이, 판 것은 판 거였다. 마찬가지로 훔친 것은 훔친 것이었다. 그리고 이 뒤의 사실에 대해서는 미술품 거래인 ─ 화난 남자 ─ 은 응분의 벌을 받아야 했다. 가급적이면 마사이 방식으로.

「마사이 방식?」 후고가 반문했다.

케빈은 개미집에 대해 설명해 주었다. 가벼운 죄를 저지른 사람은 15분 정도 그 위에 있어야 해요. 좀 더 심각한 죄에 대해서는 30분이나 그 이상이 필요하고요.

하지만 이 스톡홀름에서 개미집을 찾기는 쉽지 않을 거고, 어차피 이 계절에 땅은 얼어붙어 돌덩이가 되어 있을 거였다. 어쨌든 후고는 치유사가 문제의 범죄에 어느 등급을 부여할 것인지 알고 싶다고 말했다.

「만일 우리에게 속한 것들을 돌려받기만 한다면, 15분이 좋겠지.」 올레가 대답했다. 「하지만 그자가 악독한 인간이고, 지금까지 저지른 고약한 짓들까지 추가한다면, 다른 극단적인 방법을 고려해 볼 수도 있겠지. 만일 내 의견을 묻는다면 말이야. 지금 당신이 물었지만.」

「다른 극단적인 방법?」

「도둑의 두 팔을 등 뒤로 묶어서는, 머리를 개미집에 쑤셔 넣고 그냥 가버리는 거야.」

마사이는 개미집의 대안으로서, 후고의 차고에서 구할 수 있는 아무것으로나 무장하고는, 미술품 거래인을 찾아가 응분의 벌을 주는 방안을 제안했다.

이 계획에는 누구도 동의할 수 없었다. 비록 알데르헤임이 어떤 벌을 받아도 싼 인간이긴 하지만, 만일 올레 음바티안이 이 일을 주도한다면, 처벌의 수준에 대해 아무도 통제할 수 없게 될 거였다. 심지어는 올레 자신도 통제할 수 없을 가능성이 높았는데, 당사자는 벌써 이 안을 내려놓은 듯했다. 다른 사람들이 다음 단계에 대해 생각하고 있을 때, 그는 거기 앉아서 장갑 낀 두 손을 공중에 탈탈 털다가, 가끔씩 시계를 들여다보고는 현재 시간을 알려 주곤 했다. 저 양반이 지금 정신이 있는 걸까, 없는 걸까? 상황을 의식하고 있는 걸까? 아무도 모를 일이었다.

후고는 머리가 잘 돌아가지 않았다. 그는 위스키를 저주했다. 이틀이 지났는데도 여전히 숙취가 남아 있는 것 같았다. 알코올과 양 대륙을 오가는 비행, 기막힌 결합이었다. 혹시 병이 나는 건 아니겠지?

올레는 황갈색 음료 이야기가 나오자 고개를 끄덕였다. 자

345

신과 추장과 글렌피딕은 매주 목요일 해가 지고 난 후 미팅을 갖는 게 관례였단다. 골자를 말하자면, 추장은 말도 안 되는 얘기를 늘어놓고, 자신은 그때마다 바로잡아 주었단다.

「대략 1900시경이었을 거야.」 그가 자신의 멋진 시계를 가리키며 말했다. 「그러니까 우리가 말하는 식으로 하면, 7시.」

추장과 치유사의 미팅은 다음 날 아침의 후속 미팅으로 이어졌는데, 이때 그들은 한 번도 의견이 맞는 법이 없는 자신들이 전날 저녁 합의할 수 없었던 부분을 상기할 수 있도록 서로를 도와주었단다.

「10시에서 10시 30분 사이에. 대략 그 정도였을 거야. 어쩌면 11시였을 수도 있고. 하지만 그보다 나중의 〈시〉는 아니었어.」

그들은 거래에 이의를 제기할 수 없었다. 올레가 거부했기 때문이다. 또 미술품 거래인을 찾아내어 그가 훔쳐 간 것을 내놓으라고 요구할 수도 없었다. 올레는 자기가 알데르헤임에게 따끔한 가르침을 줄 수 없는 한 그럴 수 없다고 버텼다. 이는 — 이곳에는 개미집이 없는 것 같긴 하지만 — 다른 사람들이 결코 동의할 수 없는 일이었다. 사바나에서는 염소 새끼 한 마리 안 훔치고 목숨을 잃는 일도 있지만 말이다.

후고는 좀 생각할 필요가 있었다. 그리고 밀린 잠을 보충할 필요도 있었다. 어쩌면 순서를 바꾸는 편이 나을 거였다. 어쨌든 몸이 불편하게 느껴졌다. 그는 세 사람에게 자기가 다시 부를 때까지 떨어져 있어 달라고 부탁했다. 하루나 이틀 정도 쉬어야겠다고 덧붙였다.

후고가 휴식을 취하면서 앞일을 궁리하고 있을 때, 마사이와 반마사이와 나쁜 놈의 전처는 부근의 어린이 놀이터에서 썰매를 타며 뛰놀았다. 그들은 이따금 주방에서 후고와 마주치곤 했다.

「나와서 우리와 같이 썰매 타지 않을래요?」케빈이 권했다. 「온종일 일할 수는 없잖아요?」

「지금 시간은 2 하고 4분의 1이야.」올레가 말했다. 「열넷 하고 열다섯.」

「고맙지만 사양할게. 그리고 올레도 시간을 알려 줘서 고마워요. 이제 무슨 말인지 알아듣겠어요.」

그는 커피 잔을 집어 들고는 2층에 있는 그의 침실로 올라갔다. 그곳은 현 상황과 앞으로 해야 할 일에 집중하기에 충분히 조용하고도 평화로웠다. 하지만 슈카와 검정 가죽 장갑과 샌들 차림으로 눈썰매를 타고 있는 마사이만 떠올리면 여지없이 초현실의 세계로 돌아와야 했다.

이러고 있는 가운데, 후고가 어렴풋이 느꼈던 것이 마침내 터지고야 말았다. 열이 나더니, 본격적인 감기 증세가 시작되었다. 온종일 눈밭에서 구르지 않은 사람은 네 사람 중에서 그가 유일한데 말이다. 정말이지 이 세상에 정의란 없었다.

국제적 명성의 창의적 비즈니스맨이 충분한 수면과 그보다 더 충분한 생강 맥주 덕분에 자기 자신을 되찾고, 또 새로운 길을 — 그렇게 새로운 길은 아니었지만 — 찾아낼 수 있기까지는 꼬박 사흘이 걸렸다. 주말이 되어서야 그는 몸이 회복되었고, 또 생각이 제대로 돌아가는 것을 느낄 수 있었다.

무엇보다도 마사이를 설득할 수 있어야 했다. 다시 말해서 표현을 현명하게 골라야 한다는 뜻이었다. 다시 전체 회의를 소집한 후고는 먼저 올레 음바티안에게로 고개를 돌렸다.

「당신은 〈양산을 쓴 여자〉와 〈시냇가의 소년〉을 빅토르 알데르헤임에게 팔았지만, 그 일을 바로잡을 뜻은 없어요. 지금까지 내가 한 말이 맞나요?」

「난 그렇게 맛있는 샌드위치를 먹어 본 적이 없다오.」 올레 음바티안이 대답했다.

「그리고 과거에서 온 그 사진들과 편지들이 여전히 당신 소유인 것 맞나요?」

「그건 도둑질이었어!」 올레가 다시 대답했다. 「내게 곤봉과 개미집을 주시오. 둘 다 주면 더욱 좋고. 그럼 나머지는 내가 처리하리다.」

후고는 복수에 있어서 형평성의 원칙을 아직 포기하지 않은 터였다.

「우린 그것은 할 수 없어요.」 그가 대답했다. 「난 당신이 도둑질에 대해 어떻게 느끼는지는 알고 있지만, 만일 당신이 훔치는 것들이 이미 당신의 소유라면, 알데르헤임의 집에 들어가서 그것들을 훔쳐 오는 것에 대해서는 어떻게 생각하시죠?」

마사이는 생각해 봤다. 그것은 이웃 마을에 가서 자신의 염소들을 되찾아 오는 것과 똑같은 일일 거였다.

「한 가지 중요한 차이점은, 우리는 아무도 죽이지 않는다는 점이에요.」 후고가 말했다.

「그리고 문제의 염소들이 실제로 우리 것이라는 점도 다르고요.」 옌뉘가 덧붙였다.

광고맨은 전에 빅토르 알데르헤임의 집을 밤중에 방문했던 일을 다시 반복한다는 너무나 간단한 방법을 찾아내는 데 며칠씩이나 걸린 자신이 부끄러웠다. 다 감기 탓이었다. 아니면 도로 훔쳐 와야 할 물건이 1층의 갤러리가 아닌 한 층 위인 아파트에 있을 가능성이 있기 때문에 이 해결책을 무의식적으로 미뤄 온 것일 수도 있었다. 어쩌면 빅토르 알데르헤임의 베개 밑일 수도 있었다.

아무리 부드럽게 표현한다 해도, 이것은 위험성이 높은 프로젝트였다. 하지만 그림이 진품이라는 최종 결론이 나면, 그때는 너무 늦을 거였다. 반면, 진품으로 인증받지 못한 그림은 어떤 우여곡절을 통해서든 결국에는 원래 속한 곳으로 돌아올 수 있었다. 마사이가 어떻게 생각하든 상관없이 말이다.

따라서 오늘 밤 미술품 거래인의 집을 다시 한번 방문할 필요가 있었다. 아니, 그보다는 이 도시가 가장 조용해지는 일요일 밤이 좋을 거였다. 만일 미술품 거래인이 옌뉘가 말한 대로 그렇게 멍청한 자라면 — 조금 더 멍청하다면 더 좋겠지만 — 그는 아직 도어록을 바꿔 놓지 않았을 거였다.

46

빅토르 알데르헤임이 갤러리 출입구 반대편 벽 위쪽에다 설치해 놓은 보안 카메라는 결코 공짜가 아니었다. 하지만 그것은 수천 배의 보상을 돌려줄 수 있는 투자였다. 카메라는 빛과 소리에 반응했고, 녹화된 결과를 그것의 소유자에게 전달했다. 심지어 어둠 속에서도 촬영할 수 있었으니, 스웨덴의 겨울은 거의 항상 어두컴컴하다는 점을 감안하면 좋은 일이 아닐 수 없었다. 더욱이 코앞의 자기 손밖에 안 보이는 밤과는 달리 모든 게 훤히 보이는 그리고 몇 시간밖에 지속되지 않는 낮에 도둑이 침입을 시도할 리는 없고 말이다.

첫 번째 밤에 카메라는 한 층 위의 주인처럼 편히 쉬고 있었다.

하지만 두 번째 밤, 빅토르는 대박을 쳤다. 그것은 4분 13초짜리 — 02:05:30에서 02:09:43까지 — 녹화물이었다. 약속대로 클립은 빅토르의 휴대폰 앱으로 전송되었다.

미술품 거래인은 전날 밤 촬영된 동영상을 흥분과 두려움이 엇갈리는 눈으로 들여다보았다. 그는 그룹 뒤쪽의 키 큰 남자가 누구인지 알아보았다. 이 마사이 앞에는 누군지 알 수 없는 어떤 남자가 있었다. 하지만 앞에서 두 번째 사람은…… 케빈! 그렇다, 그 케빈이었다. 죽은 전 피후견인 말이다. 이럴 줄 알고 있었지만, 또 그렇지도 않았다. 어떻게 죽은 녀석이 살아 있을 수 있단 말인가?

한 가지 위안이 되는 것은 케빈이 마사이의 아들처럼 보인다는 점이었다. 이로써 골치 아픈 부자 관계 문제는 영원히 해결된 셈이었다. 녀석의 어미인 그 전염병 걸린 여편네가 얼마나 완강하게 주장하던지, 빅토르는 그녀를 입 다물게 하기 위해 유전자 검사까지 받았다. 그렇지만 그녀는 검사 결과를 가지고서 오히려 그를 곤란하게 만들었다. 아니, 우리가 피부 색깔도 같지 않다는 게 안 보이는가 말이다!

이어진 협상 가운데서, 어미는 빅토르가 케빈이 열여덟 살 생일이 될 때까지 책임지는 한, 다른 것은 문제 삼지 않겠다고 약속했다. 빅토르도 약속했지만, 약속이야 얼마든지 할 수 있었다. 어차피 그녀는 곧 죽을 목숨이었다.

불행히도 그녀는 빅토르가 생각했던 것보다 훨씬 교활한 여자였다. 그녀는 비틀거리는 걸음으로 그를 가정 인권 센터까지 끌고 갔고, 거기서 궁지에 몰린 그는 나중에 간단히 무시해 버릴 수 없게 된 것들에 동의하게 되었다. 가정 법원이라는 대안이 있긴 했지만, 그곳은 한층 고약한 곳이었다. 빅토르가 이해하는 바로는, 그곳의 판사들은 죄다 녹색당이나 다른 끔찍한 단체에 속한 인간들이었다. 게다가 그들은 이 진흙탕에 애까지 끌어들일 위험이 있었다.

이런 사정으로 녀석이 나이가 찰 때까지 볼모라의 원룸에 집어넣고 피자를 배달시켜 줘야 하는 상황이 되었고, 결국에는 녀석이 완전히 사라지지 않으면 이 문제는 영원히 해결되지 않는다는 것을 깨닫게 되었다.

아프리카 편도 항공권은 괜찮은 아이디어였다. 그 게을러터진 사자 놈들이 일을 제대로만 했다면 말이다. 이 세상은 그 누구도, 그 무엇도 믿을 수가 없다. 심지어는 맹수들까지도 충분히 사납지 못했다.

케빈이 이 무리에 끼어 있는 것은 조금도 놀라운 일이 아니었다. 하지만 열쇠를 들고 앞장선 이 여자는…… 바로 엔뉘였다! 그런데 대체 어떻게 저 열쇠를…… 아, 그렇지!

빅토르는 그녀의 은행 계좌에서 돈을 긁어내느라 바빴기 때문에 그녀의 호주머니에 대해 생각할 겨를이 없었다. 맞다, 그녀는 아이였을 때부터 매일 똑같은 문을 열쇠로 잠그고 열기를 반복해 오지 않았던가.

이번에는 그녀의 열쇠가 문제가 되지 않았다. 그녀가 아무리 문을 거칠게 밀어 대도 안쪽의 걸쇠와 자물쇠 덕분에 문이 꿈쩍도 하지 않았던 것이다. 그의 머리는 그녀보다 훨씬 위에서 놀고 있었다. 이것은 전혀 새로운 사실이 아니었지만, 다시한번 확인할 수 있는 좋은 기회였다.

남은 것은 어떻게 엔뉘와 케빈이 서로 만나게 됐느냐의 문제였다.

볼모라……. 빅토르는 이해했다. 아, 당연하지!

그리고 이 낯선 남자…….

빌어먹을, 이 인간은 대체 누구야?

아직 퍼즐 조각 몇 개가 빠져 있지만, 대부분은 제자리에 맞춰졌다. 그렇다, 지하실에 덫을 놓은 것은 물론 케빈과 옌뉘였다. 그들은 견딜 수 없을 정도로 목적 지향적인 이 빅토르에게 복수하려고 그 짓을 한 것이다. 케빈은 그림들을 아프리카에서 가져왔다. 올레 음바티안이 뒤따라왔지만, 제때 오지 못해 이 멍청한 녀석은 아무것도 모르고 갤러리 지하실에 기어 들어왔다. 그러자 더 멍청한 마사이는 케빈이 이미 자기에게서 훔쳐 간 것을 팔아 치운 것이다. 이 빅토르에게 말이다! 고작 샌드위치 하나에. 아니, 정확히는 두 개였지만.

케냐의 뉴스가 스웨덴까지 흘러와, 옌뉘와 케빈이 자신들이 너무나 친절히도 가져다 바친 그림뿐 아니라 그것의 출처를 입증하는 데 필요한 증거물까지 이 빅토르의 수중에 들어왔다는 사실을 깨달았을 가능성도 배제할 수 없었다.

미술품 거래인은 게임에서 앞서 있었다. 케빈과 옌뉘는 온 유럽으로 하여금, 아니 어쩌면 전 세계로 하여금 빅토르가 염소들과 그 짓을 한다고 믿게 만듦으로써 좁쌀만 한 승리를 거두었다. 하지만 무슨 상관이랴! 온 세상이 이 빅토르가 존재하는 모든 종들과 무슨 짓을 했다고 믿는다 해도, 돈만 쌓여 있다면야 아무 상관 없었다.

이제 남은 일은 단 하나, 마사이로 하여금 그림들을 서면으로도 팔게 만드는 것이었다. 그 미친 미국인과 그의 신이 이것을 요구했다. 정말이지 답답한 노릇이었다. 하지만 한편으로는 오히려 잘된 일인지도 몰랐다. 소유권에 대한 증거가 없으면, 그림을 팔기가 힘들고, 설령 판다고 해도 훨씬 낮은 가격일 것이기 때문이었다.

지금까지 빅토르는 마사이가 정말로 약속을 지킬 거라고는 믿지 않았다. 아니, 믿기가 어려운 상황이었다.

지금까지는 말이다.

왜냐하면 이제 치유사는 정말 약속을 지킬지, 아니면 케빈과 엔뉘와 낯선 사내와 자기 자신을 절도 혐의와, 법규집에서는 어떤 명칭으로 불릴지 모르겠지만 역(逆)절도 혐의로 감방에 처넣을지, 둘 중 하나를 선택해야 할 것이기 때문이었다.

일은 저절로 해결되리라.

저 마사이를 찾아내기만 한다면.

47

약간 기분이 다운되어 있었고, 열을 동반한 감기도 심한 편이었다. 하지만 아무리 그렇다 해도! 만일 다시 한번 알데르헤임의 집에 침입할 필요가 있다는 사실을 깨닫는 데 그렇게 오래 걸리지만 않았더라면, 그 개자식은 미처 대비할 시간이 없었을 거였다. 후고는 아침 식사 시간 내내 미술품 거래인과 자신 중 누굴 더 미워해야 하나, 하는 생각만 곱씹고 있었다.

한편 올레 음바티안은 후고의 토스터를 관찰하면서 신제품 개발에 대해 생각하고 있었다. 그가 보기에 토스터에는 한 가지 결점이 있었으니, 식빵 사이에 달걀을 넣어 구우면 달걀이 굳기 전에 흘러나올 수 있다는 점이었다. 만일 토스터를 옆으로 뉘어 놓는다면?

그는 이 연구를 매듭짓지 못했다. 어차피 달걀 넣은 토스트는 구치소에서 제공되는 갈색 잎사귀와 잼과는 경쟁할 수 없었다. 캐비아가 아닌 캐비아도 그리 나쁘지 않았고.

엔뉘와 케빈은 최근의 실패 이후로 후고의 기분이 썩 좋지 않다는 것을 느꼈다. 이럴 때는 얼마간 혼자 놔두는 편이 나았다. 그동안 우리끼리 쇼핑센터를 한 번 더 방문하면 어떨까? 치유사를 위해 콘플레이크와 링곤베리 잼과 칼레스 카비아르 튜브를 사 오면 좋지 않을까? 그 외에도 가서 할 일이 많았다. 와플 굽는 기계, 탁상용 선풍기, 커피 머신 등, 각종 흥미로운 전기 제품을 둘러보기. 올레가 새 칼을 구입하지 못하게 막기. 창은 파는 물건이 아니라는 것을 설명하기. 만일 나무 곤봉이 있다면, 그것은 하나쯤 사게 해도 무방하리라.

엔뉘는 예의상 후고에게 같이 가자고 권했다. 깊은 생각에 빠져 있던 그는 대답이 없었다.

최근까지 후고는 서로를 해치고 싶어 하는 사람들의 욕망을 이용하여 돈을 번다는, 아주 기막힌 비즈니스 콘셉트를 기반으로 회사를 경영해 왔다. 백 사람 중에서 백 명은 이따금 어떤 부당한 일의 피해자가 된다. 백 사람 중에서 50명은 그 부당한 일을 되돌려주고 싶어 한다. 그들 중 열 명은 이에 대한 대가를 지불할 능력이 있다. 이들 열 명 중에서 한 명만 의사를 분명히 밝히고 나선다면, 달콤한 복수 주식회사 앞에는 계산할 수 없을 정도의 밝은 미래가 기다리고 있었다.

세계적으로 볼 때, 최대의 복수 애호가는 국가들과 테러 단체들이라 할 수 있었다. 국가들은 틈만 나면 다른 나라를 비난했고, 테러 단체들은 내세우는 것은 어떨지 몰라도 본질은 그렇지 못했다. 어쨌든 이들의 공통점은 후고와 경쟁 관계에 있지 않다는 사실이었다. 후고는 이들보다는 일테면 이탈리아 마피아가 자신의 경쟁 상대가 될 수 있다고 생각했다. 따라서 마케팅 전략에 있어서, 그가 사용하는 방법이 법의 테두리 안

에 있다는 점을 강조하는 게 중요했다. 이것은 코사 노스트라[27]
의 최우선 사항은 아닌 것이다. 후고가 첫 번째 의뢰 건 때부터
마피아의 원칙들을 따르게 됐지만, 그것은 또 다른 문제였다.

각국 대도시에 지부를 둔다는 것은 이미 계획에 포함되어
있었다. 먼저 런던이었다. 아무것도 아닌 것을 가지고 서로 적
이 되는 일에 있어서는 누구도 영국인을 따라갈 수가 없었다.
그들은 주점에서 누가 먼저 다트 판을 사용하느냐의 문제로,
혹은 어떤 축구팀을 — 팀의 실력과는 상관없이 — 응원하느
냐의 문제로 적이 되었다. 영국인 두 사람은 심지어는 그들이
유럽의 일부인가 아닌가, 라는 간단한 문제에 있어서도 의견
이 갈리는 것이다.

다음은 베를린이었다. 독일인들은 여러 가지 면에 있어서
스웨덴인들과 비슷했다. 모든 것이 깔끔하게 정리되어 있어야
하고, 시간을 칼같이 지키며, 규칙을 — 그게 글로 쓰인 것이든
아니든 — 엄격히 지켰다. 만일 누군가의 발을 살짝이라도 밟
게 되면, 그 반응은 안 봐도 뻔했다. 이들은 우리의 기억이 미
치는 옛날부터 그래 왔다. 심지어는 헨젤과 그레텔도 복수로
대응했다. 사악한 마녀가 고약한 의도를 드러내자, 그들은 대
화로 풀려 하지 않고, 그대로 마녀를 불살라 버렸다.

대영 제국과 독일 다음에는 프랑스 차례였다. 그곳이 가장
돈이 되는 시장이기 때문은 아니었다. 프랑스인은 스스로 —
가급적 무리 지어서 — 복수하는 일에 탁월한 재능을 지니고
있었다. 하지만 다 알다시피 파리는 특별한 곳이었다. 무언가

---

27 시칠리아 마피아를 일컫는 말.

가 거기에 존재하지 않으면, 전혀 존재하지 않는 것이나 마찬가지였다.

스페인에는 이미 다녀온 바 있었다. 콘크리트 축구공을 사용한 복수는 그곳에서 뉴스로 소개되었다. 『엘 디아리오』에 따르면, 코치는 오른발의 뼈 열여덟 개에 골절상을 입었다고 했다. 후고는 번역 애플리케이션의 도움을 받아 가며 끙끙대며 기사를 해독해 봤다. 세상에! 발처럼 간단한 것 안에 뼈가 열여덟 개씩이나 들어 있다니!

유럽을 정복하고 나면, 미국이 기다리고 있었다. 이를 위해서는 여러 가지 강점, 약점, 실행 가능성, 위험성 등에 대한 분석을 바탕으로 한 적절한 비즈니스 플랜이 필요할 터였다. 한 가지 곤란한 점은 만일 미국에서 누군가의 차에 스크래치를 내면 — 정당 방어에 대한 미국식 개념에 따라 — 스크래치 낸 이의 머리에 총알이 박힐 수도 있다는 점이었다.

옌뉘와 케빈이 후고의 사무실에 들어왔을 때, 전망은 대체적으로 밝아 보였다. 그 후에 케냐에서 온 돈키호테 같은 치유사가 끼어들었다. 자동차 스크래치에 대한 미국식 처벌이 머리에 총알을 박는 거라면, 2백만 달러짜리 그림 두 장을 샌드위치 두 개와 가짜 캐비아 튜브 한 개에 팔아먹은 인간에 대한 처벌은 과연 무엇이 되어야 하겠는가? 후고가 문제의 거래가 너무나 어처구니없는 것이었다고 절망적으로 설명했을 때, 당사자 마사이는 자기는 캐비아만이 아니라 삶은 달걀까지 받았다고 맞섰다.

지금 달콤한 복수 주식회사는 엉망진창이었다. 가택 침입

작전이 실패로 끝난 후, 위대한 창의적 비즈니스맨은 이제 무엇을 해야 할지 전혀 알 수 없었다. 오직 무엇을 하지 말아야 하는가만 알고 있었다. 즉 옌뉘와 케빈 그리고 저 걸어 다니는 재앙 덩어리와 함께 쇼핑센터에 가는 짓은 절대 하지 말아야 했다.

「잘들 다녀와. 난 집에 있을 테니까.」

　　　　　　　　　◆

〈없는 것 빼고 다 있는 클라스 올손〉 상점에는 길이가 33센티미터이고 오크로 만들어진 나무망치가 79.90크로나가 찍힌 가격표와 함께 진열되어 있었다. 올레 음바티안은 그것의 무게를 손안에 가늠해 보면서 고개를 끄덕였다. 그의 아들이 플라스틱 카드로 지불했는데, 버튼이 달린 조그만 상자에 그것을 대자 〈삑〉 소리가 났다. 그러자 올레는 〈이《삑》이 바로 물건값이야〉라고 친절히 설명해 줬다. 고향에서는 나로크까지 소 네 마리를 끌고 가야 하는 것을 생각하면, 이거야말로 진정한 〈제품 개발〉이 아닌가 싶었다.

클라스 올손에서 멀지 않은 곳에 콘플레이크와 링곤베리 잼을 파는 식품점이 있었다. 이것도 구매한 치유사는 기분이 매우 유쾌해졌다. 그는 새로 산 곤봉을 명랑하게 휘두르며 식품 봉지를 든 케빈을 따라갔다.

「고향에 있는 사람들을 위해서도 뭔가를 사야 할 것 같아.」 올레가 말했다. 「흠, 저기는 고를 게 아주 많군.」

그는 보석 가게 쪽을 바라보며 고개를 끄덕거렸다.

엔뉘의 눈이 빛났다.

「목걸이 하나, 어떨까요?」

치유사는 고개를 저었다. 그러면 안 될 거였다. 불행히도 그에게는 아내가 둘 있었다.

「그럼 목걸이 둘?」

오, 똑똑하기도 하지! 정말이지 엔뉘는 여자에 대한 깊은 통찰력의 소유자였다.

「사실, 나도 그거야.」[28]

판뉘 순딘이 헬그렌스 굴드에서 판매원으로 혼자 일하는 첫날이었다. 경험 많은 동료와 일주일 동안 함께 지낸 그녀는 잘 준비되어 있었다. 그녀는 여러 가지 유형의 고객들 — 뭔가를 사겠다는 신호를 보내는 고객, 특별히 신경 써야 할 필요가 있는 고객, 그냥 구경만 하려고 들어온 고객 — 에 대한 모든 것을 배웠다. 그녀는 또 생각할 수 없는 일이 일어났을 때 눌러야 하는 비상경보 버튼이 마룻바닥의 어디에 있는지도 알고 있었다.

그런데 이 〈생각할 수 없는 일〉이 일어났다.

빨간색과 검은색의 체크무늬 옷을 걸치고 이 한겨울에 샌들만 신은 키 큰 흑인 하나가 걸어 들어왔다. 장갑 긴 한쪽 손에는 나무 곤봉이 들려 있었다. 그가 〈난 강도다!〉라고 외칠 틈도 없이, 판뉘는 재빨리 비상경보 버튼을 눌렀다.

올레는 실망했다. 그는 태어나서 처음으로 케빈의 신용 카

28 목걸이는 스웨덴어로 *halsband*로, 그 발음이 영어의 남편*husband*과 비슷하다.

드, 그러니까 〈삑〉 소리를 내는 것으로 지불할 생각을 하고 있었던 것이다. 하지만 카운터 뒤의 여자는 물건은 팔려 하지 않고 대뜸 소리부터 질렀다. 올레가 장갑 낀 손으로 그녀의 볼을 가볍게 두드려 주려 하자, 그녀가 내지르는 소리는 첫 번째 날 호텔 프런트 직원의 그것보다 훨씬 새된 비명으로 바뀌었다. 프런트 직원은 소나 현금을 받기를 거부했었다. 그런데 이 여자는 카드도 받으려 하지 않았다. 올레는 모두가 이렇게 물건값을 받으려 하지 않는데 어떻게 이 나라가 돌아갈 수 있는지, 참으로 이해가 되지 않았다.

그로부터 몇 분 전, 옌뉘와 케빈은 마사이를 상점에 혼자 보냈다. 두 사람은 근처에 앉아 아이스크림을 먹으며 기다릴 생각이었다. 둘 다 이것은 여러 가지 이유로 좋은 아이디어라고 생각했다. 옌뉘는 올레가 목걸이를 스스로 선택했으면 싶었다. 당신의 아내가 몇 명이 됐든, 사랑하는 사람에게 선물할 때는 이렇게 해야 하지 않겠는가? 한편 케빈은 아버지가 고향의 골짜기에 없는 모든 것들에 호기심을 품는 것을 보아 왔다. 이런 아버지에게 전자 결제 수단으로 직접 금융 거래를 하게 해주면, 그가 자랑스러워할 것 같았다. 그리고 케빈도 아버지가 자랑스러울 거였다.

그런데 경보가 울렸다.

케빈과 옌뉘는 눈빛을 교환했다. 그들은 아이스크림을 내려놓고, 요란한 소리가 울리는 곳으로 향했다.

보석 가게 앞에 대체 몇 사람이나 몰려든 걸까? 50명? 백명? 군중을 헤치고 나아가는 게 불가능할 정도였다. 올레 음바티안도 사람 숲의 저편에서 같은 문제에 봉착해 있었다. 그는 이 가게에서 더 이상 할 게 없다고 느꼈다. 판매원의 양 볼과 이마에 키스한다는 것은 어림도 없는 소리였다. 하지만 이 많은 사람들이 어디서 다 기어 나온 걸까? 그리고 이 요란한 소리는 대체 무어란 말인가?

보석 가게를 터는 것은 그렇게 권장할 만한 일이 아니다. 만일 당신이 꼭 그걸 해야 한다면, 또 하고 나서 경찰을 피해 달아나고 싶다면, 아마도 스웨덴 최대의 쇼핑몰을 범죄 현장으로 선택하지 않는 편이 나을 것이다. 특히 이날에는 그러지 않는 게 좋았다. 경보가 울렸을 때, 쇼핑몰 바로 근처에는 한 대도 아닌 두 대의 경찰 순찰차가 있었다. 네 경찰관들 중에서 최연장자는 세 동료를 이끌고 쇼핑객들의 바다를 헤치며 달려갔고, 마침내 보석 가게의 문 앞에서 용의자를 포착했다.
「무기를 내려놓고, 바닥에 엎드려!」
세 동료들이 권총을 빼 들고 뒤에서 기어 오는 가운데, 스스로를 지휘관으로 임명한 경찰관이 벼락같이 소리쳤다.
「아이고, 또야!」 올레 음바티안이 탄식했다.
엔뷔와 케빈도 다른 쪽에서 간신히 군중을 뚫고 나아올 수 있었다. 하지만 이제 어떻게 해야 하나? 위협적인 분위기가 감돌고 있었고, 케빈의 피부는 양아버지의 그것만큼이나 검었다. 그는 자신이 뛰어들어 상황을 수습하려 하는 것은 현명한 행동이 아닐 거라고 생각했다. 그는 이런 생각을 눈짓으로 엔뷔에게 전달했다. 그리고 나서 뒤로 물러섰다.
엔뷔는 자신은 즉각 사살되는 것을 피할 수 있을 만큼 충분히 스웨덴 사람처럼 보인다고 생각했다. 또 자신이 여성이라는 점도 상황을 진정시키는 데 일조할 것 같았다. 하지만 그녀가 한 걸음 내딛기도 전에 새로운 국면이 전개되었다.

지휘관 뒤에 있던 세 경찰관 중의 하나가 갑자기 권총을 내려 케이스에 집어넣더니, 용의자에게 다가갔다.

「세상에! 올레 아니에요?」 그녀가 말했다.

치유사의 얼굴이 환해졌다.

「아니, 그대는 경찰관 아가씨가 아니신가?」

「날 그렇게 부르지 않겠다고 약속했죠?」

48

올레 음바티안은 또다시 경찰차에 실려 크로노베리 구치소로 향하는 신세가 되었다. 꼭 감방에 갇혀야 한다는 얘기는 아니었지만, 어쨌든 이 일은 조사받을 필요가 있었다. 당직 검사는 적어도 〈없는 것 빼고 다 있는 클라스 올손〉의 상품 번호 40-7527, 즉 무게가 492그램인 나무망치가 무기로 간주될 수 있는지에 대한 의견 정도는 주어야 했다.

이때 크리스티안 칼란데르는 마지막에서 네 번째 근무일(정말 〈근무일〉이 맞는지 모르겠지만)을 보내고 있는 중이었다. 서장이 칼란데르의 사무실에 머리를 들이밀었을 때, 수사관은 종이 끼우는 클립을 휴지통에 골인 시키는 놀이에 푹 빠져 있었다. 그는 세 번의 시도 중에 두 번을 성공시켰다.

「어이, 칼란데르, 바쁘신 것 같구먼? 자네 친구 마사이가 돌아왔네. 방금 전에 보석 가게를 털고 왔어.」

「도대체 무슨 소리야?」

「오, 내가 좀 과장했네. 하지만 그를 다시 거리로 돌려보내기 전에, 자네가 잠시 데리고 잡담 좀 나눠 줘야겠어.」

오후 2시 30분이었다. 다시 말해서 퇴근하기 전에 좀 쉬어야 하는 시간이었다. 물론 그 얘기는 할 수 없었지만.

서장은 그의 전 에이스 수사관에게 잠시 브리핑을 하고 올레 음바티안을 방 안으로 들어오게 한 뒤, 사악한 미소를 지으며 떠나갔다.

「다시 오신 것을 환영합니다, 음바티안 씨.」 칼란데르 수사관이 말했다.

올레는 자기가 별일도 아닌 것으로 다시 갇히지는 않는다는 것을 이미 들어서 알고 있었고, 다시 한번 유익한 대화를 나눌 수 있기를 기대하고 있었다. 따라서 필요 이상으로 대화를 단축할 이유는 전혀 없었다.

「오, 고맙소, 고맙소.」 그가 말했다. 「내가 그쪽 이름을 잊어버리긴 했지만 말이오. 난 사람 이름 기억하는 데 좀 약하다오. 내가 젊었을 때, 음좌가 키트 치우 와카자와카라는 친구가 있었는데, 이상하게 기억이 안 나더라고. 지금 방금 기억이 났지만 말이야. 참 희한하네!」

「칼란데르 수사관입니다.」 칼란데르 수사관이 알려 주었다.

「오, 맞아. 그래, 내가 어떻게 해줬으면 좋겠소?」

이 마사이가 뭘 해주냐고? 물론 가주면 제일 좋겠지. 그러면 이 칼란데르도 갈 수 있고, 근무일이 딱 3일 남게 되는 거야.

「스칸디나비아 몰에서 무슨 일이 있었는지 얘기해 보세요.」

「전체를 다 듣고 싶소, 아니면 마지막 부분만 듣고 싶소?」

올레는 〈전체〉라는 대답이 나오길 바랐다.

「마지막 부분만 들어도 충분할 것 같아요.」

「난 목걸이 하나를 사려고 어떤 가게에 들어갔어요. 아니, 목

365

걸이 두 개를 사려고. 하나 사가지고 마누라 둘 있는 집으로 들어갔다간 무사하지 못하지.」

칼란데르가 생각해 보니, 자신은 하나밖에 없는 아내에게 줄 목걸이 하나 없이 집에 들어간 적이 셀 수도 없었다. 지금 그녀는 재혼해 살고 있었다.

「그래서요?」

「내가 아마 내 나무 곤봉으로 판매원 여성을 겁나게 했던 모양이오. 왜냐하면 소피아가 도착해서 오해를 없애 버리기 전까지 거기가 엄청 소란스러웠거든.」

「소피아?」

「경찰관 아가씨. 하지만 그녀를 그렇게 부르진 마시오.」

칼란데르는 고개를 끄덕였다. 소피아 아펠그렌 경사. 총명하고도 열성적인 후배. 한때 칼란데르 자신이 그랬듯이.

「하지만 당신 곤봉은 여기서 우리가 보관하고 있지 않나요?」

「케빈이 새것을 하나 사줬어. 아마 올손이라는 사람에게서 샀을 거요. 아까 말했듯이, 내가 사람 이름에 좀 약하지만.」

「그렇다면 케빈을 찾았군요?」

「아니, 그렇지 않다면 어떻게 그 애가 나하고 거기서 쇼핑했겠소?」

마사이는 형식적인 질문들에 대해서는 별로 참을성이 없었다.

「어떻게 그 그림들이 빅토르 알데르헤임의 집에 가게 됐는지 얘기해 줄 수 있나요? 저번에 당신이 말하기를, 케빈이 알지도 모른다고 했잖아요.」

올레 음바티안은 이 질문에 대해 생각해 봤다. 얼마 전부터 그는 옌뉘가 화난 남자의 집 열쇠를 가지고 있다는 사실을 알고 있었다. 그들은 그 열쇠를 사용하여 그 집에 들어가 그들의 소유물을 가지고 오려고 했던 것이다. 하지만 다행스럽게도 수사관이 물은 것은 이것이 아니었다. 올레는 어떻게 그림들이 알데르헤임의 지하실에 들어가게 됐는지 아직 정확히 모르고 있었다. 열쇠가 전에도 한번 사용됐을지 모른다는 의심은 들었지만, 모르는 것은 모르는 거였다.

「내가 그렇게 얘기했던가? 음, 사람은 많은 것을 얘기하지. 한번은 내가 말을 너무 많이 하니까, 앞에 있는 남자가 입 닥치라고 하더군. 음, 바로 그 화난 남자였어. 알데르헤임. 그 불쾌한 친구.」

이 대화만 마치고 사흘만 더 버티면 은퇴다! 크리스티안 칼란데르는 끝까지 버티겠다고 굳게 다짐했다.

「난 케빈을 만나고 싶어요.」 그가 말했다. 「우리 경찰 용어를 쓰자면, 난 지금 당신에게 통고하고 있는 거예요. 그에게 내일 아침 여기로 찾아오라고 말해 줄 수 있어요? 10시 30분? 지금 시간이 좀 늦어지고 있고, 난 처리해야 할 일이 몇 가지 있어요.」

예를 들자면 가브리엘 가르시아 마르케스와 맥주 두 잔 그리고 지하철 세 정거장. 아니, 어쩌면 맥주 한 잔으로 충분할 수도 있었다. 그래도 오늘은 월요일이니까.

「물론 할 수 있지.」 올레 음바티안이 대답했다. 「그런데 10시 30분은 10시 반하고 같은 거라오.」

「나도 알아요. 자, 음바티안 씨, 이렇게 말씀 나눠 줘서 고마워요. 나가는 길을 혼자 찾을 수 있을까요?」

올레가 대답하기도 전에, 칼란데르는 치유사를 경찰서 복도에서 혼자 헤매게 하는 것은 좋지 않으리라는 것을 깨달았다. 그는 일이 복잡해질 거라는 것을 경험으로 알고 있었다.

「음, 내가 로비까지 바래다 드릴게요.」

49

미술품 거래인은 끔찍한 인간이긴 했지만 그렇게 머리가 나쁘진 않았다. 그는 마사이가 다시 소동을 일으켰다는 소식을 스마트폰으로 읽었다. 덕분에 빅토르 알데르헤임은 마사이가 지금 어디에 있는지 짐작할 수 있었고, 그래서 지금은 한때 엔뉘의 돈이었던 것으로 당당하게 구매한 그의 메르세데스-AMG S65 쿠페 안에 앉아 크로노베리 구치소 바깥에서 기다리고 있었다. 그 피곤하기 짝이 없는 해리스 박사가 아직 이나라에 있으면 좋으련만. 아직은 시간이 있었다.

치유사는 어느 보석 가게에 들어가 그곳을 털었다고 했다. 최초의 보도들은 강도 사건을 운운했으나, 15분이 지나자 〈오해〉라는 단어가 업데이트된 뉴스에 처음 등장했다. 빅토르는 마사이가 유죄일 거라고는 한순간도 믿지 않았다. 사물의 진정한 가치에 대해 그렇게나 무지한 자는 보석상보다는 신문배달원을 털 가능성이 높았다. 따라서 그는 자신이 찾는 영감이 그 체크무늬 커튼을 몸에 두르고서 금방이라도 감옥에서 기어 나올 수 있다는 기대를 품고 있었다. 그리고 어차피 그 개자식을 찾을 수 있는 다른 뾰족한 방법은 떠오르지 않았다.

◆

케빈은 경찰이 강도 사건을 다루고 있다고 생각할 때 사실은 범죄 현장이 아니었던 범죄 현장을 떠났다. 그때 그는 자신의 피부색이 권총을 빼 든 경찰관들을 진정시키는 효과를 낳지 못하리라는 결론에 이르렀다. 적어도 최초의 그 긴박한 순간에는 효과가 없을 거였다.

몇 초 후, 옌뉘도 경찰관 중의 하나가 그들의 마사이를 알아봤기 때문에 더 이상 위험한 상황은 없다는 것을 깨닫고는 그의 뒤를 따랐다.

그래서 이제 올레 음바티안은 경찰관들 사이에서 유명 인사가 됐지만, 두 사람은 아직 경찰에 알려지지 않은 상태였고, 이는 후고도 마찬가지였다.

지금 광고맨과 케빈은 크로노베리 구치소에서 멀지 않으며, 구치소 정문이 한눈에 들어오는 아시안 레스토랑에 앉아 있었다. 한편 옌뉘는 정문 근처에 슬그머니 다가가 있었다. 그녀는 거기에서 별로 눈에 띄지 않는, 기억할 만한 가치가 없는 재소자의 가족 정도로 보일 거라고 모두가 생각했기 때문이었다.

불행히도 마사이는 어느 경찰관과 함께 걸어 나오고 있었다. 옌뉘는 눈짓을 통해 올레로 하여금 그들이 지금 여기서 서로 아는 척을 해서는 안 된다는 것을 깨닫게 하려고 애썼다. 하지만 그것은 통하지 않았다.

「아니, 옌뉘가 여기 있네? 안녕?」 그는 그녀의 정체를 반쯤 드러내며 소리쳤다.

지금까지 그의 말과 손이 스치기만 하면 모든 게 엉망이 되었다는 사실을 생각해 보라.

수사관은 마사이의 친구에게 정중하게 인사를 했지만, 그녀가 정확히 누구인지 물어볼 만한 이유가 금방 떠오르지 않았다.

「자, 그럼 내일 뵙겠습니다.」 칼란데르가 말했다. 「10시 30분이에요. 케빈을 찾아내면 말이에요.」

「네, 좋아요, 10시 반!」

구치소에서 레스토랑까지 잠시 걸어오는 동안 옌뉘는 이 올레 음바티안이 과연 정신이 온전한가, 하는 의문이 들었다. 정말로 그는 수사관에게 케빈을 데려오겠다고 약속한 건가? 도대체 무슨 생각을 하고 있는 거지?

그녀는 너무 화가 났고, 또 그는 너무 태평했기 때문에 어떤 수상한 사내가 뒤에서 다가오고 있다는 사실을 둘 다 알아채지 못했다. 날은 벌써 어둑해지고 있었다.

후고와 케빈은 옌뉘와 치유사가 길을 건너오는 모습을 레스토랑에서 지켜보았다. 그러다가 두 사람 뒤에 낯선 사내가 따라오는 것을 발견했다.

「어, 저 사람 누구지?」 후고가 의아해했다.

「난 누군지 알 것 같은데요.」 케빈이 말했다.

마사이와 옌뉘가 테이블에 앉자마자, 낯선 사내도 따라 들어와 그들의 테이블에서 멀지 않은 곳에 떡 버티고 섰다. 올레는 편지와 사진을 훔쳐 간 도둑, 다시 말해서 따끔한 맛을 보여줄 필요가 있는 자를 곧바로 알아보았다.

「어, 저것 좀 봐라?」 올레가 말했다. 「어이, 당신, 지금 내 것을 돌려주려고 여기 온 거야? 그렇지 않다면 지금 나한테 당신에게 보여 줄 멋진 새 곤봉이 있어.」

미술품 거래인은 마사이의 암시적인 위협을 무시해 버렸지만, 어쨌든 올레의 말 이후로는 대화가 영어로 진행되었다. 한편 후고는 지금 무슨 일이 일어나고 있는지 알 수 없었다.

「내게 볼일이 있으십니까?」 후고가 물었다.

「네, 그렇습니다.」 사내가 대답했다. 「나는 빅토르 알데르헤임이라고 합니다.」

「오, 아니야!」 후고가 신음을 흘렸다.

「네, 아주 정확한 표현이십니다. 내가 여기 앉아도 된다면 설명해 드리겠습니다.」

「글쎄, 안 앉아도 될 것 같은데요?」

하지만 빅토르 알데르헤임은 자리에 앉았다.

「어이, 안녕, 옌뉘?」 그는 전처에게 인사를 건넸다. 미소를 지으며 말이다. 옌뉘는 대답하지 않았다.

「그리고 케빈도 안녕? 아프리카에서 고향이 그리웠니?」

그의 전 피후견인도 대답이 없었다. 알데르헤임의 이런 자신만만한 태도에는 아주 불안하게 느껴지는 무언가가 있었다. 그는 그들이 모르는 뭔가를 알고 있는 걸까?

올레 음바티안은 미술품 거래인이 자기 소유가 아닌 것을 돌려주러 왔다고 믿었다. 그렇다면 지난 일은 더 이상 문제 삼지 않을 거였다. 꼭 필요하지도 않는데 싸우는 것은 어리석은 짓이었다.

「내가 정확히 이해했다면, 당신은 내 고향 마을에 들러서 이르마 스턴의 모습이 담긴 내 소중한 사진들과, 마찬가지로 소중한 그녀의 편지들을 어쩌다 훔치게 됐어. 자, 내 말이 맞아?」

어쩌다 훔쳤다고? 빅토르 알데르헤임은 치유사가 자신의 총명함을 모욕했다고 느꼈다. 누가 아프리카 사바나의 다 쓰러져 가는 마을을 어쩌다 방문한단 말인가? 자신은 순전히 자신의 전략과 능력 덕분에 거기에 가고, 또 원하는 것을 얻게 된 것이다.

미술품 거래인이 대답이 없자, 올레 음바티안은 좀 누그러진 어조로 말을 이었다.

「그래, 살다 보면 어쩌다 남의 물건을 취하게 되는 경우가 있어. 한번은 매년 있는 불 축제 때 내가 덤불 뒤에서 어느 젊은 여성을 어쩌다 취하게 된 일이 있었지. 내가 미처 그 사실을 발견하기 전에 내 마누라 중의 하나가 대신 발견해 주었어. 참으로 다행스러운 동시에 불행한 일이었지……. 근데 내가 뭘 얘기하고 있었더라? 아, 맞아, 당신은 내게 속한 뭔가를 가지고 있고, 난 그걸 돌려받길 원해. 예를 들면, 지금.」

빅토르 알데르헤임은 치유사의 말을 무시해 버리고 후고에게로 고개를 돌렸다.

「내가 여기 온 것은 마사이가 소유권 이전 증서에 서명할 필요가 있어서입니다. 지금 케빈 네 얘기가 아니라 다른 사람 얘기야. 어쨌든 그걸 마치는 대로 난 떠나겠어요.」

그는 서류와 펜을 올레 앞의 테이블에 탁 올려놓았다.

빅토르 알데르헤임은 옌뷔와 케빈이 말한 것만큼이나 역겨운 자였다. 이런 점에 있어서는 달콤한 복수 주식회사가 제대로 의뢰를 받은 거라고 할 수 있었다. 하지만 이 점 말고는 좋아할 만한 게 별로 없었다. 후고는 최선의 공격이 최선의 방어라고 생각했다.

「내가 소 올레 음바티안 씨의 대변인으로서 즉시 말씀드릴 수 있는 것은, 이분은 변호사의 자문을 구하기 전에는 아무것에도 서명할 수 없다는 사실입니다.」

「이분에게 대변인이 있다는 소리는 아직 못 들어 봤습니다만?」

「아, 좋아요.」 후고가 말했다. 「그렇지만…….」

올레 음바티안은 서류를 읽어 보았다. 그날 아침 식사를 할 때 화난 남자가 이것과 유사한 것을 만들려 했던 것이 생각났다. 마치 마사이의 약속만으로는 충분치 않은 듯이 말이다. 뭐, 나라마다 다른 문화와 다른 전통이 있다는 사실을 기억해야 하리라. 고향에서는 지불이 가축으로 이루어졌다. 하지만 여기서는 그냥 지불하려고만 해도 경찰을 부르는 것이다.

「이 서류는 여러분 중의 한 사람, 혹은 여러 사람이 친절하게도 내 지하실까지 가져다주신 그림 두 점의 소유권을 둘러싼 상황을 자세히 설명하고 있어요.」

「내가 말씀드렸지요.」 후고가 다시 입을 열었다. 「이분의 대변인으로서 난…….」

여기까지 말했을 때 올레 음바티안은 대뜸 서류에 서명해 버렸다.

「자, 서명했소. 이제는 다른 문제로 넘어옵시다. 난 내 것을 돌려받길 원하고, 당신은 당신의 양호한 건강 상태를 계속 유지할 수 있기를 원해. 자, 내 말이 맞소?」

빅토르 알데르헤임은 연장전까지 가는 아주 힘든 경기를 예상하고는 마지막에 내놓을 조커 패를 휴대폰에 저장해 온 터였다. 그런데 이 카드를 꺼내기도 전에 빌어먹을 멍청한 마사이는 대뜸 서명해 버린 것이다. 알데르헤임은 문서를 집어 들어 재킷의 안쪽 호주머니에 넣었다.

더 이상 나빠질 수 없었던 후고의 삶은 지금 최악으로 치달아 버렸다. 한편 올레는 자신의 사진과 편지가 반환되기를 기다리고 있었다.

「자?」 그는 빅토르에게 손바닥을 내밀었다.

이 토인은 자기 것을 돌려받을 수 있다고 진심으로 믿는 걸까? 빅토르는 적절한 대답을 찾기 위해 머리를 쥐어짰다. 처음 떠오른 문장은 〈천만의 말씀!〉이었다. 이제 그에게는 소유권 이전 증서가 있었다. 그림은 완전히 그의 것이 되었다. 미국인 전문가도 여기에 동의하지 않을 수 없으리라. 만일 이것에다 훔친 아이템들을 곁들여 팔 수 있다면, 수백만 달러를 추가로 기대할 수 있었다.

「당신 것은 잊어버리는 게 좋을 거야, 이 멍청한 마사이야.」 그는 테이블에서 일어서며 말했다.

그렇게 문을 향해 걸어가다가, 그는 작별 인사를 위해 중간에 몸을 돌렸다. 여러 상황은 그로 하여금 가장 멋진 것으로 피날레를 장식할 수 있게 해주었다.

「난 당신들이 염소 한 마리와 밀가루 몇 봉지와 기타 등등을 가지고 내 집에 숨어들었다는 것을 알고 있어. 그리고 간밤에 또다시 그 짓을 한 것도 잘 알고 있지.」

이렇게 말한 그는 능글맞게 웃으며 재킷에서 휴대폰을 꺼내 보여 준 다음, 다시 집어넣었다.

「그리고 이제는 치유사의 서명까지 있어. 내가 아프리카에서 한두 가지 물건을 어쩌다 가져온 게 사실이라면, 그건 아마 당신들이 한 짓에 대해 보상을 받은 거겠지. 그래도 계속 따지고 싶으시다면, 난 경찰서로 갈 거야. 그러면 경찰은 당신들 네 사람을 잡아 가두겠지.」

이렇게 말한 그는 몸을 돌려 걸어 나갔다.

올레 음바티안은 자신을 근본적으로 평화로운 사람으로 여기고 있었다. 이 때문에 그는 미술품 거래인이자 도둑놈인 자에게 타협적인 어조를 사용했던 것이다. 그는 서양 의사들처럼 사람들을 망가뜨리기보다는 고쳐 주는 것을 선호했다. 그렇다고 해서 지켜야 할 히포크라테스 선서가 있는 것도 아니었다. 단지 그의 자부심 때문이었다. 그는 결정을 내리고 테이블에서 천천히 몸을 일으켰다.

「여러분께 죄송하지만, 나와 내 곤봉이 할 일이 좀 있소. 금방 돌아오리다.」

하지만 후고는 또 한 건의 참사를 추가하고 싶지는 않았다. 의자에서 벌떡 일어난 그는 문으로 향하는 마사이 앞을 가로막는 데 성공했다.

「제발, 올레! 멈춰요! 거리 한복판에서 알데르헤임에게 몽둥이질을 할 수는 없다고요!」

「왜 안 되지?」

「왜냐하면 스웨덴에서 제일 큰 경찰서가 70미터 떨어진 곳에 있으니까요.」

치유사는 곤봉을 아래로 내렸다. 지금 광고맨이 한 말은 그
냥 무시해 버리기에는 너무 옳은 소리였다. 그는 이미 스웨덴
경찰과 두 번이나 얽혔고, 잘못하면 다시 한번 얽힐 수 있었다.
따끔하게 혼내 주는 일은 잠시 보류해도 되리라.

한편 후고는 성난 마사이를 풀어놓으면 — 물론 적당한 선
에서 — 어떤 이점이 있을까 잠시 생각해 봤다. 올레의 곤봉이
미술품 거래인과 대화를 나누고 있을 때, 자신은 알데르헤임
의 호주머니에서 휴대폰을 찾아내 지울 필요가 있는 것을 지
울 수 있으리라.

치유사는 다시 자리에 앉았다. 그는 문득 자신이 배가 고픈
것을 깨달았고, 나이프와 포크가 놓여 있어야 할 곳에 기다란
막대기가 두 개 놓인 것을 보았다.

「어, 이게 뭐지?」 그는 놀라며 자세히 들여다보았다.

이때 웨이터가 테이블로 와서는 신사 숙녀 여러분께서 메뉴
가운데서 자신에게 가장 적합할 게 무엇인지 생각해 보는 일
을 마치셨느냐고 물었다. 지금까지 그는 레몬 슬라이스가 꽂
힌 물 두 잔만을 서빙할 수 있었다.

하지만 지금은 앉아서 음식을 먹고 있을 때가 아니었다. 알
데르헤임은 벌써 차를 타고 출발했고, 적어도 오늘 저녁에는
그의 갤러리에 도착할 거였다. 후고는 이미 서빙된 물에 대해
서는 값을 치르겠지만, 일행은 여기가 〈아시아 요리〉를 제공
한다는 사실을 뒤늦게 알게 된 바, 이것은 그들이 염두에 둔 음
식이 아니기 때문에 다른 곳에 가봐야겠다고 웨이터에게 설명
했다.

「네, 아무튼 감사합니다.」

웨이터는 레스토랑 유리창에 대문짝만하게 써놓은 〈아시아 요리〉가 충분히 또렷하지 않았던 점에 대해 사과했다. 그는 이 문제를 사장과 의논하겠다고 약속했다. 그리고 모쪼록 일행분들께 유쾌한 저녁 시간이 되기를 빈다고 말했다. 물과 레몬 슬라이스 값은 레스토랑이 부담하겠단다.

◆

빅토르 알데르헤임은 추격자들보다 몇 분 앞선 거리에 있었지만, 도로 교통법에 대한 케빈의 전반적인 무지 덕분에 그들은 그를 따라잡을 수 있었다. 일방통행로에서 잘못된 방향으로 달리는 것은 끔찍한 결과를 초래할 수 있다. 그런데 이 경우에서 볼 수 있듯, 시간을 절약하는 가장 확실한 방법이 될 수도 있다. 갑자기 그들 앞에 미술품 거래인의 차가 나타났다. 보아하니 그들이 예상했던 곳을 향해 달리는 듯했다.

엔뉘는 케빈의 옆자리에 앉아 있었다. 후고는 마사이와 함께 뒷좌석에 앉아 자신의 계획을 설명했다.

「자, 알데르헤임이 정차하고 차에서 내리면, 우리도 똑같이 하는 겁니다. 내가 신호를 하면, 당신의 그 사랑스러운 곤봉으로 그자의 머리를 가볍게 한 대 치세요. 그 틈을 타서 내가 그의 재킷 호주머니에서 휴대폰을 꺼낼 테니까.」

마사이는 저자에게는 〈가벼운 한 대〉 가지고는 충분치 않다고 대답했다.

「그럼 조금 덜 가볍게 치세요.」 후고는 타협했다.

여기에 좋은 점이 없지 않다는 것을 깨달았기 때문이었다. 올레에게 밝힐 생각은 없었지만, 그리하면 자신이 알데르헤임의 안쪽 호주머니에서 그 빌어먹을 양도 증서까지 슬쩍할 기회가 생기는 것이다.

「하지만 내가 신호할 때까지 기다려야 해요, 오케이? 주위에 증인이 없을 때를 기다릴 필요가 있다고요.」

「당신의 신호에 따라 머리를 조금 덜 가볍게 한 대 치라고?」마사이가 말했다. 「머리를 조금 덜 가볍게 한 대 치는 일을 나보다 더 잘하는 사람은 없어. 가서 칼란데르 수사관에게 한번 물어봐. 어, 내가 그 사람 이름을 기억하네?」

「후고, 정말 이래도 괜찮은 거예요?」엔뉘가 걱정스레 물었다.

빅토르 알데르헤임은 자신이 추적당하고 있다는 사실을 알아채지 못했다. 그는 평소 운전할 때 백미러로 뒤를 보는 법이 없었다. 그에게는 오직 앞만 있을 뿐이었다. 어차피 그는 어두운 수도를 오가는 숱한 전조등 불빛 중의 하나를 봤다고 생각할 거였다.

목적지에 거의 도착한 미술품 거래인은 적당한 주차 장소를 찾아 몇 블록을 돌아다니다가, 에티오피아 대사관 전용의 한 공간을 잠시 빌려 쓰기로 결정했다. 집으로 재빨리 뛰어 들어가 소유권 증서와 사진과 서신을 복사해 오기 위해서였다. 그런 다음, 곧바로 그 답답한 머저리 해리스 박사를 찾아 나설 생각이었다. 만일 그의 신이 충분히 착하다면, 그는 모더니즘 경향의 어딘가를 온종일 쑤시고 다니다가 지금은 자기 호텔 방에 들어와 있을 거였다.

주차와 관련된 알데르헤임의 결정은 경험이 없는 케빈에게
는 너무나 뜻밖의 일이었다. 그는 어찌할 바를 모르고 60여 미
터 떨어진 곳에서 급정차를 했다. 알데르헤임은 갤러리에 거
의 닿아 있었다.

「서둘러요!」후고는 차에서 뛰어내리며 올레 음바티안에게
조그맣게 외쳤다.

마사이는 〈서둘러요〉라는 말이 후고가 말한 그 신호로 간주
될 수 있는지 자문해 봤다. 하지만 지금은 바로 〈서둘러야〉할
때이므로 깊이 따지고 있을 시간이 없었다. 올레 음바티안은
결정을 내렸고, 곧바로 행동에 들어갔다.

마을 곤봉 투척 대회에서 수차례 우승한 경험이 있는 사람
에게 60미터 정도는 아무것도 아니었다. 하지만 원조 곤봉과
는 달리 클라스 올손 모델은 공기를 가르며 날아가면서 휘파
람 소리를 냈다. 따라서 알데르헤임은 곤봉이 표적에 도달하
기 전에 깜짝 놀라 10분의 1초 동안 고개를 돌릴 시간이 있었
다. 타격이 타깃의 뒤통수가 아닌 관자놀이에 가해진 것은 바
로 이런 이유에서였다.

「지금 도대체 무슨 짓을 한 거요!」후고가 고함쳤다.

「당신 신호에 따라 행동했지, 뭐. 하지만 내가 의도했던 것만
큼 조금 덜 가벼운 한 방은 아니었어. 적어도 이 도둑놈이 다시
일어서기 전까지 우리가 움직일 시간이 많아진 것은 분명해.」

시간이 많다는 것은 결코 정확한 표현이 아니었다. 물론 미
술품 거래인은 갤러리 앞에서 완전히 의식을 잃은 채 뻗어 있
고, 지금 이 순간에 보도를 지나가는 사람이 없는 것은 사실이

었지만, 이 상태가 앞으로 몇 초나 더 가겠는가? 거리 건너편의 레스토랑 앞에서는 어떤 행사가 한창 진행 중이었다. 그곳에 있는 누구도 의식 잃은 사내를 발견하지 못했는데, 그 유일한 이유는 주차된 차들이 그들의 시야를 가리고 있었기 때문이었다.

후고는 녹아웃 된 미술품 거래인에게 허겁지겁 달려갔고, 올레 음바티안은 여유 있는 걸음으로 그 뒤를 따랐다.

치유사가 도착했을 때는 광고맨이 이미 알데르헤임의 휴대폰을 접수한 뒤였다. 하지만 알데르헤임이 배를 땅에 붙이고 엎어져 있는 탓에 안주머니를 뒤지기란 쉽지 않았다.

이와 동시에 케빈이 차를 몰고 당도했다. 후고가 빌어먹을 양도 증서를 찾느라 안주머니를 뒤지고, 올레 음바티안은 편지 및 사진 절도범의 오른쪽 관자놀이에 난 자국을 감상하고 있을 때, 옌뉘가 차에서 뛰어내려 두 남자 곁으로 왔다. 올레는 그의 투척용 곤봉을 잊고 가면 안 된단다! 원품과 대용품 둘 다 온 경찰에 알려져 있단다. 그중 하나를 의식 잃은 사내 옆에 남겨 놓고 가는 것은 유죄를 시인하는 것이나 마찬가지란다.

올레는 옌뉘의 말에 대해 곰곰이 생각해 보았다. 그는 경찰서를 세 번째로 방문하고 싶은 마음이 전혀 없었다. 따라서 그는 땅바닥에 떨어진 곤봉을 집어 들어서는 팔을 위로 뻗어 갤러리 문 위에 달린 보안 카메라를 한 방에 날려 버렸다. 그런 다음, 차로 가서 뒷좌석의 식품 봉지에서 링곤베리 잼이 담긴 유리 단지를 들고 와서는 잠든 사내의 코앞 보도에다 떨어뜨렸다.

잼 방울이 후고에게까지 튀었고, 당사자가 도대체 지금 무

슨 짓을 하느냐고 막 호통치려 하는데, 바로 옆집의 계단참에
불이 들어왔다. 누군가가 집 밖으로 나오려 하고 있었다. 후고
는 양도 증서 수색을 포기했다. 자, 모두 차에 타! 빨리!

만일 노부인과 그녀의 푸들이 몇 초만 일찍 건물 밖으로 나
왔더라면, 그녀는 여러 가지 것들 중에서도 특히 한 손에 곤봉
을 든 키 큰 흑인 남자와 박살 난 보안 카메라를 발견했을 것이
다. 남자는 겨울 코트와 부츠 대신 빨간색과 검은색의 체크무
늬 옷과 샌들 차림이었다. 그의 발밑에는 다른 남자 하나가 누
워 있었는데, 그는 더 전통적인 복장을 하고 있지만 (아마도 괴
상한 옷차림의 사내에게 당한 듯) 차갑게 얼어붙은 보도 위에
매우 비전통적인 방식으로 잠들어 있었다. 노부인은 시력이
약했지만, 완전히 장님이 아닌 바에야 얼마든지 나중에 용의
자의 정확한 인상착의를 제공할 수 있을 거였다.
  하지만 이제 거기서 발견할 수 있는 것은 의식을 잃은 남자
와 링곤베리 잼 단지뿐이었다. 노부인은 피해자가 주변의 모
든 사람들이 쑥덕대는 그 끔찍한 미술품 거래인이라는 사실을
알게 되었고, 누군가가 그를 이 꼴로 만들어 놓은 것에 별로 놀
라지 않았다. 사실은 특별히 무섭지도 않았다. 주님은 주시기
도 하고, 또 거둬 가시기도 하므로.
  그렇긴 해도 이렇게 사람을 길바닥에서 얼어 죽게 놔둘 수
는 없었다. 개와 함께하는 산책은 포기해야 할 거였다. 노부인
은 112에 전화했다.

  알데르헤임 옆에 곤봉이 굴러다니지 않게 된 것은 옌뉘 덕

분이었다. 그리고 이것은 올레 음바티안으로 하여금 몇 가지 추가 조치를 하게 했다. 우선 거기에는 보안 카메라가 있었다. 그리고 도둑의 관자놀이에는 자국이 남아 있었다. 아주 인상적인 자국이었다. 경찰은 무엇이 이렇게 만들었는지 궁금해하리라.

「이제 링곤베리 잼이 옆에 있으니, 더 이상 궁금해하지 않아도 돼.」 올레가 말했다. 「어쩌면 나도 내 새 곤봉을 마음 편히 가지고 다닐 수 있을 거야.」

후고는 무엇부터 시작해야 할지 알 수 없었다. 올레 음바티안은 후고의 신호를 기다리지 않고 무기를 날린 것에 대해서는 호된 꾸지람을 들을 만했다. 하지만 멋지게 적중시킨 것에 대해서는 칭찬이 마땅했다. 또 보안 카메라와 링곤베리에 대해서도 그랬다. 두 번째와 세 번째 행동을 봐서 첫 번째 잘못을 넘어가는 것도 괜찮을 거였다. 이제 남은 것은 휴대폰 안으로 들어가, 거기에 있어서는 안 될 것을 지워 버리는 일이었다.

「12, 04」 옌뉘가 말했다.

「뭐라고?」

「휴대폰의 핀 코드예요. 내가 그를 위해 정해 줬죠. 12월 4일. 아마 자기 생일은 잘 기억할 거예요. 내 것은 항상 잊었지만.」

알데르헤임의 휴대폰에는 두 개의 다운로드 파일이 있었다. 하나는 그가 레스토랑에서 내보이며 자랑한 거였다. 다른 하나는 최근에 촬영된 따끈따끈한 동영상으로, 거기에는 우선 미술품 거래인이 관자놀이에 곤봉을 맞고 쓰러지는 모습이 담겨 있었고, 그다음에는 이 도시의 가장 명성 높은 광고맨이 의

식을 잃은 남자의 호주머니를 샅샅이 뒤지는 광경이 너무나
도 선명한 화질로 펼쳐지고 있었으며, 그다음에는 빨간색과
검은색의 체크무늬 옷을 입은 흑인 남자가 곤봉을 들어 올려
서는…….

동영상은 여기서 끝났다.

이것이 미처 담지 못한 부분은 마사이가 보안 카메라를 후
려쳐 떨어뜨린 다음 다시 집어 들고, 그러고 나서 잠든 남자 앞
의 땅바닥에 링곤베리 잼 단지를 떨어뜨리는 장면이었다. 하
지만 담긴 부분만으로도 압도적인 증거를 이루었다. 부인한다
는 것은 불가능했다. 후고는 지울 수 있는 모든 것을 꼼꼼히 지
워 나갔다. 동영상, 카메라 앱에서 보내온 알림 문자 그리고 카
메라 애플리케이션 자체…….

「케빈, 어딘가에 물가가 보이면 속도를 늦춰. 없애 버려야 할
휴대폰이 하나 있어.」

「망가진 보안 카메라도 하나 있고.」 올레가 덧붙였다.

스톡홀름과 시 외곽에는 어디에나 물가가 있었다. 하지만
딱 한 군데, 현재 그들이 위치한 로슬라그스툴 병원 근처에만
없었다.

「저걸로 대신하면 어떨까요?」 운전사가 그들 앞 왼편을 가
리키며 제안했다.

그가 발견한 것은 이 늦은 오후에 마지막 작업에 박차를 가
하고 있는 폐기물 트럭이었다. 후고는 운전사에게 속도를 늦
추라고 지시했다. 그런 다음, 차창 유리를 내리고는 몇 미터 떨
어진 거리에서 알데르헤임의 휴대폰을 폐기물 트럭 윗구멍에
던져 넣는 데 성공했다.

올레는 후고에게 카메라를 건네주면서, 방금 한 것을 다시 한번 해보라고 부탁했다.

이번에도 골인이었다. 치유사는 깊은 인상을 받았다.

「어쩌면 당신 안에도 마사이의 피가 흐르고 있는 게 아닌가 싶어.」

「안 그러길 빌겠어요.」 후고가 대답했다.

50

리딩외의 집으로 돌아가는 길은 너무나 아드레날린으로 가득했기 때문에, 그대로 쭉 달려 후고의 집 주방에 모여 앉은 후에야 케빈은 다들 품고 있으리라 여겨지는 생각을 입 밖에 내놓았다.

「아빠, 그가 곤봉에 얼마나 세게 맞았어요? 난 걱정이 돼요. 알데르헤임이 아직 거기 누워서…….」

「죽어 가고 있을까 봐? 난 그렇게 생각 안 해. 물소는 머리를 한번 부르르 흔들고는 다시 걸어갈 거야.」

엔뉘는 그 돼지, 쥐, 뱀 같은 알데르헤임도 물소처럼 걸어갔을 거라고 말했지만, 자기가 생각해도 별로 설득력이 없는 말이었다. 쓰러진 빅토르의 몸은 섬뜩할 정도로 움직임이 없었다.

올레 음바티안은 사람들을 안심시킬 수 있는 다른 방법을 찾아보았다. 그는 사원에서 닭의 모가지를 자르기 전에 관자놀이를 때린다는 사실을 상기시켰다. 닭은 곧바로 정신을 잃지만, 만일 의식이 없는 동안 모가지를 보존할 수 있다면 — 바로 미술품 거래인의 경우란다 — 잠시 후에 다시 깨어나 비틀

거리며 달아난다는 거였다.

후고는 닭의 뇌와 미술품 거래인의 뇌 사이에는 약간의 차이점이 있다는 것을 지적했다. 옌뉘는 자기는 잘 모르겠다고 웅얼거렸다. 어쨌든 케빈은 휴대폰으로 최신 뉴스를 검색하여, 외스테르말름에서 녹아웃 된 미술품 거래인에 관한 새로운 정보가 있는지 살피는 임무를 맡게 되었다.

빅토르 알데르헤임의 건강 상태에 대한 어색한 관심 표명이 있은 후, 후고는 화제를 바꾸었다. 우선 광고맨은 갤러리 앞에서 저마다 보여 준 노력에 대해 관련된 모든 이에게 감사를 표했다. 대부분의 다른 요소들과는 달리 적어도 시간은 그들의 편이었다. 덕분에 그들이 거기서 도망쳐 나올 수 있는 기회가 제로에서 그 이상으로 올라갈 수 있었다.

이어 후고는 팀원들의 용서를 구했다. 상황이 너무 급박했던 나머지 알데르헤임의 안주머니에 있는 양도 증서를 미처 챙겨 오지 못했다는 거였다. 따라서 미술품 거래인이 깨어나면, 그는 그들의 침입 장면이 담긴 동영상만 빼놓고 여전히 조커 패를 모두 보유하고 있을 거였다.

반면 알데르헤임이 후고나 다른 사람들을 폭행범이나 휴대폰 절도범으로 인지했을 가능성은 전혀 없었다. 그는 60미터나 떨어진 거리에서 날아온 곤봉에 맞은 것이다.

「뭐, 설사 그게 우리였다는 것을 안다 해도 별로 상관없지만 말이야. 그는 계속 그렇게 녹아웃 상태로 있지는 않을 거야. 지금쯤 말벌처럼 잔뜩 화가 나서 두통에 시달리고 있겠지. 그래, 얼마든지 그러라고 해.」

「벌을 주긴 했지만 개미집만은 못했어.」 올레가 말했다. 「하

387

지만 거의 비슷했지.」

그런데 케빈이 휴대폰으로 최신 뉴스를 검색하다가 〈어, 이게 뭐야?〉 하더니만, 곧이어 〈아, 안 돼!〉라고 외쳤다.

「왜 그래?」 엔뉘가 물었다.

「알데르헤임이 더 이상 녹아웃 상태가 아니야!」

「내가 말했잖아.」 후고가 말했다.

케빈은 기사를 큰 소리로 읽어 내려갔다.

「오늘 오후 4시 30분, 스톡홀름 중심가에서 한 중년 남성이 심각한 폭행을 당했다. 구급차가 현장에 도착했을 때 그는 이미 의식 불명 상태였다. 그는 구급차 안에서 심정지를 일으켰고, 의료 팀의 노력에도 불구하고 소생하지 못했다.」

후고는 몸이 얼어붙었다.

엔뉘는 두 손으로 얼굴을 감쌌다.

「왜, 누가 죽었대?」 올레가 어리둥절한 얼굴로 물었다.

빅토르 알데르헤임은 클라스 올손의 도움으로 완전히 의식을 잃어버린 거였다. 날아온 곤봉에 맞아 오른쪽 귀 바로 위 관자놀이 뼈에 골절이 발생했고, 그 아래의 정맥이 터져 버렸다. 만일 이런 종류의 뇌출혈에서 살아나고 싶다면, 이것이 발생했을 때 스톡홀름 중심가의 차디찬 보도보다는 병원에 있는 편이 훨씬 낫다.

미술품 거래인이 거기에 누워 있는 동안 출혈로 인해 뇌압이 계속 상승했다. 기능들이 하나씩 멈춰 갔고, 호흡 기관의 혈액 공급이 서서히 중단되었다. 23분 후, 구급차에 실렸을 때는 이미 늦었다.

제10부

51

이제 일이 정말로 심각해지고 있었다. 그들이 행한 복수는
전혀 달콤하게 느껴지지 않을 뿐 아니라, 심지어는 더 고약해
질 가능성이 있었다. 조금 덜 가볍게 머리를 한 대 쳤다면 어떻
게든 빠져나갈 수 있겠지만, 지금 문제가 되는 것은 일급 살인
이었다. 혹은 적어도 이급 살인일 거였다. 아주 잘해야 과실 치
사일 거였다.

올레 음바티안은 여행 중에 새로운 것들을 배우는 게 즐거
웠다.

「난 일급 살인이 뭔지는 알 것 같아. 이급 살인은 고의가 아
닌 살인을 말하는 것 같고. 그런데 과실…… 뭐라고?」

「과실 치사요. 이급 살인과 비슷한 건데 고의성이 더 적어
요.」 옌뉘가 설명했다.

올레 음바티안은 세 가지 살인의 경중을 가늠해 봤다.

「난 이급 살인 쪽이 끌리는 것 같아.」 그가 말했다.

후고가 발끈했다. 그는 올레 음바티안은 지금 그들이 얼마
나 심각한 상황에 처해 있는지 모르는 것 같다고 쏘아붙였다.

우리 모두는 지금 일급 살인범으로 이렇게 둘러앉은 거라고 요! 우리 모두가!

「그보다는 이급 살인범 같은데? 안 그렇게 생각하우?」 올레 가 말했다. 「아니면 과실 치사범이거나.」

어깨를 붙이고 나란히 앉은 옌뉘와 케빈은 똑같은 감정에 사로잡혀 있었다. 안도감, 만족감, 깊은 근심 그리고 한없는 죄 책감이 동시에 밀려들었다. 감정적인 면에서 이들보다 쉽게 마음을 추스른 후고는 이제 어떻게 해야 이 곤경에서 빠져나 갈 수 있을지에 대해서만 골몰하고 있었다. 소 올레 음바티안 은 고향에서 더 고약한 일도 많이 봐왔다. 지금 그에게 가장 문 제가 되는 것은 그들이 산 콘플레이크에 곁들여 먹을 링곤베 리 잼이 없다는 사실이었다. 그는 내일 아침에 튜브에 든 캐비 아와 같이 먹을 달걀이 냉장고에 남아 있느냐고 광고맨에게 물어볼까도 생각해 봤지만, 이 질문은 나중에 하는 게 좋겠다 고 뭔가가 그에게 말해 주었다.

후고의 창의적인 두뇌는 열심히 움직이고 있었다. 달콤한 복수 주식회사가 적자 프로젝트에 시간과 돈을 쏟아부은 것은 뭐, 지나간 일이었다. 이제 사안은 종결되었고, 앞으로 상황은 딱 지금만큼 나쁠 수는 있겠지만 더 이상 나빠지지는 않을 거 였다.

「이제 가장 중요한 것은 옌뉘와 케빈과 내가 경찰에 알려지 지 않은 상태로 남아 있는 거야.」

이 말은 올레 음바티안으로 하여금 자신이 칼란데르 수사관 과 약속이 있다는 사실을 떠올리게 했다. 그와 수사관은 다음 날 아침 케빈과 함께 경찰서에서 만나기로 한 것이다.

「내 기억이 정확하다면, 우리는 10시 30분에 만나기로 했어. 난 전혀 기억을 못 하는 경우가 있긴 하지만, 일단 기억을 하면 틀리는 법이 거의 없어.」

마사이가 하는 말은 필요한 것보다 두 배나 길어지는 때가 많았다.

「10시 30분은 10시 반하고 똑같은 거지.」올레는 말을 이었다.「난 얘와 함께 가기로 약속했고.」

「천만에, 내 눈에 흙이 들어가기 전에는 그렇게 못 해요.」후고가 고개를 저었다.

「남자는 약속을 지켜야 하는 법이오.」올레가 말했다.

52

칼란데르 수사관은 냉동식품을 전자레인지에 넣었다. 사실 으깬 감자를 곁들인 햄버그스테이크를 먹기에는 너무 늦은 시간이었다. 벌써 10시가 넘은 밤이었지만 그는 헛헛함을 채워 줄 음식이 필요했다.

은퇴가 다가옴에 따라, 그는 최근에 제대로 완수하지 못한 일에 대해서는 약간의 죄책감을 느끼면서, 지금까지 해온 일을 돌아보는 시간이 갈수록 많아지고 있었다. 게다가 지난주에는 스페인어 공부를 빼먹기까지 했다. 스페인어 공부가 됐든 뭐가 됐든, 그 가치가 잘 느껴지지 않았다. 만일 스페인 사람이 나타난다면 그는 엘 페로 에스타 바호 라 메사, 즉 〈개가 테이블 아래에 있습니다〉라고 스페인어로 말할 것이다. 하지만 테이블 밑에 있는 것이 개가 아니라면? 테이블 밑에 고양이가 있다면? 혹은 그 스페인 사람이 알고 보니 포르투갈인이었다면? 혹은 — 이는 최악의 경우일 터인데 — 그 자식이 영어를 할 줄 안다면?

칼란데르는 자신의 이런 상념이 우울증에 가깝다는 것을 의식하고 있었다. 이제 근무일이 3일 남아 있었다. 그리고 나서는? 스페인어 공부를 더 하나? 왜?

휴대폰이 울렸다. 이 늦은 시간에? 경찰서장이었다.

「여보세요? 내가 자는 걸 깨웠나?」

「아니, 햄버그스테이크를 링곤베리와 함께 먹고 있었네.」

「흠, 재미있군.」

「무슨 일인가?」

「오늘 누군가가 염소 성애자를 살해했어. 링곤베리 잼 단지로.」

「내가 용의자인가?」

「에이, 농담 그만해.」

아주 최근까지 칼란데르에게는 초상화 위조 혐의를 받는 미술품 거래인 건을 종결해 버릴 이유가 있었다. 사실은 이유가 충분하다고 할 수 있었다. 우선, 세계적 명성의 화가와 같은 스타일로 그림을 그리는 것은 결코 불법이 아니었다. 불법은 그 화가의 서명을 덧붙이고, 사기를 쳐서 그림을 팔려고 할 때 성립하는 것이다.

그런데 알데르헤임은 그런 짓을 하지 않았다.

두 번째로, 그림이 진품이라는 사실이 갑자기 밝혀질 수도 있는데, 이 경우 알데르헤임이 의심을 받을 만한 범죄적 의도는 애초부터 없었다는 얘기였다.

세 번째, 네 번째, 다섯 번째 이유는 섹스토이, 밀가루 봉지 그리고 지하실에 특이한 애완동물을 키우는 것에 전혀 불법적인 성격이 없다는 점이었다.

여기에는 또 여섯 번째로 고려해야 할 점이 있었다. 빅토르 알데르헤임이 다른 모든 것을 인정하면서도 끝끝내 부인하는 혐의들 중에는 그가 부코스키사에 전화를 했다는 것이 있었다. 만일 프라이빗 세일즈의 신뢰할 만한 대표자가 장난 전화에 당한 거라면, 그 장난꾼은 누구이며 목적은 무엇인가? 당연히 알데르헤임이 잘못되기를 원하는 사람이리라. 알데르헤임 같은 인물 주변에는 그런 사람이 몇 있을 것 같았다.

하지만 방정식의 마지막 행에다 칼란데르는 〈종결해 버려!〉라고 썼다. 명백한 범죄 행위가 없는 이런 너저분한 사건에 쓸데없이 시간을 허비할 필요가 없었던 것이다.

아주 최근까지는 그랬다.

이제 빅토르 알데르헤임이 죽어 버렸다. 게다가 그는 갤러리 문 앞에서, 링곤베리 잼 단지에 맞아 살해되었다.

그림의 원소유자였고, 그것들을 우연히 알데르헤임에게 팔게 된 마사이는 그림이 갑자기 스톡홀름의 어느 지하실에 나타난 이유를 알고 싶으면 그의 스웨덴인 아들 케빈에게 물으라고 말했다. 그런데 이 케빈은 성도 없고 주민 등록 번호도 없는 인물이었다. 적어도 그의 아버지 마사이가 아는 범위에서는 그랬다.

아주 최근까지는 칼란데르에게 케빈을 만나 질문하는 것은 그저 약간 흥미로운 일 정도일 뿐이었다. 대화는 내일 10시 30분에 예정되어 있었다. 오전 커피 시간과 겹치기는 하지만, 때로는 씩 웃으며 받아들여야 하는 일도 있는 법이다.

다시 말하지만, 아주 최근까지는 그랬다.

왜냐하면 이제 모든 것을 새로 조명하는 살인 사건이 일어났기 때문이었다.

칼란데르는 햄버그스테이크와 으깬 감자 그리고 — 무엇보다도 — 링곤베리를 손도 안 댄 상태로 쓰레기통에 넣어 버렸다.

53

이 시국에 후고가 편안하게 잠을 잘 잤다고 말한다면, 그것
은 과장이리라. 사실 그날 밤 그는 거의 잠을 이루지 못했다.
하지만 상황만큼은 명확하게 인식하고 있었다. 케빈이 칼란데
르 수사관에게 어떻게 이르마 스턴의 그림들이 건물주가 며
칠 후에 변시체로 발견된 갤러리의 잠긴 문 안에 들어가게 되
었는지 설명할 수 있는 가능성은 전혀 없었다. 또 케빈이 자신
은 아무것도 모른다고 주장할 수도 없었으니, 그의 아버지 마
사이가 너무나 친절하게도 자기 아들에게 물어보라고 경찰에
게 말한 것이다. 그리고 이 마사이는 심문 시간 내내 케빈의 옆
에 붙어 있을 거였다. 차라리 안전핀 뽑은 수류탄이 더 안전하
리라.

「자, 지금부터 내가 하는 말을 잘 들었으면 좋겠어.」 아침 식
탁에서 후고가 말했다.

「튜브에 든 캐비아 좀 건네주겠소?」 올레 음바티안이 손을
내밀었다.

후고는 치유사를 쓱 노려봤다. 그런 다음 케빈도 한번 쳐다

보고는 다시 말을 이었다.

올레와 케빈은 즉시 이 나라를 떠야 한단다. 그리고 곧장 케냐로 가야 한단다. 다시 말해서 칼란데르를 찾아가면 안 된단다. 만일 경찰이 어떤 명확한 결론에 이르지 못한 거라면, 그들에게는 호기심 어린 질문에 부정확한 답변이나마 제공할 수 있는 누군가가 필요할 거란다. 그런 증인마저 없으면 그들은 기껏해야 몇 달 혹은 1년 후에 이 사건에 지쳐 버릴 거란다.

「두 사람은 상황이 잠잠해질 때까지 케냐에 있어야 해.」

케빈은 슬프게 고개를 끄덕였다.

「난 어떻게 하고요?」 옌뉘가 물었다.

그녀는 남편 될 사람을 해외로 수출해 놓고 여기에 혼자 남을 생각은 없단다.

그 순간 후고는 이 문제 덩어리 세 인간이 오늘 당장 저쪽 대륙으로 사라져 버렸으면 좋겠다는 생각이 들었다. 그리하면 이전의 삶으로 돌아갈 수 있으리라. 옌뉘와 케빈이 그 골치 아픈 사연을 듣고서 사무실로 걸어 들어오기 바로 전 순간부터 다시 시작할 수 있으리라.

이전의, 내 삶으로, 다시, 돌아가리라!

그런데 왜 기쁘지 않은 걸까?

아침 식사를 마치자마자, 다시 말해서 출국이 몇 시간밖에 남지 않았을 때 케빈은 자신에게 유효한 여권이 없다는 사실을 깨달았다. 이전 여권의 기한이 며칠 전에 만료된 것이다.

후고는 욕설을 내뱉었다. 도대체가 제대로 되는 일이 하나도 없었다.

하지만 괜찮을 거였다. 우선 케빈에게 새 여권을 얻어 주리라. 어차피 한두 시간이면 임시 여권을 발급받을 수 있었다. 그러고 나서 그들은 이 나라를 뜨는 가장 빠른 항공편을 찾아내어 비행기에 몸을 실을 때까지 수사관으로부터 멀리 떨어져 있어야 할 거였다. 그때부터는 그리고 인생이 끝날 때까지 후고는 어떤 형태의 예술에도 관계하지 않겠다고 결심했다.

다른 사람들이 차에 짐을 싣고 있는 동안 광고맨은 케빈을 택시에 태워 여권국에 보냈다. 여권 없는 친구가 일을 마치고 전화하면 차로 가서 그를 픽업할 계획이었다.

후고는 일을 아주 광범위하게 그리고 무엇보다도 아주 똑똑하게 처리했다고 생각했다.

그러나 그는 신(神)이 아니었다.

방금 내린 결정과 관련하여 그가 모르는 게 있었으니, 만일 누군가가 당일 출국을 위한 새 여권이 필요하다면, 그는 시내에 있는 여권국이 아닌 알란다 공항에 있는 여권 담당 경찰에게 가야 한다는 사실이었다.

두 번째 것은, 여권국은 은퇴를 사흘 남긴 칼란데르 수사관이라는 이가 케빈과 그 아버지의 방문을 기다리고 있는 경찰서와 벽 하나를 사이에 두고 붙어 있다는 사실이었다.

후고가 모르는 세 번째 것은, 새 여권을 발급받을 때는 자신의 신원을 증명해야 하는데, 구여권으로는 그럴 수 없다는 사실이었다. 케빈도 이 사실을 모르고 있었지만, 곧 일어나게 될 일에 비춰 볼 때 별로 중요한 문제는 아니었다. 이 말을 다른 식으로 표현해 보자면, 지금 모든 것이 너무 고약하게 흘러가고 있어서 대세에 지장이 없다는 얘기였다.

케빈이 용무를 위해 경찰 사무실에 들어서고 있을 때, 후고
는 다른 이들을 교육하는 중이었다. 에, 그러니까, 앞서 설명했
듯이 옌뉘와 올레는 지금 즉시 사바나에 있는 치유사의 외딴
마을에 들어가서는 후고가 이제 위험이 지나갔다고 알려 줄
때까지 거기에 숨어 있어야 한단다. 이렇게만 한다면 그들은
— 검사가 그것을 뭐라고 부르든 간에 — 일급 살인, 이급 살
인 혹은 과실 치사에서 성공적으로 빠져나갈 수 있을 거란다.
옌뉘와 케빈은 이민 가야 한다는 사실을 이미 체념하고 받
아들였지만, 올레 음바티안은 이런 식으로 도망가는 것 외에
다른 대안이 있다고 생각했다.

「예를 들면요?」

「내 고향에는 이런 경우에 딱 맞는 속담이 있어.」

「오, 정말요?」 후고는 이렇게 되물었지만 사실은 전혀 알고
싶지 않았다.

「우린 이렇게 말하지. 최선의 공격은 최선의 방어다.」

옌뉘의 얼굴이 밝아졌다.

「스웨덴에도 그런 말이 있어요! 정말 놀랍네요!」

「오, 그렇고말고요!」 후고가 빈정댔다. 「그게 바로 정답
이죠.」

「당신도 그렇게 생각하오?」 올레 음바티안이 말했다. 그는
형식적인 질문도 빈정거림도 이해하지 못했다.

치유사는 설명을 이어 갔다.

「과거에 내가 본의 아니게 과실 치사를 범한 적이 있는데,

401

그때 나는 현장에 도착한 경찰관에게 말린 고기 10킬로그램과 스페어타이어를 하나 주었어. 그는 고기에는 별로 관심이 없는 듯했지만, 타이어는 새것과 마찬가지였지. 그는 조사를 종결지었고, 이후 40년 동안 아무런 문제가 없었어.」

광고맨은 그렇다면 뇌물을 준비하여 칼란데르 수사관과 접촉하자는 얘기냐고 물었다.

「맞아, 뇌물! 바로 내가 찾던 표현이야!」

후고는 세상의 그 어떤 스페어타이어도 칼란데르로 하여금 그가 아는 것을 잊게 할 수는 없다고 대답했다. 그렇다면 지금 가장 시급하게 해야 할 일은 애초에 그가 그것을 알지 못하게 하는 거란다. 그가 알지 못하게 하기 위한 가장 좋은 방법은 정보가 그의 귀에 들어가지 않게끔 하는 거란다. 정보가 그의 귀에 들어가는 것을 막기 위한 가장 좋은 방법은 그를 절대로 만나지 않는 거란다.

바로 이때, 회사의 업무용 전화기가 울렸다. 옌뉘가 수화기를 들었다.

「여보세요? 나 케빈이야. 난 지금 칼란데르 수사관을 기다리고 있어. 그는 너와 아빠도 만나고 싶어 해.」

「하지만 넌 여권국에 갔었잖아?」

「거기서 경찰이 날 체포했어.」

54

올레 음바티안과 케빈과 칼란데르 수사관의 만남은 10시 30분에 있을 예정이었다. 후고의 애초 계획은 칼란데르가 무슨 일이 일어나고 있는지 깨닫기 전에 그들이 알란다 공항과 나라 밖으로 여행을 떠난다는 거였다.

그런데 10시 20분경에 여권국에서 경보가 울렸고, 케빈은 체포되었다. 그리고 케빈이 구치소 겸 경찰서의 문들을 통해 끌려가게 된 것은 정확히 10시 30분의 일이었다.

이때 칼란데르는 이미 로비에 나와 마사이와 그의 아들을 기다리고 있었다. 그는 아들이 손에 수갑을 찬 모습으로 마사이 없이 혼자 나타나자 적이 놀랐다.

「아니, 무슨 일인가?」 그는 범죄자를 밀고 오는 두 동료에게 물었다.

「사기거나 위조거나 아니면 다른 뭔가겠죠.」 경찰관 한 사람이 대답했다. 「불법으로 여권 신청을 한 모양이에요.」

그는 이것 이상으로 아는 바가 없었고, 또 알려고 하지도 않았다. 그가 하는 일은 거리에서 불량배를 청소하는 일이었다.

그는 이 젊은 녀석이 범법자라는 사실을 알고 있었고, 그것만으로 충분했다.

하지만 칼란데르는 이 바닥에서 잔뼈가 굵은 사람이었다. 그는 이 케빈이 자기가 기다리는 케빈이라는 것이 확인되자 이렇게 말했다.

「수갑을 풀어 주게. 이 친구는 내가 맡을 거야.」

그의 동료는 어깨를 으쓱했다. 늙다리 칼란데르가 굳이 저 지분한 일을 맡고 싶다면, 그건 그의 문제였다. 그는 수사관이 시키는 대로 한 뒤, 봉인된 비닐봉지에 든 용의자의 여권을 건네고는 총총히 갈 길을 갔다.

칼란데르는 케빈을 자신의 사무실로 인도했다.

「뭐 좀 마시겠어요?」

케빈은 〈아, 전 괜찮아요!〉라고 대답했지만 스스로도 이 대답이 너무나 멍청하게 느껴졌다.

수사관은 청년에게 이게 무슨 일인지, 왜 만나기로 한 장소에 아버지 마사이 대신 수갑과 함께 나타났는지 물었다.

케빈은 설명했다.

자신은 여권을 갱신하러 여권국에 왔다. 신원 증명을 위해 구여권을 제출했다. 경보가 울렸다. 자신은 체포됐다.

이게 다란다.

칼란데르는 〈흐음〉 했다. 그리고 봉인된 봉지에서 여권을 꺼내 펼쳐 보았다.

「케빈 베크…….」 그가 중얼거렸다. 「음바티안이 아니군.」

「그걸 바꾸려고 생각 중이에요.」

「당신 주민 등록 번호도 적혀 있구먼. 여기 봐요, 숫자 열두 개.」

　케빈은 약간 당황했지만, 수사관이 키보드를 두드리고 있을 때 조용히 앉아 있었다.

　「아니, 이럴 수가!」

　케빈은 무슨 일인지 궁금했다.

　「여기 보니까, 당신이 죽은 걸로 되어 있군.」

55

쇼스타코비치는 아직 희망을 품을 이유가 있는 사람만이 절망감을 느낀다고 말한 적이 있다. 지금 후고의 심정이 바로 그거였다. 모든 게 끝난 것처럼 보였다. 그들 중 한 사람이라도 이 궁지를 벗어날 수 있는 가능성은 아주 희박했다. 무엇보다도 지금 후고가 사용할 수 있는 자원을 생각해 보면 그랬다. 그는 이 자원으로 우선 마사이를 생각하고 있었다.

하지만 누워서 죽기만을 기다리고 있는 것은 해결책이 아니었다. 아직은 말이다. 경찰서로 향하는 차 안에서 그는 마지막으로 시도해 보았다.

「올레, 난 당신이 진실에 큰 가치를 두고 있다는 걸 알고 있어요.」

「맞소.」 치유사가 고개를 끄덕였다.

「그렇긴 하지만 난 이제 벗은 무릎을 꿇고서 당신에게 사정하려고 해요.」

「벗은 무어라고?」

「무릎이요. 그리고 당신이 할 수 있는 최대한으로 칼란데르 수사관에게 거짓말을 해달라고 간곡히 부탁하고 싶어요. 그를 뇌물로 매수하려고 하지 마요. 그냥 거짓말만 해요. 당신이 할 수 있는 최대한으로요.」

「그 말은 벌써 하셨지. 벗은 무릎을 꿇고서.」

옌뉘에게 사정할 필요는 없었다. 그녀는 슬픔에 잠겨 뒷좌석에 조용히 앉아 있었다. 앞으로 어떻게 될까 생각하고 있었다. 하지만 거의 다 도착했을 때, 그녀는 간신히 입을 열었다.

「후고, 우리에게 해줄 조언이라도 있어요? 어떤 요령 같은 거요. 거짓말을 잘하려면 어떻게 해야 하나요?」

사실은 후고도 알 수 없었다. 그래도 이렇게 제안해 보았다.

「네? 빅토르 알데르헤임이 죽었다고요? 어떻게 그렇게 끔찍한 일이 다 있죠? 세상에 그렇게 착한 사람은 없는데 말이죠.」

옌뉘는 고개를 끄덕였다. 문제는 어떤 게 더 나쁘냐 하는 것이었다. 감옥에서의 삶? 아니면 이런 말을 해야 하는 것?

후고는 보고 싶지도 않은 경찰서에서 한 블록 떨어진 곳에 옌뉘와 마사이를 내려 주었다. 그는 두 사람에게 행운을 빌었고, 올레에게는 이 특별한 날에 진실만을 제외한 어떤 것이라도 얘기하는 것이 얼마나 중요한 일인지 이해하고 있느냐고 물었다. 치유사는 고개를 끄덕였다. 뭔가 새로운 것을 시도해 보는 것도 재미있을 것 같았다.

◆

옌뉘와 올레는 로비에서 서명한 후, 이미 케빈이 앉아 있는 대기실로 인도되었다.

「수사관은 어디 있어?」 올레가 케빈에게 물었다. 「이름이 기억날 것 같기도 한 그 수사관 말이야.」

「곧 여기 올 거예요. 지금까지는 그 사람과 짤막한 대화만 나눴어요.」

「도대체 어떻게 해서 여기 오게 된 거야?」 옌뉘가 물었다.

솔직히 케빈도 알 수 없었다. 먼저 그는 이민국에서 줄을 섰고, 그러고 나서 조금 더 줄을 섰다. 그의 차례가 되자 구여권을 제출하고 새 여권을 신청했다. 그러자 신분증으로 여권 말고 다른 게 필요하다는 대답이 돌아왔다. 그런 것은 전혀 없다고 대답하자 창구의 여자는 컴퓨터에다 무언가를 쳤고, 경보가 요란하게 울렸다. 문이 죄다 닫히고 경비원 두 명이 달려와 그를 체포했고, 경찰이 도착했고 그리고…… . 에, 여기 경찰서까지 오는 데는 그리 오래 걸리지 않았단다.

「하지만 체포된 사람같이 보이지 않는데?」 옌뉘가 반문했다.

「다 수사관 덕분이야. 그는 죽은 사람을 붙들고 있을 수는 없다고 말했어. 그의 컴퓨터에 의하면 난 그 범주에 속한대.」

「난 우리가 죽인 미술품 거래인 얘기인 줄 알았네.」 올레 음바티안이 말했다.

옌뉘는 그에게 〈쉿〉 소리를 낸 뒤, 케빈에게 계속해 보라고 했다.

방금 자신이 케빈과 관련하여 발견한 사실에 대해 한숨을 내쉰 칼란데르는 이제 모든 것을 철저히 파헤쳐야 할 때라고 말했다. 그러면서 자신은 올레뿐 아니라, 전날 구치소 앞에서 잠깐 봤던 그의 여자 친구도 함께 소환하고 싶단다.

「그의 말로는, 스톡홀름에 거주하는 마사이의 친구인 사람은 누구나 수사에 기여할 게 있을 거래. 그는 네 이름이 옌뉘인 것까지 알고 있더라고.」

「나도 알아. 올레가 아주 친절하게도 그에게 알려 줬지. 자, 그다음에는 어떻게 됐어?」

「그런 다음, 자기는 휴식 시간이래. 그러고는 날 여기다 데려다주었어.」

잠시 침묵이 이어졌다. 그것을 깬 사람은 케빈이었다.

「후고는 이 일에 대해 어떻게 얘기했어?」

「우리가 최대한 거짓말을 해야 한다더라.」 올레가 대답했다. 「뇌물은 주지 말고 거짓말만 하래.」

「하지만 어떻게요?」

그런데 올레는 기대했던 것 이상으로 열심히 들은 모양이었다.

「네? 화난 남자가 죽었다고요? 오, 세상에 이런 끔찍한 일이! 너무나 착하고 좋은 사람이었는데!」

56

오전 커피 시간이 끝났다. 이제 은퇴까지는 이틀 하고 반이
남아 있었다.

「오, 모두들 오셨군요. 자, 내 사무실에 들어오세요.」

칼란데르는 평소 하던 대로 책상 맞은편의 세 사람에게 물
을 한 잔씩 따라 주었고, 자신 것도 한 잔 따랐다.

「자, 모두들 건배! 그리고 잘 오셨습니다!」 그는 외쳤고, 이
로써 세 사람의 지문이 확보되었다.

그들에게 특별한 혐의를 두고 있는 것은 아니었지만, 할 일
은 해야 하니까.

이 면담에서 칼란데르의 주목적은 어떻게 이르마 스턴의 유
화 두 점이 빅토르 알데르헤임의 갤러리에 들어가게 됐는지를
알아내는 거였다. 미술품 거래인 자신도 영문을 모르는 듯했
고, 전 소유자 올레 음바티안은 자기 아들 케빈에게 물어보라
고 했다. 하지만 먼저 최근에 일어난 사건에 대해 얘기하지 않
고 이를 논한다는 것은 너무 이상할 거였다.

「빅토르 알데르헤임이 죽었습니다.」 그는 이렇게 말하면서

석상처럼 표정 없는 세 사람의 얼굴을 죽 둘러보았다.

「세상에, 끔찍한 일이네요.」엔뉘가 말했다.

그녀의 한 부분은 그렇게 느끼고 있었다. 나머지 부분은 다른 감정을 느꼈지만.

「아주 좋은 사람이었다오.」올레 음바티안도 말했다.

하지만 그의 표정은 전혀 다른 말을 하고 있었다.

케빈은 아무 말도 없었다. 칼란데르는 뭔가 이상한 느낌이 들었다.

「자, 케빈, 먼저 당신부터 시작해 볼까요? 당신은 알데르헤임과 어떤 관계인지, 아니 그보다는 어떤 관계였는지 말해 줄 수 있나요? 당신의 아버님인 올레 씨가 말씀하셨어요. 그 유화두 점이 어떻게 그의 지하실에 들어가게 됐는지에 대해서는 당신에게 물어보라고.」

「그분은 몇 년 동안 내 후견인이었어요.」케빈이 조용히 대답했다.

오, 이런! 칼란데르는 뭔가 잘못되었다는 것을 느꼈다. 청년은 충격을 받은 게 분명했다. 지금까지 수사관이 알아낸 것은 케빈의 성이 그의 아버지처럼 음바티안이 아니고, 그의 죽은 어머니처럼 베크라는 사실이었다. 그녀는 7년 전에 사망했다. 케빈 자신은 5년 전에 실종 신고가 됐고, 그가 스웨덴에 돌아온 지 하루나 며칠 후에 사망 처리가 되었다. 실종 신고를 한 사람은 그의 후견인이었을 것이다. 그런데 이제 이 후견인 자신도 죽어 버렸다. 그런데 칼란데르는 불쌍한 케빈에게 아무렇지도 않게 이 사실을 알린 것이다. 그는 조의를 표하고는 자신의 둔함에 대해 용서를 구했다.

〈가만있자, 우리 계획이 뭐였지?〉 케빈은 속으로 중얼거렸다. 〈맞아, 최대한 거짓말을 하는 거였어.〉

「그분이 어떻게 돌아가셨나요? 병이 들었었나요?」

「아니, 그는 심한 폭행을 당했어요. 누가 그랬는지는 아직 모르고요. 사망의 간접 원인은 유리병에 의한 관자놀이 타격이었던 것 같아요. 그의 갤러리 앞에서 공격당했어요.」

이때 칼란데르 수사관은 전에 알데르헤임 사건을 검토할 때 언뜻 스쳐 지나갔던 무언가가 갑자기 생각났다. 키보드의 키 몇 개를 누르자 그의 어렴풋한 기억이 사실로 드러났다.

「네, 알데르헤임은 이혼했어요. 그의 전처 이름은 옌뉘 알데르헤임이었죠. 이 나라에 옌뉘라는 이름을 가진 사람은 꽤 많지만, 오랜 경찰 경력이 내게 비밀은 가까운 데 있다는 진실을 가르쳐 주었죠. 난 이분이 바로 당신이라고 생각하는데, 맞나요?」

그는 옌뉘를 쳐다보았고, 그녀는 고개를 끄덕였다.

「오, 가엾은 빅토르…….」 그녀가 대답했다. 「그는 날 더 이상 원하지 않았어요.」

올레 음바티안은 두 아내, 자녀들, 추장 그리고 대장장이의 누이에게 한 것을 제외하고는 지금까지 한 번도 거짓말을 한 적이 없었다. 하지만 지금 보니 이것도 꽤 재미있어 보였다.

「그저 착하기만 한 사람이었다오.」 올레가 말했다.

칼란데르는 마사이에게 눈길을 돌렸다.

「지난번에는 불쾌한 사람이라고 하지 않았던가요?」

「하지만 그때는 그때예요, 수사관님.」

「바로 어제 일이었습니다.」

「아, 말씀 잘하셨소. 그 얘길 들으니까 젊었을 때 알았던 어떤 처자가 떠오르는구먼. 우리 오두막 바로 옆 오두막에 사는 아가씨였지. 오랫동안 난 그녀가 그저 성깔 더럽고 골치 아프기만 한 여자라고 생각했다오. 그런데 어느 날 우린 덜컥 결혼을 해버렸지. 음, 지금 생각해 보니 이게 그렇게 적당한 예는 아닌 것 같아. 왜냐하면 그 성깔 더럽고 골치 아픈 성격이 쭉 이어졌거든. 어쨌든 내가 말하고 싶은 것은, 전번에 우리가 만난 뒤에 레스토랑에서 그 미술품 거래인과 내가 어땠는지를 당신도 한번 봤어야 한다는 얘기야. 우리는 정말로 기가 막힌 시간을 보냈다오. 얼마나 재미있었던지! 세상에, 사람들이 막대기 두 개를 가지고서 밥을 먹더라고! 상상이 가오? 정말이지 우리는 웃느라 배꼽이 빠지는 줄 알았다오!」

이틀 하고 반이 남아 있었다.

칼란데르는 애초의 질문으로 돌아왔다. 다른 이들을 위해 알데르헤임의 죽음을 애도하는 일은 이제 그만하기로 했다.

「정확히 어떻게 해서 그림들이 사망한 사람에게 가게 된 겁니까?」

그는 이렇게 말하며 케빈을 노려봤는데, 청년은 이 진행 중인 악몽 가운데서 아버지 올레로부터 약간의 영감을 얻어 냈다. 먼저 말부터 해놓고 생각은 나중에 하는 방법이 가끔은 통하는 것 같았다. 그는 자신도 그렇게 하기로 마음먹었다.

「빅토르는 내겐 아버지 같은 분이셨어요. 날 돌봐 주시고, 볼모라에 있는 아파트도 주셨고, 종종 피자 선물도 해주셨죠. 그분이 오실 때마다 우린 마주 앉아 몇 시간이고 예술에 대해 대화를 나눴답니다. 지난번에는, 내가 제대로 기억한 게 맞는다면, 그뤼네발트와 예르텐이 화제에 올랐어요. 이 두 화가는 당대에 많은 비판을 받아야 했죠. 그는 표현주의자이고 유대인이라는 이유로 그리고 그녀는 표현주의자이고 우울증 환자라는 이유에서였어요. 그들은 예르텐이 더 올바르게 생각할 수 있게끔 그녀에게 뇌엽 절제술을 행했지만, 그녀는 그 대신 죽고 말았죠.」

「제발 질문에나 답변해요!」 칼란데르가 말했다.

「어, 질문이 뭐였죠? 맞아, 난 케냐에서 귀국할 때 그림을 가져왔어요. 그저 빅토르를 놀라게 해주고 싶었어요. 그래서 그분이 안 볼 때 슬그머니 지하실에 들어가 그림을 감춰 놨던 거예요.」

이것은 그가 찾아낼 수 있는 최선의 생각이었다.

「그래서 당신은 알데르헤임을 비롯한 모두가 안 보고 있을 때 슬그머니 갤러리에 들어가고, 또 지하실에 내려가서는 그림 두 점을 놔뒀으며, 또 누구의 눈에도 띄지 않고 슬그머니 그곳을 나왔다는 얘긴가요?」

케빈이 생각해도 별로 설득력이 없는 소리였다. 옌뉘가 나서서 이렇게 덧붙여 주기까지는.

「그때 빅토르는 나와 대화하느라 정신이 없었어요. 그 사람이 내 이혼 수당을 인상하는 문제를 거론했거든요. 하지만 나는 그의 돈을 원하지 않았어요. 내가 원한 것은 그 사람뿐이었으니까요. 케빈이 슬그머니 들어갔다 나오고 있을 때, 우린 그 문제를 토론하고 있었답니다.」

「그는 이혼 수당을 얼마나 지급하고 있었죠?」

「0크로나요.」

「그런데 거기서 더 인상하겠다고요?」

「음, 거기서 더 내리기는 힘들었겠지.」 올레 음바티안이 고개를 주억거렸다.

이틀 하고 반이 남았다. 그리고 곧 이틀이 된다. 수사관은 꿋꿋이 버티고 있었다.

「빅토르는 당신이 실종됐다고 신고했고, 아마 죽었을 거라고 했소.」

「음, 그분이 말하고 싶었던 것은 뭔가 다른 것이 아니었을까요?」 케빈은 그럴듯하게 얘기를 이어 갈 수 있는 방법을 맹렬히 찾으면서 말했다.

「엔카이 님이겠지.」 올레 음바티안이 말했다.

「그게 뭐죠?」

「위대한 신이라오. 케빈은 자신을 찾으러 왔었소. 하지만 대신 나와 위대한 신을 발견하게 되었지. 그분을 통해 우리는 다시 태어날 수 있다오. 하지만 이전의 삶은 내려놔야 하지.」

이제 케빈은 탄력을 받았다.

「그래서 난 후견인께 전화를 걸어 작별을 고했어요. 그분은 내가 삶에 작별을 고했다고 생각했을지 모르지만, 사실 난 나의 이전의 삶에, 나의 이전의 자아에 작별을 고했던 거예요.」

「그때 빅토르는 너무나 상심했답니다.」 엔뉘가 회상했다.

「그러면 요즘 당신과 엔카이의 관계는 어떻소?」 수사관이 물었다.

「그 질문에 대해 감사드립니다. 나는 우리의 관계가 깊은 우정 같은 것으로 발전했다고 생각해요. 난 두 세계 사이를 오가고 있지만 마음은 아주 편하답니다.」

「이 대목에서 내가 강조하고 싶은 것은 엔카이 님은 결코 할례를 요구하지 않으신다는 사실이오.」 올레 음바티안이 엄숙하게 말했다.

「오, 그렇군요.」 칼란데르가 지친 듯이 대답했다.

이틀. 그리고 조금만 더…….

「그래서 음바티안 씨, 어제 오후 우리가 대화를 나눈 후에 당신은 빅토르 알데르헤임을 만났나요?」 칼란데르 수사관은 방금 서장에게서 받아 온 자료를 꺼냈다. 「그리고 그 유쾌했던 저녁 식사 중에 여기에다 서명했나요?」

「저녁 식사, 점심 식사 아니면 사이의 어떤 것이었소.」 올레 음바티안이 대답했다.

수사관은 치유사가 그 모임을 뭐라고 불러도 상관없다고 말했다. 지금 중요한 것은 양도 증서란다. 음바티안 씨가 여기에 서명했나요, 아니면 서명이 위조된 건가요?

올레는 문서를 들여다봤고, 몇십 분 만에 처음으로 진실을 말했다.

「물론 내가 서명했소. 그리고 서명할 수 있어 기뻤지! 뭐, 정확히는 기쁘지 않을 수도 있지만……. 어쨌든 우리 마사이들은 약속을 지킨다오. 펜과 종이는 필요하다고 생각하지 않아. 하지만 로마에서는 로마법을 따라야 하니까. 우유에 말아 먹는 갈색 잎사귀가 메뉴에 오른다 해도 어쩔 수 없는 일이지.」

「잎사귀?」

「콘플레이크 얘기하는 거예요.」 엔뉘가 설명했다.

이 불쌍한 수사관은 또 한 라운드를 위해 힘을 짜내야 하나? 그래야 하리라.

「그 이른 저녁 식사인지 늦은 점심 식사인지가 있은 후 알데르헤임은 자기 갤러리로 갔고, 바로 그 앞에서 살해되었어요. 그 시점에 여러분은 어디 있었죠?」

「오, 수사관님……」 케빈이 말끝을 흐렸다. 「우린 그 사실을 지금 알게 됐네요. 그 끔찍한 사건이 몇 시에 일어났죠?」

「늦은 오후거나 이른 저녁일 거예요. 그 식사 때부터 죽을 때까지 다른 일을 할 시간이 많지 않았어요.」

「그렇다면 내 생각으로는, 우린 그때 리딩외에 가고 있었을 거예요.」 엔뉘는 이렇게 설명했지만, 말이 입에서 나오자마자 후회했다.

「거기는 왜 가려고 했죠?」

맞아, 거긴 왜 가려고 했더라?

올레 음바티안은 엔뉘에게 시간을 좀 벌어 주기로 작정했다.

「엔카이 님은 사랑이요, 태양이라오. 내가 이 말을 했던가?」

「뭐라고요?」

「그분은 당신이 직접 손으로 빚어 만드신 키리냐가에 사신다오. 태초에 그분이 달의 여신 올라파와 결혼했다고 많은 사람들이 믿고 있지. 그들은 최초의 인간 기쿠유와 뭄비를 낳았고, 또 이 두 사람은 딸을 아홉 명이나 낳았다오. 상상이 가오? 난 여덟밖에 낳지 못했는데 말이야. 하지만 다시 한번 말하거니와 이 몸은 신이 아니라오. 그저 보잘것없는 치유사일 뿐이지.」

「그게 도대체 이 일과 무슨 상관이 있죠?」

이제 케빈은 생각을 마쳤다.

「빅토르는 피자를 아주 좋아했답니다. 내가 볼모라에 살 때

가끔 그걸 사 들고 오셨죠. 우린 리딩외 호수 바로 옆에 기가 막힌 피자 가게가 있다는 얘기를 들었고, 그래서 거기로 가려고 했던 거예요.」

후고는 입만 열면 피자 얘기였지만, 그때마다 케빈은 거부했었다. 피자는 말만 들어도 구역질이 났다.

「하지만 직전에 먹었다고 하지 않았소?」

올레 음바티안은 이런 일에는 재능이 남달랐다.

「먹었다고? 수사관님, 혹시 막대기 두 개로 음식을 먹으려고 해본 적이 있소? 난 먹고 나서도 먹기 전만큼이나 배가 고팠다오.」

「그래서 여러분은 리딩외에 가서 피자를 사 먹으셨다?」

「아뇨.」 엔뉘가 고개를 저었다. 「우리는 생각을 바꿔서 볼모라에 있는 집으로 갔어요.」

「그리고 지금은 여기에 이렇게 있는 거죠.」 케빈이 덧붙였다.

「자, 당신은 왜 새 여권이 필요했던 거요?」

「전 것의 기한이 만료돼서요.」

「어딘가 여행할 계획이 있었던 거요?」

「우린 올레와 함께 케냐에 갈 생각을 하고 있었어요. 물론 수사관님께서 허락해 주셔야겠지만요.」

앞으로 사흘만 지나면 그들은 무엇이든 원하는 대로 할 수 있었다. 그때까지는…… 그는 좀 더 알아야 할 필요가 있었다. 하지만 무엇을?

맞아, 경찰은 알데르헤임의 재킷 호주머니에서 나이로비에서 프랑크푸르트를 경유하여 스톡홀름으로 가는 항공편의 오래된 탑승권을 발견했다. 물론 케냐는 올레 음바티안의 본거지였다. 그렇다면 케빈과 올레는 알데르헤임이 거기에 무얼하러 갔는지 설명해 줄 수 있는지? 게다가 이 칼란데르가 이해한 바로는 공교롭게도 그때 두 사람은 여기에 있었다는데?

케빈은 이제 완전히 거짓말의 리듬을 타고 있었다.

「아, 내가 케냐에서 일이 너무 안 풀렸어요! 그래서 나이로비에서 옌뉘에게 전화를 걸어 빅토르에게 전해 달라고 부탁했죠. 내가 비행기표 살 돈을 모으기만 하면 곧바로 귀국하겠다고요. 물론 그때 나는 빅토르가 내가 죽었다고 생각한다는 것을 몰랐죠. 정신이 번쩍 든 그분은 나를 만나고 또 도와주시기 위해 거기로 달려왔던 거예요. 그분이 케냐에 도착하기도 전에 난 이미 이곳에 있었지만요. 케냐에서 아빠의 금목걸이를 팔아 돈을 마련했던 거죠.」

「금목걸이?」 올레가 놀라며 되물었다.

그는 생전 그런 것을 가져 본 적이 없었다. 하지만 다음 순간, 여기에 진실 같은 것은 없다는 것을 깨달았다.

옌뉘가 심문관의 정신을 딴 데로 돌리기 위해 끼어들었다.

「빅토르의 가장 훌륭한 점 중의 하나는 마음이 한없이 너그럽고 진심 어린 행동을 한다는 사실이에요.」

이런 말을 해야 한다는 게 너무나 끔찍했다.

수사관은 금목걸이에 대한 부분은 약간 흘려들었다. 그는 그의 전 아내가 뉴욕에서 14일간의 콘퍼런스를 마친 후 귀국할 때, 그가 알란다 공항에 마중 나가지 않아 화를 냈던 일을 추억하고 있었다. 그런 일을 위해 서슴없이 아프리카까지 왕복할수 있는 사람이라면, 좋은 관계를 유지하기 위한 건강한 생각들을 가지고 있으리라.

칼란데르는 케빈에게 국세청을 방문하여 그를 산 자들의 세계로 되돌려줄 것을 요청하라고 충고했다. 그때까지는 새 여권 신청을 삼가는 편이 좋으니 또다시 체포될 가능성이 높단다.

그런 다음, 이 비공식 심문을 이제는 끝내도 될 것 같다고 말했다.

「아, 한 가지만 더. 케빈, 당신이 그림을 가지고 지하실에 내려갔을 때 혹시 거기서 염소 한 마리를 봤나요?」

「아뇨.」

「혹은 벌거벗은 여자 풍선 인형은요? 헤로인처럼 보이는 봉지들은요?」

「아뇨.」

칼란데르는 이 모임을 더 이상 연장하고 싶지 않았다. 점심 식사와 오후 커피 시간이 기다리고 있었고, 부검의도 잠시 만나고 와야 했다. 커피 시간을 조금 줄인다면, 용의자 리스트를 작성할 시간은 있을 거였다. 그는 지금 이 방 안에 있는 사람들 중 한두 명이 거기에 포함될 가능성을 배제하지 않았다.

「자, 이 유익한 대화를 허락해 주신 여러분께 감사를 드립니다. 난 빅토르 알데르헤임의 죽음을 둘러싼 상황에 대해 더 깊이 알아볼 것이며, 여러분께서도 추가적인 질문을 위해 항상 대기하고 계신다면 대단히 고맙겠습니다.」

「네, 물론이죠.」 케빈이 대답했다.

「당연하죠.」 엔뉘도 대답했다.

「기꺼이 도움이 되어 드리겠소.」 소 올레 음바티안도 흔쾌히 약속했다.

57

후고는 경찰서에서 두 블록 떨어진 곳에서 차 안에 앉아 있었다. 둘 중 한 사람도 풀려날 것 같지 않았지만, 그래도 가능성은 있었다. 적어도 잠깐은 풀려날 수 있었다. 만일 그 경우라면 지금 경찰이 그가 어디 있는지 알고 있다는 얘기였다.

아직 30분도 지나지 않았지만 이 시간이 마치 영원처럼 길게 느껴졌다. 과연 케빈과 엔뉘는 쏟아지는 질문 앞에서 후고를 이 일에 끌어들이지 않고 넘어갈 수 있을까? 마사이에 대해서는 그렇게 걱정되지 않았다. 그는 볼모라와 리딩외도 구별하지 못했고, 후고에 대해서 이름 말고는 성도 모르고 아무것도 몰랐다. 이름만 아는 것도 충분히 고약한 일이지만.

휴대폰이 울렸다. 경찰이 벌써 날 찾아낸 걸까?

말테였다.

「형, 지금 전화받을 형편이 못 돼. 나 아주 바빠. 내가 나중에 형한테 전화할까?」

그의 형은 들은 척도 하지 않았다.

「그녀가 날 쫓아냈어.」 말테가 슬픈 목소리로 말했다.

「누가?」

「카롤린. 그녀가 아니면 대체 누구겠냐?」

이것은 후고가 별로 이어 가고 싶지 않은 대화였다. 특히 지금은 그랬다. 하지만 말테는 말을 이었다.

「오늘 밤에 너와 함께 지내도 되겠니?」

그의 집에서 함께 지내는 사람이 이미 차고 넘친다는 사실을 잘 모르는 모양이었다.

◆

말테와 카롤린은 8년 전 어느 병원의 복도에서 만났다. 그녀도 의사였고, 귀와 코와 목구멍을 다루는 전문가였다. 이런 의미에서 그녀는 안과 의사 말테와 완벽한 궁합이었다.

카롤린에게는 이미 리딩외에 집 한 채가 있었다. 말테가 성장한 곳에서 멀지 않은 곳이었다. 3년 후, 그녀의 남자 친구는 그 집으로 이사했고, 그 후 쭉 눌러살았다. 결혼은 별로 중요하지 않았고, 아이는 나중에 가져도 되었다.

세월이 흘렀다. 그들의 관계는 더 이상 불똥이 튀지 않았지만 그런대로 쓸 만했다. 말테와 카롤린은 일테면 서로 합병을 한 거였고, 전체적으로 꽤 괜찮게 느껴졌다.

말테는 그렇게 생각했다.

그런데 바로 이때, 카롤린이 콘퍼런스를 위해 순스발에 갔다가 거기서 한 비뇨기과 의사와 눈이 맞았다. 그녀는 곧바로 집으로 돌아와 말테에게 상황을 알렸다. 그리고 모두의 행복을 위해 집에서 나가 줄 것을 정중히 부탁했다. 어차피 집은 그녀의 것이었다. 그녀는 그가 당장 짐을 싸기를 강력히 희망했는데, 문제의 비뇨기과 의사가 일을 마치고 들를 것이기 때문이란다. 세 사람이 소파에 나란히 앉아 팝콘을 씹으며 「솔시단」[29]을 시청하면 분위기가 약간 어색하지 않겠어? 자기는 그렇게 생각하지 않아?

「비뇨기과 의사라고?」 후고가 되물었다.

달리 해줄 말이 떠오르지 않았다.

「후고, 난 지금 갈 데가 없어. 무슨 말인지 알겠니? 그녀가 날 집에서 쫓아냈단 말이야!」

「그 얘긴 벌써 했잖아.」

바로 그 순간, 옌뉘와 케빈과 마사이가 차 쪽으로 걸어오는 것이 보였다. 세 명 모두 있었다. 마치 신기루를 보는 기분이었다.

「아까 말했듯이 난 오늘 너무 바빠서 정신이 없어. 하지만 형은 물론 우리 집에서 지내도 돼. 거실 소파는 비어 있으니까. 열쇠가 어디 있는지는 알 거야. 자, 나중에 봐.」

후고는 더 이상의 기적은 있을 수 없다고 확신했다. 옌뉘와 케빈과 치유사, 세 사람 다 멀쩡히 차 안에 앉아 있었다.

「도대체 어떻게 된 거야? 무슨 일이 있었던 거야? 그래, 칼란데르가 뭐라고 말했어?」

「우리가 항상 대기하고 있어야 한대요.」 옌뉘가 대답했다.

「뭐라고? 항상 대기하고 있으라고?」

---

29 2010년부터 스웨덴의 TV4에서 방영된 코미디 시리즈.

천만에, 그럴 일은 절대로 없을 거였다!

세 사람 중 누구도 구치소에 갇히지 않았고, 심지어는 범죄의 용의자로 지목되지도 않았다. 또 후고도 레이더망에서 벗어나 있었다.

하지만 아직은 시작되지 않은 듯한 칼란데르의 수사가 본격적으로 진행되면, 그가 무엇을 발견하게 될지는 아무도 모를 일이었다. 예를 들면 그게 링곤베리 단지에 묻은 치유사의 지문일 수도 있다는 생각이 갑자기 후고의 뇌리를 스쳤다.

「난 잘 때도 장갑을 끼고 자.」 올레가 말했다. 「그런데 우리가 그 뭐시기라는 이름을 가진 수사관하고 잡담을 나눌 때는 잠시 그것을 벗었지 뭐야. 표범 새끼만큼이나 결백한 사람처럼 보이고 싶다면 자신의 맨손을 보여 주는 게 가장 좋다고 생각했기 때문이야. 하지만 링곤베리 단지로 그 일을 처리할 때에는 장갑이 제자리에 붙어 있었어.」

이거야말로 또 하나의 작은 기적이었다! 물론 그렇다 하여 애초의 계획을 고수하지 않아야 할 이유는 전혀 없었다. 옌뉘와 케빈과 마사이는 최대한 빨리 케냐로 사라져야 할 거였다. 따라서 내일 아침의 최우선 과제는 케빈의 삶이 지금까지 계속되어 왔고 현재도 진행 중이라는 사실을 국세청에 납득시키는 일이었다.

「그런데 문제가 또 하나 생겼어. 카롤린이 말테를 집에서 쫓아냈어.」

「카롤린이 누구죠?」 옌뉘가 물었다.

「그리고 말테는요?」 케빈도 물었다.

「어휴, 이름이 많기도 하네!」 올레 음바티안이 투덜거렸다.

58

칼란데르 형사의 마지막에서 세 번째 오후 근무는 요 몇 년 사이에 유례를 찾아보기 어려울 정도로 바쁜 시간이었다. 그는 먼저 시체 안치소에 있는 빅토르 알데르헤임을 — 더 정확히는 에클룬드 부검의를 — 찾아가는 일부터 시작했다. 이미 알고 있는 것보다 더 많은 것을 알아낼 수 있으리라 기대한 것은 아니었지만, 전에 그가 제대로 일을 할 때는 항상 이렇게 했고, 습관은 쉽게 없어지는 게 아니기 때문이었다.

사망 원인은 물론 알데르헤임의 호흡 기능을 정지시킨 뇌출혈로 기록되어 있었다.

「숨 안 쉬면 꼴깍이지, 뭐.」 에클룬드가 킬킬대며 말했다.

칼란데르는 이 친구를 늘 싫어했다.

「그러면 뇌출혈의 원인은 뭐였나?」

「두부 둔상이야. 어떤 물체에 의한. 내가 보기엔 링곤베리 단지지. 브랜드는 펠릭스, 흑설탕 가미, 410그램. 여기 있는 우리 친구는 얼굴과 모발에 링곤베리 잼이 묻어 있어.」

「왜 특별히 흑설탕이 가미된 펠릭스 제품인 거지?」 에클룬드의 덫에 걸려든 칼란데르가 순진하게 물었다.

「내가 그걸 무슨 수로 알겠나? 칼란데르, 자네 요즘 공부 안 해?」

이제 이틀 하고 조금 더 남았다.

세 사람과의 미팅은 시간 낭비였다. 우울한 기분 외에는 아무것도 얻지 못했다. 그래도 그날이 왔을 때 자신의 것만 빼놓고는 이게 그가 다루게 될 마지막 시체가 될 거라고 생각하니 다소 위안이 되었다.

칼란데르는 정식 근무 시간이 끝나기 전에 퇴근하기 위해 커피 시간은 건너뛰기로 했다. 커피 한 잔을 사무실에 들고 온 그는 범행 동기와 함께 용의자 명단을 작성하기 시작했다.

우선 미지의 즉흥적 행위자 X를 생각해 볼 수 있었다. 링곤베리 단지를 가지고 누군가를 공격할 계획을 세울 사람은 존재하지 않는다. 또 호주머니에 링곤베리 단지를 넣은 채로 시내를 어슬렁거리는 사람도 존재하지 않는다. 따라서 X는 이 즉흥적인 행위가 있기 바로 전에, 일테면 범죄 현장에서 북쪽으로 몇백 미터 떨어진 곳에 위치한 상점에서 식품 구매를 했을 것이다.

X는 집으로 가다가 우연히 염소 성애자를 보게 되었고, 그 순간 분노에 사로잡혔다. 그리고 방금 구매한 식품들 중에 무기가 될 만한 것을 찾아보았는데, 아마도 오이나 시럽 든 빵은 제외했을 거고 좀 더 묵직한 링곤베리 단지가 적당하다고 느꼈을 것이다.

이 경우, X의 지문이 떨어진 유리 조각들 가운데 남아 있을 것이다. 어쩌면 손을 베였을 수도 있었다.

하지만 이 X는 추적하기가 어려울 수 있었다. 말했지 않은가, 즉흥적인 가해자라고. 일반적인 폭력범과는 같지 않다. 어쨌든 상점에는 문제의 오후에 팔린 링곤베리 단지의 숫자에 대한 통계가 있을 거고 또 상점 천장에 보안 카메라가 설치됐을 가능성이 높다. 만일 X가 실제로 햄셰프에서 쇼핑했다면, 그럼 문제가 없다. 그런데 스베아베겐가 아래쪽에도 쿠프가 하나 있다. 그리고 그 길 건너편에 세븐일레븐이 있다.[30] 인근에 이런 상점이 적어도 백 개는 된다.

하여 칼란데르는 X의 가설은 잠시 제쳐 두기로 결정했다.

알데르헤임의 지인 그룹에 속한 Y라는 인물도 용의자로 생각해 볼 수 있었다. 하지만 전문가들이 그의 이메일, 문자 메시지, 멀티미디어 메시지, 왓츠앱, 인스타그램, 페이스북, 트위터 그리고 칼란데르로서는 아는 바가 거의 없는 비사회적 채널들을 통해 이 희생자의 삶을 재구성해 내기 전에는 지인 그룹에 대해서는 아무것도 알 수 없었다.

X와 Y 다음에, 칼란데르는 희생자의 직계 친척으로 눈을 돌렸다. 다시 말해서 그의 전처 옌뉘와 전 피후견인 케빈이었다. 그들은 알데르헤임의 죽음을 진심으로 슬퍼하는 듯이 보였고, 드러난 직접적인 동기는 전혀 없었다. 이혼은 법적으로 종료되었고, 재산 분할도 깨끗이 끝났다. 옌뉘는 전남편의 죽음에서 얻을 게 하나도 없었다. 또 만일 동기가 알데르헤임의 재킷 안주머니에 있었던 양도 증서에서 발견될 수 있는 것이라면,

---

30 햄셰프, 쿠프, 세븐일레븐 모두 스웨덴에서 흔히 볼 수 있는 마트 체인이다.

왜 그것을 거기에 남겨 두었겠는가?

그렇다면 올레 음바티안은? 그의 사람 머리 때리는 솜씨가 뛰어난 것은 사실이다. 하지만 링곤베리로는 때리지 않는다. 그리고 만일 그림이 동기였다면, 그 유쾌한 점심 식사인지 저녁 식사인지 뭔지는 모르겠지만, 아무튼 그가 살해되기 불과 몇 시간 전에 있었던 그 모임 중에 모두가 보는 앞에서 그것을 팔지 않으면 끝나는 문제였다.

현재로서는 X가 더 개연성이 있어 보였다. 아니면 Y일 수도 있고.

59

여자 친구에게 차여 집에서 쫓겨난 말테는 차마 볼 수 없는 한심한 상태가 되어 있었다. 후고의 소파에서 뜬눈으로 밤을 새운 그는 아침이 되자마자 병원에 전화를 걸어 사표를 냈다. 그것도 당장 수리해 달라고 했다. 병원장은 벌어진 입을 다물지 못했다.

「아니, 도대체 왜 그래? 대관절 무슨 일이냐고? 봉급 인상을 원해? 그건 우리가 해줄 수 있어.」

봉급이 문제가 아니란다. 말테는 코앞에 닥친 일도 보지 못하는 눈뜬장님이었고, 눈뜬장님이 안과 의사 일을 하는 것은 어불성설이라는 거였다. 그리고 지금까지 쌓인 초과 근무 시간이 일곱 달이나 되기 때문에 그것으로 계약에 정해진 의무적인 사전 통고 기간을 상쇄할 수 있단다.

이제 실직자가 된 후고의 형은 그래도 아프리카 치유사와의 대화에서 위안을 얻을 수 있었다. 그들의 진지한 대화는 바로 첫 번째 밤부터 시작되었다. 다른 사람들은 여전히 허망한 일들에 부산을 떨어 대고, 아침 식사를 마치자마자 다시 시작하는 그 활동에 여념이 없을 때 말이다.

올레 음바티안은 여자들이 얼마나 예측 불가의 존재인지에 대해 자신이 알고 있는 바를 모두 말테에게 들려주었다. 물론 당신은 어떤 특별한 경우에 — 그녀가 반대하지만 않는다면 — 여자를 다른 사내에게 빌려줄 수도 있어. 하지만 자기 남편의 등 뒤에서 그런 짓을 한다는 것은 있을 수 없는 일이지!

그런데 자신은 이와 관련된 문젯거리가 남들보다 두 배는 되었단다. 첫 번째 여자는 그가 다른 여자의 집에서 잤다고 해서 꽥꽥거렸고, 또 다른 여자는 그가 첫 번째 여자의 집에서 잤다고 빽빽거렸단다. 그러다가 집안이 한동안 잠잠해지나 싶더니만 상황이 새로운 양상을 띠게 되었단다. 마누라들이 서로 뭐라고 쑥덕대더니만 자신을 언덕 위의 세 번째 오두막으로 올려 보냈단다. 만약 그 이유를 정확히 모르겠다면, 그냥 당신에게 싫증이 났다고 생각하는 게 속 편할 거란다.

다른 사람도 여자에게 차일 수 있다는 얘기를 듣는 것은 말테로서는 몹시 기분 좋은 일이었다. 하지만 그와 올레에게는 공통점이 더 있었으니, 일테면 둘 다 사람들을 치료하기를 좋아한다는 점이었다. 치유사는 안과 의사가 다루는 영역은 몹시 한정된 반면에 거기에 대한 지식은 놀라울 정도로 넓은 것 같다고 말했다. 말테는 이 찬사에 대해 감사를 표한 뒤 스웨덴에서 의사는 처음에는 온갖 것을 다룬 후에, 그다음에 한 분야의 전문가가 된다고 설명했다. 그런데 올레 씨의 전문 분야는 무엇인지?

올레 음바티안은 곰곰이 생각해 보고는 대답했다. 자신은 여러 가지 방면에서 뛰어나지만 더 이상 아이를 가지고 싶지 않은 여자들을 도울 수 있는 능력으로 특히 명성이 높단다.

말테는 마사이족의 피임 방법을 당장 알고 싶어 안달을 했지만 여기서 올레 음바티안은 선을 그었다. 어쨌든 그것은 치유사의 비방에 따라 조제된 혼합물로, 배란을 할 때마다 그것을 한 병씩 들이켠단다. 그는 이 처방을 〈이나토샤〉라고 불렀는데, 스와힐리어인 이 말을 번역하면 〈이제는 충분해〉라는 뜻이란다. 누구나 온전한 후각과 미각을 가지고 있다면 그 안에 어떤 재료들이 들어갔는지 대충 알아맞힐 수는 있겠지만, 거기서 완벽한 치유사까지는 거리가 아주 멀단다. 이웃 마을의 한 돌팔이가 이나토샤를 흉내 낸 적이 있었단다. 그리고 반값으로 팔아먹었지만 탕약에다 쓴 참외조차 넣지 않았단다.

「〈긴 비〉가 끝나기도 전에 마사이마라의 여인들 가운데서 2백 명이 그자의 원수가 되었어. 2백 명이 말이야! 내 집에 있는 그 두 원수를 생각해 보면 정말 어마어마한 숫자지. 참, 그러고 보니 당신도 하나가 있구먼.」

「그 하나마저 이제는 없어요.」 말테가 시무룩하게 말했다.

올레 음바티안의 오랜 경험에 비추어 볼 때 이 〈이제는 없어요〉는 그리 나쁜 게 아니란다.

60

현대적 경찰의 정보 수집 작업은 더 이상 가가호호 다니며 문을 두드리거나 누군가의 집에서 커튼 뒤에 숨어 있는 일에 달려 있지 않다. 오늘날 모든 것은 신기술에 달려 있다. 본의 아니게 수사 팀장이 된 칼란데르는 최초 보고서를 요청했고, 은퇴를 이틀 남긴 아침, 그러니까 딱 모닝커피를 마셔야 하는 시간에 책상에다 올려놓은 그것을 내려다보고 있었다.

지금까지 가장 흥미로운 부분은 감식반이 희생자의 시신이나 아파트에서 휴대폰을 발견하지 못했다는 사실이었다.

스톡홀름의 사업가에게 스마트폰이 없다는 것은 상식적으로 있을 수 없는 일이었다. 기술 팀은 신속한 조사를 통해 그것의 존재를 밝혀냈다. 미술품 거래인의 휴대폰 가입 계정은 분명히 존재했고, 사용 내역을 열람할 수도 있었다.

알데르헤임은 최근 몇 주 동안 누구에게 전화를 건 일이 거의 없었다. 그에겐 친구가 하나도 없는 걸까? 그가 전화를 걸어 퇴짜를 맞긴 세 열쇠공이 이 범주에 속하지 않는 것은 말할 것도 없었다. 그들 중 누구도 갤러리 문의 안쪽에 맹꽁이자물쇠를 설치한 것 같지 않았다.

그런데 맹꽁이자물쇠라? 그는 누구를 혹은 무엇을 두려워했던 걸까? 아마도 갤러리 창문에다 〈변태〉라고 대문짝만하게 써놓은 인물이리라.

칼란데르는 더 이상 생각을 이어 갈 수 없었다. 그가 가장 좋아하는 동료가 문을 열고 들어왔기 때문이다. 감식반 소속이자 IT 전문가이기도 한 세실리아 홀트였다. 그녀는 침입이 불가능한 전화, 태블릿, 컴퓨터를 자기 집 안방처럼 드나든다고 소문난 여자였다. 홀트가 해킹할 수 없는 몇 안 되는 것들 중의 하나는 바로 사라진 휴대폰이었다. 하지만 그녀는 알데르헤임이 보낸 마지막 몇 시간 동안 어떤 일이 있었는지는 설명해 줄 수 있었다. 기지국들의 위치와 모바일 사업자의 접속 기록만 있으면 해결할 수 있는 문제였다.

그녀는 수사 팀장에게 보고서를 건넸다.

「휴대폰은 미술품 거래인이 사망하기 몇 시간 전에 경찰서에서 멀지 않은 쿵스홀름에 위치해 있었어.」

알데르헤임도 거기에 있었다. 여기까지는 칼란데르도 아는 바였다.

「그런 다음 갤러리가 위치한 구역으로 움직였어.」

여전히 논리적이었다.

「그런데 다시 거기서 회그달렌으로 갔어.」

「뭐라고? 그래, 거기 가서 어떻게 됐는데?」

「거기서 외부 세계와 접촉이 끊겼어.」

이들은 모르겠지만 더 정확한 대답은 그게 연기가 되어 하늘로 올라갔다는 거였다. 쓰레기 트럭은 외스테르말름에서 출발하여 스톡홀름 중심부에서 남쪽으로 10킬로미터 떨어진 회그달렌 소각장으로 갔다. 거기서 몇 톤의 생활 폐기물과 함께 쏟아부어진 그것은 5미터 깊이에서 감자 필러며 사용된 커피 필터 등과 함께 소각을 기다리며 조용히 누워 있었다.

섭씨 960도의 고열에서 살아남을 수 있는 것은 거의 없었다. 감자 필러도 커피 필터도 살아남을 수 없었고, 휴대폰은 말할 것도 없었다.

홀트가 계속해서 말하기를, 이 알데르헤임은 틀림없이 아주 괴상한 인간일 거란다. 휴대폰 주소록에 등록된 연락처가 하나도 없고, 이메일 수신함에도 흥미로운 게 별로 없단다. 하지만 조금은 있단다. 예를 들면 최근에 받은 나이로비 왕복 항공권.

「거기에 대해선 나도 알고 있어.」 칼란데르가 고개를 끄덕였다.

항공권 외에도, 잘 알려진 고급 창녀들과 주고받은 발 관리 서비스 주문 및 확인 메일이 한가득 들어 있단다.

「발 관리?」 칼란데르가 반문했다.

「고추에는 여러 가지 이름이 있지.」 세실리아 홀트가 설명했다.

빌어먹을. 이로써 칼란데르가 만나야 할 사람이 또 생겼다.

「다른 것은 없어?」

「뉴욕의 미국인 미술 전문가, 더 정확히는 그의 비서와 간단하게 메일을 교환한 게 있어. 알데르헤임은 그의 위작들이 진품으로 인정받기를 원했던 것 같아.」

칼란데르는 감식반 전문가에게 위작들이 어쩌면 진품일 수도 있다는 사실을 굳이 알리지 않았다. 이 상황에서는 의미 없는 일이었다.

「다른 것은 없어?」

「음, 그러니까 지난주에 전화 한 통이 들어온 게 있어. 익명 선불 카드야. 통화 시간은 1분 20초로 되어 있고.」

수사관은 정부가 익명 전화 카드를 금지하는 방안을 검토 중이라는 사실을 알고 있었다. 이 얘기가 나온 게 벌써 15년 전이니까 결정이 나기까지 10년은 더 걸릴 가능성을 배제할 수 없었다. 어쨌든 이것도 현재로서는 그에게 아무런 도움이 되지 못했다.

「또 다른 것은 없어?」

세실리아 홀트는 〈조금 더〉를 계속 내놓을 수 있는 여자로 유명했다.

「칼란데르, 우리는 이 사건을 가지고 겨우 하루 조금 넘게 작업해 왔어. 도대체 뭘 바라는 거야? 링곤베리 단지에 희미한 지문이 조금 남아 있긴 하지만, 당신이 우리에게 준 세 지문과 일치하는 것은 하나도 없어. 그리고 살인 당일에 근처의 세 식품점에서는 링곤베리 잼이 한 병도 팔리지 않았어. 즉 이 세 곳의 보안 카메라 녹화 테이프를 들여다보는 게 의미가 없다는 얘기야. 또 당신이 원한다면 내가 이메일을 좀 더 들여다볼 수는 있어. 뭐, 그가 뭔가를 지워 버렸을 수도 있으니까. 그래, 그런 것들을 복원하는 것은 가능할 수 있어. 좀 어렵긴 하지만 말이야. 아니, 조금이 아니라 상당히 어렵지.」

수사관은 늦어도 내일 〈1700시〉까지는 이 모든 것에 작별을 고하고 싶었다. 알데르헤임이 고급 창녀들과 나눈 대화를 굳이 지우려 하지 않았다면, 그에게 숨길 게 또 무엇이 있었겠는가?

「그건 내버려 둬. 대신 증오 및 위협을 전문으로 하는 그 사이트에서 알데르헤임을 위협했던 모든 사람의 전화번호와 이름을 찾아 줬으면 좋겠어.」

「모두?」

「약 5백 개의 포스트가 올라와 있고, 그중에서 3백 개 정도가 다양한 위협 메시지를 담고 있을 거야. 그 리스트를 한 시간 내로 작성해 줄 수 있겠어?」

홀트와 칼란데르는 25년 동안 서로를 알아 온 사이였기 때문에 그녀는 마사이에게 얻어맞은 머리의 상처가 처음 생각했던 것보다 심각한 것은 아니냐고 수사관에게 서슴없이 물어볼 수 있었다.

「본인이 그 5백 개 포스트 중에서 3백 개를 추려 와. 그럼 내가 어떻게 할 수 있는지 한번 볼 테니까.」

사실 사용자의 계정을 무슨 수를 써서라도 보호하는 것이 이 증오 및 위협 사이트의 사업 콘셉트 중의 하나였다. 심지어는 세실리아 홀트마저 뒷문을 통해 들어갈 수 없었다. 하지만 그 어떤 사슬도 그것의 가장 약한 고리보다 강할 수는 없는 법이다. 그녀는 사이트 내부에 연줄이 하나 있었다. IP 주소 사는데는 보통 하나당 1천 5백 크로나씩 들긴 하지만 큰 문제는 없을 거였다.

은퇴를 하루 반 남긴 시점에서 어느 미지의 범인이 일급 살인 혹은 과실 치사 사건으로 바꾸어 놓은 위작 사건은 곧 〈전수사관〉이 될 사람이 감당하기 힘들 정도로 확대되기 시작했다. 그 전날에는 커피 시간을 한 번도 제대로 즐긴 적이 없었다.

칼란데르는 증오 및 위협 사이트에서 찾아낸 것 중에 가장 고약한 위협 메시지 네 개를 골라 홀트에게 보냈다. 그런 다음 서장에게 접근해서는, 감기에 걸렸다고 꾀병을 부리지만 않았더라면 처음부터 이 사건을 맡았을 구스타브손에게 떠넘기려 해보았다. 하지만 서장의 대답은 염소 성애자는 죽었든 아니든 간에 처음 있었던 칼란데르의 무릎 위에 계속 있어야 한다는 거였다.

「잔말 말고 범인이나 찾아! 아직 며칠 남았잖아.」

「정확히 말해서 하루 남았어.」 칼란데르가 항변했다.

「하루 반이야.」

칼란데르는 오늘 오후의 커피 시간도 꽝이라는 것을 깨달았다. 그는 시내의 누군가를 찾아내 발 관리에 대해 대화를 나눠 보기로 마음먹었다.

그녀는 자신을 〈롤라〉라고 불렀지만, 사실 그녀의 이름은 엘사-스티나 뢰브크비스트였다. 칼란데르는 홀트가 어느 호텔 로비에 가서 살펴보라고 알려 준 바로 그 지점에서 그녀를 찾아낼 수 있었다.

처음에 그녀는 아무것도 모르는 척했지만, 칼란데르가 윤리적인 용무로 나온 게 아니라는 것을 알게 되자 곧바로 엘사-스티나로 변신하여 사실대로 얘기하기 시작했다. 그녀의 말에 따르면, 알데르헤임은 수년 동안 그녀의 다양한 발 관리 특별 서비스를 받아 온 단골이었다는 거였다. 그다지 유쾌한 사람은 아니었지만 다른 사내들보다 특별히 고약하지도 않았단다. 하지만 엘사-스티나는 그가 지하실에서 염소들과 한 짓에 대해 읽고는 더 이상 참을 수가 없었단다. 그런 짓이 어떤 종류의 병들을 옮길지 누가 알겠느냐는 거였다.

「혹시 당신이 휴대폰 선불 카드로 알데르헤임에게 전화를 걸어서 그를 더 이상 받지 않겠다고 1분 20초 동안 말했을 가능성은 없을까요?」

엘사-스티나는 자신이 통화할 때 시간을 재지는 않았지만 지금 상황을 아주 정확하게 묘사한 게 맞는다고 대답했다.

이것 말고 그녀는 별로 쓸 만한 정보를 제공하지 못했다. 그녀는 그의 발을 적어도 백 번은 관리해 주었단다. 하지만 관리 시간 전이나 도중이나 후에 잡담을 나눈 적은 한 번도 없었단다.

「그 인간은 결혼했나요?」 그녀가 물었다.

「얼마 전에 이혼했어요.」

「그의 전 아내에게 내가 축하한다고 전해 주세요.」

칼란데르는 그러겠다고 약속했다. 그리고 자리에서 일어나 그녀에게 권했던 플라스틱 생수병에 묻은 롤라 및 엘사-스티나의 지문 샘플을 집어 들고는, 세상에는 발 관리사 말고 다른 직업도 많다는 걸 알고 있지만, 그렇다고 해서 남의 일에 간섭하고 싶지는 않다고 말했다.

「그럼, 잘 가요, 롤라.」

「그쪽도요.」 엘사-스티나가 말했다.

61

   케빈은 쇠데르말름에 있는 국세청으로 향했고, 거기서 자신의 차례가 올 때까지 한없이 기다려야 했다. 여러 가지로 힘든 후고에게 불법 주차 딱지까지 안겨 주고 싶지는 않은데 말이다.

   결국 그는 담당관을 만날 수 있었다. 담당관은 〈셀〉이라고 자신의 이름을 소개하고는 청년에게 자리에 앉으라고 권했다.

   「안녕하세요, 셀. 난 케빈이라고 해요. 난 당신이 내 문제를 신속히 처리해 줬으면 해요. 왜냐하면 내 주차 시간이 거의 다 끝나 가고 있거든요.」

   셀은 최선을 다하겠노라 약속하고는 자기가 어떻게 도와주면 좋겠냐고 물었다.

   「무슨 일이냐면요, 지금 난 죽어 있어요. 나를 다시 살려 주실 수 있나요?」

   셀은 대답하기를, 이런 종류의 업무를 가장 잘 처리할 수 있는 분은 예수님이지만 요 근래 이 근처에서 그분을 본 사람은 아무도 없단다.

「일단은 당신이 신분증을 제시하는 일부터 시작해야 할 것 같아요.」셸이 설명했다. 「부고만으로는 충분치 않을 것 같고요.」

셸은 유쾌하게 일하는 것을 좋아하는 타입이었다.

케빈은 만일 셸이 비상경보를 울리지 않겠다고 약속한다면 여권을 제출할 수 있다고 대답했다. 담당관은 국세청에서 18년 동안 일해 오면서 딱 한 번 경보를 울렸단다. 그때 고객은 여권이 아니라 수류탄을 내밀었단다. 여러 가지 의미에서 슬픈 이야기였다.

셸은 여권의 도움으로 23세의 케빈 베크에 관한 모든 정보를 수집할 수 있었다. 그는 고개를 끄덕이면서 이 고객의 공식적인 사망에 대한 소문은 과장된 것은 아니라고 말했다.

「물론 난 당신이 여기 앉아 있는 걸 보고 있고, 당신이 살아 있음을 시사하는 것들이 많이 있어요. 문제는 당신이 그 사실을 의심의 여지없이 증명해야만 내가 뭔가를 해줄 수 있다는 점이에요. 당신의 여권은 만료되었어요. 혹시 이것 말고 다른 형태의 신분증을 가진 게 있나요?」

케빈은 가지고 있지 않았다.

「운전면허증은 없나요?」

「난 운전면허증이 없어요.」

「그럼 주차는 누가 했죠?」

빌어먹을 셸.

「난 아주 급했거든요. 하지만 죽은 사람에게 벌금을 부과하는 것은 어렵지 않을까요?」

셸은 미소를 지으며 죽음에도 이점이 없지 않다고 인정했다.

더구나 자신은 국세청 직원이지 교통경찰이 아니란다.

「하지만 내게는 당신 친척의 공식적인 증인 진술이 필요하고 또 이 친척은 자신의 신원을 증명할 수 있어야 해요. 내 컴퓨터에 뜬 정보로 판단하건대, 우리가 고를 수 있는 친척은 그리 많지 않군요. 하지만 당신에겐 아버님이 계시죠. 혹시 그분이 가까운 곳에 계시지 않을까요?」

올레 음바티안? 그분의 말에 무슨 가치가 있겠는가?

「지금 말씀하신 올레인지 뭔지 하는 분은 화면에 뜨지 않네요. 하지만 내가 먼저 생각한 사람은 빅토르 알데르헤임이에요.」

케빈은 머리가 핑 돌았다.

「첫째, 그 인간은 내 아버지가 아니에요. 그리고 그는 죽었어요. 확실히 죽었다고요.」

흥미로운 케이스 정도로 시작했던 것이 담당관 셸에게 아주 흥미로운 이야기가 되어 가고 있었다.

「빅토르가 당신의 아버지라는 것은 의심의 여지없이 증명된 사실이에요. 난 두 사람이 살아오면서 그렇게 가까운 사이가 아니었으리라고 짐작해요. 둘의 부자 관계는 당신이 열다섯 살이 됐을 때에야 확정되었어요. 그걸 생각하는 데 그렇게 오랜 시간이 필요한 부모가 아주 성실한 경우는 드물죠. 이런 표현을 써도 될지 모르겠지만, 당신도 죽도록 슬퍼하진 않은 것 같군요.」

정말로 이 사람은 빅토르가 내 아버지라고 말하는 걸까? 정말로?

「어쨌든 간에 그는 더 이상 세상에 존재하지 않아요. 문서상에도 그렇게 되어 있을 거예요.」

담당관은 묵묵히 고개를 끄덕였다. 그러고는 우리가 문서에 적힌 것을 다 믿을 수는 없다고 말한 다음, 하지만 만일 그가 최근에 사망한 게 맞는다면 국세청 컴퓨터가 아직 그 사실을 업데이트하지 못했을 수는 있다고 인정했다. 그들은 시체 안치소와 직통으로 연결되어 있지는 않단다.

「그래서 우리가 어떻게 할 수 있을까요?」 케빈이 물었다.

셸도 뾰족한 수가 없었다.

「내일 다시 오세요. 그때까지 내가 뭔가 생각해 낼게요. 그리고 혹시 존재하는 친척이 있으면 언제든지 데리고 와요.」

62

해결되지 않은 살인 사건을 하루 만에 해결하기 위해서는 첫째, 알려진 용의자가 있어야 하고, 둘째, 딱 하나 빠진 퍼즐 조각이 발견되어 용의자가 금일 〈1700시〉 전까지 죄를 자백하지 않을 수 없게 하는 충분한 증거를 이루어야 했다. 구체적으로 말하자면 칼란데르가 케빈 베크, 옌뉘 알데르헤임, 소 올레 음바티안, 이 세 사람의 굳게 닫힌 입을 열어야 한다는 얘기였다. 문제는 왜 그들이 그렇게 하겠느냐, 였다. 이 사건에 관련된 인물들 간의 관계는 혼돈 그 자체였고, 이들 중 누구에게서도 분명한 범행 동기를 발견할 수 없었다. 링곤베리 단지의 깨진 조각들에서 채취된 지문도 일치하는 사람이 없었다. 지문이 일치하지 않는 것은 발 관리사 롤라도 마찬가지였다.

따라서 지문은 용의자 X의 것이었다. 아니면 식품점 점원 Z든지. 이 X가 근처의 식품점들 중 어느 곳에서도 ── 적어도 범행을 저지르기 직전에는 ── 링곤베리 잼을 사간 적이 없기 때문에 상점의 보안 카메라를 통해 그를 찾는 것은 쓸데없는 일이었다.

하지만 만일 이 X가 회그달렌에 거주한다면…… 그러면 어떻게 되는가? 아마도 그는 비르게르 얄스가탄가에서 차를 몰고 가다가, 그와 다른 많은 사람들이 증오 및 위협 사이트에서 이미 증오하고 위협한 바 있는 남자를 보게 되었을 것이다. 이 경우 그를 오인할 가능성은 거의 없었으니, 알데르헤임은 누군가가 〈변태〉라고 써놓은 갤러리 유리창 바로 앞에 서 있었기 때문이었다.

회그달렌에서 온 사내는 차를 세웠다. 어쩌면 적당한 주차 장소까지 찾았을지도 모르지만, 그것은 좀 지나친 가정이리라. 어쨌든 그는 차에서 내려 렌치나 다른 무기를 찾으려 차 트렁크를 열었고, 다른 옵션이 없었으므로 링곤베리 단지를 손에 쥐게 되었다. 그는 살그머니 알데르헤임 뒤로 다가갔고, 단지로 그의 뒤통수를 겨냥하면서 〈이거나 먹어라, 이 개자……〉라고 속으로 외치고 있는데, 그 순간 알데르헤임이 고개를 홱 돌리는 바람에 단지는 의도했던 것보다도 유감스러운 타격을 가하고 말았다.

X는 의식을 잃고 발밑에 쓰러진 〈변태〉에게서 그의 휴대폰을 발견하고는 가지고 갔다. 왜? 공황에 사로잡혀서? 자신의 범행 장면을 알데르헤임이 순간적으로 촬영했기 때문에? 회그달렌의 사내에게 어떤 이유가 있었든 간에 그는 휴대폰을 집어 들고 자기 차로 돌아가서는 집으로 향했다.

칼란데르는 자신이 조금 부끄러웠다. 이것은 수사를 일급 살인이나 과실 치사 쪽으로 이끌기 위한 올바른 방법이 아니었다. 하지만 돌이켜 볼 때 자신은 일을 대충 마무리 짓기보다는 범인을 체포하는 경우가 더 많았다. 수사관은 지금까지 많은 결과를 냈다고 자신을 다독였다. 이번에는 그러지 못하겠지만 그래도…….

아니, 어쩌면 그럴 수 있을지도? 홀트는 증오 및 위협 사이트에 올라와 있는 가장 고약한 네 개의 메시지 뒤에 숨어 있는 자들에 대한 정보를 가지고 돌아왔다.

막연히 의심이 가는 용의자 제1호는 자신을 〈우지1970〉[31]이라고 부른단다. 그의 진짜 이름은 렌나르트 헬메르손으로, 스톡홀름에서 북쪽으로 1천3백 킬로미터 떨어진 유카스예르비 외곽의 숲에 거주하고 있었다. 그는 거기서 포스트를 올렸다. 렌나르트는 전기공이었고, 아내와 장성한 두 딸이 있었다. 전과는 없었지만, 지난 5년 동안 상당히 부담되고 해결되지 않은 부채로 인해 법 시행 기관에 시달리고 있었다. 그의 포스트 대부분이 일반적으로는 법 시행 기관에, 특별히는 그곳의 직원들에게 해야 할 일을 암시하는 내용을 담고 있는 것은 아마도 이 때문일 거였다. 그는 그 부채를 떠안은 이후로 포럼의 멤버로 활동해 왔다. 세월이 감에 따라 우지1970은 증오의 대상을 다른 이들에게까지 확대했다. 염소 성애자에 대한 그의 위협은 정의 구현을 위해서는 희생자의 뒤에다 무엇을 쑤셔 넣으면 좋을지에 대한 일련의 의견들로 요약될 수 있었다. 렌나르트 헬메르손은 특별히 상상력이 풍부하지는 않았다. 그는 도합 일곱 개의 포스트에서 야구 방망이와 하키 스틱 사이를 오갔다.

31　우지는 이스라엘에서 개발된 기관 단총으로, 소형이고 다루기 쉽기 때문에 테러리스트들이 즐겨 사용한다.

칼란데르는 과연 이 물체들이 암시된 공간에 들어갈 수 있을지 확신할 수 없었지만, 그것은 중요한 문제가 아니었다. 중요한 것은 우지1970이 한 해의 이맘때면 24시간 내내 사방이 컴컴해지는 북극 지방에 살고 있다는 사실이었다. 거기서 사람들은 이보다 덜한 이유로도 심사가 뒤틀릴 수 있는 것이다.

「아니, 이 친구는 아니야.」 칼란데르가 고개를 저었다. 「자, 다음!」

막연히 의심이 가는 용의자 제2호는 자신을 〈모두가죽어야한다〉라고 부른단다. 프로필 사진으로 쓰인 것은 어떤 남자였지만 계정을 추적해 보니 범죄 현장에서 20분도 안 되는 거리인 솔나의 센트룸슬링안가에 사는 헬레나 세예르스테트라는 여자가 나왔다.

「모두가 죽어야 한다니, 인류에 대한 꽤 부정적인 시각이군.」 칼란데르는 이렇게 말했지만 여기에 뭔가 더 깊은 사연이 있을 거라고 생각했다. 「이 사랑스러운 헬레나 양은 어떤 사람이지?」

「동물 권리를 위해 투쟁하는 활동가야. 블레킹에의 어느 밍크 사육자에 대해 너무 빈번하고도 광범위한 위협을 가한 혐의로 유죄 선고를 받은 적이 있어. 7년 전 일이지. 그 후로 선을 넘지 않는 법을 배운 것 같아. 어쩌면 아닐 수도 있고. 그녀는 알데르헤임을 거세하길 원해. 비유가 아니라 실제로. 도합 다섯 번 그런 포스트를 올렸는데, 매번 표현은 달랐지만 공통분모는 그의 물건이 사라져야 한다는 내용이었어.」

칼란데르는 이제 와서 이론을 재조정하기가 힘들었다. 범인

은 당연히 남자일 거라는 생각만 하고 있었던 것이다. 그런데
이 인간들은 대체 뭐가 문제인 걸까? 하나는 그의 뒷구멍에다
물건을 집어넣기를 원하고, 다른 하나는 그 옆에 매달려있는
것을 잘라 버리기를 원하고 있었다. 잠시 생각해 본 칼란데르
는 헬레나 세예르스테트라면 유기농 링곤베리를 무기로 사용
했거나 아니면 그녀가 그렇게나 강박 관념을 가지고 있는 남
성의 사타구니를 걷어찼을 거라는 결론을 내렸다. 일단은 그
녀도 대상에서 제외하기로 했다.

「자, 막연히 의심이 가는 용의자 제3호에 대해 말해 봐.」

「부에노스아이레스에 살아. 주소도 불러 줄까?」

「아니, 제4호.」

제4호는 〈헬헬84〉[32]로 그 뜻을 해석하기가 그리 쉽지 않았
다. 아마도 단순히 지옥에 경의를 표하고 싶은 것이리라. 아이
디 뒤에 숨어 있는 남자는 스톡홀름 남부의 트롤레순스베겐가
에 거주하는 38세의 리누스 포르스그렌으로, 어느 교회의 유
일한 경비원이며 전과는 없는 사람이었다. 범죄와는 거리가
멀어 보였지만, 증오 및 위협 사이트의 네 명 중에서도 가장 부
지런한 포스트 게시자로 2009년 이후 꾸준히 활동 중이었다.

「지금까지 포스트들을 살펴볼 때 눈에 띄는 패턴이라도 있
어?」 칼란데르가 물었다.

「전반적으로 그들이 증오하는 대상에게 끔찍한 고문을 가하
고 싶어 하는 것 같아.」

「살해하고 싶어 하나?」

---

32 원문은 *HellHell84*로 Hell은 지옥을 뜻한다.

「아니, 그냥 끔찍한 고문을 가하고 싶어 해. 예를 들면 창자에다 칼을 박고 좌우로 비튼다든가.」

칼란데르는 창자에 칼이 박히는 것보다 덜한 것으로도 죽을 수 있겠다는 생각이 들었다. 일테면 링곤베리 단지를 머리에 맞는다든지.

「트롤레순스베겐가가 어디야?」

「회그달렌에 있어.」

63

케빈은 담당관 앞에서 자신의 신원을 보증할 증인으로 아버지 올레와 여자 친구 옌뉘를 데리고 국세청으로 갔다. 그는 옌뉘가 가면 뭔가 달라지리라 기대했다. 올레는 좀 애매하게 느껴졌다.

그 일은 오전 시간의 상당 부분을 잡아먹으며 진행되었다. 담당관 셀은 호적 등록과 관련된 아주 복잡한 문제들의 전문가로서 칼스타드에 근무하는 동료에게 자문을 구하기로 결정했다. 핵심을 말하자면, 그들에게 필요한 것은 형제나 누이 혹은 어머니나 아버지의 선서 공술이란다. 그런데 이 경우에는 형제자매가 없었다. 또 어머니는 여러 해 전에 사망했고, 아버지도 최근에 그 뒤를 따랐다.

칼스타드의 동료는 스피커폰을 통해 미팅에 참석했다. 스톡홀름 국세청의 책상에는 셀, 케빈, 옌뉘 그리고 올레가 둘러앉아 있었다. 올레는 케빈이 자신의 곤봉을 차 안에 두고 오게 했다고 뿌루퉁한 얼굴을 하고 있었다.

「저이들이 싸움을 걸었는데 내가 항의하지 않고 있어도 나한테 뭐라고 하지 마.」

「아빠의 곤봉은 지금까지 충분히 항의했어요. 어쨌든 고마워요, 아빠.」

셸은 증인들을 통해 그들과 케빈의 관계에 대해 좀 더 알고 싶어 했다. 옌뉘가 막 대답하려 하는데 치유사가 먼저 입을 열었다. 이제 뿌루퉁한 표정 짓기를 끝낸 그는 세상에 케빈만큼 악어 떼 사이로 헤엄을 잘 칠 수 있는 사람은 없다고 선언했다.

셸도 칼스타드의 동료도 그 사실이 대체 이 사안과 무슨 관계인지 이해할 수 없었다. 마사이는 만일 그들이 악어가 우글대는 강만 제공한다면, 직접 눈으로 확인할 수 있을 거라고 단언했다.

셸은 동료에게 현재 클라렐벤강의 악어 수위가 얼마나 되는지 물었다. 별로 유머 감각이 없었던 동료는 지금은 여자에게나 집중하는 게 좋겠다고 쏘아붙였다.

옌뉘는 케빈의 여자 친구라고 자신을 소개하고는, 그들은 아주 오래 사귄 사이는 아니지만 약혼을 할 만큼 충분히 오래 사귀었고, 그가 자기가 말하는 바로 그 사람이라는 사실을 약속하고 또 맹세할 수 있다고 말했다.

국세청의 컴퓨터에 뭔가를 숨긴다는 것은 불가능한 일이다. 평소 업무 중에 유머를 즐기는 타입인 셸은 옌뉘가 전에 빅토르 알데르헤임과 결혼한 사이였다는 사실을 발견하고는 너무나 재미있어했다. 장차 케빈의 아내가 될 사람이 동시에 그의 계모이기도 하다는 사실을 재빨리 계산해 낸 것이다.

책상 위의 스피커폰에서 깊은 한숨이 흘러나왔다. 칼스타드의 동료는 이렇게 심각한 일을 가지고 킥킥대고 떠들기에는 너무나 전통적인 권위가 몸에 배어 있는 사람이었다. 아니, 이런 일뿐 아니라 어떤 일에 있어서도 마찬가지였다. 게다가 그는 고대 그리스 신화를 알고 있었다. 그 신화에 따르면 오이디푸스는 자기 어머니와 결혼했다. 그렇다면 이 케빈이라는 친구가 오이디푸스처럼 자기 아버지를 죽였을 수도 있다는 얘긴가? 농담도 정도껏 해야지…….

스톡홀름의 책상에 둘러앉은 사람들 중의 누구도 칼스타드에서 이어지는 이 비극적인 상념을 알아차리지 못했다. 케빈은 자기가 요전에 귀국할 때 입국을 허가해 준 알란다 공항의 출입국 관리 직원에게 전화를 걸어 보자고 제안했다. 적어도 그 직원은 케빈이 자기가 말하는 그 사람이 맞는다는 사실을 확인해 줄 수 있을 거였다. 국세청은 그 정보에 근거하여 그가 그 이후로 다른 사람이 되지 않았다는 것을 추정할 수 있지 않겠는가?

「우리 모두 손을 잡고 엔카이 님께 기도한다면, 어쩌면 계시를 볼 수도 있지 않겠소?」 올레 음바티안이 제안했다.

그가 이렇게 말한 것은 이런 일이 실제로 일어나리라고 믿었기 때문은 아니었다. 그저 자기도 대화에 끼고 싶었을 뿐이었다.

케빈을 구해 줄 수 있는 마지막 지푸라기가 엔카이인지, 출입국 관리 직원인지, 클라렐벤강에 있을지 모를 악어 떼인지 아니면 오이디푸스의 혼령인지, 아무도 알 수 없었다. 하지만 갑자기 칼스타드의 전문가가 자신은 이제 충분히 들었다고 말했다. 그리고 그들 중 하나가 정신이 이상해지기 전에 케빈에게 유리하게끔 결정하는 게 좋지 않겠냐고 셸에게 말했다.

「좋은 생각이십니다!」 셸이 흔쾌히 동의했다.

다른 친척이 없었으므로 옌뉘가 자신에게 제시된 유효 기간 만료된 여권이 며칠 전에 유효했던 여권과 동일한 여권이라는 것을 엄숙히 선서한다는 내용의 서류에 서명해야 했다. 올레 음바티안이 자기는 어디에다 서명해야 하느냐고 묻자 셸은 그럴 필요는 없을 것 같다고 대답했다. 자신도 서명을 한 셸은 〈007 영화〉의 대사 한 구절을 인용하며 책상 건너편의 케빈에게 오른손을 내밀었다.

「당신은 단 두 번만 살 수 있어요. 두 번째 기회를 현명하게 사용하도록 해요.」

케빈은 감사를 표하면서 최선을 다하겠다고 약속했다.

64

오, 이럴 수가! 은퇴를 딱 네 시간 남긴 시점에서 사건의 돌파구를 찾아내다니! 크리스티안 칼란데르가 업무와 관련하여 이렇게 짜릿한 전율을 느낀 것은 실로……. 가만있자, 마지막이 언제였었지? 휴가차 아내와 함께 토레코브에 갔었던 1991년이었던가? 그때 그는 미처 결혼반지를 챙겨 오지 못했고, 아내는 남편의 성격에 대한 불만을 토로하며 첫 이틀을 보냈다. 그런데 사흘째 되는 날 기적이 일어났으니, 한 나이트클럽에서 이중 살인 사건이 발생했다며 빨리 들어오라고 스톡홀름 서에서 연락이 온 것이다.

수사관은 헬헬84의 직장으로 차를 보내, 그를 붙잡아 자기 앞으로 끌고 오게 했다.

리누스 포르스그렌의 오후 계획은 공동묘지 철책 문들의 경첩에 그리스 칠을 한다는 것이었다. 문이 전부 여덟 개고 문마다 경첩이 네 개씩이니까 도합 서른두 개였다. 시간이 좀 걸릴 것 같았다.

문이 일곱 개 반이 남았을 때, 경찰관 두 명이 들이닥치더니 그가 그가 맞는지 묻고는 자기들과 함께 가자고 요청하는데, 그 어조가 얼마나 살벌하던지 경첩은 더 이상 중요하지 않게 되었다.

그 후 일이 얼마나 빨리 진행되었던지 리누스 포르스그렌은 미처 겁을 먹을 시간도 없이 쿵스홀멘 경찰서의 칼란데르 수사관과 마주 보고 앉아 있는 자신을 발견했다.

「여기가 어디인지 아시오?」

리누스 포르스그렌은 잘 몰랐다.

「혹시 헬헬84가 뭔지 아시오?」

리누스 포르스그렌의 눈이 휘둥그레졌다. 그는 지금 수사관님께서 대체 무슨 말씀을 하시는지 잘 모르겠다고 대답했다.

「난 지금 당신이 얼마나 사람들을 고문하는 것을 좋아하는지에 대해 묻고 있는 거요. 그게 사실이오?」

지금 교회 경비원은 인생 최악의 악몽을 꾸고 있었다.

칼란데르는 이어 말하기를, 리누스 포르스그렌은 스웨덴 최대의 증오 및 위협 사이트에서 활동하는 헬헬84와 동일인이며 이 헬헬84, 다시 말해서 리누스 포르스그렌은 네발 달린 동물들에게 경도되는 성향을 보이는 어느 미술품 거래인의 목숨을 원했다는 부인할 수 없는 증거들이 있다는 거였다.

「그런데 무슨 일이 있었는지 아시오? 당신의 그 소망이 이루어진 거요!」

리누스 포르스그렌은 금방이라도 울음을 터뜨릴 것 같은 얼굴이 되었다. 그는 이 모든 것은 끔찍한 오해이며, 자신은 결코 사람들을 위협한 일도 증오한 일도 없다고 단언했다. 자신은

하느님의 종이며, 아주 활기차고도 생명을 긍정하는 교단에
속한 교회 경비원이라는 거였다.

교회 경비원이 다시 한번 모든 것을 부인하려 하는데 수사
관이 말을 끊었다. 자신은 그의 대답을 존중하지만 문제는 그
증오와 위협의 메시지들이 리누스 포르스그렌의 계정에서 작
성되었으며, 그의 교회에 속한 컴퓨터에서 발표되었다는 사실
이란다.

「따라서 난 더 이상 당신을 귀찮게 하지 않겠소. 하나 난 이
일의 진상을 철저히 규명할 것이며 이를 위해 어쩔 수 없이 당
신 교회의 모든 사제, 부제(副祭), 성가대 지휘자, 오르간 연주
자 그리고 교육자들에게 전화를 걸어야만 할 것 같소. 내 약속
하거니와 그들 중에 누가 당신의 계정을 해킹했는지 알아내기
위해 그들을 매우 거칠게 다뤄 줄 거요!」

이 대목에서 리누스 포르스그렌은 자백하고 말았다.

그리고 정말로 울음을 터뜨렸다.

65

그 빌어먹을 콘퍼런스만 아니었더라도 칼란데르는 은퇴를 앞둔 마지막 날에 일급 살인 혹은 과실 치사 사건을 깔끔하게 해결할 수 있었으리라.

자신이 헬헬84라는 사실을 교회의 모든 사람이 알게 될 수 있는 가능성 앞에 쇼크 상태에 빠진 리누스 포르스그렌을 바라보면서 칼란데르는 아껴 두었던 마지막 일격을 날렸다. 비르게르 얄스가탄가의 살인 사건이 일어난 날짜와 시간을 알려주면서, 만일 살인 혐의로 감옥에 갇히고 싶지 않다면 그 시간에 어디서 무엇을 했는지 낱낱이 밝히는 게 좋을 거라고 말한 것이다.

그런데 놀랍게도 포르스그렌의 절망감은 거기서 뚝 그쳤다. 지금 경찰관은 내가 누구를 살해했다고 암시하는 건가? 그건 말도 안 되는 소리였다.

리누스 포르스그렌은 자신에게는 확실한 알리바이가 있다고 단언했다. 자신이 스톡홀름에서 빅토르 알데르헤임의 머리를 링곤베리 단지로 내리치고 있다고 여겨지는 바로 그 순간에 자신은 거기서 470킬로미터 떨어진 예테보리의 어느 연단에 서서 자갈밭에서 잡초를 몰아낼 수 있는 자연 분해성 방법에 대해 강연을 하고 있었다는 거였다.

칼란데르는 이 바닥에서 애송이가 아니었다. 그는 절망 상태의 범죄 용의자들이 어떤 얘기라도 지어낼 수 있다는 것을 잘 알고 있었다. 〈나는 절대로 지난 수요일에 그 은행을 털지 않았어요! 그 시간에 내 개와 함께 있었다고요! 녀석에게 한번 물어보라니까요!〉 자기 개나 고양이를 끌어들이는 자들만큼 한심한 인간은 없었다. 하지만 조금이라도 이성이 붙어 있는 사람이라면 어떻게 콘퍼런스 전체를 들먹이며 거짓말을 할 수 있겠는가? 그것은 〈난 절대로 살인자일 수가 없어요, 왜냐하면 문제의 시각에 난 월드컵 결승전을 뛰고 있었거든요!〉라고 말하는 거나 마찬가지인 것이다. 이보다 사실 확인이 쉬운 일은 거의 없으리라.

리누스 포르스그렌은 여러모로 죄를 많이 진 게 사실이었다.

하지만 빅토르 알데르헤임은 죽이지 않았다.

「자, 이제 난 끝났어!」 마지막 근무일 오후 5시에서 딱 1분이 지났을 때, 칼란데르가 그의 상관에게 외쳤다.

하지만 서장은 그를 곱게 보내 줄 생각이 없었다.

「크리스티안, 자네 그리 쉽게 도망갈 수는 없어.」 그는 미소를 지으며 말했다.

그는 칼란데르를 사적인 관계로 대하려 할 때는 〈크리스티안〉이라는 이름으로 불렀다.

「케이크와 거품과 온갖 지저분한 것이 휴게실에서 자넬 기다리고 있다고. 곧 모두가 거기 집합할 거야. 깡패들을 잡으러 나가 있는 친구들만 빼놓고.」

「망했군!」

「하지만 아직 몇 분 남아 있어. 자, 회그달렌에서 온 친구에 대해 얘기해 봐. 내가 듣기론 거의 끝난 사건 같던데? 이름이 포르스그렌이라고?」

「난 그 친구를 잡았다고 생각했어.」 칼란데르가 대답했다. 「범행 자체에 이르기 전까지는 그를 잘 추적했다고 생각했지. 그런데 그 개자식이 자기가 링곤베리 단지로 알데르헤임의 머리를 후려쳤다고 여겨지는 바로 그 순간에 예테보리에서 열린 교회 경비원 콘퍼런스에 있었다고 주장하는 거야.」

「그래서?」

「즉각 확인해 봤지. 그리고 전국에서 모인 4백여 명의 교회 경비원들이 그날의 청중이었고, 모두 다 포르스그렌을 위해 증언할 수 있다는 사실을 알게 되었어. 이게 다가 아니라 이 모든 것이 유튜브에 나와 있더라고.」

그의 상관은 미소를 지으면서 교회 경비원들이 생각보다 음흉한 무리인 것 같다고 말했다. 아닌 게 아니라 칼란데르 자신도 그 모든 현상에 놀라움을 금치 못했었다. 교회 경비원 콘퍼런스란 게 대체 뭐지? 도대체 누가 이런 것을 기획하는 거지?

어쨌든 이제 5시 하고도 몇 분이 지나 있었고, 상관은 그의 오랜 동료에게 앞으로 비둘기 모이를 주든, 그가 계획한 어떤 일을 하든 간에 항상 행운이 깃들기를 빈다고 말했다.

「그런데 스페인어는 어떻게 돼가?」

「개가 테이블 밑에 있는데, 영 나오려고 하질 않아.」

「음?」

칼란데르는 자세한 설명은 면제해 달라고 부탁했다. 그러고는 앞의 주제로 돌아와 염소 성애자와 링곤베리 단지 사건은 당분간 종결되지 않았으면 좋겠다고 말했다. 그게 지금 구스타브손의 책상 위로 다시 올라가 있지, 아마? 증오 및 범죄 사이트의 네 용의자에 대해서는 칼란데르가 이미 아주 자세하게 조사해 놨단다. 이제 구스타브손에게 남겨진 것은 나머지 496명의 용의자들이란다.

「뭔가 상당히 즐거워하는 게 느껴지는데?」 상관이 씩 웃으며 말했다.

「물론이지! 내가 구스타브손을 제대로 아는 게 맞는다면, 그 친구는 공소 시효가 끝날 때까지 이 496개 파일을 다 마치지 못해.」

「살인 사건에 대한 공소 시효는 더 이상 없어.」

「나도 알아.」

서장은 어쩌면 자신은 자기에게 걸맞은 부하들을 거느리고 있는지도 모르겠다는 생각이 들었다. 그는 자리에서 일어나 책상을 돌아 나오면서, 이제는 정말로 케이크 파티에 갈 시간이라고 말했다.

「자네와 경찰서에서의 마지막 커피 시간이야.」

기분이 묘했다. 여러 해 동안 칼란데르는 일에서 탈출하기 위해 아침 커피, 오후 커피 그리고 그사이의 점심 식사 등 틈만 나면 사무실을 빠져나왔다. 하지만 더 이상 일이 없게 된 지금, 무엇에서 탈출한단 말인가? 그는 앞으로 뭔가를 찾아낼 수 있으리라 생각했다. 탈출은 계속되어야 하므로.

66

그들의 자유를 위협할 수 있는 최대의 적이 방금 전에 은퇴했다는 사실을 불행히도 모르고 있는 옌뉘와 올레 음바티안은 케냐로 도망치기에 앞서 필요한 물건들을 사고자 스칸디나비아 몰에 갔다. 케빈은 며칠 안으로 새 여권을 받게 될 거라고 약속받은 터였다.

먼저 알브렉츠 굴드에서 은목걸이를 사야 했다.

「내가 들어갈까, 아니면 네가 들어갈래?」 올레가 물었다.

「내가 들어갈게요.」 옌뉘가 대답했다.

그다음에 올레는 클라스 올손 타입의 나무 곤봉을 두어 개 사고 싶어 했다. 이 모델에는 단점이 있었으나 ─ 공기를 뚫고 날아가면서 불쾌한 소리를 냈다 ─ 뭔가 해결할 방법이 있을 거였다. 올레는 그의 동생 우후루가 이 선물을 좋아하리라는 것을 알고 있었다.

마사이의 마지막이지만 가장 작지는 않은 소망은 콘플레이크와 링곤베리 잼을 얼마간 가져가는 것이었다. 젖은 ─ 염소 젖이든 소젖이든 간에 ─ 이미 고향에 충분히 있었다.

세상은 너무나도 넓지만 또 너무나도 좁은 곳이기도 하다. 원당을 가미한 링곤베리 잼을 카트에 막 집어넣은 옌뉘는 누군지 알 수 있는 사람과 정면으로 딱 마주치고 말았다.

「칼란데르 수사관님? 세상에, 여기서 이렇게 만나다니요?」

아무것도 모르고 있던 올레 음바티안은 옌뉘와 카트가 있는 곳으로 왔다. 하지만 수사관을 본 순간, 한 아름 들고 있던 콘플레이크 여섯 상자를 재빨리 링곤베리 단지들 위에 올려놓았다. 막을 수만 있다면 수사관으로 하여금 이상한 생각을 품게 할 이유는 전혀 없었다.

「아, 정말 그렇네요!」 칼란데르도 반가워했다. 「다시 한번 전남편분의 불행한 운명에 대해 삼가 조의를 표합니다.」

「네, 좀 힘들어요.」 옌뉘가 말했다. 「살인 사건 수사는 어떻게 되어 가나요?」

몹시 찝찝한 질문이기는 하지만 무슨 말이라도 해야 했다.

「글쎄요, 매우 지지부진하다고 해야겠죠. 난 어제 은퇴했고, 내 후임자가 어떤 증오 및 위협 사이트에서 용의자들을 찾아보고 있어요. 하지만 상대가 즉흥적인 범행을 저지른 미지의 인물일 경우, 이게 결코 쉬운 일이 아니랍니다. 크게 기대를 하지 않는 편이 좋을 거예요.」

「참 안타깝군요.」 옌뉘가 고개를 끄덕였다.

「미술품 거래인은 괜찮은 친구였어!」 올레 음바티안이 말했다. 「그 친구가 그립구먼.」

후고의 집에서 다시 총회가 소집되었다. 이번에는 옌뉘가 회의를 주재했다. 그녀는 어떻게 자신과 올레가 이제는 전 수사관이 된 칼란데르와 마주치게 되었는지, 어떻게 치유사는 번개 같은 대응으로 칼란데르가 절대로 보아서는 안 될 것을 못 보게 했는지, 또 어떤 대화가 이어졌는지에 대해 들려주었다.

「만일 우리가 용의자였다면, 더 이상은 아니야. 그렇다면 왜 우리가 사바나로 가야 하지?」

「거기는 아주 좋은 곳이야.」 올레 음바티안이 말했다.

물론 옌뉘도 알고 있었고, 또 기꺼이 방문할 용의도 있었지만 문제는 왜 그들이 지금 도망쳐야 하느냐는 거였다.

후고는 금방 대답하지 않았다. 마사이와 다른 친구들이 떠나야 하는 주된 이유가 갑자기 단순한 생존이 아닌 다른 것이 되어 버렸다. 다시 말해서, 그들이 떠나면 모든 것이 정상으로 돌아올 수 있었다. 달콤한 복수 주식회사는 새롭게 출발하여 다시 돈을 벌 수 있었다.

일들이 기다리고 있었다. 바로 어제만 하더라도 서울에 사는 부유한 과부가 그에게 연락을 취해 왔다. 먼저 그녀는 자신이 상류층의 여자이며, 서울에서 가장 인기 많은 요양원에서 지낸다는 사실을 언급하는 것을 잊지 않았다. 그런데 이 여인이 요양원 원장으로부터 그녀의 1.5킬로그램짜리 포메라니안이 다른 원생들이 무서워하는 관계로 더 이상 시설에 머물 수 없다는 소리를 들었단다. 따라서 과부는 후고가 한국 돈으로 2천5백만 원어치에 상당하는 공포를 원장에게 안겨 주기를 바란다는 거였다. 물론 개는 그 일을 무료로 해줄 수 있지만 애석하게도 그런 일에는 조금도 재능이 없단다.

이 2천5백만 원은 유로로 환산하면 대략 2만 정도니까, 얼핏 느껴지는 것만큼 그렇게 어마어마한 돈은 아니었다. 하지만 후고에게는 어느 사람이고 죽을 만큼 겁나게 해주기에 충분한 액수였다.

하지만 그는 망설였다. 한편으론 죽이는 게 습관이 되어서는 안 되기 때문이었고, 다른 한편으론 현재의 상황을 정리하느라 손발이 묶여 있었기 때문이었다. 그는 예약이 꽉 찼다며 과부의 제의를 거절했다. 어떤 의미에서는 틀린 말이 아니었다.

만일 그들 모두가 스웨덴에 남는다면 어떻게 될 것인가? 엔 뉘와 케빈은 더 이상 공짜로 일해서 얻을 인센티브가 없지만 수수료를 받으며 일하면 되지 않을까? 실직한 안과 의사 말테는 이제 방정식의 일부가 되었다. 형은 벌어 놓은 돈으로 1, 2년을 지낼 수 있겠지만, 그 후에 특별히 할 일이 없다면 후고는 그에게 복수의 기술을 가르쳐 줄 수 있었다.

하지만 그 일을 하는 게 정말 그렇게 재미있을까? 복수는 성장 가능성이 큰 비즈니스라는 사실을 후고는 처음부터 알고 있었다. 만일 누군가가 누군가의 발을 밟게 되면, 밟힌 사람은 밟은 사람이 발 전체를 잃어야 마땅하다고 느낀다. 그다음에는 발이 없게 된 사람이 그렇게 만든 사람의 머리가 날아가기를 원한다. 이 모든 것은 분명히 돈을 가져다줄 수는 있었지만 더 나은 세계를 위한 의미 있는 기여라고 할 수는 없었다. 사실은 맛나 풍미의 마멀레이드만큼도 의미 있지 못했다.

「나도 같이 갈까?」 말테가 갑자기 이렇게 말하면서 후고의 아름다운 상념을 일거에 무너뜨렸다.

「응? 같이 가겠다고?」 후고가 놀라며 반문했다. 「어딜?」

「케냐. 여기서 내가 할 일이 뭐가 있겠어?」

케빈은 온종일 거의 말이 없었다. 엔뉘와 올레가 쇼핑을 갈 때도 자기는 생각해 봐야 할 것이 있다고 웅얼거리며 따라나서지 않았다. 엔뉘는 그 심정을 이해할 것 같았다. 그래, 사람은 이따금 한쪽에 물러나 조용히 생각해 보는 시간을 갖는 것도 필요해. 게다가 사랑하는 케빈은 최근 며칠 사이에 아버지를 얻었다가 잃지 않았어? 정확히 말하자면 잃었다가 다시 얻었다고 해야겠지만.

어쨌든 이제 케빈은 뭔가 말할 게 있다고 했다. 후고는 그게 새로운 영감을 줄 수 있는 말이었으면 했으니, 지금 전반적으로 의욕이 없는 상태였기 때문이었다. 너무나 의욕이 없기 때문에 저 세 골칫거리들마저도 떨쳐 버리기가 싫은 걸까? 이런 기분이 케냐에 함께 가고 싶어 하는 말테와 관계가 있는 걸까? 형마저 떠나면 이 후고 혼자만 남게 되리라. 서로의 죽음을 원하는 고객들만 주위에 득실대리라.

「빅토르 알데르헤임이 죽었어.」 마침내 케빈이 입을 열었다.

이게 그가 기여할 수 있는 전부란 말인가? 후고는 자신도 이에 대해 신문에서 몇 줄 읽은 적 있다고 빈정거렸다.

「사망한 시점에서 그에게는 상당한 재산이 있었어.」 케빈이 말을 이었다. 「진품 이르마 스턴 두 점을 포함해서.」

「오케이, 알려 줘서 고마워.」 후고가 시큰둥하게 말했다. 「그래서?」

케빈은 그가 온종일 곱씹은 생각을 모두에게 말했다.

「그의 하나밖에 없는 아들이 그걸 다 물려받아야 하지 않을까?」

제11부

67

빅토르 알데르헤임의 죽음이 갖는 긍정적인 면 중의 하나는 그의 아들 케빈이 아주 흥미로운 단어와 문장들을 배우게 되었다는 점이었다. 예를 들면 사망 증명서, 족보 확인서, 유산 집행인, 유산 상속인 그리고 유산 관리인 같은 것들이었다.

국세청은 케빈의 편이었으니, 서류상으로 의심의 여지가 없었기 때문이었다. 하지만 스웨덴에서는 사망을 둘러싼 모든 것이 엄격히 규제되었고, 거기에는 사망자가 부채를 해결하지 않은 경우 쓰레기같이 남는 모든 미지불된 청구서들에 대해 재정적으로 책임을 져야 하는 사람도 포함되었다. 물론 알데르헤임은 이런 것을 한 번도 처리한 적이 없었다.

요컨대 케빈은 이 모든 것을 해결하기 위해 할 일이 아주 많다는 얘기였다. 옌뉘가 그를 도와주었지만, 후고는 집에 들어 앉아 인생의 의미를 곱씹고 있었다.

케빈의 머리 위로 쏟아져 내릴 그 모든 돈을 생각해 볼 때 그와 옌뉘가 달콤한 복수 주식회사의 동료로 남아 있을 가능성은 별로 없어 보였다. 사장이 용돈을 올려 준다거나 심지어는 봉급을 준다고 해도 마찬가지일 거였다. 아니, 그들은 올레 음바티안과 함께 케냐로 떠날 거였다. 그들이 떠날 때 가장 고약한 것은 말테 형도 함께 간다는 사실이었다.

후고는 자신의 재정 상황에 대해 조금 더 생각해 봤다. 우선 엔뉘와 케빈과 합의했던 내용을 떠올려 봤다. 달콤한 복수 주식회사는 빅토르 알데르헤임 건을 무료로 맡으면서 거기서 발생하는 돈은 모두 회사에 귀속된다는 조건을 내걸었다. 그동안 여기서 발생할 것은 지출밖에 없을 것처럼 보였다. 하지만 지금은? 후고는 유산을 내놓으라고 혹은 그 일부만이라도 달라고 요구할 수는 없었다. 진실을 말하자면, 여기서 무엇이라도 요구한다는 것은 옳게 느껴지지 않았다. 그들은 어쨌거나 케빈의 생물학적인 아버지를 죽인 거고, 이런 종류의 행위에 대해 청구서를 보낼 수는 없는 것이었다.

이렇게 후고가 생각에 잠겨 시간을 보내고 있을 때, 아프리카 치유사와 스웨덴 안과 의사는 갈수록 사이가 가까워지고 있었다. 그들에겐 공동의 습관이 하나 생겼으니, 오후마다 후고의 소파에 나란히 앉아서는 글렌피딕 한 병을 벗 삼아 치유의 기술에 대해 대화를 나누는 일이었다.

말테는 의사 수업을 받을 때 여러 가지 천연 요법에 대해 배웠고, 그것들의 효능에 대한 과학적 증거는 없지만 우리가 얼마만큼 그것들을 존중해야 하는지에 대해서도 들은 바가 있었다. 사실 자연에는 피토케미컬[33]과 2차 대사 물질로 가득한 식

---

33 식물 속에 포함된 화학 물질로, 다양한 의학적 효능이 있다고 알려져 있다.

물들이 많았다. 하지만 말테는 그것들이 따로 쓰이거나 다른 것과 결합되어 쓰일 때, 정확히 얼마나 효과가 있는지 알지 못했다.

「난 약초들에 함유된 화학 물질들이 촉매 반응을 통하여 1 더하기 1은 3이 되는 시너지 효과를 낳는다는 것으로 이해하고 있어요. 여기에 대해 좀 더 설명해 줄 수 있나요, 올레?」

「아니, 못 하오.」

올레 음바티안은 안과 의사를 아주 좋아했지만, 이 양반은 가끔씩 필요 이상으로 복잡해지는 경향이 있었다.

술이 두 잔 들어가자, 올레 음바티안이 글렌피딕 병에 너무 가까이 있을 때면 늘 발생하는 일이 이번에도 일어났다. 그는 감상에 사로잡혔다. 지금까지 누차 그래 왔던 바지만, 그는 아들이 자신의 직업을 잇지 못하는 것에 대한 깊은 슬픔을 토로했다. 케빈은 치유사 직을 물려받기에는 너무 늦게 하늘에서 떨어졌단다. 먼저 마사이 전사 훈련부터 받는 게 급선무였단다. 사실은 그렇지 않았다 해도 그를 사바나에 보내 약초를 따오게 할 수는 없었단다. 그의 고향이 부르면 돌아가야 했기 때문이었고, 그 일은 실제로 일어났단다.

글렌피딕이 세 잔째 비워졌을 때, 그의 울적함은 더욱 깊어졌다. 지금 그에게는 여덟 딸과 치유사 일과는 아무 관계가 없는 아들만 있는 것이다. 소 올레 음바티안이 얼마나 나이를 먹었는지 아는 것은 불가능했다. 그의 생년월일은 그가 나이로비로 가는 차 안에서 윌슨과 함께 스탬프를 찍어 대충 만들어 낸 것이었다. 하지만 그랬다고 하여 그가 더 젊어진 것은 아니었다. 상황이 허락하기만 한다면 그는 모든 것을 다음 세대에

넘기고 조용히 은퇴하고 싶었다.

하지만 계속 이렇게 이 자리에 붙어 있어야만 하는 것이다. 그는 어느 이웃 마을의 아마추어 녀석이 자신의 자리를 이어받고는 자신이 쌓아 온 명성을 이용하여 호의호식할 수 있다고 생각하니 견딜 수가 없었다.

말테는 고개를 끄덕이며 공감을 표시했다.

후고는 위층에서 듣고 있었다. 말짱한 정신으로.

생각하고 있었다. 창조하고 있었다.

그러면서 자신도 모르는 사이에 자신의 미래를 그리고 주위에 있는 사람들의 미래를 지어 가기 시작했다. 조금씩, 조금씩.

68

만일 빅토르의 아들이 마지막 순간에 죽은 자들 가운데서 살아나 죽은 아버지와 위치 교대를 하지 않았다면, 사망한 미술품 거래인의 재산은 모두 스웨덴 유산 재단[34]에 귀속되었을 것이다.

재산 목록 작성에는 시간이 좀 필요했지만, 그게 완료되자 이번에는 케빈이 총회를 소집했다.

엔뉘와 올레는 식탁의 한쪽에 앉았고, 후고와 말테는 그 맞은편에 자리 잡았다. 케빈은 식탁 끝에 있었는데, 다른 사람들과는 달리 일어서 있었고, 지금까지 누구도 그에게서 보지 못했던 표정을 짓고 있었다. 그는…… 바짝 집중한 얼굴이었다. 아주 엄숙했다.

「친애하는 여러분!」 그는 연설을 시작했다.

하지만 그는 곧바로 생각을 바꿨다.

「네, 다시 시작할게요. 엔뉘. 난 우리가 약혼한 걸로 알고 있

---

34 상속인이 없는 유산을 관리하는 스웨덴의 국가기관으로. 비영리적 단체들이 이 재단에 도움을 요청할 수 있다.

어. 하지만 자기도 나와 결혼하고 싶은 게 확실한 거야?」

엔뉘는 남자 친구를 향해 따뜻한 미소를 보냈다.

「그렇다는 걸 너도 잘 알잖아.」

케빈도 알고 있었지만 앞으로의 일을 위해 다시 한번 들을 필요가 있었다. 그는 그녀의 손등에 키스를 한 뒤, 다시 엄숙한 얼굴로 돌아왔다.

「네, 됐어요. 자, 금일 의사 일정의 다음 사안은 최근에 전개된 일련의 사건이 우리의 공동 자산에 어떤 영향을 미쳤는지를 알아보는 문제입니다. 왜냐하면 나는 그렇게 보고 있기 때문이에요. 즉 이 자리에 둘러앉은 우리 모두가 지금까지 소요된 비용과 또 너무나도 갑자기 발생한 소득을 사이좋게 나눠야 한다고 말이에요. 혹시 다른 의견을 가진 분이 계실까요?」

후고는 여기서 어떤 함정을 감지했으니, 그 유명한 머피의 법칙에 따라 비용이 소득을 초과했다는 말이 이어져도 놀랄 일은 아니라고 생각했기 때문이었다. 하지만 만일 그런다 해도 어쩔 수 없는 일이었다. 무슨 돈을 벌려고 — 설사 그게 실수였다 해도 — 사람을 죽인 것은 아니니까.

케빈은 고개를 끄덕이면서 좌중을 한번 둘러본 다음, 재정 보고에 들어갔다.

우선, 자산과 사업체부터 시작하겠단다. 빅토르는 오너로 있는 세월 동안 회사를 시원하게 말아먹는 데 성공했단다. 사업장과 아파트 한 채로 구성된 부동산은 총 3천2백만 크로나로 평가된단다. 이 부동산은 미술품 거래인이 누군가의 잘못된 조언에 따라 19세기 민족주의자들의 작품에 왕창 투자한 탓에 파산해 버린 유한회사의 명의로 되어 있단다. 이 회사의 소

장품 목록에는 120점의 민족-낭만주의 작품들이 포함되어 있는데, 이들의 현 평가액은 총 120만 크로나로, 원래는 이보다 20배나 비싼 가격에 구입된 거란다. 이 모든 자산은 한도보다 약간 높은 가격으로 저당 잡혀 있단다. 사전 계산에 따르면, 케빈이 옌뉘의 도움을 받아 모든 것을 청산하고 나면 대략 0크로나가 남게 될 거란다. 이 숫자는 알데르헤임이 매년 25만 크로나어치의 발 관리 형태로 부가 혜택을 누리지만 않았어도 약간이나마 나아졌을 거란다.

「나도 이스탄불 공항에서 세면대에 발을 씻은 적이 있지.」 올레 음바티안이 회상했다. 「들어간 비용은 여자들에게 호통 한 번 듣는 게 다였지만.」

케빈은 불쑥 끼어든 올레의 말에 아무런 논평을 가하지 않았다.

「또 개인적으로 지불해야 하는 지출이 몇 건 있었어요. 알데르헤임은 회사 소유의 아파트를 임대해 사용했어요. 이로 인해 그는 예를 들면 쓰레기 수거 같은 것에 대한 비용을 사비로 지불해야 했죠.」

사망하기 직전에 있었던 알데르헤임의 마지막 납부 시점에서부터 케빈이 더 이상 그의 이름으로 수거하지 못하도록 계약을 해지한 시점까지 모두 12일이 지났단다. 덕분에 연간 수거비 곱하기 365분의 1 곱하기 12만큼의 미수 요금이 발생했단다. 연간 수거비가 2천4백 크로나인 고로, 누적된 빚은 88크로나를 조금 넘을 거란다.

「그게 다야?」 후고가 물었다.

그렇지 않단다.

「쓰레기 수거 요금에는 유동적인 추가 요금도 있어요. 각 가입자는 쓰레기 1킬로그램당 1크로나 75외레를 지불해야 하는데, 이는 고객들이 쓰레기를 마치 장난하듯이 버리는 것을 막기 위해서죠. 불행히도 알데르헤임이 바로 그 일을 한 모양인데, 왜냐하면 그에게 36킬로그램만큼의 추가 요금이 나왔기 때문이에요.」

후고는 쇠사슬 달린 섹스토이, 밀가루 봉지, 찌그러진 이젤 그리고 이 모든 것 위에 얹혀 있을 바나나 껍질 등을 모두 합치면 그 정도 무게가 맞겠다고 생각했다.

「1킬로당 1.75크로나로 36킬로인 거지?」 옌뉘가 확인차 물었다.

케빈은 고개를 끄덕였다. 따라서 도합 63크로나가 원래의 88크로나에 추가된단다.

「그게 다야?」 후고가 다시 물었다.

「네, 원칙적으로는 이게 다예요.」

「하지만 그 민족-낭만주의 그림들 외에도 새로 들어온 표현주의 작품이 두어 점 있지 않아?」

아, 맞아요! 하마터면 깜빡할 뻔했단다. 이르마 스턴의 그림들은 거기에 딸린 서신과 사진들과 함께 빅토르 알데르헤임 개인의 사유 재산이란다. 바로 전날, 본의 아니게 그의 아들이 된 케빈은 런던 소더비 경매사에 이 모든 것을 811만 파운드스털링을 시초가로 해서 내놓았단다.

「전부 하면 스웨덴 크로나로 대략 1억 정도가 되죠.」 케빈이 덧붙였다.

「거기서 쓰레기 수거비 150크로나를 빼야지.」 옌뉘가 말했다.

「맞아, 그 정도 빼야 해.」

얼마 전에 서울에서 들어온 제안을 거절한 바 있는 후고는 이게 대한민국의 〈원〉으로는 얼마나 되는지 계산해 보려 했지만 0이 너무 많아 중간에 헷갈리고 말았다.

케빈의 재정 보고는 그들이 모든 것을 똑같이 나눠야 한다는 그의 말과 함께 후고의 머릿속에서 아직 자리를 찾지 못했던 퍼즐 조각들이 한꺼번에 맞춰지게 하는 결과를 가져왔다. 그는 보고를 해준 케빈에게 감사를 표한 뒤, 만일 여러분이 허락하신다면 이제 자신이 빛을 보았기 때문에 다시 책임지고 모두를 이끌고 싶다고 말했다.

그룹은 향수병에 걸린 치유사와 어디론가 떠나고 싶어 하는 전 안과 의사 그리고 이제 서로를 만났으므로 더 이상 아무것도 필요하지 않은 사랑에 빠진 두 억만장자 그리고 지금까지 길을 잃고 있다가 갑자기 미래의 비전을 보게 된 광고맨으로 구성되어 있었다.

「친애하는 올레 씨.」

후고는 자신이 약간 〈오버〉하는 것일 수도 있다는 느낌이 들었지만, 지금 이 공기 가운데는 뭔가 특별한 게 있었다.

「난 이제 당신이 투척용 곤봉과 장갑과 콘플레이크 상자와 기타 등등을 싸가지고 집으로 돌아가셨으면 해요. 단, 런던을 경유해서요.」

「런던?」 치유사가 되물었다. 「난 그곳에 대해 여러 가지 좋은 얘기들을 들었어. 그런데 거기가 어디지?」

475

「나머지 사람들은 여기서 팔아야 할 것들도 있고, 치워야 할 쓰레기도 좀 있어요. 아마 몇 주 걸릴 테지만, 최대한 빨리 사바나에서 다시 뵐 것을 약속드려요.」

69

말테와 치유사가 리딩외의 거실에서 각자의 경험을 나누는 것을 한 귀로 들으면서, 후고는 케냐에서의 전문적 의료 사업의 잠재력을 깨닫게 된 것이다. 음바티안은 그의 의학적 능력을 전문적인 방식으로는 설명하지 못했지만, 그가 다른 이들보다 나은 결과를 얻어 왔다는 것은 분명한 사실이었다. 그에게는 빛나는 명성이 있었다. 후고 함린 식으로 표현하자면, 강력한 브랜드 파워가 있었다.

그런데 이제 이 브랜드가 무덤으로 들어가려 하고 있었다. 올레는 은퇴하고 싶어 하는데, 케빈이 의학적으로 충분치 못한 탓에 뒤를 이을 젊은 음바티안이 없었다. 후고의 관점에서 보자면, 이것은 단지 사장이 조금 늙었다는 이유로 아디다스 브랜드를 끝내 버리는 거나 다름없는 일이었다.

올레의 명성과 높은 퀄리티는 그가 드넓은 마사이마라의 시장을 지배하고 있음을 의미했다. 하지만 올레의 말에 따르면, 경계석 저편의 세렝게티라고 불리는 곳에 자기 자리를 이어받으려고 나설 돌팔이 하나가 있다는 거였다. 이름이 카무누라는 자로, 심지어는 감기와 골절도 제대로 구별하지 못하는 찌질이란다.

그런데 이 올레가 자기 자신만큼이나 존경하게 된 인물이 하나 있으니, 바로 형 말테였다. 그는 진정한 의미에서 치유사가 아니었고, 진품 〈음바티안〉으로 홍보되기에는 피부색이 너무 희었으며, 스와힐리어도 마아어도 할 줄 몰랐다.

하지만 케빈은 말테에게 없는 모든 것을 갖추고 있었다. 그리고 말테에게는 케빈에게 없는 모든 것이 있었다. 하지만 두 사람 다 갖지 못한 것이 있었으니, 그것은 사업을 위한 두뇌였다.

그것은 바로 이 후고에게 있었다.

70

「양산을 쓴 여자」와 「시냇가의 소년」에 대한 전 세계적 관심을 감안하여, 소더비는 그것들을 서신과 사진들까지 포함시켜 한 묶음으로 팔기로 결정했다. 경매가 시작되기 직전, 경매인은 그림의 모티프가 된 사람 중 하나 ─ 시냇가의 소년 ─ 를 실물로 소개했다.

「여기 소 올레 음바티안 씨를 따뜻한 박수로 맞아 주시기 바랍니다!」

후고는 광고의 요령을 아는 사람이었다. 경매에 앞서 그는 치유사가 제대로 말할 수 있게끔 사흘 동안 맹훈련시켰다.

이 이벤트는 온라인으로 생중계되었다. 현장에 있는 사람들과 전 세계의 청중들은 치유사가 이르마 스턴을 만나게 된 사연을, 그러니까 어떻게 해서 그가 꼬마였을 때 그녀를 위해 시냇가에서 포즈를 취했는지, 어떻게 해서 그의 어머니도 양산을 쓰고 같은 일을 했는지 그리고 문제의 그림들이 탄생하게 된 상황은 무엇인지를 듣게 될 거였다.

지금까지는 모든 게 후고의 계획대로 진행되었다. 하지만 그가 미처 계산에 넣지 못한 요소가 있었으니, 치유사는 한번 입을 열면 말을 멈추기가 매우 힘들다는 점이었다. 하여 전 세계는 대 올레 음바티안의 첫 번째 부인, 즉 양산을 쓴 여인이 세 부인 중에서 성질이 가장 고약하다는 사실을 알게 되었고, 또 그녀가 성질이 고약해진 이유, 바로 그녀의 남편이 지닌 여러 가지 결점에 대해서도 아주 소상히 알게 되었다. 올레는 이걸로 만족하지 않고 에스컬레이터가 어떻게 작동하는지, 가축이 얼마나 불편한 형태의 화폐인지 그리고 남성성 테스트를 위한 할례는 얼마나 시대착오적인지에 대해서도 설명할 필요가 있다고 느꼈다. 그러고 나서 〈칼레스〉라는 캐비아에 대한 자신의 견해를 피력하기 위해 막 입을 열려고 하는데 경매인이 그의 말을 끊었다. 후고는 비로소 안도의 한숨을 내쉬었다. 경매인은 상냥한 미소와 함께 올레에게 맨 앞줄에 마련된 그의 자리를 가리켜 주었다. 그리고 10분 후, 경매는 끝났다.

그림 두 점과 거기에 동반된 문화적 보물인 서신과 사진들은 모두 1209만 파운드라는 센세이셔널한 가격에 팔렸다.

스웨덴 크로나로는 1억 5천만이었다.

달러로는 1천5백만이 조금 넘었다.

대한민국 돈으로는 175억 원이었다.

소로 따지자면 1만 5천 마리였다.

제12부

71
4월, 5월, 6월

나이로비의 정치 지도자들이 롤고리엔과 탈레크를 잇는 새 고압 송전 선로를 건설하기로 결정했을 때, 그것은 〈잘 여행한〉 올레밀리 추장이 거의 한 번도 떠나지 않고 다스려 온 분지의 경계선에 너무 가까이 지나가게 되었다. 추장은 이 공사를 전쟁 행위로 간주했다. 그는 작업자들에게 송전 선로를 다른 곳으로 돌리라고 호통치기 위해 자전거를 타고 공사 현장으로 달려갔다. 그런데 소름 끼치게도 거기에 벌써 전기가 들어와 있는 게 아닌가? 어딜 둘러보나 훤히 밝혀진 전등이 빛나고 있었다. 전력은 한 디젤 발전기에서 나오는 모양으로, 그야말로 전기로 전기를 만드는 끔찍한 광경이 펼쳐져 있었다. 올레밀리는 인부의 손에서 쇠막대기를 빼앗아 들고는 발전기로 이어지는 케이블을 일격에 끊어 버렸다.

매우 적극적인 동시에 어리석기 짝이 없는 행동이었다. 4백 볼트에 달하는 전류가 쇠막대기를 움켜쥐었고, 그다음에는 쇠막대기를 든 사람도 움켜쥐었다. 올레밀리의 심장은 몸속에서 한 바퀴 공중제비를 돈 다음 영원히 멈춰 버렸다.

추장의 서거를 슬퍼한 사람은 그리 많지 않았다. 그에 대한 지지는 처음부터 약했지만, 그의 전기 금지 정책 탓에 시간이 가면서 더욱 약해졌다. 마을 평의회의 유일한 여성 의원은 그 전부터 세탁기와 난로와 수세식 화장실의 도입을 강력히 주장했다. 그녀가 장차 넷플릭스까지 도입할 뜻을 비치자 추장을 제외한 의원 전원이 그녀의 편에 섰다.

하지만 올레밀리가 오직 자신의 표만이 유효하다는 결정을 내린 탓에, 그가 죽을 때까지 전기 없는 삶이 계속되었다. 이제 문제는 올레밀리의 장남이자 외아들인 그의 후계자가 이 사안에 대해 어떻게 생각하느냐 하는 것이었다. 아니면 아무 생각도 없을 수 있었다. 왜냐하면 이 아들은 자신이 다른 남자들이 여자들에 대해 느끼는 것과 같은 감정을 남자들에 대해 느낄 수 있다는 사실을 발견했고, 이 감정의 인도하에 너무나 기분 좋으면서도 자신과 같은 생각을 가진 친구 하나를 마을에서 찾아냈기 때문이었다. 그들이 공유한 비밀은 케냐에 남아 있을 경우 5년에서 7년의 금고형을 받을 수 있었고, 이웃 나라들로 도망친다면 종신형에 처해질 수도 있었다. 그런데 소문에 따르면 적국(敵國) 땅을 가로질러 4천 킬로미터를 걸어가면 나온다는 남아프리카 공화국에서는 자기가 원하는 어떤 사람과도 사랑을 나눌 수 있다는 거였다. 해볼 만한 가치가 충분히 있는 일이었지만, 아버지의 자리를 물려받는 것은 물론 포기해야 했다.

하여 아홉 세대 만에 처음으로, 차기 추장은 마을 평의회의 투표로 선출하게 되었다. 다수결 원칙이었다. 남자 여섯에 여자 하나는 도합 여섯 표 반이니까 찬반 동수로 끝날 일은 없었다.

이 모든 일이 일어나고 있을 때 인기 많고 모두가 그리워하는 치유사가 돌아왔다. 마을 평의회에서 차기 추장의 하나로 거론된 치유사는 청문회에 소환되었다. 이 청문회에서 그는 자신은 언덕 위의 치료용 오두막까지 올라가는 — 아니, 그보다는 거기서 내려오는 — 에스컬레이터를 설치할 계획이라고 밝혔다. 그리고 얼마 후, 다시 말해서 에스컬레이터라는 것이 무엇인지가 분명해졌을 때, 이것은 전기를 필요로 한다는 사실을 모두가 알게 되었다. 또 남는 전력으로 다른 것들을 사용할 수 있다는 것도 알게 되었다. 예를 들면 세탁기나 — 이게 가장 중요한데 — 넷플릭스 같은 것 말이다.

에스컬레이터에 대한 그의 비전 덕분에 올레는 찬성 6.5대 반대 0으로 새 추장에 선출되었다. 이때부터 그의 이름은 〈현대인〉 올레 음바티안이 되었다.

◆

정말이지 현대인 올레 음바티안의 삶에는 좋은 일이 끊이지 않았다. 그가 두 아내를 위해 스웨덴에서 가져온 은목걸이는 마법의 효과를 낳았다. 한 여자가 그의 볼에 키스하고 있을 때 다른 여자는 부드러운 목소리로, 당신이 이렇게 아내들에게 감사의 표시를 한 것은 이번이 처음이며, 늦게라도 하는 것은 안 하는 것보다 낫다고 말했다. 만일 그가 어느 날 저녁 그녀의 오두막에서 가까운 곳에 있으면, 그를 안으로 들이는 것도 고려해 보겠단다.

올레는 그의 아들 케빈과 엔뉘의 결혼식을 집전했다. 세 사람 모두에게 감격적인 순간이었다. 추장은 남녀 관계의 기술적인 문제에 대해 은밀한 자문을 구하기 위해 며느리를 즐겨 찾는 자신을 발견했다. 어쨌든 그녀는 아내들 선물로 은목걸이를 골라 준 사람인 것이다. 자신은 앞으로도 긴 비와 짧은 비 사이에 이따금 그들에게 좋은 것들을 선물하려 하는데, 엔뉘는 이에 대해 어떻게 생각하는지? 이제 전기가 들어오기 때문에 고를 것은 차고 넘친단다. 자동 식기세척기, 냉장고, 토스터…….

엔뉘는 지금 추장님은 생각의 방향은 맞는다고 할 수 있으나 뭔가 착각하고 계신다고 대답했다. 자기가 생각하기에 추장님의 사고는 불행히도 반세기가 뒤처져 있단다. 주방 용품들은 편리한 물건의 범주에 속한 것이지 선물이 아니란다.

「그럼 진공청소기?」

「아버님, 다시 생각해 보세요. 찬찬히요.」

올레는 다시 생각해 봤다.

「귀걸이?」

「빨리 배우시네요.」

처음에는 대부분의 사람이 새 치유사를 의심스러운 눈으로 쳐다보았다. 물론 케빈은 음바티안 가문이었고, 또 하늘에서 직통으로 내려온 사람이기도 했다. 하지만 골짜기의 모든 사람이 그의 이야기를 알고 있었다. 엔카이 님이 그를 불완전한 상태로 내려보낸 것이다. 그는 전사가 아니었다. 또 세 개의 올바른 언어도 구사할 줄 몰랐으며, 자연의 치유력에 대해서는 아무것도 몰랐다. 소 올레 음바티안은 글렌피딕 한 병을 사이에 두고 올레밀리와 마주 앉을 때마다 아들의 부족한 의학적 소양에 대해 큰 소리로 한탄하곤 했었다. 마치 마을 사람들이 귀도 없고 눈도 없는 것처럼 말이다.

하지만 이제는 올레 음바티안이 추장이었다. 그는 자기 아들이 여행을 하면서 모든 것을 배웠고, 또 거기에다 조금 더 배웠다고 말했다. 얼마나 많이 배웠는지 주위에 제자들이 몰려들었단다. 어쨌든 제자가 한 명 생겼는데, 바로 말테라는 이름의 음준구란다.

그리고 케빈은 꾸물대지 않고 곧바로 자신의 실력을 입증했다. 그는 세균 감염을 치료하기 위해 레소토에서 케이프 알로에를 수입했다. 항간에는 이 식물에 소염 효과가 있다는 말이 있었다. 그게 얼마나 진실인지는 별로 중요하지 않았으니, 말테가 적당량의 항생제를 은밀히 첨가하여 혼합제의 약효를 강화했기 때문이었다. 결과는 놀라웠다.

전에 소 올레 음바티안의 전문 분야였던 과도한 출생을 방지하는 약은 그 후임자의 명성도 높여 주었다. 올레의 효과만점의 혼합제는 생산에 시간이 많이 소요되는 약이었다. 말테와 케빈은 무엇이 필요한지 잘 알고 있었지만, 사바나에서는 올바른 재료를 찾아내기가 힘들었다. 그들의 새로운 레시피는 옛날 것만큼이나 비밀스러웠다. 치유사와 그의 조수들만이 알고 있는 재료는 바로 토마토, 바질, 마늘 그리고 약 한 첩당 피임약 한 알씩이었다. 이 피임약 알약을 바숴 놓으면 그 형태가 바오바브나무 열매의 정제된 가루와 놀라울 정도로 흡사했다.

「최대한의 효과를 얻으려면 매일 비타민 C를 꼭꼭 챙겨 먹어야 해요!」케빈은 환자에게 매우 권위적인 어조로 말하곤 했다.「엔카이 님의 도움으로 부인의 일곱 자녀는 더 이상 수가 늘지 않을 거예요. 지금 있는 아이들을 더 많이 사랑하도록 하세요.」

「엔카이 님께서 치유사님을 축복하시길!」환자가 두 손을 맞잡고 말했다.

「지불은 어떻게 하실래요?」말테가 옆에서 물었다.「신용 카드? 페이팔? 달러? 아니면 가축?」

이 모든 것 뒤에 숨어 있는 브레인은 후고 함린이라는 사람이었다. 그가 새로이 출범시킨, 나이로비에 본부를 둔 회사는 〈달콤한 건강 주식회사〉였다. 그의 사업 콘셉트는 천연적인 동시에 과학에 기반을 둔 약품을 상업화한다는 것이었다. 그는 자신의 형을 의학 전문가로 채용했다.

말테는 현지에서 의사 자격을 얻기 위해 일주일을 싸워야 했다. 그 일주일 동안 그는 권한과 도장을 손에 쥐고 면허국에 앉아 있는 까다로운 여자를 매일같이 찾아갔다.

그녀의 이름은 알마시였는데, 그 딱딱한 겉모습 뒤에는 너무나 사랑스러운 여자가 숨어 있었다. 말테는 그녀의 눈 속으로 깊이 빠져들고 있는 자신을 발견했다.

「미스 알마시, 그대 두 눈의 전방(前房)[35]은 서로 완벽한 균형을 이루고 있네요!」안과 의사가 말했다.

---

35 눈알 안의 홍채와 각막 사이의 빈 곳을 뜻한다.

「말을 참 멋지게 하시네요!」 알마시가 화답했다.

이 칭찬에서 저녁 식사 초대에 응하는 것까지는 그리 먼 길이 아니었다. 그다음 날 저녁, 이번에는 그녀가 그를 저녁 식사에 초대했다. 그리고 그다음 날에는 필요한 모든 곳에 도장이 찍혀 있었다.

그 이후로 두 사람은 시험적인 커플 관계를 이어 가게 되었다. 알마시는 휴직계를 냈다. 말테는 전기 자동차를 한 대 샀다. 그 이유 중의 하나는 〈현대인〉 올레 음바티안 추장이 사바나에서 최초로 급속 충전기를 마을에 설치했기 때문이었다. 또 다른 이유는 전에 그렇게나 고루했던 말테가 속도 제한을 위반할 때마다 ── 나이로비에서 사바나까지 3시간 44분 만에 주파했다 ── 다시 젊어지는 느낌을 받았기 때문이었다. 그리고 히포크라테스 선서의 한계를 뛰어넘을 때는 한층 더 젊어지는 느낌이었다. 피임약을 비타민 C라고 부르는 것은 인류에 봉사하는 조금 다른 방식일 뿐이었다. 아무튼 그는 자신에게 그렇게 말했다.

72
7월, 8월, 9월

마사이마라 전역과 세렝게티 북부를 의술로 접수하겠다는 후고의 원대한 꿈에는 한 가지 걸림돌이 있었으니, 그것은 케빈이 동시에 여러 곳에 있을 수 없고 한 번에 한 명의 환자밖에 볼 수 없다는 점이었다. 해결책은 오두막을 확장해서, 나란히 이어진 치료실을 세 칸 마련한다는 것이었다. 시설을 풀가동해야 할 필요가 있을 때는, 일단 케빈이 세 환자를 쭉 한번 살펴본 뒤 한 명은 옌뉘에게로, 다른 한 명은 말테에게로 보냈다. 각 환자에게는 무엇이 문제인지를 호소하는 시간이 10분씩 주어졌고, 그러고 나면 치유사와 조수들은 오두막 바깥에서 짤막한 임상 회의를 가졌다(안전을 기하기 위해 스웨덴어로). 이런 시스템 덕분에 케빈이 각 치료실에서 1분씩 보내며 처방약을 내주면, 바로 그 뒤를 따르는 말테나 옌뉘가 진료비를 수납할 수 있었다.

그들의 효율은 세 배로 뛰었지만, 후고는 아직도 배가 고팠다. 만일 에스컬레이터와 이 에스컬레이터에 이어진 것들이 아니었더라면, 이 창의적 사업가는 좌절감에 사로잡혔을지도 모른다.

엄밀한 의미에서 이 에스컬레이터에 이어지는 것은 언덕 위의 확장된 오두막이었다. 케빈의 친구이며, WWF 소속으로 활동하는 노르웨이인(케빈에게 자동차 운전하는 법을 가르쳐 준 여자)은 이 에스컬레이터를 사진으로 찍어 그것이 어디에 이르는지를 설명한 캡션과 함께 페이스북에 올렸다. 그러자 누군가가 이것을 공유했고, 또 공유한 것을 누군가가 다시 공유했다.

후고는 대부분의 시간에는 수도 나이로비에 붙어 있었지만, 최초의 관광객들이 에스컬레이터를 구경하러 조심스럽게 접근하고 있을 때 약품을 가져다주러 우연히도 마을에 와 있었다. 아니, 백인들이? 저이들이 에스컬레이터에 무슨 볼일이 있나?

관광객은 모두 네 명으로 둘은 남자고, 둘은 여자였다. 남자들 중 하나가 자신과 일행을 소개했다. 그들은 뉴질랜드에서 왔고, 지금은 6주간의 유럽 미술 순례를 위해 여행 중이라는 거였다.

파리는 당연히 들러야 하고, 피렌체, 마드리드, 런던을 둘러볼 계획이었다.

그들의 여행 목적은 그들이 이미 좋아하는 것을 즐기는 것이기도 했지만, 또한 자기 자신에게 도전하는 것이기도 했다. 물론 레오나르도 다빈치는 레오나르도 다빈치였다. 모네와 쇠라는 마음에 평화를 가져다주고, 표현주의 작품들은 보는 이의 정신을 선뜩하게 깨워 주는 힘이 있었다.

그들은 이 여행의 도전은 포스트모더니즘과 추상 미술까지

섭렵하는 데 있다고 생각했다. 그들 중 누구도 전혀 이쪽 취향이 아니었지만, 일단 시작했으니 끝을 보는 게 좋았다.

그런데 갑자기 상상을 초월할 정도로 탁월한 설치 예술 작품의 사진이 페이스북에 등장한 것이다! 덤불숲과 사바나 사이에 낀 외진 골짜기에 있는 어느 케냐 마을에 완벽히 작동하는 것처럼 보이는 에스컬레이터가 설치되어 있었다. 게다가 완전히 비생산적인 방향으로 놓여 있었다.

너무도 독특한 이 작품에 미술 애호가들의 계획은 180도로 수정되었다. 그들은 런던 일정을 취소하고, 다시 예약을 했다. 그리고 지금 여기 이렇게 있는 것이었다.

「그냥 이렇게 마을에 걸어 들어가도 되나요, 아니면 어디서 입장권을 사야 하나요?」

후고 함린은 3초 동안 생각해 볼 시간이 필요했다.

「일인당 30달러고, 4인 그룹이면 모두 백 달러입니다. 12세 이하 아동은 반값이고요.」

73
10월, 11월, 12월

후고는 에스컬레이터 설치 작품에서 너무나도 강한 영감을 받은 나머지 사업 전반을 재편하기 시작했다. 케빈과 말테는 알마시와 함께 치유사 사업을 담당하게 했다. 그리고 엔뉘는 앞으로 전개될 사업의 예술 이사로 임명했다.

그녀는 최고의 아프리카 현대 예술 작품들을 사기 위해 대륙을 여기저기 여행했다. 그녀에게는 충분한 예산이 주어졌고, 그에 걸맞은 결과가 이어졌다.

그녀는 모잠비크에서 전장에서 발견될 수 있는 잔해들로 만든 가구를 가지고 돌아왔다. 또 프랜시스 베이컨의 영감이 느껴지는 것으로, 파란색으로 묘사된 남아프리카 공화국 여인들도 있었다. 또 자연에서 얻은 나무와 뿌리 등으로 제작한 나이지리아의 공예품도 있었다. 이외에도 많은 것이 있었다.

알고 보니, 아프리카 예술은 어떤 단일한 범주로 싸잡아 분류할 수 있는 성질의 것이 아니었다. 그것은 전쟁과 포스트 식민주의와 환경 파괴와 여성에 대한 특정한 관점들, 한마디로 예술을 가로막는 모든 것에 반기를 들고 있었다. 형태에 있어

493

서나 색채에 있어서, 누구에게도 통제되거나 규제되지 않는 자유로운 예술이었다.

후고가 울타리로 전시품들을 마사이 마을에 얼마나 절묘하게 섞여 들게 했는지 마을의 삶 자체가 예술적 전체의 일부가 되었다. 그러고 있는 동안 올레 음바티안 추장은 골짜기 전체에 와이파이를 제공하기 위해 근처 언덕에다 송신탑을 설치했다. 다시 말해서, 후고가 어느 날 그것을 발견하기 전까지는 공짜라는 얘기였다. 그러고 나서도 마을 주민들은 계속 무료로 인터넷 서핑을 즐길 수 있었지만, 그 외의 사람들은 정해진 요금표에 따라 지불해야 했다. 한 시간, 3달러. 다섯 시간, 10달러. 하루 이용권, 20달러.

마사이마라 최대이자 유일한 상설 미술 전시장은 매일 2천에서 4천 달러의 수익을 안겨 주었다. 입장권으로 관람할 수 있는 것은 아프리카 현대 미술이었고, 여기에 10달러를 추가하면 설치 작품 에스컬레이터를 역방향으로 걸어 볼 수 있는 기회가 주어졌다.

이 모든 것은 즉각적인 성공을 거뒀다. 하지만 전시장의 전무 이사인 후고 함린이 만족했다는 얘기는 아니었다(그는 만족하는 법이 없었다). 전직 광고맨은 언제나 더 얻기 위해 분투해 왔다. 가능하다면 그렇게 큰 비용을 들이지 않고서 말이다. 하여 그는 예술 이사를 불러 미팅을 가졌다. 그는 이 전시장에 마사이족 가면이 없다는 점을 지적하고, 추장의 아내들로 하여금 그 아이템을 아무도 보지 못하는 오두막 뒤편에서 제작하게 하면 어떻겠냐고 제안했다. 가면들을 땅속에다 묻어 놓고 철분이 풍부한 물을 부어 가며 발효시킨다면, 일주일 내에 수 세기 묵은 골동품이 되어 나올 수 있을 거란다.

옌뉘는 고개를 저었다. 하지만 후고는 포기하지 않았다. 그에게는 다른 아이디어들이 있었다.

「그럼 이르마 스턴의 미완성 작품은 어때?」

예술 이사는 심장이 잠깐 두근거렸지만, 그가 지금 무얼 얘기하는지 곧 이해하게 되었다.

「그 미완성 작품이 어디 있죠?」

「난 자네가 그걸 하나 만들어 낼 수 있다고 생각하는데.」

옌뉘는 후고에게 나중에 시간이 나면 〈출처 확인〉과 〈진품 인증〉에 대한 모든 것을 설명해 주겠다고 약속했다. 하지만 그녀는 자신이 노상 반대만 하는 것이 그리 즐겁지는 않았다. 그녀는 그에게 조그만 무언가를 선사하고 싶었다.

그 결과, 5주 후에 후고는 전시장에 새로 추가된 작품을 공개하는 영예를 누리게 되었다. 에스컬레이터 옆의 좌대 위에 놓인 그것은……

금빛 찬란한 감자 필러, 「속살을 드러내다」였다. 그리고 바로 다음 날, 한 미국인 관광객이 8천 달러에 그것을 사 갔다.

케빈과 말테의 의료 사업 역시 미술 전시장에 버금가는 성공을 구가하고 있었다. 전직 안과 의사의 여자 친구는 이제 상근을 하면서 전에 옌뉘가 하던 역할을 수행했다. 그녀는 스와 힐리어를 할 줄 알았고, 제대로 된 피부색을 가지고 있었으며, 의술에 있어서는 진실보다 결과가 중요하다는 말테와 케빈의 생각에 공감하고 있었다.

그러고 있는 사이, 어디선가 잡음이 들려왔다. 경계석 저편에서 치유사 노릇을 하고 있는 카무누가 — 올레 음바티안의 말로는, 감기와 골절도 구별하지 못하는 자란다 — 자신의 생계가 위협받고 있다고 느꼈다. 불과 몇 달 만에 고객 수가 반으로 줄어 버린 것이다. 그나마 다른 동료들보다는 형편이 나은 편이었다.

치유사가 된다는 것은 권력을 갖는다는 것을 의미했다. 하지만 고객 없는 치유사는 그저 치욕일 뿐이었다.

카무누는 마사이마라와 세렝게티 전역에서 모인 열다섯 명의 다른 치유사들과 긴급 회동을 가졌다. 그는 이 지역 치유사 시장에 대한 독점 시도를 저지할 방법이 있을 거라는 의견이었다. 지금은 관절이 조금만 쑤시면, 이것을 깨끗이 고쳐 줄 수 있는 사람에게 가겠다고, 사방에 널린 다른 치유사들 사이를 미꾸라지처럼 요리조리 빠져 가는 경우가 허다하다는 거였다.

다른 치유사들은 묵묵히 고개를 끄덕였다.

짤막한 논의가 있은 후, 다시 균형이 회복되어야 한다는 결론이 내려졌다. 하지만 이것은 순수하게 의학적인 방법으로는 이루어질 수 없을 터이니, 그 빌어먹을 환자들 중에서 음바티안의 아들 녀석과 그의 똘마니를 방문한 이후로 건강이 회복되지 않은 자가 하나도 없었기 때문이었다.

그렇다면 해결책을 얻기 위해서는 다른 관점에서 접근해야 했다. 열여섯 명의 치유사들은 여기에 뭔가 사악한 마법이 개입했다고 의심하고 있었다. 그 녀석이 하늘에서 떨어졌다는 소문도 있지 않은가? 녀석이 다른 쪽 방향에서 오지 않았다고 누가 장담할 수 있는가?

사악한 마법에 대한 증거는 전혀 없었고, 심지어는 뚜렷한 징후조차 없었지만, 뜻이 있는 곳에는 길이 있었다.

피해를 입은 치유사 중의 하나는 아부자에서 4년간 대학에 다닌 경력을 지니고 있었다. 거기서 그는 인터넷이 어떻게 기능하는지를 배웠다. 과거에는 사악한 마법이나 심각한 일들에 대한 소문이 충분히 멀리까지 퍼지는 데 여러 달이 걸렸고, 때로는 몇 년이 걸리기도 했다. 그러나 이제는 심지어 염소 치기들까지도 스마트폰에 코를 박고 걸어 다니며, 이것은 그렇게 퇴보하려고 노력해 온 이빨 없는 추장이 최근까지 다스려 온 골짜기에서도 예외가 아니었다. 다양한 연구 결과에 따르면, 인터넷에 빠진 나라들의 평균 지능은 지난 20년 동안 상당히 나빠졌다고 한다. 이런 부작용은 사바나의 염소 치기들에게도 관찰되는 바, 야생 동물에게 살해되는 염소 수가 연간 두 마리에서 무려 아흔여섯 마리로 증가한 것이다. 한 눈으로는 물소나 코뿔소가 오는지를 살피고, 또 한 눈으로는 「왕좌의 게임」을 시청하면서 염소들을 지키기란 물론 불가능한 일이다.

아부자 출신의 치유사는 그들이 공동의 선을 위하여, 그들에게 유리하게 작용할 소문을 SNS에 퍼뜨려야 한다고 말했다. 이 소문은 외국인 혐오 성향과 문화적 쇠퇴 경향을 이용해야 할 거였다.

오직 그만이 지금 한 말의 의미를 충분히 이해하고 있었지만 카무누는 고개를 끄덕였고, 다른 이들도 똑같이 했다.

이 치유사들의 회동 결과로 알마시, 옌뉘, 후고, 케빈, 말테 그리고 올레는 마을 사람들과 함께 건설한 것에 대한 항의 운동이 조심스럽게 커져 가는 것을 지켜볼 수 있게 되었다.

이 운동은 〈마사이 왕국을 구하라〉라는 이름으로 진행되었다. 이 운동에서 나온 주장 중의 하나는, 진정한 예술은 마사이 전사의 방패나 창, 마사이 여인의 혼례복, 다양한 목적의 머리 장식, 목걸이 그리고 화려하게 장식된 식기 같은 것들에서 영감을 구해야 한다는 거였다. 여기에 나이지리아, 남아프리카 공화국 그리고 모잠비크에서 온 외국의 요소들을 끼워 넣는다는 것은 말도 안 되는 일이었다. 모잠비크는 특히 끔찍한 바, 모잠비크인들이 어떤 인간인지는 모두가 아는 것이다.

나아가 이 운동은 사바나에 세워지는 에스컬레이터들은 수세기 동안 이어져 온 마사이 문화를 위협한다고 주장했다. 또 거기에는 금으로 된 스칸디나비아 감자 필러까지 있었다. 하지만 이게 최악이 아니었다. 최악은 지금 소말리아와 이집트의 공예품들까지 오고 있다는 사실이었다. 만일 아무도 이것을 막으려 하지 않는다면, 얼마 안 가 모든 사바나 주민이 아랍어를 사용하는 상황이 올 수 있었다. 아니면 다른 유럽 언어일수도 있고……. 이것은 단순한 억측이 아니니 치유사가 어떤 음준구의 도움을 받고 있다는 사실을 〈마사이 왕국을 구하라〉는 잘 알고 있는 것이다.

카무누와 그의 열다섯 동료는 순수하게 의학적인 근거만으로 케빈 음바티안을 공격할 수 없었다. 하지만 그들은 그를 둘러싼 것들을 공격했다. 에스컬레이터와 아프리카의 다양한 지역을 대표한다고 주장되는 공예품들은 사실 음험한 식민주의자들이 마사이의 영혼을 다시 노예화하기 위한 수단일 뿐이며, 이 모든 것을 지휘하는 사람은 악령에 사로잡힌 어느 치유사였다. 한마디로, 모조리 불살라 버려야 한다는 거였다.

그런데 마사이마라와 세렝게티에서 SNS는 세계의 다른 지역들만큼 발달되어 있지는 않았다. 올레 음바티안과 그의 팀에 대한 카무누의 복수는 그 효과에 있어서 수십 년 후에 이웃 당근밭의 햇빛을 가리려는 목적으로 노간주나무 울타리를 세우는 노력과 비교할 만했다. 어쨌든 울타리는 세워졌다. 그리고 그 위에 매일 물이 뿌려졌다.

하지만 공모한 치유사들의 계획은 결국 실패할 운명이었다. 적어도 천천히 자라나는 노간주나무 울타리보다도 더 넓은 관점에서 보자면 그랬다. 왜냐하면 역사적으로 볼 때, 모더니즘에는 항상 다시 일어나는 힘이 있기 때문이다. 이것과 불사조 간에 차이가 있다면, 불사조는 전과 똑같은 모습으로 다시 부활한다는 점이다. 예술이 자신의 재에서 다시 일어설 때, 무슨 일이 일어날지는 아무도 예상할 수 없는 것이다.

74
1월, 2월, 3월

올레 음바티안 추장은 마을 평의회의 유일한 여성 의원에게 온전한 한 표 행사권을 부여하기로 결정했다.

대장장이는 항의했다. 그는 여자들을 무서워했고, 특히 자신의 아내와 누이를 두려워했다. 하지만 그가 반대하는 가장 큰 이유는 그리되면 중요한 사안을 표결에 붙일 때, 평의회가 반으로 쪼개질 수 있다는 점이었다. 이에 앞서 현대인 올레 음바티안은 자신이 임의로 모든 결정을 내리는 대신에 본인을 포함한 평의회 8인의 다수결 투표로 문제를 해결하기로 결정한 바 있었던 것이다.

반론을 주의 깊게 청취한 추장은, 대장장이 직업을 가진 모든 이에게서 0.5표를 빼앗기로 결정함으로써 문제를 해결했다.

같은 날 저녁, 엔뉘 음바티안은 자신은 아버님이 그렇게 용기 있는 분인지 몰랐다고 말했다.

「저, 그런데 말이에요, 아버님은 얼마 후에 할아버지가 되실 거예요.」 그녀가 말했다.

현대인 올레 음바티안은 입이 함지박만 해졌다.

「정말이냐? 아, 내게 손자가 생기다니!」

엔뉘와 케빈은 이미 나이로비에 가서 초음파 검사를 받고 온 터였다. 지금 엔뉘의 배 속에서 자라고 있는 것은 미래의 여자 치유사란다.

「그 아이는 마사이 전사도 될 거예요.」 임신한 여자가 덧붙였다.

올레 음바티안은 이 사실을 자신이나 엔뉘가 생각했던 것보다 훨씬 잘 받아들였다.

「뭐, 현대는 현대니까⋯⋯. 그래, 이름은 지어 놨니?」

「이르마요.」

에필로그

비르게르 얄스가탄가의 사건이 있은 지 15개월 후, 구스타
브손 수사관은 증오 및 협박 사이트에 남아 있는 496명의 용의
자 가운데 지금까지 25명을 조사했다. 하지만 이것은 그가 이
살인 사건의 미스터리 해결에 조금이라도 가까워졌다는 얘기
는 아니었다. 왜냐하면 〈염소 성애자는 응분의 대가를 치러야
한다〉라는 테마를 중심으로 새로운 게시물이 포럼에 나타났기
때문이다. 다시 말해서 용의자가 3백 명 더 생긴 것이다.

「이제 이 사건을 종결해야 하지 않을까요?」 구스타브손이
상관에게 조심스레 물었다.

「안 돼.」 서장이 대답했다.

구스타브손이 일하는 것을 보는 게 그에게는 낙이었다.

구스타브손의 선임자, 크리스티안 칼란데르는 두 가지 일을
하는 것으로 그의 은퇴 첫날을 시작했다. 첫째는 그 첫 문장만
끝없이 반복되는 초급 스페인어 공부를 그만두는 거였고, 둘
째는 그가 아직 자신의 일에서 도망치는 일을 하고 있을 때 시

작했던 가브리엘 가르시아 마르케스의 책을 끝내 버리는 거였다.

이렇게 정리를 해버리니, 인생에 더 이상 목적이 없었다. 칼란데르는 〈백 년 동안의 고독〉 후에 또 이렇게 백 년을 보내야 한다는 것을 깨달았다. 그게 싫다면 힘을 내어 뭐라도 해봐야 하리라.

그는 후자를 택했고, 〈현대 국제 정치와 발전〉이라는 주제로 진행되는 스터디 그룹에 가입했다. 왜 이 그룹을 택했는지 자신도 이유를 몰랐다. 아마도 시민 교육 협회가 이것의 이름을 〈세라믹 디자인〉과 〈힐링을 통해 자신을 발견하기〉 사이에다 슬그머니 끼워 놨기 때문이었을 것이다.

그룹의 리더는 외레브로에서 사회 교사였다는 차분한 남자로 입을 열 기회조차 없었다. 모임을 장악한 이는 후아니타라는 여자였다. 스페인 출신이고, 이혼했으며, 불같은 성격의 소유자였다.

스페인어 교실에서 스페인 여자로 옮겨 왔군. 정말이지 저 위에 계신 분은 유머 감각이 대단했다.

첫 번째 모임이 시작되고 몇 분 되지도 않았을 때, 후아니타는 지금 세상은 모든 게 엉망이 되어 가고 있다고 선언했다. 그녀는 그 주장의 근거로 아돌프라는 남자를 들면서, 전에 독일에서 한번 일어났던 일은 현재의 독일인들과는 아무 관계도 없지만, 이런 일은 다시 일어날 수 있으며 어딘가에서는 이미 시작되고 있다고 말했다.

「다시 일어난다고요?」 칼란데르가 이렇게 반문한 것은, 무엇보다도 후아니타로 하여금 계속 말하게 하고 싶었기 때문이었다. 그녀는 아름다운 입술을 가지고 있었고, 그것들이 움직일 때는 더욱 아름다웠다.

차분한 리더는 다시 주도권을 쥐어 보고자 자신은 90년 전에 일어난 일에 대한 얘기는 충분히 존중하지만, 이제 화제를 보다 최근의 시간으로, 가장 좋게는 현재로 돌리는 게 좋겠다고 말했다.

「네, 다시요!」 후아니타는 마치 차분한 남자는 존재하지 않는 것처럼 외쳤다. 「모든 것에는 항상 다음번이란 게 있어요. 사람들은 그들의 코끝이 미치는 거리 이상으로는 기억하지 못하죠.」

코도 참 아름답군. 칼란데르는 이렇게 생각하며, 그녀로 하여금 조금 더 말하게 할 수 있는 뭔가를 찾아보려고 했다. 하지만 후아니타는 그의 도움이 필요치 않았다.

「그 빌어먹을 대통령들을 좀 생각해 봐요!」

그녀는 그들을 줄줄이 소환했다. 우선, 이른바 〈자유세계의 지도자〉라고 하면서 〈우리 대(對) 그들〉의 감정을 조장하는 사람이 있었다. 또 세계에서 인구가 가장 많은 나라의 지도자로서 예술의 가장 중요한 기능은 국가와 당에 봉사하는 것이라고 선언한 사람도 있었다. 또 위협받는 열대 우림이 있는 나라를 접수한 뒤에 문화부를 없애고 전직 포르노 배우로 하여금 국민의 문화적, 도덕적 태도를 감시하게 하는 것으로 임기를 시작한 사람도 있었다.

「네? 포르노 배우라고요?」 모임을 장악하기도 전에 통제권을 잃어버린 차분한 남자가 놀라며 반문했다.

하지만 후아니타는 대륙을 바꿔서, 이미 존재하는 인터넷과 병행하여 자신의 인터넷을 만든 〈민주주의 초강대국〉의 대통령으로 돌아와 있었다.

「왜 만들었죠?」 어쩌면 멍청한 질문일지도 모르겠다고 생각하며 칼란데르가 물었다.

정신을 차려야 했다. 지금까지 그의 삶은 끝나 있었다. 그런데 이제 너무나도 생기발랄하여 주위의 공기가 짜르륵 깨져 버릴 것만 같은 여자와 마주 앉아 있는 것이다. 만일 저 여자와 함께 저녁 식사를 한다면 어떤 일이 일어날까?

후아니타는 차분한 남자 쪽을 쳐다보며 칼란데르에게 대답했다.

「진실이 그와 그의 정치 일정에 방해가 되면 진짜 인터넷 케이블을 뽑아 버릴 수 있으니까요.」

칼란데르는 고개를 끄덕였다. 그리고 뭔가 깊이 있는 표정을 지어 보이려고 했다. 하지만 스페인 여자가 다른 방향을 보고 있는데 이게 무슨 소용인가.

「음, 우리가 알고 있는 민주주의가 위협받고 있는 것 같군요.」

아, 이건 그렇게 멍청한 말은 아니었어!

후아니타는 이제 중부 유럽으로 옮겨 와, 나라의 역사를 다시 쓰고, 비판적인 대학들을 쫓아내고, 대법원을 다시 구성하고, 정부의 새로운 애국적 요구에 부응하지 않는 영화에는 경고 문구를 붙이기 시작하는 이들에 대해 얘기했다.

「맞습니다. 마치 영화가 예술이 아니라 무슨 담뱃갑인 것처럼 말이죠.」

이제 그녀가 나를 발견했어!

다른 두 멤버는 아무 말도 없었다. 차분한 남자는 기가 꺾여 버렸지만 적어도 대화를 — 혹은 독백을 — 현재로 이끌어 오는 데는 성공했다고 자위했다.

「이 모든 것 중에서도 최악이 뭔지 알아요, 보르예?」 후아니타가 차분한 남자에게 물었다.

「내 이름은 벵트예요.」 남자가 대답했다.

후아니타는 세부적인 사항에 대해서는 들을 시간이 없었다. 그 최악이 무엇인지 알려 주고 싶은 마음이 너무 급했기 때문이다. 지금 〈우리 대 그들〉 정책이 독처럼 세상에 퍼지고 있단다. 과거에는 워낙 시시한 존재라서 아무도 심각하게 쳐다보지 않았던 전복적인 정당들이 이제 당의 프로그램을 그럴듯하게 꾸미고, 이 새로운 시대정신이 가진 힘을 이용하고 있단다. 이런저런 방식으로.

「그들이 곧 완전히 장악할 거고 — 내 말 잘 들으세요 — 우린 다시 1930년대로 회귀할 거예요! 그들은 이미 미술을, 또 건축과 미디어를 검열하기 시작했어요. 그리고 다른 것들도 차례만 기다리고 있고요!」

여기에 이르러 후아니타의 양 볼은 그녀의 입술만큼이나 빨갛게 달아올랐다. 칼란데르는 세상의 종말이 멀지 않다는 그녀의 말이 옳다면, 서둘러 저녁 식사를 하는 편이 좋겠다고 생각했다. 이를 위해서는 리더가 오늘 저녁 모임을 끝맺기 전에 뭔가 괜찮은 말을 한마디 해야 한다고 느꼈다.

그렇게 머릿속을 열심히 뒤져 보고 있는데, 지난해 그 사악한 링곤베리 단지에 희생된 남자가 문득 떠올랐다. 가만, 그 여자 이름이 뭐였더라? 그의 지하실에 있던 그림 두 점을 그렸다는 그 여자······.

「아, 참으로 무서운 얘기군요.」칼란데르는 그녀의 이름이 생각남과 동시에 입을 열었다. 「예를 들어, 이르마 스턴의 작품 한 점이 검열된다면, 이 세상에 그보다 큰 손실은 없겠지요.」

후아니타의 흥분은 어디론가 사라졌다.

「미술을 아세요?」

앗싸, 그녀가 날 정말로 발견했어!

「그것이 없으면 인류는 무엇이 되겠습니까?」칼란데르는 이렇게 말하면서, 만일 자신이 일을 제대로 진행시킬 수 있다면, 그들의 첫 번째 저녁 식사 전에 읽어야 할 게 참 많겠다고 생각했다.

후아니타는 두 번째 스터디 그룹 미팅 후에 그의 첫 시도가 있자마자 저녁 식사 초대를 받아들였다.

그다음에 또 한 번 저녁 식사를 했다.

그리고 또 한 번 했다. 이번에는 밤을 같이 보내면서.

스페인 여자는 정치밖에 모르는 열혈 여성이 아니었다. 그녀의 웃음소리는 마치 하늘이 보낸 것 같았고, 그녀는 칼란데르가 전에는 오직 영화 속에나 존재한다고 생각했던 삶에 대한 열망을 지니고 있었다. 그들의 세 번째 저녁 식사가 있기 전에 전직 경찰 수사관이 사실 자신은 〈표현주의〉의 철자도 제대로 모른다고 털어놨을 때, 그녀는 가장 큰 소리로 웃음을 터뜨렸다. 사랑과 전쟁에 있어서는 모든 게 허용되는 거예요, 안 그래요? 이렇게 말하는 그의 마음속에서 전쟁은 아직 중요하지 않았다.

벵트라는 성을 가진 보르예가 한 번도 토론에 기여한 적이 없는 다른 두 멤버와 마찬가지로 더 이상 나타나지 않자 스터디 그룹은 종말을 고하게 되었다. 남은 사람은 칼란데르와 후아니타뿐이었다. 하지만 그들은 그들만의 그룹 스터디를 계속하기로 했다. 가급적이면 칼란데르의 침실에서 말이다. 그렇게 6주가 지났을 때, 그녀는 처음 ― 하지만 마지막은 아니었다 ― 으로 이렇게 말했다.

「테 키에로.」

〈난 너를 사랑해〉라는 뜻이었다.

「엘 페로 에스타 바호 라 메사.」 칼란데르가 대답했다.

감사의 말

먼저 이 책의 발행인인 피라트푈라게트 출판사의 소피아 브라트셀리우스 툰포르스와 편집자 안나 히르비 시구르드손에게 감사하고 싶다. 두 분은 미술에 대한 내 사랑의 고백이라 할 수 있는 이 책을 싫증 내지 않고 (싫증을 내셨을지도 모르지만 내색은 하지 않으셨다) 읽고 또 읽어 주셨다! 두 분의 작업이 이 책에 큰 차이를 가져다주었다.

다음으로 나는 이 책을 처음 읽어 준 독자들, 즉 한스 삼촌(최근에 호의적인 평자가 되셨다)과 내 친구 릭손(항상 호의적인 평자였다) 그리고 나의 형 라르스에게 감사를 드린다. 가족의 평화를 위해 내 동생 마르틴에게도 감사하고 싶다. 비록 내 책을 한 줄도 안 읽었지만 말이다.

나의 가장 유쾌한 감사는 스와힐리어에 관해 도움을 주신 동료 작가 사라 뢰베스탐에게 드린다. 또 그녀는 바카리 음가시야와 아이시아 뉘이렌다 그리고 그들의 가족(특히 로베르트 할아버지!)도 끌어들였다. 그분들에게 난 단지 〈고마워요!〉만이 아니라 〈아산테 사나!〉*라고도 하고 싶다.

또 작업 중에 조언과 충고를 아끼지 않으신 전문가들에게도 감사하고 싶다. 미술 전문가 미카엘 칼손, 법학사 스텐 베리스트룀, 전직 경찰관이자 보안 전문가 비에른 폰 쉬도브, IT 보안 전문가 요나스 레욘, 물리학자 에리크 뷜린과 로타 뷜린, 그리고 ─ 특히 ─ 약간 불법적인 전문가 요아킴이 그분들이다. 난 여러분이 말씀하시는 것을 듣고, 생각했고, 결국에는 이 이야기에 최선이 될 수 있게끔 만들었다. 소설은 무엇보다도 읽을 만한 가치가 있어야 하며, 사실이냐 아니냐는 차후의 문제라고 생각한다.

나의 원고가 완성되기도 전에 이 소설을 세계의 거의 절반에 팔아 주신 에이전트 에리크 라르손에게도 감사한다.

이 밖에도 감사드릴 분이 몇 분 더 있을 것이다. 그중에서도 파키스탄과 캐나다와 그 사이의 모든 나라에서 응원의 말씀을 보내 주신 독자 여러분께 특별히 감사하고 싶다. 여러분께서 보내 주신 안부의 말씀은 나로 하여금 행복감과 자부심을 느끼게 해주었다.

마지막으로 감사하고 싶은 분은 이르마 스턴 당신이다. 나는 당신의 환상적인 삶에서 몇 가지를 꾸며 내며 약간의 시적인 자유를 누렸지만, 이 책의 그 어느 것도 당신의 예술적 위대함만큼은 진실되지 못하다. 당신은 1966년에 사망했지만 시간이 끝날 때까지 우리와 함께할 것이다. 이른바 〈애국자〉들이 정권을 잡아 당신을 금지하기 전까지는.

요나스 요나손

---

* 스와힐리어로 〈감사합니다〉라는 뜻.

옮긴이의 말
유쾌한 기분으로 조금 더 분투하기

요나스 요나손 문학의 키워드를 두 개 꼽아 보라면, 나는 〈웃음〉과 〈자유〉를 들고 싶다.

우선 웃음이다. 이게 요나손을 세계적 베스트셀러 작가로 올려놓은 일등 공신임은 말할 것도 없다. 그의 텍스트는 폐부 깊은 곳에서 수십 년 묵은 찌꺼기까지 올라오게 하는 짜릿한 웃음을 선사한다. 적어도 개그 재능만 놓고 보자면, 역대급 작가가 아닌가 하는 게 나의 생각이다.

이런 표면적인 것 말고, 그에 못지않게 중요한 성공 요인은 바로 자유이다. 혹자는 그가 그리는 세계가 조금 허망하다고 불평하기도 한다. 사람이 태어나고, 만나고, 좋아하고, 증오하고, 성공하고, 망하고, 죽는 일들이 조금은 우연하고 어처구니 없게 일어난다. 한마디로 꽉 짜인 필연성이 없다. 하지만 나는 역설적으로 바로 여기에 요나손 문학의 가치가 있다고 생각한다.

솔직히 우리의 삶이 그렇게 꽉 짜인 필연성에 따라 흘러가는가? 그렇지는 않다. 꽉 짜인 필연성은 우리의 희망 사항일 뿐이다. 어떤 책이나 소설 혹은 영화에나 존재하는 허구인 것이다. 그런데 우리는 이 허구에 집착한다. 나는 어떠한 사람이어야만 하고, 어떠한 인생을 살아야만 하고, 사회와 역사는 어떠한 고귀한 이념에 따라 움직여야만 한다. 그렇지 못한 현실 앞에서 우리는 분노하고 답답해하고 억울해한다. 이렇게 우리의 삶은 맹목적인 가치와 이념과 욕망에 옥죄여 있다. 그런데 요나손의 피식피식 혹은 아하하 웃게 만드는 장면들은 바로 이런 족쇄 같은 틀이 우습게도 깨져 버리는 순간들이다. 혹시 느끼셨는가? 바로 이런 〈허탈한〉 장면들에서 알 수 없는 시원함과 홀가분함이 방출된다는 것을? 거기서 우리는 카타르시스와 힐링을 얻는다는 것을? 어린아이의 눈으로 있는 그대로의 세상을 보고, 천진하게 킬킬대고 깔깔댈 수 있다는 것을?

이 이념적 꽉 막힘과 어린아이 같은 천진함의 대립은 이 책의 주제이기도 하다. 그 두 주인공이 빅토르와 올레임은 말할 필요도 없으리라. 그리고 이 양극단 사이에 후고 함린이 위치한다. 돈을 벌기 위해 수단과 방법을 가리지 않고 광분하기도 하지만, 불행한 이들에게 연민을 느끼고 누군가의 죽음 앞에서 우울해하며 자신을 돌아보기도 하는 이 스타트업 사업가는 더도 아니고 덜도 아닌 딱 이 시대 우리의 모습이다. 그렇기 때문에 그다지 아름답지 못하지만 또 괴물도 아닌 그가 복수 대행업을 포기하고 다른 사업으로 새 출발할 때 우리는 모종의 안도감을 느낀다. 우리의 삶의 그저 시니컬한 염세주의의 암흑만이 아니게 해주는 또 다른 가능성이, 보다 따스한 희망의 불빛이 반짝이기 때문이다.

물론 그가 새로이 시작한 마사이마라에서의 의료 사업과 예술촌 프로젝트는 여전히 약간 수상쩍은 게 사실이다. 의료 사업은 백 퍼센트 양심적이지 못하며, 예술 역시 조금은 사기이다. 하지만 세상은 완전히 순수하지 못하며 어느 정도는 악하고 모순되고 우스꽝스럽기까지 하다는 것, 이게 요나손이 세상을 보는 본질적인 시각이다. 그렇기 때문에 이 작품은 섣부르거나 거짓된 환상을 심어 주는 여타 소설들보다 훨씬 더 솔직하고 진실되게 다가온다. 이 혼탁한 세상 속에서 저마다의 양심에 최대한 귀 기울이고 또한 〈유쾌한 기분으로〉 살아가는 것, 이게 바로 사바나의 현인 올레 음바티안이 그리고 스웨덴의 괴짜 소설가 요나손이 우리에게 보내는 메시지가 아닐까?

「뭐, 할 수 없지!」

그는 종종 어깨를 으쓱하며 이렇게 말하곤 했다. 다시 말해서 아직 조금 더 분투해야 한다는 얘기였다. 어쨌거나 유쾌한 기분으로 말이다.

— 21면

이 잔인하고도 진실되고도 — 무엇보다도 — 유쾌한 소설이 코로나와 이상기후에 지친 독자들의 마음을 시원하게 어루만져 주길 기원한다.

2021년 8월
파주에서
임호경

옮긴이 **임호경** 서울대학교 불어교육과를 졸업했다. 파리 제8대학에서 문학 박사 학위를 취득했으며, 현재 전문 번역가로 활동하고 있다. 옮긴 책으로는 요나스 요나손의 『창문 넘어 도망친 100세 노인』, 『셈을 할 줄 아는 까막눈이 여자』, 『킬러 안데르스와 그의 친구 둘』, 『핵을 들고 도망친 101세 노인』, 피에르 르메트르의 『오르부아르』, 『사흘 그리고 한 인생』, 『화재의 색』, 베르나르 베르베르의 『신』(공역), 『카산드라의 거울』, 조르주 심농의 『갈레 씨, 홀로 죽다』, 『누런 개』, 『센 강의 춤집에서』, 『리버티 바』, 『마제스틱 호텔의 지하』, 앙투안 갈랑의 『천일야화』, 로렌스 베누티의 『번역의 윤리』, 스티그 라르손의 〈밀레니엄〉 시리즈, 파울로 코엘료의 『승자는 혼자다』, 기욤 뮈소의 『7년 후』, 아니 에르노의 『남자의 자리』 등이 있다.

달콤한 복수 주식회사

발행일   2021년 9월 5일 초판 1쇄

지은이   요나스 요나손
옮긴이   임호경
발행인   홍예빈·홍유진
발행처   주식회사 열린책들

경기도 파주시 문발로 253 파주출판도시
전화 031-955-4000 팩스 031-955-4004
www.openbooks.co.kr

Copyright (C) 주식회사 열린책들, 2021, *Printed in Korea.*
ISBN 978-89-329-2143-3 03850